KB033697

영 · 혼 · 공 · 감

영혼 공감

1판 1쇄 찍음 2017년 9월 13일
1판 1쇄 펴냄 2017년 9월 20일

지은이 | 이 정
펴낸이 | 고운숙
펴낸곳 | 봄 미디어

기획 · 편집 | 김민지, 김자우, 홍주희, 김현주
표지 디자인 | 박현진

출판등록 | 2014년 08월 25일 (제387-2014-000040호)
주소 | 경기도 부천시 원미구 길주로64, 1303(굿모닝 오피스텔)
영업부 | 070-5015-0818 편집부 | 070-5015-0817 팩스 | 032-712-2815
E-mail | bommedia@naver.com
소식창 | http://blog.naver.com/bommedia

값 9,000원

ISBN 979-11-5810-380-4 03810

※파본은 구입하신 서점에서 교환하여 드립니다.

※이 책은 봄 미디어를 통해 독점 계약되었습니다.
저작권법에 의해 보호를 받는 저작물이므로 무단 전재와 무단 복제를 엄금합니다.

영·혼·공·감

이정 ◆ 장편 소설

contents

프롤로그

고고하게 우뚝 솟은 기와집 안쪽에 불이 밝혀졌다. 구름 뒤에 가려 흐릿했던 해가 산자락 뒤로 서서히 모습을 감추고 있었다. 늦가을 바람은 습기를 한껏 머금어 수연의 몸을 눅눅하게 물들였다. 주변에는 불빛 한 점 보이지 않았다. 세상에 섞이기 싫은 듯 외따로 떨어진 기와집은 문을 굳게 닫아걸고 있었다. 문고리를 잡은 수연의 손이 바들바들 떨렸다.

"어머니, 문 좀 열어 주세요. 거기로 돌아가기 싫어요. 여기서 살게 해 주세요. 네?"

물기 섞인 목소리엔 끌끌한 기운이 감돌았다. 벌써 몇 시간째 대문을 두드려 댄 손이 벌겋게 부어오르기 시작했다.

"어머니, 담이가 죽었어요. 그 사람 때문에 담이, 우리 담이가……. 뭐든 할게요. 방에서 꼼짝 말라고 하면 며칠이라도 숨죽이고 있을게요. 그러니까 제발, 제발……."

한동안 문에 매달려 있던 수연은 결국 차가운 돌바닥에 무릎을 꿇었다. 잔뜩 움츠러든 어깨가 미세하게 떨렸다. 원래도 다정다감한 어미는 아니었지만, 이렇게까지 매정하리라곤 예상치 못했다. 예의로라도 웃음 한 조각 짓지 않는 남자를 막무가내로 따라가라 했을 때도 이 정도로 서럽진 않았다. 그때는 담도 함께였으니까.

하지만 이젠 다정하게 손을 잡아 주며 맑게 웃어 줄 담은 더 이상 제 곁에 없었다. 그를 감싸고 있던 매캐한 냄새가 아직까지 그녀의 주변을 돌고 있어 숨이 막히는 것만 같았다. 감당하기 힘든 상황으로부터, 믿을 수 없는 사람들로부터 벗어나고 싶었다. 그럴 수만 있다면 저 안에 냉대와 고립만이 존재한다고 해도 상관없을 것 같았다.

"정말 뭐든지 할게요. 저 좀 들여보내 주세요, 어머니."

다시 힘을 그러모아 주먹을 쥐고 문을 힘껏 두들겼다. 차가운 물방울이 손 위로 떨어졌다. 자신이 울고 있는 건가 싶어 눈가를 매만지던 수연이 막 빗방울을 떨구기 시작하는 하늘을 향해 고개를 들었다. 비는 곧 제 모습을 갖추고 쏟아지기 시작했다.

빗물이 눈물을 만들고, 눈물은 빗물에 섞였다. 하늘에 있는 담이 그녀를 위해 울고 있는 것만 같았다. 이대로 담을 따라가도 괜찮지 않을까 하는 생각이 머릿속을 잠식했다.

이젠 문을 두드려 볼 의지도, 어머니를 부를 기운도 없는 수연이 모든 걸 포기한 듯 빗속에 가만히 몸을 웅크렸다. 차가운 빗줄기가 그녀의 체온을 식히며 뽀얀 김을 만들어 내고 있었다. 눈을 감은 수연은 양손을 맞잡고 중얼거리기 시작했다.

"담아, 나도 데려가. 누나가 다 잘못했어. 그러니까 제발 누나만 두고 가지 마."

하지만 수연의 가는 음성은 빗소리에 묻히고 말았다. 돌바닥에 머리를 기대고 누운 채 이대로 잠들어 담의 곁으로 갈 수 있기를 빌며 모든 걸 놓아 버리려던 순간, 굳게 닫혀 있던 문이 열렸다.

감은 눈 사이로 비집고 들어오는 빛이 너무 시려 힘껏 찡그렸다가 간신히 눈꺼풀을 들어 올렸다. 문턱을 넘은 사람의 실루엣만 가늠할 수 있었다. 이젠 아무래도 상관없다고 먹었던 마음이 순식간에 실낱같은 희망을 품었다.

힘겹게 몸을 일으키는 수연의 곁으로 우산을 든 그림자가 서서히 다가왔다. 고개도 들지 못한 채 가쁜 숨을 몰아쉬고 있는 그녀의 앞에 무릎을 꿇고 앉은 그림자는 중요한 말이라도 건넬 듯 몸을 기울여 왔다.

짙은 사향 냄새. 어머니가 아니었다. 비릿하게 올라가는 입꼬리. 어머니에게 떠밀려 기원을 따라가기 전 가끔 마주칠 때마다 끈적거리는 시선과 비릿한 미소로 그녀를 소름 끼치게 했던 어머니의 애인이었다.

언제부터 이곳에 있었던 걸까. 이 남자 때문이었나. 기원을 따라가기 싫어하던 그녀를 매몰차게 쫓아냈던 것도, 선심 쓰듯 담을 함께 보내 준 것도, 절대로 다시 들여놓지 않겠다고 문을 굳게 닫아걸었던 것도 모두 이 남자와 단둘이 살고 싶어서 그런 걸까.

뒤죽박죽 생각이 엉켜 드는 머릿속과 달리 남자를 바라보는 수연의 눈은 그저 멍하기만 했다.

"선화가 그 녀석한테 연락했어."

어머니에 비하면 터무니없이 어린 남자가 자연스럽게 이름을 부르고 있었다. 그의 입에서 나오는 어머니의 이름이 너무나 선정적으로 들렸다.

"아마 곧 도착할 거야."

남자의 말에 수연은 가쁘게 몰아쉬던 숨을 멈추고 통증이 일기 시작하는 가슴을 움켜쥐었다. 그녀를 관찰하듯 유심히 바라보던 남자가 비릿한 미소를 머금은 채 고개를 숙여 비밀스럽게 속삭였다.

"내가 도와줄 수 있는데. 앞으로 시키는 대로 하겠다고 약속하면 숨겨 줄게. 선화 몰래 집을 하나 장만했어. 너와 함께 살 집. 처음 본 순간부터 네가 탐났어. 나와 함께 가겠다고 말하기만 하면 널 숨기는 것쯤은 일도 아니야. 어때?"

은밀하게 속삭이던 그가 수연의 귓불을 살짝 물었다. 소스라치게 놀란 그녀가 짧은 비명과 함께 남자를 힘껏 밀어냈다. 둘을 가리고 있던 우산이 뒤로 나동그라지면서 그도 바닥에 주저앉고 말았다.

여태 그에 의해 가려져 있던 대문 앞에 누군가 서 있었다. 눈앞을 가린 빗물을 대충 손으로 닦아 낸 수연이 누군지 가늠해 보려 눈을 부릅뜬 순간, 별안간 빛줄기가 하늘을 가르며 내리꽂혀 주변을 환히 밝혔다.

하얀 소복 차림의 선화가 서 있었다. 비에 젖은 소복이 맨몸에 찰싹 달라붙은 모습은 예순을 바라보는 나이에도 불구하고 그녀를 여자로 보이게 만들었다. 지금 그녀는 수연의 어머니가 아니라 자신보다 열두 살이나 어린 남자의 여자였다. 그걸 미처 알아채지 못한 수연이 한 가닥 솟아오른 희망을 품고 무릎걸음으로 그녀에게 다가갔다.

"어머…… 아악!"

모진 손바닥이 수연의 뺨 위로 날아들었다.

"돌아가. 네 자리는 서기원이 옆이야. 인연을 끊는 일도, 새로운 인연을 만드는 일도 모두 네 힘으로 해."

모질게 돌아서는 선화의 치맛자락을 잡았다.

"어머니! 담이가 죽었다고요. 그 남자 때문에 담이가 죽었단 말이에요. 그런 사람이랑 같이 살 수 없어요. 제발 여기 있게 해 주세요."

"여기에 네 자린 없어."

선화의 냉정한 발길질에 수연은 돌바닥 저만치 널브러졌다.

"뭐해? 안 들어오고."

"나? 선화야, 자기야! 오해하는 거 아니지? 글쎄, 저 계집애가 날 꼬드기더라니까. 그래서 나한테는 자기밖에 없다고 말할……."

"시끄러워. 얼른 따라 들어와."

"가요, 가. 우리 자기 진짜 삐졌구나?"

선화의 비위를 맞추려는 남자의 목소리가 끊임없이 이어

지더니 대문이 닫히는 요란한 소리와 함께 멀어져 갔다. 잠시 아무 움직임이 없던 수연이 꿈틀거리며 바닥에 대자로 드러누웠다.

감은 눈 위로 빗물이 쉴 새 없이 내리꽂혔다. 그대로 잠든 것처럼 한동안 미동도 없이 누워 있던 수연이 갑작스레 번쩍 눈을 떴다. 흐릿하지만 맑고 따뜻한 기운이 그녀 위에 둥실 떠 있었다.

"담이, 너니? 흑, 담아……."

빗소리로는 감추어지지 않는 흐느낌이 애잔하게 흘러나왔다. 금방이라도 사라져 버릴 것 같은 기운을 그러잡으려는 듯 양손을 뻗었다. 수연은 담의 죽음을 목격하면서도 터뜨리지 못했던 울음을 한꺼번에 쏟아 내고 있었다. 흐릿한 구름 같은 것이 그녀를 감싸는가 싶더니 전류가 흐르는 듯 찌릿한 기운이 온몸으로 번져 갔다. 모든 걸 내려놓으려는 그녀를 채찍질하는 듯했다. 절대 포기하지 말라고, 어서 몸을 일으키라고 재촉하는 것 같았다.

삶에 대한 애착도, 의지마저도 놓아 버린 수연이 담의 기운에 떠밀려 힘겹게 몸을 일으켰다. 비틀거리며 돌계단을 내려가 천천히 걸음을 떼기 시작했다.

저만치 길 끝에 자동차 헤드라이트일 게 분명한 빛이 주변을 밝히며 다가오고 있었다. 선화는 인연을 끊어 내는 일도, 새로운 인연을 만들어 내는 일도 모두 그녀의 몫이라고 말했다.

수연은 이제 그만 모든 인연을 끊어 내고 싶었다. 모질고

냉정하기만 했던 선화와도, 그녀를 이용하기만 했던 기원과
도, 그 둘로 인해 생긴 모든 인연을 여기서 마무리 짓고 싶었
다.

비척비척 걸음을 옮겨 가로등 불빛이 닿지 않는 어두운 길
로 나아갔다. 추적추적 내리는 비가 그녀를 흠뻑 적셨다.

굴곡진 길을 돌아온 차가 속력을 높여 미끄러지다가 길 중
앙에 나타난 가녀린 형체를 발견하고 급하게 멈춰 섰다. 끼
익, 하는 거슬리는 소리와 함께 눈을 멀게 할 것 같은 환한
불빛이 수연을 감쌌다.

둔탁한 충격을 느끼며 수연은 암흑 속으로 잠겨 들었다.

3년 후.

수연은 거침없이 달려드는 음습한 검은 그림자를 피해 무
작정 도로로 뛰어들었다. 비 내리는 가을밤의 스산함과는 거
리가 먼, 봄기운이 완연한 날임에도 불구하고 급하게 멈춰
선 차의 마찰음과 환한 불빛에 노출된 수연은 3년 전의 암흑
속으로 다시 빨려 들어간 듯 털썩 주저앉고 말았다.

"당신 뭐야? 죽고 싶어 환장했어?"

차에서 내려 팔을 거칠게 움켜쥔 남자의 벼락같은 말에 과
거를 헤매던 수연이 퍼뜩 정신을 차렸다. 눈부신 헤드라이트
에 드러난 남자의 얼굴은 놀랍도록 잘생긴 데다 예리하게 빛
을 발하고 있었다.

"갑자기 뛰어들면 어쩌자는 겁니까? 내가 주의해서 운전했으니 망정이지. 혹시 당신, 다른 마음먹고 일부러 뛰어들었나? 자해 공갈로 운전자에게 금품을 요구하는 행위는 형법 제347조 사기죄에 의거, 10년 이하의 징역 또는 2천만 원 이하의 벌금에 처해질 수 있다는 거 모르나?"

전혀 자해 공갈을 할 여자로는 보이지 않았다. 하지만 되짚어 보건데 좀 전 상황은 분명 이 가녀린 여자가 그의 차 앞으로 일부러 뛰어들었다고밖에 생각할 수 없었다.

범죄를 저지르는 사람 거의 태반이 범죄자처럼 생기지 않았다. 정혁이 생각하기에 그것은 일종의 살아남기 위한 보호색 같은 것이 아닐까 싶었다. 겉으로 보이는 게 전부가 아닌 세상이었다.

멍한 눈길로 여린 몸을 떨고 있는, 20대 초반쯤으로 보이는 이 여자도 탁월한 보호색을 지닌 것이 분명했다. 예쁘장한 얼굴에 시리게 반짝이는 눈, 가느다란 팔까지 보호색치곤 상당히 완벽했다. 더구나 표정 연기가 압권이었다. 정혁의 위협적인 말에도 아랑곳없이 겁을 집어먹은 것 같은 멍한 눈길은 그를 지나쳐 저만치 으슥한 곳에 집중되어 있었다. 단언컨대 이 여자를 겁먹게 하는 것은 그가 아니었다.

정혁의 의문을 담은 시선이 그녀의 눈길이 머문 뒤쪽 어디쯤으로 돌려졌다.

"이봐요, 저기 뭐가 있습니까?"

정혁의 물음에도 그녀의 시선은 어딘가에 묶인 듯 흔들림조차 없었다. 그의 시선이 아무것도 없는 허공을 주시하다가 다시 옮겨졌을 때, 그녀의 시선은 무언가 움직이는 걸 쫓듯 서서히 이동하고 있었다. 어찌나 생생한지 정혁은 아무것도 보이지 않는 자신이 이상하게 느껴질 정도였다. 그의 마음은 알 바 아니라는 듯, 깊이를 알 수 없는 그녀의 동공은 두려움을 담고 점점 커지고 있었다.

아무래도 미친 여자한테 잘못 걸린 듯싶었다. 잠복근무를 하느라 제대로 먹지도 자지도 못하고 버티다가 3일 만에 집으로 들어가는 길이었다. 샤워와 안락한 잠자리가 미치도록 그리운 마당에, 아무리 남다른 정의감과 태평양 같은 오지랖을 자랑하는 그라도 이런 상황은 결코 반갑지 않았다. 그렇다고 그냥 내버려 두자니 양심이란 녀석이 허락을 안 해서 적당히 떠넘기는 쪽으로 마음을 굳힌 정혁이 그녀와 억지로 눈을 맞췄다.

"집이 어딥니까? 다니는 병원……!"

작고 부드러운 몸이 갑자기 그를 덮쳐 왔다. 반사 신경이라면 남다르다 자부했던 정혁은 손가락 하나 까딱 못 하고 그대로 얼어 버렸다. 바보처럼 입만 벙긋거리고 있는 그의 품에서 고개를 쳐든 수연이 빠르게 주변을 살핀 뒤 안도의 한숨을 내쉬었다.

"어, 저기 그……."

갑자기 울린 굵직한 목소리에 화들짝 놀란 수연이 그를 확 밀쳐 내자 정혁은 이번에도 어이없게 뒤로 엉덩방아를 찧고 말았다. 당황한 얼굴로 그를 바라보던 수연이 급하게 몸을 일으켰다.

"죄, 죄송합니다."

옹얼거리듯 사과의 말을 뱉은 수연이 주춤주춤 뒷걸음질을 치더니, 돌아서서 냅다 달아나기 시작했다.

"이봐, 잠깐!"

엉거주춤 몸을 일으킨 정혁이 그녀를 잡으려다 그만두었다. 굳이 잡아야 할 이유가 없었다.

저만치 멀어져 가는 그녀를 멍하니 바라보고 있던 정혁은 허, 하고 어이없는 단음절을 내뱉었다.

마치 무언가에 홀린 것만 같았다.

1장

붐비는 시간이 막 지난 김밥 전문점 안에선 신혜가 부지런히 김밥을 말며 동시에 창밖을 주시하고 있었다. 얼굴엔 초조한 빛이 가득했다. 어느새 다 말아진 김밥을 기다리던 손님에게 건네면서도 쉴 새 없이 밖을 살피던 신혜가 낯익은 형체를 발견하고 나서야 안도의 한숨을 뱉어 냈다. 신혜는 문을 열고 들어서는 수연을 향해 환한 웃음을 지어 보였다.

"늦어져서 걱정했다. 배달은 잘 했지?"

"네."

"미안해. 손님들은 왜 꼭 약속이나 한 것처럼 한꺼번에 몰아닥치나 몰라. 하여튼 김정팔이 애는 일복도 없어. 꼭 그래, 꼭. 팔푼이 김정팔이 홀딱 자리 비우면 손님도 많고, 배달도 밀린다니까."

엎어지면 코 닿을 거리에 있는 아파트 단지에, 그것도 수

17

연이 스스로 가겠다고 했는데도 불구하고 신혜는 미안해서 어쩔 줄을 몰라 했다. 덕분에 평소엔 사랑해 마지않는 그녀의 남편만 팔푼이 김정팔이 되어 버렸다.

수연은 배달하고 받아 온 돈을 카운터에 내려놓고 구석에 놓인 의자에 앉으며 빙그레 웃기만 했다. 원래도 말수가 많은 편은 아니었지만 그녀는 어릴 적보다 더 말이 없어졌다. 그나마 웃어 주기라도 하니 얼마나 다행인지 몰랐다.

3년 전, 서기원이라는 사람의 연락을 받고 병원으로 찾아 갔을 때만 해도 말 못 하는 병에 걸린 게 아닌지 착각했을 정도였으니까.

신혜가 기원의 연락을 받고 병원에 도착했을 때 수연은 열흘 동안이나 의식이 없었다고 했다. 어떻게 된 일인지 따져 묻는 그녀에게 기원은 그저 교통사고를 당했다는 말만 남긴 채 짐짝 떠맡기듯 하고 사라졌다.

신혜가 기억하는 한, 얼굴 몇 번 본 게 전부인 선화 이모는 방금 만나고 헤어진 사람마냥 안부 인사도 없이 '당분간 네가 걜 맡아 줘야겠다' 라는 한마디만 남긴 채 전화를 뚝 끊어 버렸다.

처음엔 당황하여 그냥 넘어갔지만 나중엔 화가 났다. 신혜의 엄마가 죽기 전 유명한 무속인이었던 선화에게 금전적으로 도움을 받았다는 사실을 감안하더라도 이런 식으로 양해도 구하지 않고 수연을 떠맡기는 건 자신을 무시하는 처사라는 생각이 들었다.

선화를 만나러 갔을 때, 얼굴 서너 번 봤을 뿐인 사촌 동생이었다. 인형 같은 얼굴로 맑게 웃는 모습이 너무나 예뻐 알록달록한 탱화로 둘러싸인 집과는 참 어울리지 않았던 아이. 수줍게 말을 건네는 모습은 외따로 떨어져 있던 기와집처럼 고고한 기운을 풍기며 이 세상 사람이 아닌 것 같은 이질감을 느끼게 했었다.

화려하기 이를 데 없는 선화의 딸이라곤 믿기지 않는 모습에 수연을 마주한 신혜는 가슴이 두근거렸었다. 말하는 모습, 웃는 모습, 걷는 모습, 고개를 갸웃하는 모습, 하나하나 다 신혜의 마음을 사로잡아 그녀를 만나고 온 뒤 며칠간은 거울을 보며 흉내 내기 바빴던 기억이 아직도 생생했다.

하지만 병원 침대에 잠들어 있는 수연은 초췌하고 초라해 보일 뿐이었다. 그 모습을 보니 더욱 내키지 않았다. 그냥 모른 척 버려두고 가고 싶었다. 더군다나 정필과의 결혼을 앞두고 있던 때였다. 가뜩이나 정필의 어머니가 부모마저 모두 돌아가시고 변변한 일가친척 하나 없다고 탐탁지 않아 하던 터라 몸이 아픈 사촌 동생과 함께 살아야 한다고 하면 결혼이고 뭐고 다 엎어 버릴 것만 같았다. 남의 처지를 생각할 입장이 못 됐다.

결심을 굳힌 신혜가 그냥 가 버리기도 뭐해서 선화에게 다시 전화를 했지만, 신호음이 끊기도록 받지 않았다. 친엄마에게서도 버림받은 수연이 딱했지만 끝내 매정하게 돌아설 수밖에 없었다.

막 병실을 나서려던 그녀의 휴대폰으로 선화의 메시지가 도착했다.

〈돈 보내마. 계좌 번호 찍어라. 그 아이가 깨어나면 이제 나와는 더 이상 인연이 아니라고 전해라.〉

참 간사한 것이 사람의 마음이라고, 메시지를 보는 순간 수연을 떠맡는 것이 못 할 일만은 아니라는 생각이 들었다. 결혼 준비로 생활이 빠듯해 한 푼이라도 아쉬울 때였다. 수연에게 미안하고 낯부끄러웠지만, 잘 돌봐 주면 된다고 스스로를 정당화시켰다.

그 후로 3년이 지났다.

신혜는 여전히 수연에게 미안했다. 퇴원하기 전 기원은 딱 한 번 병원을 방문했고, 머물다 간 시간은 채 2분을 넘기지 않았다. 한참 후에야 안 일이지만, 기원은 수연과 법적으로 혼인 관계였다.

기원이 다녀간 뒤 꼭 울 것 같은 표정으로 내내 창밖만 바라보고 있던 수연이 처음으로 입을 열었다.

"우리 담이 목숨 값이에요. 난 도저히 쓸 수 없을 것 같아서……."

간신히 내뱉는 말에 울음이 한가득 섞여 있어서, 통장을 내미는 손이 애잔하게 떨리고 있어서 차마 마다하지도, 담이 누구냐고 물어보지도 못했다.

그 돈은 결국 정필이 실직한 후 이 김밥 전문점을 내는 데

쓰였다. 수연과 함께 산 기간은 기껏해야 그녀가 몸을 추스르는 데 걸린 한 달 남짓이었다. 신혜가 죄책감에 내어놓은 선화가 준 돈으로 자그마한 원룸을 얻어 나간 뒤로 수연은 지금까지 쭉 혼자 생활하고 있었다.

신혜가 억지로 불러내지 않으면 바깥출입도 거의 없는 편이었지만 요즘은 말도 곧잘 하고, 진짜 웃는 것 같진 않았지만 미소도 가끔 보여 이 정도면 제법 좋아졌다고 만족하던 참이었다.

그럼에도 수연을 마주할 때마다 샘솟는 안쓰러움을 미처 갈무리하지 못하고 바라보던 신혜의 미간이 순식간에 구겨졌다.

"어머, 수연아! 이거 뭐야? 피나잖아. 어쩌다 이랬어?"

옷소매에 피가 배어 나와 있었다. 신혜가 호들갑 떨기 전까지 깨닫지도 못하고 있던 수연은 그제야 팔꿈치 부근에서 쓰라림을 느꼈다. 팔을 걷어 확인하며 걱정을 늘어놓는 신혜를 남 일인 듯 물끄러미 바라보던 그녀가 설핏 미소를 지었다.

아무리 겁이 나도 그렇지, 어쩌자고 처음 본 남자 품으로 뛰어들었을까. 늘 일상인 듯 지내다가도 도저히 견딜 수 없는 날이 있다. 바로 오늘처럼. 생각지도 못한 순간에 나타나 그녀를 삼켜 버릴 듯 주변을 맴도는 어둡고 음습한 기운이 못 견디게 싫었다. 이런 날이면 혼자 있는 게 버거워 신혜의 성화에 못 이긴 척 밥을 얻어먹으러 나왔다. 가만히 앉아 있다가 주문이 밀려 들어와 정신없는 신혜에게 보탬이 될 거라고 생각해서 한 일이 걱정만 얹은 꼴이 되어 버렸다.

"얘 봐. 웃어? 웃음이 나오니?"

"그냥 살짝 까진 거예요. 괜찮아."

팔을 빼내 소매로 상처를 가리며 하는 말에 신혜가 눈을 가느다랗게 내리떴다.

"수연이 너, 밖에서 뭐 좋은 일이라도 있었어?"

신혜의 말에 불현듯 남자의 단단한 가슴이 떠올랐다. 보기 드물게 맑은 기운을 가지고 있는 사람이었다.

그래서 뭐? 그 남자는 아마도 자신을 정상인으로 보지 않았을 게 뻔했다. 자해 공갈이 어쩌고, 형법이 어쩌고 하는 것 같았는데 혹시 신고하진 않을지 걱정스러웠다.

"좋은 일은 무슨. 그만 들어갈게요."

붙잡아도 소용없을 거라는 걸 알고 있는 신혜는 섭섭한 마음에 삶은 계란을 주섬주섬 담아 수연에게 건넸다. 아직 사람들과 어울리는 건 꺼리는 편이었지만, 차차 나아질 거라 여겼다.

"이거 가지고 가서 간식으로 먹어. 조심해서 들어가고 도착하면 전화해."

"네."

저 아이에게 빨리 좋은 인연이 생겼으면 좋겠다. 요즘 같은 시대에 필요 없다며 휴대폰 하나 가지고 있지 않은 수연에게는 다소 힘들 수도 있는 일이겠지만.

❈ ❈ ❈

간만의 휴식이 새로운 활력을 불어넣은 듯 힘찬 발걸음을 보이던 정혁이 이른 시간부터 어수선한 사무실 분위기에 미간을 슬쩍 일그러뜨렸다. 그런 정혁을 발견한 태랑이 쪼르르 달려왔다. 얼마 전 지능 범죄 수사팀으로 발령받아 온 그는 수사보다 사교성에서 더 탁월한 능력을 발휘하고 있었다.

"안녕하십니까, 반장님."

대충 손만 들어 보이고 휘적휘적 제자리로 향하는 정혁에게 태랑이 젖 달라고 보채는 아이마냥 따라붙었다.

"반장님, 신현덕 사건이요."

"그게 왜? 검찰로 송치한 지가 언젠데."

"그랬죠. 그랬는데……."

"검찰에서 다시 수사 협조 요청이 들어왔습니다. 인마, 정신 사납게 촐랑대지 말고 커피나 좀 뽑아 와."

장철민 형사가 어깨춤이라도 출 듯 신나 있는 태랑의 뒤통수를 치며 말을 가로챘다.

"커피요? 누구 거요?"

"반장님, 이렇게 눈치코치 없는 녀석을 계속 우리 팀에 둬도 되는 겁니까? 이태랑 형사, 내가 처음에 뭐라고 했냐?"

철민이 태랑의 단단한 복근을 손가락으로 푹푹 찔러 댔다.

"지능 범죄 수사팀은 콩 한 쪽도 나눠 먹는다. 아니, 아무리 그래도 커피라는 게 마시기 싫은 사람……."

"난 아메리카노."

"태랑아, 난 카페 모카."

"난 거품 잔뜩 들어간 거로 부탁해."

태랑의 말이 떨어지기 무섭게 팀 전원이 공모라도 한 듯 여기저기서 각자 주문을 읊어 대고 있었다. 금세 울상이 된 태랑을 본 정혁의 한쪽 입꼬리가 슬쩍 올라갔다.

"얼른 갔다 와라, 아가."

금세 눈물이라도 떨어뜨릴 것 같은 표정으로 어깨를 축 늘 어뜨린 태랑이 비척비척 밖으로 나가자 잠시 키득거리는 웃 음소리가 새어 나왔지만, 다들 바쁜지 곧 업무를 계속했다.

"신현덕 건은 왜 다시 넘어온 거야?"

정혁의 얼굴에도 좀 전까지 장단 맞춰 주며 보였던 표정은 온데간데없었다.

"어젯밤 23시 20분경, 신현덕이 드림캐슬 아파트 25층 옥 상에서 떨어져 죽은 채로 발견됐답니다."

"그렇다고 다시 우리한테 넘겨? 담당 검사가 누구야?"

"서기원 검사요. 스타 검사 아닙니까? 귀찮은 일은 피하고 볼 심산이겠죠."

드림캐슬 아파트 입주자 대표였던 신현덕은 승강기 교체 공사 과정에서 공사 업체와 짜고 지명 경쟁 입찰 방식으로 공사를 진행해 수천만 원의 부당 이득을 취한 혐의로 고소되 어 조사를 받았다. 조사 과정에서 혐의가 사실로 밝혀진 것 은 물론, 승강기 폐자재를 불법으로 팔아넘겨 이득을 취한 사실도 드러나 검찰에 송치한 사건이었다.

"안 그래도 잘못 건드렸다간 미운털 박힐 판이었는데 자 살까지 했으니, 혹시나 강압 수사를 했다는 오명을 뒤집어쓰지 않을까 하는 염려도 있을 거고⋯⋯."

정혁은 순간 짜증이 확 밀려왔다. 수사 중에 신현덕이 현직 국회의원과 줄이 닿아 있음을 알게 되었다. 정의 구현은 개나 줘 버리라고 해라. 개인의 정의감으로 세상을 변화시키기에는 한계가 있었다. 수사하는 내내 외압에 시달렸었다. 여기까지 끌고 올 수 있었던 것도 어쩌면 아버지인 차현수 경찰청장의 후광이 작용했을 거라는 건 어렵지 않게 짐작할 수 있었다.

"자살했다고 바뀔 것도 없잖아. 그냥 대충 현장 둘러보고 다시 송치해."

"저 그게 그렇게 간단하지가 않습니다. 신현덕의 마누라가 협박 전화 비슷한 걸 받았다고 절대로 자살한 게 아니라는 말을 했답니다."

자리에 앉은 정혁이 골치가 아픈 듯 한 손으로 양쪽 관자놀이를 문질러 댔다.

"어제 검거한 보이스 피싱 연락책 심문은?"

"준비 중입니다."

3일을 꼬박 돌아가면서 잠복한 끝에 잡은 끄나풀이었다. 정보에 따르면 엄청난 규모의 보이스 피싱 조직과 연락이 가능한 녀석이었다. 잘만 하면 중국과 한국을 넘나들며 피해를 양산하고 있는 거대 조직을 소탕할 수 있는 절호의 기회였다. 이런 중요한 시기에 검찰에 송치했던 사건을 다시 파고들어야 하는 상황이 상당히 마음에 들지 않았다.

"수사팀 전원, 그쪽에 집중해."

짧게 명령을 내린 정혁이 다시 자리에서 일어났다.

"신현덕 건은 내가 맡도록 하지."

"아무리 그래도 혼자……."

"혼자는 왜 혼자야? 저 녀석 있잖아."

정혁이 가리키는 입구 쪽에는 수사 지원팀 장유정 형사와 커피 캐리어를 나누어 들고서 얼굴에 웃음이 만발한 태랑이 걸어 들어오고 있었다.

"이태랑."

"헉. 네, 반장님!"

유정을 보며 싱글거리고 있던 태랑이 정혁의 목소리에 놀라 부동자세를 취했다.

"입 놀리는 것만큼 실력도 괜찮은지 한 번 볼까?"

정혁은 그 말을 남긴 채 사악하기 그지없는 미소와 함께 휙 지나쳐 갔다.

"선배님, 어디 가세요? 저 드릴 말씀 있는데요."

미소를 머금고 있던 유정이 다급하게 정혁을 불렀다.

"나중에."

"저 별일 없는데, 같이 갈까요?"

"네가 왜? 이태랑, 종일 커피 심부름만 할 거야? 빨리 못 움직여?"

"네, 반장님."

다시 부동자세를 취했던 태랑이 허둥지둥 커피를 넘기고 부리나케 정혁의 뒤를 따랐다. 그 모습을 지켜보고 있던 유정의 얼굴이 실망감으로 살짝 일그러졌다.

정혁은 관리 사무소의 도움을 받아 신현덕이 뛰어내렸다는 옥상을 살펴본 뒤, 태랑을 그의 집으로 보내고 아파트 주변을 살펴보고 있었다. 신현덕이 떨어졌던 자리는 말끔히 치워진 채 거친 모래로 덮여 있었다. 근접한 화단 부근을 살펴보던 정혁은 사람을 찾는 전단지 한 장을 발견하고 집어 들었다. 열일곱 살 여자아이를 찾는다는 내용을 쓱 훑어보고 고개를 한껏 젖혀 옥상으로 시선을 보냈다.

크지도, 작지도 않은 키에 통통한 체격인 50대 후반의 신현덕이 올라서기에 옥상 난간은 너무 높았다. 하필이면 왜 이런 불편하기 짝이 없는 옥상까지 올라갔을까. 더구나 잠겨 있었다던 옥상 문은 어떻게 열었을까. 여러 면에서 신현덕이 자살했다고 보기에는 다소 어색한 점들이 있었다. 의문이 담긴 정혁의 눈이 20층에 있는 신현덕의 집을 훑다가 뻐근해지는 고개를 바로 하고 휴대폰을 꺼내 들었다.

—네, 반장님.

"양해 구하고 신현덕 휴대폰 받아 오는 거 잊지 마."

짧게 내뱉고 휴대폰을 종료시킨 정혁의 눈이 한곳에 못 박혔다. 그 여자다. 간밤에 잠들기 전까지 그의 머릿속을 점령하고 있던 여자. 찰나에 마주쳤던 칠흑같이 까만 눈이 잊히지 않았다. 부지불식간에 다가들었던 말랑한 몸이 낙인처럼 찍혀 잠들기 직전까지 그를 괴롭혔다. 사건과 관련된 일도 아니고, 특별히 여자에 관심을 가진 것도 아니니 그대로 잊히는 게 당연했다.

그럼에도 그의 통제를 벗어나 알 수 없는 방향으로 흘러가는 감정을 이해할 수가 없었다. 상당히 찜찜한 상황이었지만 다시 만날 수 있을 것 같지도 않았고, 잠잘 시간도 모자란 그이다 보니 곧 잊히겠지, 애써 덮으려던 참이었다.

하지만 생각과 달리 그녀는 너무도 빨리 정혁의 눈앞에 다시 모습을 드러냈다.

"여기 사는 건가?"

고개를 갸웃거리던 정혁이 손에 들고 있던 전단지를 아무렇게나 구겨 주머니 속에 넣은 뒤, 조용히 그녀의 뒤로 따라붙었다. 지하 주차장으로 내려가는 입구에 멈춰 선 그녀는 얕은 한숨을 뱉어 낸 뒤 결심을 굳힌 듯 다시 움직이기 시작했다.

지하까지 내려간 후 그녀의 행동은 한층 더 수상해졌다. 으슥한 곳만 찾아 기웃거리다가 주변을 두리번거리기를 반복하더니, 관계자 외 출입 금지라고 쓰인 출입문 옆 귀퉁이에 멈춰 섰다. 정혁도 덩달아 멈춰 모퉁이에 몸을 숨겼다.

주변을 유심히 살피던 그녀는 그 자리에 쪼그려 앉았다.

뭐 하는 거지? 그녀를 향한 물음인 동시에 자신을 향한 물음이기도 했다. 자신은 대체 여기서 왜 이러고 있는 걸까. 정혁은 스스로가 한심하게 느껴지면서도 이 자리를 벗어나야 할지, 그녀 앞에 나서야 할지 정하지 못하고 있었다. 망설임이 깊어진 그가 습관처럼 관자놀이를 꾹꾹 눌러 댔다.

야옹.

정혁에게서 피식 웃음이 새어 나왔다. 의심과 긴장감은 오로지 그의 몫이었나 보다.

미행 따위는 생각조차 않는, 길고양이 밥을 챙길 정도의 선량함을 지닌 여자는 자신을 몰래 훔쳐보며 실소를 금치 못하고 있는 남자가 있다는 사실은 꿈에도 모른 채 맑은 음성으로 고양이를 불러 댔다. 잠시 후 길고양이 한 마리가 어슬렁거리며 나타나 그녀의 주변을 맴돌았다.

"안녕."

짧게 인사를 건넨 여자는 손에 들고 있던 봉지를 부스럭거리며 고양이 밥을 챙겨 줬다.

"이게 마지막이야. 다음엔 아무리 못살게 굴어도 절대로 다시 안 올 거야."

단호하게 뱉어 놓고도 괜스레 고양이가 안쓰러워진 수연이 머리를 부드럽게 쓸었다.

"우리 담이가 고양이 엄청 좋아했는데. 고양이에 대한 거라면 모르는 게 없었어. 고양이는 개보다 기억력이 좋대. 공기의 맛도 느낄 수 있다고 했는데, 진짜야? 아, 맞다. 암고양이는 오른손, 아니 오른발잡이고 수고양이는 왼발잡이라는데. 넌 암컷이야, 수컷이야?"

야옹.

"다 먹었어? 벌써 가려고? 나 진짜 다시는 안 올 거야. 그러니까 너도 더 이상 여기 있지 마. 저번에 무섭게 생긴 아저씨가 고양이 덫 놓는다고 한 거 너도 들었지? 여기보다 괜찮은 데 찾아봐. 알았지?"

수연의 말을 알아듣기는 한 건지 나타날 때와는 반대로 고양이는 쏜살같이 어디론가 사라졌다. 흐릿하게 뭉쳐져 주변을 맴돌던 기운도 고양이를 따라 사라져 버린 것을 확인한 수연이 이내 자리에서 일어났다.

"윽."

모퉁이에 서 있던 정혁이 수연의 신음 소리에 금방이라도 뛰어나갈 듯 발을 멈칫했다.

"으, 다리야."

또 한 번 정혁의 입에서 실소가 터져 나왔다. 그런 걸 알리 없는 수연은 손가락에 침을 묻혀 코끝에 열심히 발라 대기 바빴다. 정혁은 이제 그만 자리를 벗어나야겠다고 생각하면서도 쉽게 발걸음을 떼지 못하고 있었다. 돌아서야지 하면서도 이상하게 아쉬움이 남았다.

그게 화근이었다. 조용한 지하 주차장 안에 갑자기 요란한 벨소리가 울려 댔다. 회들짝 놀란 수연이 그를 향해 돌아섰다. 당황한 정혁이 전화를 받을 생각도 못 하고 주춤 다가서자 수연은 뒤로 한발 물러났다. 그의 기억 속에 존재하던 칠흑같이 까만 눈동자가 눈꺼풀 아래로 드러난 예리한 시선을 피하지 않고 마주했다. 둘의 시선이 얽혀들었다. 정혁이 느끼기에 여자는 그를 기억하는 눈치였다.

다시는 볼 일 없을 거라 장담했던 남자가 그녀의 앞에 떡 버티고 서 있었다. 갑자기 혼란스러워졌다. 보기와 다르게 집착이 대단한 남자였나. 진짜 고소라도 하려고 찾아온 걸까.

무표정인 것과는 다르게 수연의 머릿속은 그야말로 전쟁

터였다. 하지만 이 모든 의문을 확인하기에 앞서 지금 당장은 벨소리가 너무 요란했다.

"받으세요."

정혁은 그제야 주머니 속에서 제 존재를 알리고 있는 휴대폰이 생각났다. 민망함을 감추기 위해 헛기침을 한 번 내뱉고 휴대폰을 귓가에 가져다 댔다. 태랑의 우렁찬 목소리가 휴대폰을 뚫고 나와 고요한 지하 주차장을 울렸다.

—반장님, 저 지금 차 앞인데 어디 계시는 거예요?

"기다려."

—반······.

휴대폰을 주머니로 거칠게 쑤셔 넣은 정혁이 아무런 변화 없이 양손을 다소곳이 모으고 서 있는 수연에게 다시 집중했다. 무슨 말을 하려는 건지, 아니 뭘 하려는 건지 그조차도 알 수가 없었다.

"아니에요."

수연에게서 뜬금없고도 간략한 한마디가 툭 튀어나왔다. 방금 전까지 고양이와 다정히 대화를 나눴던 여자라고는 믿기지 않을 만큼 그녀는 말을 아끼고 있었다.

"네?"

"자해 공갈범 아니에요."

"아."

"성추행범도 아닌데, 그때 혹시 기분 나쁘셨다면······."

수연의 생각을 따라잡을 수가 없어 어리둥절하던 정혁이 그녀가 제멋대로 안겨 들었던 순간을 생각해 내고는 입매를

31

굳혔다.

"신경 쓰인 건 사실이지만, 기분 나쁘진 않았습니다."

그가 듣기에도 상당히 딱딱한 어조였다. 그럴 의도는 아니었지만 혹시나 그의 말투에 겁을 집어먹은 건 아닌지 살펴보자 그녀는 여전히 일말의 변화도 없는 표정이었다. 너무 짙어서 빨려 들지나 않을까 걱정스러운 눈만 마음을 꿰뚫어 보는 듯 반짝거렸다. 허투루 빈말을 하면 안 될 것 같은 눈을 가만히 들여다보고 있다가 저도 모르게 다가서자 그녀가 갑자기 고개를 숙여 인사를 했다.

"감사합니다. 혹시 절 고소하거나 그럴 생각은 아니신 거죠?"

"네, 뭐."

"그럼 저는 이만……."

주춤 뒤로 몇 밸 물러선 수연이 왔던 길을 되밟아 가기 시작했다. 그녀가 멀어지는 걸 물끄러미 쳐다보고 있던 정혁이 다급하게 뒤를 따랐다. 이대로 보내면 왠지 후회할 것 같았다.

"여기 삽니까?"

산책하듯 걷던 수연이 그 자리에 우뚝 멈춰 섰다. 한 템포 느리게 돌려진 얼굴은 역시나 아무 변화가 없었다.

"아니요."

"그럼 왜?"

"부탁을 받아서요. 고양이 밥."

"아, 실례지만 이름이……."

"반장님, 여기 계셨어요? 한참 찾았습니다."

눈치 없고도 방정맞은 목소리가 저만치서 들려왔다. 미간을 구긴 정혁이 태랑을 바라보는 사이 부담스러운 시선에서 벗어난 수연은 재빨리 걸음을 옮겼다. 잡을 명분도 없었지만, 얼결에 여자를 놓쳐 버린 정혁이 와다다 다가서는 태랑의 뒤통수를 시원하게 날렸다.

"윽! 아, 왜요?"

"왜요? 아까 전화로 뭐라고 했냐?"

"기다리라고 하셨습니다. 그래도 그렇지, 이게 맞을 일입니까?"

"당연히 맞을 일이지. 너 때문에 지금⋯⋯."

저 여자를 놓쳤잖아, 라는 말을 삼킨 정혁이 뒤에서 굿을 하든가 말든가 고고한 걸음을 멈추지 않는 여자에게로 시선을 보냈다.

그러게. 이름은 알아서 뭐할까. 용의자도 아니고, 피해자도 아니고 그녀 말마따나 자해 공갈범, 성추행범은 더더욱 아닌데. 이름을 알아야 할 이유가 없었다. 그런데 뭘까, 이 찜찜함은.

"휴대폰은 받아 왔어?"

"네, 반장님. 죽기 직전에도 누군가와 통화를 했답니다. 관리 사무소 소장과도 조사받은 이후 여러 차례 다툼이 있었고, 요 며칠간은 잠도 제대로 못 자고 헛소리도 가끔 했다고 말하더라고요."

"헛소리?"

"네. '그러려던 게 아니야', '그렇게까지 할 생각은 없었어' 주로 그 비슷한 말들이었대요. 악몽도 자주 꿔서 소리를 지르면서 깨어나기 일쑤였고, 깨어나면 잘못했다고 싹싹 빌기도 했다는데요. 정말 검찰에서 강압 수사를 한 건 아닐까요?"

"서기원 검사가 그랬을 리 없어."

출세에 눈먼 사람들은 건드려야 할 것과 그러지 말아야 할 것을 귀신같이 구별해 냈다. 서기원이라면 신현덕이 현직 국회의원과 연이 닿아 있다는 사실쯤 이미 어렵지 않게 파악했을 것이다. 그럼 대충 덮고 무마시키는 방향으로 가지, 강압 수사를 할 리가 없었다.

"그럴까요? 근데 반장님, 아까 무슨 말씀하시려던 겁니까?"

"알 거 없어, 인마. 휴대폰 분석 들어가고, 혹시 타살 흔적이 있는지 국과수에 의뢰해."

"네. 근데 진짜 뭔데요, 반장님? 혹시 아까 지나친 예쁘게 생긴 여자랑 무슨 일 있으셨던 겁니까? 그 여자, 아주 분위기 죽이던데요."

정혁이 태랑의 뒤통수를 혹 쳤다. 죽이던데요, 라니. 그녀가 그런 저급한 말로 평가받는 게 썩 마음에 들지 않았다. 정말 알 수 없는 마음이었고, 알고 싶지도 않은 마음이었다.

✳   ✳   ✳

봄답지 않게 을씨년스러운 날이었다. 하늘은 금세라도 비를 뿌릴 듯 찌뿌둥했다.

차에서 내린 정혁이 드림캐슬 아파트에서 세 블록 정도 떨어져 있는 낡은 다세대 주택을 올려다보다가 뻐근한 목을 이리저리 돌렸다. 제대로 풀리는 게 없어서 그런지 피로가 배로 느껴졌다.

금세 꼬리를 잡을 것 같았던 보이스 피싱 조직은 겁쟁이들만 모여 있는지 공들여 만든 미끼를 물지 않고 있었다.

게다가 국과수로부터 죽은 신현덕의 등에서 멍 자국이 발견됐다는 소식을 전해 들었다. 요즘 사회적으로 아파트 비리에 민감하게 반응하는 추세였지만, 자살을 택해야 할 정도로 처벌이 강하진 않았다. 더구나 정혁이 알기로 신현덕은 죄책감을 느낄 타입도 아니었고, 쉽게 인생을 포기할 타입도 아니었다. 한마디로 자살했을 가능성은 희박하다는 결론에 이르렀다.

신현덕의 휴대폰에 디지털 포렌식(Digital Forensic)*을 실시하기 전, 그가 죽기 직전 통화한 번호로 전화를 걸었던 건 순전히 태랑의 호들갑 때문이었다. 받을 거라고 생각도 못 한 팀원들은 그의 뒤통수를 날릴 준비를 끝마친 상태였다. 그런데 어이없게도 상대방이 전화를 받았다. 순진한 건지, 맹한 건지 전화를 받은 여자는 이쪽 신분을 밝혔는데도 불구하고

---

*Digital Forensic:PC나 노트북, 휴대폰 등 각종 저장 매체 또는 인터넷 상에 남아 있는 각종 디지털 정보를 분석해 범죄 단서를 찾는 수사 기법.

순순히 주소까지 알려 주었다. 이런 경우 용의자일 가능성은 희박하다고 봐야 할 것이다. 그럼에도 그가 직접 여기까지 온 이유는 아무런 감정 없이 주소를 읊어 대던 목소리가 어쩐지 낯설지 않아서였다.

건물 안으로 들어가 계단을 오르던 정혁은 스멀스멀 피어오르는 기대감이 마음에 들지 않아 미간을 짙게 구겼다. 단지 목소리가 비슷했다는 이유만으로 혹시 그녀가 아닐까 생각한 것도 어이가 없었지만, 눈코 뜰 새 없이 바쁜 와중에도 그녀와의 짧은 만남이 잊히지가 않는다는 게 더 기가 막힐 노릇이었다. 통화한 여자가 그녀라면 그의 이런 찜찜한 상태를 해결할 수 있는 절호의 기회였다. 설사 그녀가 아니라 해도 신현덕과 마지막으로 통화한 여자와의 관계를 밝히는 것은 이 사건에서 중요한 일이었다.

여자가 알려 준 주소 앞에 멈춰 선 정혁이 단호한 동작으로 초인종을 눌렀다. 신원을 밝히지도 않았는데 갑자기 벌컥 열리는 문에 놀란 그가 뒤로 주춤 물러났다.

당황한 정혁의 시선이 모습을 드러낸 여자에게로 집중됐다. 미묘한 두근거림이 그에게 찾아들었다.

"안녕하세요."

놀라거나 당황하기는커녕 뜬금없이 건네는 인사가 참 그녀다웠다.

"또 보는군요. 좀 전에 연락드린 중부 경찰서 지능 범죄 수사팀 차정혁입니다. 몇 가지 확인하고 싶은 게 있어서요."

"들어오세요."

"그럼 잠깐 실례 좀 하겠습니다."

그녀는 아무 말 없이 현관에서 살짝 비켜 그를 안으로 안내했다. 그녀만큼이나 단출한 내부 전경이 한눈에 들어오는 원룸이었다. 흐렸던 하늘은 결국 비를 뿌리는지 커튼을 젖혀 놓은 창문 위로 빗물이 빗금을 그어 대기 시작했다.

좁다고 느껴 본 적 없던 원룸이 갑자기 좁아 보였다. 수연은 집 안을 살피는 그를 어정쩡하니 바라보고 있었다. 집주인인 자신보다 더 여유로워 보였다.

정혁의 시선이 창을 지나 침대를 가리고 있는 파티션을 스치고 노트북과 책과 자료들, 머그잔이 어지럽게 놓인 책상에 잠시 머물렀다. 수연이 물건들에 대해 설명을 해야 할까 고민하는 사이 정혁의 시선이 예리하게 빛을 발하더니 다시 자리를 옮겨 파스텔 톤의 2인용 패브릭 소파와 조그만 탁자를 뚫어질 듯 바라보다가 아일랜드 탁자가 가로막고 있는 주방으로 향했다.

"어, 맛을 보면 뭔가 떠올리는 데 도움이 돼서요."

알아듣지 못할 말을 내뱉은 수연이 탁자 위를 가득 채우고 있는 컵라면 용기들을 주섬주섬 챙겨 치울 곳을 찾아 두리번거렸다. 매사에 정확할 것 같은 무표정한 인상과는 달리 의외로 그녀는 일상적인 면에서 많이 서툴러 보였다.

"평상시엔 이렇게까지 어수선하지 않은데, 이번에 의뢰받은 일이 잘 안 풀려서……. 소파에, 아니 이쪽으로 앉으시겠어요?"

수연은 소파를 가리키다가 얼른 고개를 젓더니 탁자 밑의 의자를 빼내 그에게 권했다. 암만 생각해도 밖으로 나갈 걸 잘못했다는 생각이 들었다. 낯선 이와 나란히 앉기에 2인용 소파는 너무 다정해 보였다. 그렇다고 정혁을 소파에 앉히고 자신이 바닥에 앉는 것도 좀 우스울 것 같았다. 어쩔 수 없이 택한 탁자 또한 그리 좋은 선택은 아닌 것 같았지만 다행히도 의자가 두 개인 데다 이동도 손쉬워 거리를 두고 앉는 데는 아무런 지장이 없었다.

정혁이 긴 다리를 접고 앉는 걸 확인한 수연이 여분의 의자를 꺼내 그의 건너편에 멀찍이 자리를 잡고 앉았다. 손님 맞을 일이 없었던 그녀는 뭘 해야 할지 난감해 맞잡은 손가락만 꼼지락거렸다.

"아, 맞다! 차 드실래요?"

정말 중요한 걸 생각해 낸 것처럼 그녀의 표정에 뿌듯함이 가득했다. 이해할 수 없었지만 무어라 말할 것도 못 돼서 정혁은 그저 고개를 끄덕였다.

얼른 몸을 일으킨 수연이 싱크대 이곳저곳을 뒤진 뒤 냉장고를 열고 잠시 심각하게 쳐다보다가 힘없이 닫았다. 닫힌 냉장고 앞에서 한동안 꼼짝을 않는 그녀 때문에 정혁은 적잖이 당황스러웠다. 부끄러운 건지 미안한 건지 모를 미묘한 표정 변화를 보인 수연이 손가락을 배배 꼬며 주섬주섬 말을 꺼냈다.

"죄송해요. 차랑 커피도 다 떨어져서……. 괜찮으시다면 물이라도 드릴까요?"

너무도 심각한 표정을 한 그녀를 앞에 두고 정혁은 웃음이

나올 뻔했다.

"차와 커피는 질릴 정도로 마셨고, 목마른 것도 아니니까 다 생략하도록 하죠."

"아, 네."

정혁의 말에도 심각한 표정을 걷어 내지 못한 수연은 남의 집임에도 너무나 편안히 걸터앉은 그에 비해 엉거주춤 불편한 자세로 의자에 앉았다.

"이제 시작해도 될까요?"

"네."

"죽은 신현덕 씨와는 어떤 사이입니까?"

"죽었어요?"

미묘하게 놀라는 표정을 살피는 정혁의 눈빛이 예리했다. 알고도 모른 척 꾸며 내는 거라고 치부하기엔 그녀의 눈빛이 너무나 맑았다.

"네. 아파트 옥상에서 떨어져 죽었습니다. 신현덕 씨와 어떤 사이시죠?"

"지나치다 몇 번 봤어요."

"지나치다 몇 번 본 사이인데 전화번호까지 안다는 건 잘 이해가 가지 않는군요."

"사촌 언니가 그 아파트 근처에서 김밥 체인점을 해요. 거기에 관리 사무소 언니가 자주 점심을 먹으러 오거든요."

말을 어지간히 아끼는 여자였다. 형사인 정혁의 입장에서는 과히 반갑지 않은 타입이었다. 그는 재킷 주머니에서 작은 수첩을 꺼내 펼쳤다.

"관리 사무소 언니라면 김승희 씨를 말하는 겁니까?"

관리 사무소의 여직원은 두 명이었다. 둘 다 눈앞의 여자보다 나이가 들어 보이긴 했지만, 그가 알기로 좀 더 수다스러운 쪽은 김승희였다.

"이름은 잘 몰라요. 좀 통통하고, 안경을 쓴 사람이에요. 아, 머리가 짧은……."

"김승희 씨가 맞습니다. 그분한테 신현덕 씨를 소개받은 겁니까?"

"아니요. 언니 김밥집에 다 같이 앉아 있는데 그 앞을 지나치는 걸 보고 제가 누군지 물어봤어요. 그 아파트 대표라고 하더군요."

수첩을 볼펜 끝으로 톡톡 두드리던 정혁이 탁 소리가 나게 내려놓았다.

"그러니까……."

이런 젠장, 여태 이름도 안 물어봤다. 형사 노릇 9년 만에 초짜 때도 하지 않았던 실수를 저질러 버렸다.

"이름이 뭡니까?"

스스로에 대한 짜증이 겹쳐 말이 신경질적으로 흘러나왔다.

"은수연."

수첩을 다시 펴 들고 정혁은 그녀의 집 전화번호 옆에 이름을 적어 넣었다.

"나이는?"

"스물다섯."

단답형 질문에 단답형 대답이 돌아왔다. 여자 나이 함부로 물어보는 거 실례예요, 따위의 말은 할 줄도 모르는 여자다.

"그러니까 언니가 운영하는 가게에 김승희 씨와 함께 앉아 있다가 그 앞을 지나가는 신현덕 씨를 보고 궁금해서 누군지 물었더니 김승희 씨가 이름이며 연락처까지 낱낱이 알려 줬다, 이 말인 거죠?"

"아니요. 같이 앉아 있었던 건 아니고 사촌 언니랑 친한 사이라 그땐 이름만 물어보고, 나중에 언니 통해서 연락처를 받았어요."

"그렇게까지 해서 연락처를 알아야 할 이유가 있었나요?"

힐책에 가까운 질문이었다. 다박다박 말을 잘하던 수연의 입이 새치름하니 다물어졌다.

"도우려던 거였어요."

"뭘 말입니까?"

"그건 말하기 좀 곤란해요."

정혁이 습관처럼 한 손으로 관자놀이를 꾹꾹 누르다가 다시 수첩 위를 볼펜으로 툭툭 쳤다.

"직업이 뭡니까?"

"브랜드 메이커예요."

"브랜드 메이커?"

"네. 네이미스트라고도 하는데 쉽게 말하면 이름 짓는 거예요. 프리랜서라 매일 일하는 건 아니지만요."

정혁은 그녀가 컵라면을 치우며 했던 '맛을 보면 뭔가 떠올리는데 도움이 돼서요'란 말의 뜻을 그제야 이해할 수 있

41

었다.

"그날 통화 내용을 알 수 있을까요?"

"말하기 곤란해요."

그녀는 조금의 망설임도 없이 딱 잘라 말하기를 거부했다.

"말하기 곤란하다?"

수연의 말을 되씹는 정혁은 왠지 기분이 나빠지고 있었다. 은수연이라는 여자를 제대로 알지도 못하면서 이해할 수 없는 배신감을 느끼며 꺼려지는 질문을 건넬 수밖에 없었다.

"신현덕 씨와 부적절한 관계였습니까?"

충분히 돌려 말할 수도 있었지만 정혁은 그렇게 하지 않았다. 그를 자꾸 혼란스럽게 하는 수연의 보호색을 한 꺼풀 벗겨 버리는 데는 충분히 도움이 될 거라고 생각했다.

그녀의 얼굴이 처음으로 그럴듯하게 일그러졌다. 그렇다고 보호색을 벗었다고 하기엔 무리가 있었지만, 어쨌든 제대로 된 감정을 이끌어 내는 데는 성공한 것 같았다. 처음 만났을 때도 느낀 거지만 그녀의 보호색은 상당히 완벽했다. 형사로서 필요한 질문을 한 그가 오히려 파렴치한으로 느껴질 정도였다.

"통화 기록을 제대로 보신 거 맞아요? 제가 신현덕 씨와 전화한 건 딱 한 번이에요. 부적절한 관계라면 말이 안 되지 않나요?"

따지는 모양새가 제법 논리 정연했다. 있지도 않은 차를 대접하겠다던 허당 같은 면모는 완전히 사라진 모습이었다. 참 여러모로 아리송한 여자였다. 그래서인지 정혁은 다른 때 같았으면 하지 않았을 무례한 말을 이어 갔다.

"통화 기록을 삭제했을 수도 있고, 휴대폰으로 통화했을 수도 있겠죠."

"요즘은 삭제된 기록도 복원할 수 있다고 들었어요. 그리고 전 휴대폰 없어요."

그녀의 말에 정혁의 시선이 자연스럽게 사방을 훑었다. 없는 휴대폰도 찾아낼 것 같은 그의 움직임에 수연은 불쾌함을 감출 수 없었다.

"저한테는 필요 없는 물건이에요."

톡 쏘듯 내뱉은 그녀의 말에 정혁의 시선이 다시 되돌아왔다. 그녀와 마주한 눈엔 의심보다는 흥미로운 사실에 대한 호기심이 가득했다.

"불쾌했다면 죄송합니다. 요즘 휴대폰 없는 사람이 드물다 보니 잠깐 의아했을 뿐입니다. 그럼 왜 고작 지나치다 몇 번 본 게 다인 신현덕 씨와 통화를 한 겁니까?"

"아까도 말했잖아요. 돕고 싶어서 전화한 거라고."

"그런데 뭘 도우려던 건지는 말할 수 없다고요?"

"없는 게 아니라 곤란하다고요. 한 가지만 물어봐도 될까요?"

수연의 조심스러운 물음에 정혁이 짧게 고개를 끄덕였다.

"신현덕 씨가 살해당한 건가요? 그래서 저를 의심하는 거고요?"

수연은 마치 날씨 이야기라도 하듯 무덤덤하게 물었다.

"모든 가능성을 열어 놓고 수사하는 중입니다."

"그렇군요."

그녀가 앉은 자리에서 몸을 일으켰다.

"저는 더 이상 할 말이 없습니다. 그만 가 주시겠어요?"

변명할 가치도 없다는 태도였다.

"신현덕 씨와 무슨 일로 통화를 했는지 알려 주지 않으면 계속 의심을 받을 수도 있는데, 괜찮겠습니까?"

"아니요, 안 괜찮죠. 하지만 그 가능성에 저에 대한 의심이 포함된 건 어쩔 수 없는 일인 데다 어차피 수사는 형사님의 몫 아닌가요?"

"그렇군요."

수연이 했던 말을 똑같이 되돌린 정혁도 의자에서 몸을 일으켰다. 그러자 그녀는 연약함을 한껏 뽐내며 뒤로 한발 물러났다. 그의 어깨를 살짝 넘는 키며 뽀얗게 드러난 목과 고양이가 앙증맞게 그려진 양말까지. 그녀는 정혁의 저변에 깔린 대책 없는 오지랖을 자극하고 있었다. 왠지 보호해 줘야 할 것 같고, 따뜻하게 안아 줘야만 할 것 같은 감정을 불러일으켰다.

정혁의 대책 없는 오지랖은 지금껏 그의 울타리 안에 있는 사람들로 한정이 되어 있었다. 가족, 친구, 그의 팀원들. 그마저도 그들이 옳은 길을 가고 있다고 판단했을 때에 발동되는 오지랖이었다. 그런데 만난 지 얼마 되지도 않은 낯선 이에게서 이런 감정을 느낀 건 처음이었다.

대체 뭐가 자신을 이런 감정에 빠져들게 하는지 알 길이 없어 답답했다. 여린 몸을 하고도 표정만은 한결같이 냉정함을 유지하고 있기 때문일까. 아니면 금방이라도 울 것 같은 눈을 하고도 높게 담을 쌓는 그녀의 태도 때문일까.

머리부터 발끝까지 감상하듯 오르내리는 그의 시선이 부담스러웠는지 수연의 미간이 못마땅한 듯 구겨지면서 흠집 없는 콧잔등도 덩달아 찡긋했다.

정혁의 입가에 피식 미소가 맺혔다. 또래답지 않게 어른스러워 보여 그와 아홉 살이나 차이 나는 아가씨라는 자각이 없었는데, 이제야 그녀가 막내 여동생처럼 보였다. 아마도 아리송한 오지랖이 발동된 이유도 거기에서 기인했으리라. 그렇게 생각하자 마음이 조금 편안해졌다.

수연은 올해 스물아홉인 정혁의 막냇동생보다도 어렸다. 작년에 정혁의 친구인 현우와 결혼해 이젠 애 엄마가 됐으면서도, 그만 보면 장난기 그득한 얼굴로 혀를 내밀며 심술을 부리기 일쑤인 정은을 떠올린 정혁의 표정이 부드럽게 풀어졌다. 갑자기 떠오른 정은 때문인지 수연을 홀로 두고 나가는 게 이상하게 마음에 걸렸다.

정혁의 눈이 녹슨 걸쇠가 붙어 있는 창으로 향했다가 그 흔한 디지털 도어록도 설치가 안 된 현관문을 유심히 쳐다봤다. 마음 같아선 걸쇠가 튼튼한지 직접 확인해 보고 싶었지만, 그것까진 너무 과한 오지랖이다 싶은 생각에 안주머니에든 지갑에서 명함을 꺼내 수연에게 내미는 것으로 대신했다.

의문이 가득 담긴 수연의 눈이 그와 명함을 번갈아 쳐다봤다.

"생각나는 거나 하고 싶은 말 있으면 여기 적힌 번호로 연락 줘요."

"그런 거 없어요."

단박에 거절하는 그녀에게 성큼 다가선 정혁이 작고 뽀얀 수연의 손을 덥석 잡아 명함을 강제로 쥐였다. 흠칫 놀란 그녀는 아무 말도 못 하고 손안에 든 명함을 멍하니 바라봤다.

"그래도 혹시 모르니까 가지고 있어요. 다음엔 누군지 꼭 확인하고 문 열어 주는 거 잊지 말고. 문단속 잘해요."

"어, 저기……."

수연이 무어라 말하기도 전에 성큼성큼 걸어간 정혁은 이미 현관문을 열고 있었다. 종종거리며 따라온 수연이 현관에 벗어 놓은 슬리퍼를 허둥지둥 신는 게 문틈으로 보였다.

문을 완전히 닫고도 한참, 걸쇠를 거는 소리까지 듣고 나서야 정혁은 발걸음을 뗐다. 이상하게 마음이 헛헛했다.

2장

"장유정, 넌 시집 안 가냐?"

"결혼이야 진작 하고 싶었죠. 짝을 못 만나서 그런 거지."

"멀리 찾을 거 뭐 있어? 바로 옆에 있잖아."

현우가 턱짓으로 정혁을 가리켰다. 삼겹살에 소주 한 잔이면 충분하다는 정혁을 끝내주는 와인 바가 있다며 억지로 끌고 온 현우였다. 두 사람의 곁엔 유정도 함께였다.

사실 정혁은 그녀가 귀찮게 따라붙어서 살짝 짜증이 나던 참이었다. 미간부터 구기고 보는 그에 반해 유정은 싫지 않은 듯 별말 없이 와인을 마셨다.

"술 취했냐? 말 같은 소릴 해."

잠시의 머뭇거림도 없이 단칼에 쳐 내는 정혁의 말에 취기에도 멀쩡했던 유정의 볼이 일순 붉어졌다.

"뭐가 또 말 같지도 않은 소리야? 유정이 정도면 너 땡 잡

47

는 거야, 인마."

"후배야. 부하 직원이고."

"후배에 부하 직원은 여자 아니냐?"

현우의 너스레에도 한 번 싸해진 분위기는 풀어질 줄을 몰랐다.

몰랐던 사실도 아니었건만 정혁의 입을 통해 직접 들은 현실은 유정에게 너무나 참담하게 다가왔다. 그녀가 막 경찰대에 입학했을 때 정혁은 바라보기에도 버겁기만 한 선배였다. 하지만 너무 밝은 빛에 마음을 빼앗기면 눈이 멀기 마련이다. 그 빛을 끊임없이 쫓느라 유정은 20대의 대부분을 허비했다.

후회하거나 아까운 것은 아니었다. 단지 이제 그에게 후배나 부하 직원이 아닌 여자로서 인정받고 싶을 뿐이었다.

"쓸데없는 소리 하지 말고, 김사 나부랭이 중에 좋은 사람 있으면 다리 좀 놔 주던가."

며칠 전부터 기회만 엿보고 있던 유정이 꺼내 보지도 못한 고백은 한순간에 쓸데없는 소리가 되어 버렸다. 현우의 시시한 농담에 맞장구치면서도 내내 눈치만 보고 있었는데, 유정은 취하지도 않은 술에 눈물이 날 것만 같아 입술을 사리물었다.

"뭐, 검사 나부랭이? 지금 형사 찌꺼래기 주제에 검사 나부랭이라고 했…… 어, 서기원이네."

흥분한 나머지 벌떡 몸을 일으키던 현우가 바 안으로 들어오는 남녀를 보며 중얼거리는 소리에 정혁은 인상부터 구졌다. 비릿한 미소를 머금은 서기원이 깍듯하게 예의를 갖춰 여자를 에스코트하고 있었다.

"서기원, 저 자식 말이야. 김동민 검찰총장님 막내딸한테 공들인다는 소문이 있던데 사실인가 보네. 내 기억으론 저 여자, 총장님 막내딸이 확실해."

"넌 어째 모르는 여자가 없다. 차정은이 알면 좋아하겠는데."

"인마, 자선 행사에서 본 것뿐이야. 그리고 지금 그게 중요하냐? 출세에만 눈이 멀어 정의 사회 구현에는 전혀 관심이 없는 저런 놈들이 넌 걱정도 안 되냐? 저놈, 이혼은 한 거야? 솜털도 안 가신 어린 마누라한테 푹 빠져 있을 땐 언제고 저러나 몰라."

"어린 마누라?"

그와는 아무 상관도 없는 얘기라 건성으로 듣고 있던 정혁은 어린 마누라란 소리가 괜스레 귀에 거슬렸다.

"서기원 검사, 압수 수색 현장에 와이프 데리고 다니기로 유명했잖아요."

와인만 홀짝거리고 있던 유정이 심드렁하니 끼어들었다.

"민간인을 왜 압수 수색 현장에 데리고 다녀?"

편법이란 모르는 정혁의 목소리에 날카로움이 실렸다.

"검찰 내부에서도 말이 나오긴 했었는데, 무슨 이유에선지 그냥 방관하더라고. 이건 순전히 내 짐작인데, 모종의 뒷거래가 있지 않았나 싶어."

"모종의 뒷거래?"

"저 자식 모친이 땅장사에다 돈놀이까지 하잖아. 돈이라면 넘쳐 날걸. 아무튼 와이프가 행운의 마스코트 역할을 톡톡히 한 건지, 저 자식이 스타 검사되는 데 한몫한 굵직굵직한 사건들은 아마 모두 그때 해결한 것들일 거야."

"대한그룹 김태진 대표 비자금 조성 사건, HA그룹 진재철 사장 횡령 사건, 선우그룹 정선우 회장 정관계 로비 사건, 그 외에도 꽤 여러 건 있었죠?"

"유정이, 너 서기원 스토커냐? 아니면 서기원을 마음에 둔 거야?"

기원이 해결한 사건들을 줄줄이 읊어 대는 유정에게 현우가 능글거리며 말을 건넸다.

"미쳤어요? 내가 저놈 때문에 빡쳤던 거 생각하면 지금도 술맛이 뚝 떨어져."

술맛이 뚝 떨어진다는 유정은 와인을 소주 들이키듯 벌컥벌컥 마셔 댔다.

"저 녀석이랑 네가 부딪칠 일이 있나?"

"어린이집 4세 여자아이 폭행 사건 기억나요?"

"한동안 엄청 시끄러웠는데 모를 리가. 그 사건도 저 자식한테 넘어갔었나?"

"네. 그때 우리 팀 막내가 실수로 압수물 하나를 덜 넘겼거든요. 중요한 것도 아니야. 애 머리핀 하나였다고. 실수였다고 사과하는데도 전화에 대고 귀가 따갑도록 별 지라……야단법석을 떨더라고요. 애가 울상이 돼서 안절부절못하기에 바꿔 달라고 했더니, 어휴. 그때 같이 욕이라도 할 걸! 지금까지도 억울해 죽겠다니까요."

상스러운 욕을 뱉으려던 유정이 정혁의 눈치를 슬쩍 보더니 한숨을 섞어 적당히 마무리를 지었다.

"그래서 뭐. 복수라도 하게?"

"알아 둬서 나쁠 거 없죠. 열심히 빈틈을 찾는 중이에요. 약자한테 강하고 강자한테 약한 저런 놈들은 높은 자리에 올라가면 안 된다니까요."

외진 구석 자리에 검찰총장 막내딸과 마주하고 앉은 기원은 누군가 와인을 마시며 와신상담하고 있다는 건 꿈에도 모른 채 기분 좋은 얼굴을 하고 있었다. 정혁은 괜스레 입맛이 써졌다.

"어디 가?"

달짝지근한 와인을 삼킨 뒤 일어나는 정혁을 향해 현우가 물어왔다.

"네 관리는 받고 싶지 않다."

"자식, 화장실 가면서 개폼은. 같이 가 주랴?"

농담을 건네는 현우의 등짝을 정혁이 손을 들어 거칠게 툭 치고는 걸음을 옮겼다.

"어머니, 오늘 중요한 약속 있다고 몇 번을 말했어? 왜 자꾸 전화야?"

언성을 높이지 않으려 애쓰는 기색이 역력한 기원의 목소리엔 짜증이 잔뜩 묻어 있었다. 그는 휴대폰을 귀에 바짝 가져다 댄 채 인적이 없는 곳을 찾아 기웃거리다가 화장실을 지나쳐 모퉁이를 돌고서야 걸음을 멈췄다.

—알지. 아는데, 부적 가지러 오란 지가 언제니? 아무래도 선화, 그년한테 속았어. 이번엔 정말 제대로 된 데서 만든 부적이야. 아주 유명한 데라니까. 신당 들어서자마자 묵직한 기운이 느껴지는 게…….

"언제는 은수연, 그 계집애만으로도 충분하다며?"

—그때랑 지금이랑 같아? 이 부적, 몸에 꼭 지니고 다니래. 그럼 그 검찰총장 딸내미도 공들일 필요 없이 홀딱 넘어온다고 했다니까. 아, 이참에 수연이 고거하고는 완전히 정리하란다. 쇠뿔도 단김에 빼랬다고 이혼 서류 만들어서 당장 찾아가야겠어. 너 개 주소 알지?

"은수연이 잘도 엄마를 만나 주겠다. 물어볼 것도 있고 내가 시간 봐서 갈게. 필요도 없어진 계집애는 진작 정리했어야 했는데. 하여튼 내가 알아서 할 거니까 일단 끊어, 엄마."

주변에 사람이 없다고 판단한 기원의 입에서 애써 의식해 부르던 어머니란 호칭이 사라지고 평상시대로 엄마라는 말이 튀어나왔다. 그게 마냥 듣기 좋은 김필녀의 간드러진 웃음소리가 휴대폰 너머에서 들려왔다.

휴대폰을 종료시킨 기원이 어깨를 부르르 떨더니, 옷매무새를 확인한 뒤 화장실 앞을 지나쳐 그 자리를 벗어났다. 그가 있던 곳에선 보이지 않던 화장실 입구 부근에서 커다란 그림자가 쓱 나타났다. 가벼운 걸음걸이로 사라져 가는 기원의 뒷모습을 바라보는 정혁의 표정이 좋지 않았다.

수연이라는 낯설지 않은 이름이 튀어나오기 전까지 남의 통화를 엿들을 마음 같은 건 없었다. 수연이라는 이름이야 흔하겠지만, 은씨 성을 가진 수연은 결코 흔한 이름이 될 수 없었다.

신경질적으로 머리를 쓸어 올린 정혁은 자신의 사고가 너무 편집증에 가깝다는 생각을 하며 떨쳐 버리려 애를 썼다. 설사 서기원이 말한 은수연이 그가 아는 사람이라 해도, 그에게 그들 사이에 끼어들 만한 자격은 없었다. 그걸 알면서도 왜 이렇게 신경이 쓰이는 건지, 현우와 유정이 있는 자리로 돌아가는 발걸음에 짜증이 묻어났다.

"왔어요? 현우 선배는 정은 씨 전화 받고 급하게 나갔어요."

"그래? 그럼 우리도 그만 일어날까?"

유정의 의사를 묻는 듯했지만, 정혁은 대답도 듣지 않고 먼저 자리에서 일어났다.

"선배, 잠깐만요. 저 할 말 있어요."

어정쩡하게 멈춰 선 정혁을 바라보는 유정의 눈에 비장함이 가득했다. 언제가 됐든 정혁을 포기할 마음이 없는 유정이 한번은 겪어야 할 일이었다.

고백 한 번으로 그의 마음을 얻을 수 있다는 터무니없는 기대를 하는 게 아니었다. 그가 그녀에 대해 특별한 감정을 가지게 될 때까지 지겹도록 곁에 붙어 있을 테니 오늘 고백이 당장 먹혀들지 않아도 상관없었다.

후배나 부하 직원이 아닌 이성으로 자신을 생각해 볼 수 있는 계기만 만들 수 있다면, 지금 하려는 고백이 결코 헛된 것은 아닐 것이다.

"잠깐이면 돼요. 시간 많이 안 뺏을게요."

고백을 앞둔 유정의 심장이 그 어느 때보다 요란스레 뛰어 댔다. 하지만 그녀에게 집중되어야 할 정혁의 시선은 유감스 럽게도 막 바를 나서는 기원과 검찰총장 막내딸에게로 쏠려 있었다.

"유정아. 미안한데, 급한 일 아니면 다음에 얘기하자."

"그, 급한 일이에요!"

그들을 따라 나갈 듯 걸음을 떼는 정혁을 잡으려는 유정의 목소리가 다급했다. 심상치 않음을 느낀 정혁이 한쪽 눈썹을 꿈틀하며 유정을 살피긴 했지만, 그 눈길은 오래 머무르지 않았다.

"무슨 일인지 모르겠지만 내일 얘기하자. 택시 불러 줄게. 조심해서 들어가고 내일 보자."

정혁은 재빠르게 휴대폰을 만지며 걸음을 옮기느라 유정 의 얼굴이 일그러지는 걸 미처 보지 못했다.

"왜 이렇게 안 받아."

한참의 신호에도 응답이 없는 전화에 조급해진 정혁은 머 리를 거칠게 쓸어 올렸다.

—어, 왜? 유정이한테 들었지? 나 먼저 간다고. 큰일 났 다. 정은이 완전 화났어.

"그러니까 집에 바로 들어갔으면 좀 좋냐. 그보다 서기원에 대해서 좀 알아봐 줘. 가능하면 서기원 와이프까지 포함해서 자세하게."

—야! 내가 무슨 흥신소야? 나 그렇게 한가한 사람 아니거든?

"내일까지 부탁한다. 정은이한테 잘하고. 그만 끊는다."

현우의 목소리가 휴대폰을 비집고 밖으로 새어 나오고 있었지만, 정혁은 피식 웃으며 통화를 종료시켰다. 아무래도 오늘 동생 부부의 밤이 순탄치만은 않을 듯싶었다.

❈ ❈ ❈

오후 8시의 마트 안은 그런대로 한산했다. 사람 많은 곳을 좋아하지 않는 수연에겐 딱 적당한 시간이었다. 며칠 동안 컵라면만 먹었더니, 밥다운 밥이 그리워 나온 길이었다.

난데없이 생긴 식욕에 소고기와 미역도 사고, 당면도 샀다. 수연과 담만 아는 그녀의 생일이자 기와집 대문 앞에 버려진 담을 만난 날이기도 했다.

선화는 신내림을 받았다는 이유로, 부모의 반대를 극복하지 못한 수연의 아버지에게 그녀를 임신한 채 버림을 받았다고 했다. 때문에 선화에게 수연이 태어난 날은 살뜰히 기억해 챙기고 싶은 날이 아니었을 것이다. 아홉 살 땐가, 생일이 언제냐고 묻는 그녀를 냉랭하게 바라보던 선화의 눈엔 상처가 가득했다. 그 후로 수연은 생일 같은 건 입에도 담지 않았었다.

기와집 담장을 넘어간 벚나무에서 벚꽃이 비처럼 날릴 때, 대문 밖에 쪼그려 앉아 버림받은 줄도 모르고 해맑게 웃는 담에게 그날을 둘만의 생일로 정하자 약속했었다. 선화에 대한 소심한 복수였다. 해맑기만 한 담을 보고 있자니, 버림받은 것이나 다름없음을 알면서도 인정하고 싶지 않아하는 자신을 보는 것만 같아 화가 났었다.

순수하지 못한 마음으로 시작된 생일은 점점 둘만의 비밀스러운 추억이 되었고, 담이 죽고 없는 지금은 아픔으로 남은 날이었다. 그래서 일부러 잊은 척 지냈었는데, 어째 장바구니에 담는 족족 생일상과 어울리는 물건뿐이었다.

손에 든 장바구니를 살펴보던 수연이 얕은 한숨을 뱉어낸 뒤, 미역과 당면을 내려놓고 인스턴트커피가 종류별로 쌓인 가판대로 향했다. 제일 잘 보이는 위치에 놓인 커피를 바라보던 수연의 표정이 미세하게 변했다. 그녀가 지은 이름을 달고 유명세를 타고 있는 커피를 보는 일은 아직도 좀 생소했다. 수연이 브랜드 메이커로 활동하게 된 건 참 운이 좋았다고밖에 생각할 수 없는 일이었다.

아르바이트 자리를 알아보려 인터넷을 뒤지다가 브랜드 공모전을 발견한 것도, 제품에 대한 설명을 보고는 바로 이름이 떠올랐던 것도, 그렇게 응모한 게 공모전 담당자 눈에 띈 것도 그녀에겐 생각지도 못한 행운이었다. 트렌드 같은 건 알지도 못하고, 사회 동향도 제대로 파악 못한 그녀가 뛰어난 감각 하나만 믿고 이름 짓는 걸 업으로 삼을 수 있었던 것은 순전히 당선된 이름을 단 커피가 고맙게도 잘 팔린 덕이었다. 그 고마움에 대한 보답이라고 하면 우습겠지만, 수연은 마트에 올 때마다 빼놓지 않고 커피를 샀다.

커피를 장바구니에 담고 걸음을 옮기려던 수연이 녹차, 칡차, 생강차 등 여러 가지 차들이 진열된 곳에서 잠깐 멈췄다. 순간 짙은 눈썹에 날이 선 코, 예리함을 담은 채 그윽하게 빛나던 눈이 떠올랐다. 그녀도 모르게 차 하나를 골라 장바구니에 담았다가 화들짝 놀라 다시 꺼내놓고 도망치듯 걸음을 옮겼다.

잠시 후 다세대 주택 계단을 오르는 수연은 양손에 묵직하게 들린 짐을 바라보며 한숨을 내쉬고 있었다. 미역이랑 당면을 다시 넣은 것까지야 그렇다고 쳐도 어쩌자고 차를 세 종류나 샀는지 스스로 생각해도 어이가 없었다.

"잘됐지, 뭐. 안 그래도 카페인 중독될까 봐 걱정했었잖아."

"혼잣말하는 건 여전하네. 어디 다녀와?"

계단을 오르던 수연이 우뚝 멈춰 섰다. 기원은 3년이라는 시간이 아무것도 아니었던 것처럼 어제 만나고 헤어졌던 사람이 할 법한 질문을 던지고 있었다. 수연은 그녀의 집 앞에 위압적으로 버티고 선 기원을 경계하듯 한 계단 내려섰다.

"어딜 다시 갈 건가? 아니라면 얼른 올라와서 문 좀 열지. 너 때문에 얼마나 시간을 허비한 줄 알아?"

"용건 있으면 여기서 말해요. 당신을 내 집으로 들일 생각은 없어."

여전한 건 기원이었다. 그녀를 얕보는 듯한 비틀린 미소도 여전했고, 상대방에 대한 배려는 일 푼어치도 없이 제 몸뚱어리를 우선으로 챙기는 것도 여전했다.

대체 무엇 때문에 온 것일까? 기원과 그 어떤 접점도 만들지 않으려고 애쓰며 살았다. 자신이 사는 곳을 모를 거라고 생각한 적은 없었지만, 기원도 엮이는 걸 좋아하지 않을 테니까 숨죽여 살면 다시 만날 일 같은 건 없을 거라 여겼다.

하지만 기원은 또다시 5년 전, 그때처럼 갑자기 수연의 인생에 끼어들어 마구 뒤흔들려 하고 있었다. 이번엔 절대로 흔들리지 않을 것이다.

"그럼 근처 아무 데로나 자리 옮기던가. 설마 이 건물 사람 전부가 네 복잡한 사생활을 알길 바라는 건 아니지?"

능글맞게 얘기하며 다가서는 기원을 피해 뒷걸음질하다가 수연은 몸을 휙 돌려 계단을 부리나케 내려갔다. 기원이 따라오는 걸 느낄 수 있었다.

"마셔."

그녀의 의사도 묻지 않고 그가 멋대로 시킨 다디단 커피를 물끄러미 바라보고 있던 수연은 컵에는 손도 대지 않고 기원을 똑바로 주시했다. 오만한 그는 여전히 어둡고 칙칙한 기운을 내뿜고 있었다. 아무리 모질게 마음을 다잡았다 해도 그와 마주한 자리가 불편하고 껄끄러운 건 어쩔 수 없었다.

"당신이랑 허비할 시간 없어요. 용건이 뭔지만 빨리 말해요."

"오, 제법 당돌해졌네. 더 예뻐지기도 했고."

2년을 한집에 사는 동안 간간이 그녀를 향해 내보여지던 소름 끼치는 눈빛이었다. 그게 견딜 수가 없어진 수연이 벌떡 몸을 일으켰다.

"쓸데없는 말만 할 거면 그만 가겠어요."

"어, 왜 이럴까? 후회할 텐데."

"당신과 마주 앉을 생각을 한 걸 이미 후회하고 있어요."

소름 끼치는 눈빛이 가신 자리에 화가 들어찼다. 기원은 고급스러워 보이는 가죽 토트백에서 서류 봉투를 꺼내 그녀 앞으로 내밀었다. 다시 자리에 앉은 수연이 서류 봉투를 받아 들 때까지 그는 입도 벙긋 안 했다.

"이혼 서류야. 네가 준비해야 할 거 기재해 놨어. 서류 작성해서 준비되는 대로 연락 줘. 아니면 연락처를 알려 주거나."

무덤덤한 시선으로 서류를 살피다가 집어넣은 수연은 탁자 위로 내밀어지는 명함을 힐끔 쳐다봤다.

"이리로 연락하죠."

"연락처도 주기 싫다? 뭐, 연락만 잘한다면 문제없겠지. 만나기 싫어도 법원에 함께 가야 하니까 되도록 빨리 정리할 수 있게 서류 제대로 준비해서 연락 줘."

"걱정 마세요. 이만 일어날게요."

쥐뿔도 없는 게 항상 고고했다. 정말 마음에 안 들면서도 기원은 그것 때문에 수연에게 시선을 빼앗기곤 했다. 여느 부부처럼 살았더라면 이런 감정은 진작 사라졌을까. 예전보다 더 깊어진 수연의 눈을 주시하던 기원이 서류 봉투를 쥐고 있는 그녀의 손을 덥석 잡았다.

"왜 이래요?"

입술을 앙다문 수연이 손을 강제로 비틀어 빼냈다.

"놀라긴. 뭐 하나만 묻자. 너 아직도 그 능력 가지고 있나? 그 덜떨어진 녀석 죽고 난 뒤에 능력이 완전히 사라진 건 아니지?"

서류 봉투를 쥔 수연의 손이 부들부들 떨렸다.

"담이 얘기 함부로 입에 담지 말아요."

"뭐야, 아직도 내가 죽였다고 생각하는 거야? 이거 왜 이래. 사고였어. 보상도 충분히 했잖아."

이런 식으로 나올 줄 알았다. 받기 싫다는 통장을 강제로 떠안기고 갈 때 이미 예상했었다. 돌려주면 저한테 미련이 남아 그러는 건 줄 알겠다는 말 때문에 차마 거절하지도 못하고 받아 버렸던 게 이제 와 대못이 되어 가슴에 박혔나.

"그건 내가 당신한테 해 준 일에 대한 대가야. 담의 목숨 값으론 어림도 없어."

"너하고 내가 셈법이 다르다는 건 예전부터 알고 있었지만, 이거 좀 심하네. 그러지 말고 그 능력 아직 그대로면 일하나만 같이 하자."

검찰총장이 직접 그를 지목해 일을 맡긴 건 아마도 사윗감으로서 괜찮은지를 가늠해 보려는 의도일 게 뻔했다. 그의 능력 밖의 일이라도 꼭 해결해 보여야만 했다.

"별거 아니야. 숨긴 자료 하나만 찾을 수 있게 도와주면 돼."

"혼자서 아무것도 못 하는 건 여전하군요. 당신의 그 대단한 어머니한테 말해 봐요. 그런 능력 같은 건 사라진 지 오래니까."

말이 끝나자마자 몸을 돌려 나가려는 수연을 기원이 다시 붙들어 세웠다.

"진짜야?"

대답할 가치도 없어 입을 꼭 다문 채 다시 손을 비틀어 빼내려 했지만, 이번엔 그리 쉽지 않았다.

"뭐, 능력은 없어졌다 치고. 우리 사이 말인데, 진지하게 고민 좀 해 봐."

"우리 사이가 뭐요?"

"너하고 사는 동안 다 마음에 안 들었는데 그중에서도 제일 마음에 안 들었던 게 뭔지 알아?"

"이거 놔요."

기원이 뭐라 하건 이젠 더 이상 상대하고 싶지 않아 손목의 통증을 무시하고 거칠게 비틀어 댔다. 수연을 확 끌어당긴 기원이 탁자에 올려 뒀던 손으로 그녀의 머리채를 움켜쥐었다.

"대답해야지. 뭔지 아느냐고. 몰라? 알려 줘? 네 엄마를 닮아서 그런지 넌 가만히 있어도 색기가 넘쳐흐른단 말이야. 근데 손도 대지 말라잖아. 원래 사람이란 게 못 하게 하면 더 하고 싶은 법이거든. 생각을 해 봐. 한집에서 혈기왕성한 젊은 남녀가 2년을 손끝 하나 안 건드리고 살았어. 말이 된다고 생각해?"

"왜 이래요? 놔줘요. 소리 지를 거예요."

그녀의 협박이 먹혀든 건지, 아니면 남의 시선 의식하기 좋아하는 그가 주변 시선이 신경 쓰여서 그런 건지 꽉 잡혔던 머리채가 놓여났다.

"아무래도 네 엄마한테 속은 것 같단 말이야. 잠자리를 같이하면 네 능력이 사라진다는 그 말, 믿을 수가 없었어. 그렇다고 시험해 보자니 위험 부담이 너무 컸고. 한창 잘나가려고 하던 때라 갑자기 네 능력이 사라지기라도 하면 큰일이었잖아."

진실 여부를 떠나 수연이 선화에게 고마움을 느끼는 유일한 일 중 하나였다. 욕심도 많고 겁도 많은 서기원은 사실을 확인해 볼 배짱 같은 건 절대로 없는 인간이니까.

"대체 무슨 말을 하고 싶은 거예요?"

"한 번쯤 더 써먹을 수 있을까 했더니, 이제 그 능력도 사라졌다며? 그러니까 우리 한 번 하자."

얼굴을 가까이 들이밀고 은밀하게 속삭이는 소리에 수연의 얼굴이 일그러졌다. 스타 검사 서기원이 이렇게 추잡한 인간이라는 건 아무도 모를 것이다. 어머니는 어쩌자고 이런 인간한테 자신을 팔아넘긴 걸까. 고상한 척 돌려 말할 배려도 없는 이따위 인간에게 도대체 뭘 해 줬던 걸까. 온몸에 소름이 쫙 끼쳤다. 그의 입에서 나온 말만으로도 더럽혀진 것 같은 기분이 들었다. 이를 악물고 부들부들 떨던 수연이 자유로운 한 손을 더듬어 가까이 놓인 컵을 움켜쥐어 그에게 냅다 뿌려 버렸다.

"윽, 야!"

강하게 잡혔던 손이 놓여났다.

"장난감이 필요하면 네 엄마한테 사 달라고 해. 다시 한번 이런 식으로 집적대면 성희롱으로 고소할 거야."

"야, 씨! 너 내가 누군지 몰라?"

"알아. 스타 검사 서기원 씨. 고소 같은 건 어림도 없겠지. 하지만 그거 알아? 난 잃을 게 없지만, 당신은 잃을 게 너무 많잖아. 성희롱 스캔들 한 번으로도 당신은 많은 걸 잃을 거야. 진짜 그럴까 궁금하면 어디 한 번 계속해 봐, 이 겁쟁이 야."

말을 끝마친 수연은 장 본 꾸러미를 챙겨 커피숍을 벗어났다. 기원은 그녀를 잡지 않을 것이다. 수연이 커피를 뿌린 일로 가게 안에 있는 사람들의 이목이 집중됐을 테니까. 그에게는 남의 시선쯤 대충 무시할 만큼의 대담함은 없었다.

❉   ❉   ❉

불이 꺼진 3층 창을 올려다보던 정혁은 신경질적으로 이마를 문지르다가 관자놀이를 꾹꾹 눌렀다.

며칠 전부터 수연이 사는 다세대 주택을 둘러보는 것이 그의 퇴근 코스로 굳어졌다. 딱히 뭘 하는 것도 아니었다. 그저 차 안에 앉은 채 불 켜진 창을 오래도록 바라보다가 가는 게 전부였다.

서기원이 말하던 은수연은 그가 아는 이가 맞았다. 게다가 그들은 부부였다. 그의 머릿속은 현우가 넘겨준 정보를 알기 전이 더 명쾌할 지경이었다. 어쩌다가 그런 여자와 얽혀 버렸는지. 신경 안 쓰면 그만인데 그게 점점 더 어려워졌다. 그저 동생 같은 생각이 들어서 그의 대책 없는 오지랖이 발동한 거라고 하기에도 과한 면이 있었다.

이 복잡한 감정이 뭐가 됐든, 불 밝힌 창을 확인하지 않으면 마음이 놓이지 않았다. 비정상적인 집착을 스스로도 이해할 수 없었지만 상관없었다. 지금은 그저 감정의 동선을 따라가는 게 최선이라는 생각이 들었다. 그러다 보면 언젠가 실체를 드러낼 것이다.

그런데 오늘은 뭔가 좀 달랐다. 자정이나 돼야 꺼지곤 하던 창이 9시가 조금 지났을 뿐인데 흐릿한 빛 한 점 없이 암흑에 휩싸여 있었다.

딱히 뭘 어찌할지 결심을 내리지 못한 상태에서 정혁은 답답한 마음에 차에서 내렸다. 유정만 아니었어도 더 일찍 도착할 수 있었을 텐데. 무언가 놓친 것 같은 찜찜함이 가시지 않았다. 할 말이 있다던 유정과는 같은 서에 근무한다는 게 무색할 정도로 서로 엇갈려 며칠 동안 얼굴조차 대면하지 못했다. 솔직하게 말하면 정혁은 수연에 대한 생각으로 그녀를 떠올릴 겨를도 없었다.

퇴근하려는 정혁을 불러 세운 유정은 뜬금없는 고백으로 폭탄을 날렸다. 그 고백이라는 것이 업무 보고를 하듯 간결하고 확실한 데다 마무리까지 깔끔해서 정혁의 의사 따위는 전혀 필요치 않다는 문제점을 안고 있었다.

"저 선배 좋아해요. 선배 마음은 알아요. 좋아해 달라는 거 아닙니다. 선배 마음을 흔들 방법을 찾는 중이에요. 쉽게 포기하진 않을 거니까 신경 쓰여도 좀 참아 주시라고요. 이상, 고백 마칩니다. 내일 뵐게요."

이내 도망치듯 자리를 벗어나는 그녀를 잡지 못했다. 고백을 받아 본 게 처음은 아니었지만, 유정은 생각지도 못한 상대였다. 좋다거나 나쁘다거나 하는 걸 떠나 그저 황당했다. 더욱이 거절할 타이밍조차 주어지지 않는 고백이라니. 다른 건 몰라도 유정은 그를 신경 쓰이게 하는 데는 성공한 것 같았다.

차체에 기대 목이 뻐근할 정도로 3층 창을 올려다보고 있던 정혁은 쉽게 마음을 정하지 못하고 주변을 서성이다가 휴대폰을 꺼내 들었다. 외우려고 애쓴 적 없지만 이미 그의 머릿속에 담겨 버린 그녀의 집 전화번호를 꾹꾹 누르며 뭐라고 말을 꺼내야 할지 고민에 빠졌다.

끊길 줄 모르는 신호음이 이어지는 동안 휴대폰을 든 그의 미간이 걱정으로 구겨졌다. 전화를 끊으며 미친놈 취급을 당하더라도 한 번 올라가 봐야겠다고 마음을 정한 순간, 저만치 가냘픈 인영이 느릿한 속도로 다가오는 게 보였다.

애써 확인하지 않아도 느낌만으로 수연이라는 걸 알 수 있었다. 반가운 마음에 그녀에게로 성큼성큼 다가가는 동안 느릿하게 뛰고 있던 심장이 거센 펌프질을 시작하는 걸 느꼈다. 이해할 수 없는 변화였지만, 신경 쓰지 않기로 했다. 우선은 멀쩡하게 나타나 준 이 여자가 너무 반가웠으니까.

고개를 숙인 채 꾹꾹 찍어 누르듯 발걸음을 떼며 걷던 수연은 그의 등장도 알아채지 못하고 있었다. 그의 발이 그녀 앞에 우뚝 움직임을 멈춘 뒤에야 놀란 듯 걸음을 멈췄다.

"앞도 안 보고 다니다가 다칩니다."

미소를 머금은 정혁이 장난스럽게 말을 건네자 그제야 수연이 고개를 들었다.

"흑, 흐윽."

수연의 울음은 갑작스러웠던 인사만큼이나 뜬금없었다. 얼굴이 온통 눈물범벅이 되도록 소리 한 번 내지 않았던 울음은 엄마를 만난 어린아이처럼 일시에 터져 나왔다. 한 손엔 마트 이름이 인쇄된 비닐봉지를 들고 다른 손엔 서류 봉투를 움켜쥔 채 소맷자락으로 눈가를 비비며 서럽게 울음을 토해 내고 있었다.

이 상황에 정혁이 할 수 있는 일이란 한 가지뿐이었다. 정은이 투정부리며 울 때마다 유용하게 써먹었던 그것. 수연에게로 가까이 다가선 정혁은 흠뻑 젖은 소맷자락이 휘감긴 손목을 잡아 그대로 품 안으로 끌어당겼다. 온몸으로 우는 건지 바들바들 떨고 있던 그녀가 멈칫 굳었고 울음소리도 잠시 그쳤다.

정혁은 마치 늘 그래 왔던 것처럼 익숙하게 수연의 등을 토닥였다. 그러자 수연의 울음이 다시 터져 나왔다.

"그치라고 달래는 건데, 다시 울면 어떡합니까?"

널찍한 품 안에 갇힌 그녀는 그의 말소리가 울려 대는 단단한 가슴에 얼굴을 파묻고 응석 부리듯 비벼 댔다. 당황했지만 정혁은 이내 아무래도 상관없다는 듯 등을 토닥이다가 간간이 작은 머리통을 쓰다듬었다.

"죄송해요."

저 말만 벌써 다섯 번째였다. 수연의 원룸으로 자리를 옮겨 온 지는 20분쯤 지났고, 울음을 그친 건 10분쯤 되어 가고 있었다. 여전히 훌쩍거리면서 웅얼거리듯 뱉어 낸 말이 고작 죄송하다는 말이었다. 벌써 10시가 가까워져 오는 시간이었지만, 정혁은 갈 생각이 없었고 수연도 그를 내쫓을 생각이 없어 보였다. 그동안 정혁의 시선은 탁자 위에 아무렇게나 놓인 서류 봉투에 못 박혀 있었고, 대책 없이 눈물을 쏟은 게 창피한 수연은 발끝만 뚫어지게 쳐다보고 있었다.

그녀가 울음을 터뜨린 원흉은 분명 저 서류 봉투일 게 뻔했다. 짐작건대 저 속엔 이혼 서류가 들어 있을 것이다. 그렇다면 그녀는 이혼하는 게 싫어서 울었던 것일까. 묻고 싶은 것도 많고, 듣고 싶은 건 더 많았지만 우선은 그녀를 바라보고 앉아 있는 걸로 만족해야 할 것 같았다. 이런 것도 그리 나쁘지 않다고 생각했다. 통통 부은 눈, 붉어진 코, 훌쩍일 때마다 오르내리는 어깨가 마냥 귀여워 보였다.

"정말 죄송해요."

"그보다 배고프지 않나? 저녁은 먹었어요?"

정혁은 서류 봉투를 의식하지 않으려 애쓰며 마트 이름이 인쇄된 봉지를 뒤적거렸다. 여러 종류의 차가 우르르 쏟아져 나오자 당황한 수연이 벌떡 몸을 일으켰다.

"준비할게요."

주섬주섬 봉지 안으로 다시 물건들을 집어넣은 수연이 싱크대로 황급히 움직여 냄비를 꺼내다가 멈칫했다.

"그게 저, 저녁 먹고 가라는 소리는 아니에요. 바쁘시면 그냥 가셔도……."

"볼 장 다 봤다 이건가. 하도 안 그쳐서 토닥거리다가 손금 닳는 줄 알았는데 말이야. 셔츠는 또 어떻고. 이거 물세탁 안 되는 고급 셔츠데 이렇게 푹 적셔 놓고 이제 써먹을 일 없으니 그냥 가라는 건 너무하지 않나?"

"고급 셔츠예요? 세탁 비……."

"저녁으로 퉁 칩시다. 대신 맛없으면 알죠?"

"네?"

난해한 숙제를 떠안은 것처럼 눈살을 찌푸려 보인 수연은 더 이상 아무런 말 없이 물을 받아 미역을 불리고 쌀을 씻었다.

"누구 생일입니까?"

"네."

주민 등록상 수연의 생일은 이미 알고 있었다. 그의 기억이 틀리지 않다면 그녀의 생일은 12월이었다. 4월과 12월이라. 격차가 너무 컸다. 하지만 여전히 말수 적은 이 여잔 누구 생일인지 말하고 싶은 생각이 전혀 없는 것 같았다. 하여튼 마음에 안 드는 것투성이인 여자였다. 말수 적은 것도, 많이 우는 것도, 쓸데없이 그윽하게 반짝이는 눈도, 여린 어깨도 전부 다 마음에 안 들었다. 그래서 더 신경이 쓰였다.

습관처럼 관자놀이를 꾹꾹 누르던 정혁이 자리에서 일어나 재킷을 벗고, 셔츠 소매를 걷어 올렸다.

"도와줄 거 없나?"

"악! 놀랐잖아요."

까고 있던 양파를 떨어뜨린 수연은 동그래진 눈으로 그를 쳐다봤다. 빨려 들지나 않을까 걱정이 일만큼 검은 눈망울에 그가 온전히 맺혀 있었다.

정혁은 또다시 힘찬 펌프질을 시작한 심장을 무시하며 정은에게 하듯 그녀의 머리를 쓱쓱 쓰다듬었다. 물론 수연은 정은처럼 배시시 웃는 대신 움찔 놀라 뒤로 한 발짝 물러나며 얼굴을 붉혔지만, 그게 뭐 대수랴. 누구는 저 때문에 감정이 복잡하게 엉켜 미치겠는데, 이 정도 혼란쯤이야 감수해 줘야 되지 않을까.

"양파 까면 되나?"

"제, 제가 할 건데요?"

"둘이 하면 더 빠를 텐데."

양파 껍질을 벗기는 정혁을 물끄러미 바라보고 있던 수연도 다시 손을 놀리기 시작했다.

"배 많이 고픈가 봐요?"

"그렇다고 치지."

저녁은 이미 6시쯤 팀원들과 먹었다. 아무리 소화력이 왕성하다 해도 배가 고프기엔 아직 일렀다. 보통은 이렇게 애매하게 말하면 무슨 뜻이냐고 되묻는 게 일반적일 텐데, 이 여자는 도대체……

"그런데 왜 반말해요?"

이번엔 양파가 정혁의 손에서 뚝 떨어져 굴렀다. 껍질 한 번 벗기기 힘든 양파가 아닐 수 없었다.

"우리 막내가 스물아홉이야."

"그래서요?"

그냥 넘어가 줄 마음이 없는가 보다. 이럴 땐 또 당차단 말이야.

"내가 서른넷이야."

"그런데요?"

"은수연이 한참 동생뻘이란 얘기지."

"그래도 동생은 아닌데요."

수연을 똑바로 주시하며 팔짱을 낀 정혁이 미간을 구겼다.

"내가 성격도 까칠하고 대체로 불친절한 데다 고집도 센 편이지만, 특정인한테만 베풀어지는 대책 없는 오지랖을 갖고 있어. 그럴 땐 대체로 너그럽고 다정하지. 이런 오빠 하나 두는 것도 괜찮아. 울 때 달래 주기도 하고."

마지막 말에 금세 얼굴이 붉어진 수연이 그제야 시선을 피했다.

"그래도 전 특정인이 아니……."

"그냥 받아들여. 나중에 후회하지 말고."

수연은 무언가 더 말할 듯 입술을 달싹거리다가 포기하고 부지런히 손을 놀리기 시작했다. 이럴 땐 말수가 적은 게 이렇게 고마울 수가 없었다. 그가 생각해도 대책 없이 우기는 꼴인데 끝까지 따지고 들면 무어라 할지 난감했다.

"동생 같아서 머리 쓰다듬은 거구나."

양파를 씻느라 틀어 놓은 물 때문에 정확하게 들을 수 없었지만, 수연이 심혈을 기울여 밥물을 맞추며 그렇게 중얼거린 것 같았다.

수연이 꺼내 놓은 채소를 다듬는 일을 마무리한 정혁은 싱크대에 기대선 채 물끄러미 그녀가 하는 양을 쳐다봤다. 라면도 제대로 못 끓이게 생긴 여자가 움직이는 모양이 주부만큼 능수능란했다.

정은이가 그를 위해 가끔 준비했던 음식은 타거나, 짜거나, 느글거리거나, 셋 중 하나거나, 그 셋 다였는데. 수연의 손놀림을 보아하니 안심해도 될 것 같았다.

서기원과 함께 살며 요리하는 걸 배운 걸까. 맛난 음식을 식탁에 차려 놓고 기대에 찬 눈빛으로 기원을 바라보고 있는 수연의 모습을 그리던 정혁은 뜻 모를 화가 치밀어 입맛을 다셨다.

"음식을 잘 만드나 보군."

"아, 뭐 대충."

이럴 땐 또 말수 적은 게 마음에 안 들었다. 어디서 배웠나? 주로 누구한테 만들어 줬지? 꼬치꼬치 물을 수도 없고, 답답한 마음에 눈썹을 사납게 치켜세운 정혁이 그녀를 해체라도 할 듯 노려봤다. 그 눈빛이 느껴지기라도 했는지 수연의 시선이 슬쩍 그를 향했다가 다시 돌아갔다.

"아홉 살 때부터 혼자 밥해 먹었어요. 어머니가 많이 바빠서……."

꼭 맞벌이하는 엄마를 도와준 것 같은 단란함이 느껴졌다. 살림에 관심이 없었던 선화 대신 굶어 죽지 않기 위해 직접 밥을 했다는 사실을 말하기엔 얘기가 너무 길어질 것도 같았고, 창피하기도 했다. 그녀에게 정혁은 아직 특정인이 아니었다.

갓 지은 밥에 미역국과 잡채, 잘 익은 김치와 고소한 내를 풍기는 나물로 차려진 밥상은 정갈하고 맛깔스러워 이미 두 번째 저녁 식사 중인 정혁이 밥 한 공기를 뚝딱 비워 내게 만들었다.

항상 시간에 쫓기는 직업을 가진 탓에 밥을 빨리 먹는 게 습관이 된 정혁에 반해 수연의 식사 속도는 꽤나 느렸다. 역시나 내숭을 모를 것 같은 그녀는 속도만 느릴 뿐 참 복스럽게도 먹고 있었다. 한 시간 전쯤 서럽게 울었던 여자가 맞나 싶었다.

"왜 그렇게 봐요?"

"아니, 그냥. 꽤 많이 먹는 것 같은데 먹는 게 다 어디로 가나 싶어서."

하, 말하는 꼬라지 하고는. 잘 먹는 게 예뻐서, 라는 말 같은 건 배운 적도 없지?

"먹을 수 있을 때 많이 먹어 둬야 해요."

멋이라곤 눈곱만큼도 없는 말을 툭 내뱉어 놓고 속으로 전

전긍긍하고 있던 정혁은 먹는 게 무슨 사명인 듯 건조하게 흘러나온 수연의 말에 황망한 얼굴로 바라볼 수밖에 없었다.

"아, 굶는 날이 많았거든요. 어머니가 바빠서……."

수연의 얼굴이 붉어졌다. 배고프다고 우는 담을 위해 죽인 지 밥인지 모를 삼층밥을 처음 지었던 아홉 살 이전의 그녀에게 삼시 세끼를 다 챙겨 먹는 일은 사치에 가까웠다. 제를 지내거나 굿을 하는 날이 유일하게 포식할 수 있는 날이었다. 다행히 선화가 유명한 무속인이었던 탓에 그런 날은 꽤 자주 있었다.

어릴 적 수연은 선화가 하늘에서 내려온 선녀가 아닐까 생각했었다. 그래서 잘 먹지 않아도 그녀처럼 배고픔을 느끼지 않는 거라고 여겼었다. 참 민망할 정도로 순수한 생각이었다.

선화는 선녀처럼 마음씨가 곱지도 않았고, 수연을 챙겨 주지 않을 뿐더러 그녀가 시시때때로 잘 챙겨 먹는다는 걸 나중에야 알았다.

인연을 끊어 내자고 마음먹었고, 그렇게 살고 있다고 믿는 마당에 새삼스레 원망스러운 건 아니었지만 이럴 땐 창피했다.

다람쥐도 아니고 먹을 수 있을 때 많이 먹어 뱃속에 저장해 놓아야 한다는 발상은 어디에서 기인한 건지 모르겠지만, 어느새 습관으로 굳어져 불쑥불쑥 튀어나오곤 했다.

동정 같은 건 정말 받기 싫은데. 수연은 슬쩍 정혁의 표정을 살폈다. 맑고 따뜻한 기운이 가득한 그의 표정엔 의문이 담겨 있었다. 밥을 마저 먹기 위해 고개를 숙인 수연은 그가 질문을 하면 무어라 답할까 걱정이 앞섰다.

"다 먹은 건가? 더 먹을 거야?"

"아, 아니요. 다 먹었어요."

질문이 돌아오긴 했지만 그녀가 걱정했던 종류는 아니었다.

"이거 치우는 동안 차는 내가 준비하지."

"네?"

"나 주려고 산 것들 아닌가?"

아직 봉지에서 나오지도 못하고 싱크대 구석에 처박혀 있는 차들을 가리키며 한 말이었다.

"아닌데요. 카페인 섭취 좀 줄여 보려고……."

궁색한 변명이었지만 그는 더 이상 토를 달지 않고 미소를 머금은 채 일어나 차 우려낼 물을 끓였다. 얕은 한숨을 뱉어 낸 수연도 일어나 식탁을 치우기 시작했다. 몇 안 되는 설거지를 해치운 뒤 찻잔을 놓고 마주 앉았을 때의 시간은 이미 자정에 가까웠다.

이상하게도 그가 불편하진 않았지만 이런 야심한 시간에 잘 모르는 남녀가 한집에 있는 건 결코 평범한 상황이 아니었다.

수연은 정혁을 이만 보내야겠다고 생각하면서도 대놓고 가라고 해도 되는 건지 판단이 서지 않았다.

"왜 울었는지 물어봐도 되나?"

낯선 남자와 함께 마주 앉아 저녁을 먹은 것 자체가 생소한 경험이라 아이처럼 울었던 게 먼 과거의 일처럼 아련했다.

그런 순간에 수면 위로 올라온 질문은 생뚱맞고 이질적이었다. 하지만 비싼 셔츠를 버려 가며 울음을 달래 준 그에겐 물어볼 자격이 충분했다.

"소중한 사람을 잃었어요. 아무렇지도 않은 듯 지내다가도 그 아이와 함께할 수 없다는 사실이 절실해지는 순간이 있어요. 그럴 때면 지켜 주지 못했다는 자책감과 다시는 볼 수 없다는 그리움에 견디기 힘들어지곤 해요."

그녀가 생각하기에도 애매모호한 답변이었지만, 달리 설명할 방법을 몰랐다.

"소중한 사람? 가족이었나?"

"네."

정혁은 수연의 표정이 너무 아파 보여 더 묻고 싶은 마음을 접을 수밖에 없었다. 그 소중한 사람이 누구든 간에 문맥상으로 볼 때 서기원이 아니라는 것만은 분명했으니까.

차를 기울이는 사이, 잠시 침묵이 주변을 맴돌았다.

"근데 무슨 일로 오셨어요?"

참 빨리도 묻는다 싶으면서도 대답하기가 곤란했다. 잘못하다간 이상한 사람으로 몰리기에 십상인 상황이었다.

"신현덕 씨 때문인가요?"

고맙게도 수연이 알아서 답을 내놓았다.

"아, 그래. 신현덕."

그와 그녀 사이를 이어 주는 유일한 이름이었다. 정혁은 수사하는 동안 과히 마음에 들지 않았던 신현덕에게 별안간 생뚱맞은 호감마저 느꼈다.

"그 사람, 나쁜 사람이에요."

정혁의 미간이 확 일그러졌다. 수연의 어디로 튈지 모르는 개구리 뜀박질 같은 말은 때때로 그를 답답하고, 어리둥절하게 했다. 제 기억이 잘못된 게 아니라면 수연은 신현덕을 도우려 했다고 말했다.

"나쁜 사람이라, 어떤 의미지?"

수연의 얼굴에 아차 싶은 표정이 순식간에 스쳐 갔다.

"어떤 의미에서 나쁜 사람이라고 단정 짓는 건가?"

"그냥 알 수 있다고 하면 이상하게 들리겠죠?"

"그냥 알 수 있다? 분명 그럴듯하게 들리진 않는군. 대체 은수연이 생각하는 나쁜 사람의 기준은 뭐지?"

날카로운 정혁의 물음에 수연은 미간을 일그러뜨리며 눈을 가느다랗게 떴다. 99.9%의 정확도를 자랑하는 정혁의 직감으로 보건대, 수연은 분명 무언가를 숨기고 있었다.

뭘 숨기고 있는지 매섭게 다그치거나, 치밀하게 유도하거나 둘 중 하나가 정상이었다. 그런데 정혁은 그러기는커녕 고심하는 수연이 예쁘다는 생각을 했다. 제대로 맛이 간 게 분명하다.

정혁은 이 상황이 마음에 들지 않는 듯, 신경질적인 손놀림으로 탁자를 톡톡 쳐 댔다. 말을 할 듯 말 듯 머뭇거리던 수연이 그를 똑바로 쳐다봤다.

"사실 기준이 따로 있는 게 아니라서 표현하기가 좀 힘든

데……. 음, 형사님은 좋은 사람이에요. 그렇게 그냥 알 수 있는 것들이 있어요."

탁자를 두드리던 손가락이 딱 멈췄다. 수연의 말이 정혁의 가슴에 파문을 만들고 있었다.

3장

커피 향이 훅 끼치고 들어왔다.

"점심은 드셨습니까? 뭘 보고 계신 겁니까?"

장 형사가 내민 커피를 받아 든 정혁이 뻑뻑한 눈을 비벼
댔다.

"신현덕이 죽기 전에 찍힌 거 아닙니까? 이건 이미 확인한
건데요."

"장 형사 눈엔 신현덕이 어떻게 보이나?"

"어떻게 보이냐고요? 그거야 뭐, 배 나온 50대 아저씨 정
도?"

"그게 다야? 혹시 나쁜 사람 같아 보인다거나 그러진 않
아?"

"글쎄요. 인상이 그렇게 나빠 보이진 않는데요."

정혁의 눈에도 그저 평범한 중년 남자의 모습이었다. 특별

히 인상이 사납다거나 무언가 숨기고 있을 것 같은 음흉함이 느껴지지는 않았다.

"그럼 나는 어때 보여?"

"허, 오늘 반장님 좀 이상하시네. 반장님이야 뭐, 키 크고 잘생기고 한마디로 끝내주죠."

"아니, 그런 거 말고. 좋은 사람 같아 보여?"

고개를 갸웃거리던 장 형사가 턱을 문지르며 제법 심각한 표정을 지었다.

"글쎄요. 인물값한다는 옛말도 있고, 눈빛도 꿰뚫어 보는 것같이 예리하고, 아는 사이니까 좋은 사람이라는 거지 모르는 사이라면…… . 아, 그렇다고 못되게 생겼다는 게 아니고요. 그러니까 내 말은…… ."

"아, 알았어. 장 형사 속마음, 가슴 깊이 새기도록 하지. 인물값에 눈빛?"

"아우, 그게 그 뜻이 아니라니까요. 저야 반장님을 무지 사…… ."

"끔찍하니까 거기까지만 합시다. 뒷말은 제수씨한테나 하는 거로."

장 형사가 쑥스러운 듯 머리를 긁적였다. 정혁과 동갑인 장 형사는 작년에 결혼해 아직까지 신혼의 단꿈에 젖어 있었다. 오랫동안 호흡을 맞춰 온 사이라 사석에선 허물없이 지내는 편이었지만, 공적으로 마주하면 장 형사는 부담스러울 정도로 예의를 지켰다. 고지식하지만 좋은 사람이었다.

은수연의 기준에서도 장 형사가 좋은 사람일까? 정혁의

미간이 확 일그러졌다. 또 생각이 그리로 흘러가 버렸다. 머릿속에서 몰아내기가 힘들었다. 지금이 좋은 사람, 나쁜 사람 따지고 있을 때인가.

"신현덕 죽기 전날이 봄 날씨치곤 제법 추웠지, 아마?"

"네. 새벽엔 영하로 떨어졌었답니다."

"옥상에 미리 숨어 있기에는 날씨가 너무 추웠을까?"

"그걸 말이라고요. 실제로 그랬다고 하면 사람 하나 죽이는데 너무 지극정성인 거죠. 누군지 상 줘야겠네, 하하하."

"장 형사, 이것 좀 봐 봐."

정혁이 노트북을 돌려 계단을 오르는 신현덕이 찍힌 장면을 보여 주었다.

"이건 몇 번이나 봤다니까요. 건질 게⋯⋯."

"여기 이 부분, 표정 보여?"

"표정이요? 음, 죽을 자리 찾아가는 사람치곤 평온한 표정이네요."

"다시 한번 잘 봐. 그저 평온해 보이기만 해?"

장 형사가 미간을 모아 노트북 화면을 뚫어져라 쳐다봤다. 옥상에 있는 건 지상을 향해 설치된 상태라 신현덕의 모습을 확인할 수 있는 부분은 옥상 방화문 옆에 설치된 폐쇄 회로 영상 자료가 다였다. 그나마도 상태가 좋지 않아 화질이 선명하지가 않았다.

"글쎄요. 좀 멍해 보이기도 하고, 졸린 것 같아 보이기도 하고."

"장 형사 눈에도 그래 보여? 그리고 여기 마지막 부분, 옥상 문을 자세히 봐."

정혁이 노트북 화면의 한 지점을 손가락으로 톡톡 건드렸다.

"어, 이거 뭐죠? 왜 문이 저절로 열리는 것처럼 보이죠?"

"그렇지? 내가 잘못 본 게 아니지? 아파트 관리실에 물어보니까 옥상 열쇠는 관리실에 하나, 각 동 경비실에 하나씩 비치되어 있다더군. 밤에 관리 동은 잠겨 있었고, 경비실은 비운 적이 없었어. 물론 열쇠를 가져간 사람도 없었고. 그날 밤 경비실 근무자는 두 명이었어. 둘 다 거짓말을 하고 있거나, 전에 누군가 열쇠를 훔쳐서 복사를 해 놨거나, 그것도 아니라면……."

"그것도 아니라면요?"

"알 수 없는 힘이 작용해 문이 저절로 열렸거나."

장 형사가 고개를 갸웃거렸다.

"참 말도 안 되는 소리인데, 영상을 보면 그게 제일 진실에 가까울 것 같은데요."

정혁이 앞으로 되돌렸다 재생시킨 화면에선 옥상 문 앞에 다다른 신현덕이 손을 올리기도 전에 문이 열린 것처럼 보였다.

더 이상한 건 그의 몸이 옥상으로 나가기 싫은 듯 뒤로 젖혀져 있다는 것이었다. 처음에 확인했을 땐 막상 자살하려니 겁이 난 거겠지 했는데, 다시 보니 확실히 억지로 끌려가는 모습처럼 보였다.

"장 형사, 나 좀 나갔다 올게."

자리에서 일어난 정혁이 재킷을 걸치며 걸음을 옮겼다.

현관문을 연 여자는 전체적으로 날카로운 인상을 하고 있었다.

"안녕하십니까? 중부 경찰서에서 나온 차정혁입니다."

"아, 네. 요즘 경찰은 인물로 뽑나? 저번에 오셨던 분보다 더 잘생기셨네."

길게 올려붙인 여자의 속눈썹이 설레발을 쳤다. 미운 얼굴은 아닌데, 과하게 뒤집힌 아랫입술이 왠지 천박해 보였다.

"아, 감사합니다. 몇 가지 더 알아볼 게 있어서 실례 좀 하겠습니다."

"뭔데요? 좀 있다가 나가 봐야 하는데……."

팔짱을 낀 여자는 살짝 귀찮은 기색을 내비쳤다. 외출한다는 말이 거짓이 아님을 증명이라도 하듯 짙은 화장에 향수 냄새가 진동했다. 얼마 전 남편이 죽은 여자라고는 믿기지 않을 만큼 멀쩡해 보였다.

조소가 나오려는 걸 애써 삼킨 정혁이 수첩을 꺼내 들었다.

"저번에 말씀하시길 신현덕 씨가 관리소 소장과 다퉜다고 하셨는데, 혹시 직접 보셨습니까?"

"아니요."

여자가 성의 없이 대답하며 정혁의 수첩을 넘겨다보았다.

"그럼 어떻게 알았습니까?"

"남편이 얘기해 줘서 알았죠. 몹쓸 인간이라고, 다 떠넘기

82

려고 든다고 화가 단단히 나서 씩씩거리더라고요."

수첩에 흥미를 끌만한 게 없었던지, 여자의 시선은 정혁의 얼굴로 옮겨졌다.

"구체적으로 뭘 가지고 싸웠는지 말하던가요?"

"그 인간도 돈을 같이 먹었는데 발뺌했나 보죠. 자세히는 모르겠어요."

말하는 투로 봐서 신중함과는 거리가 먼 여자였다. 귀찮은 기색이 역력할 뿐 거짓을 말하고 있는 것 같지는 않았다.

"남의 일처럼 말씀하시네요."

정혁의 무덤덤한 말에 여자의 얼굴이 샐쭉해졌다.

"그게 잘못인가요?"

"아닙니다. 남편분이랑 사이가 안 좋았나 싶어서요."

"그런 사생활까지 밝혀야…… 어머, 아줌마 지저분하니까 그런 거 붙이지 말라고 했잖아요. 관리소에선 대체 뭐 하는 거야. 저런 거 하나 제대로 단속 못 하고."

여자의 짜증 섞인 음성이 벽에 부딪쳐 쩽쩽 울려 퍼졌다. 60대쯤으로 보이는 초췌한 여자가 전단지를 끌어안고 얼른 고개부터 숙였다.

"죄송합니다. 지저분하면 싹 치울게요, 사모님. 이렇게라도 안 하면 견딜 수가 없어서……."

여자는 금방이라도 울 것 같았다.

"아니, 집 나간 애를 왜 여기서 찾느냐고요. 아줌마가 더 잘 알 거 아니야. 그런 거 덕지덕지 붙여 놓으면 얼마나 지저분한지. 단지 밖 큰길 나가서 돌려요. 그럼 누가 뭐라 해. 도

대체 몇 번째야? 왜 자꾸 문에다 쭉 붙여 놓느냐고. 격 떨어
지게."

움츠러들어 고개도 제대로 못 드는 여자를 상대로 사납기
그지없었다. 대체 누가 격을 떨어뜨리는지 모를 상황에 정혁
의 인상이 굳어졌다.

"죄송합니다. 죄송합니다."

연이어 고개를 주억거린 여자는 어깨를 축 늘어뜨린 채 비
상계단이 있는 방향으로 향했다.

"청소나 하고 다녀야 할 사람이……. 죄송해요. 무슨 말
하다 말았죠?"

그를 향해 생긋 웃는 모습에 소름이 쫙 끼쳤다. 정혁은 들
고 있던 수첩을 덮어 버렸다.

"아닙니다. 바쁘신 것도 같고, 별로 중요한 건 아니었으니
까 필요하면 다음에 또 찾아뵙도록 하죠."

"그러실래요? 그럼 명함이나 하나 주세요. 혹시 뭐 특별한
거 있으면 연락드릴게요. 근데 이 양반 자살한 거 아니죠?"

"아직 뭐라고 말씀드리기 어렵습니다."

정혁은 명함을 꺼내 건네며 딱 잘라 말했다.

인사를 건네고 지체 없이 돌아선 그가 엘리베이터를 향해
가다가 방향을 바꿔 비상계단으로 내려갔다. 두 층 정도를
밟아 내려가자 떨리는 손으로 전단지를 붙이고 있는 여자를
발견할 수 있었다.

"아주머니."

"에구머니!"

화들짝 놀란 여자의 손에서 전단지가 떨어져 흩어졌다.

"죄송합니다. 놀라게 해 드렸나 보네요."

한사코 말리는 여자를 뿌리치고 얼른 무릎을 굽힌 정혁이 전단지를 주워 건네려다 유심히 바라봤다. 전에 화단에서 주웠던 열일곱 살 여자아이를 찾는 전단지였다.

"따님입니까?"

"네. 좀 모자라게 태어나서 그렇지, 예쁘고 착한 아이예요."

"이 아파트에 사십니까?"

"아니요. 여기 청소하러 다녀요. 혼자 두기도 그래서 매일 데리고 다녔는데. 저, 형사님이시죠? 바쁘신 줄은 아는데 우리 은이 좀 찾아 주세요. 집 나가고 그럴 애가 아니에요. 청소 끝날 때까지 휴게실에서 꼼짝도 않던 애였는데, 대체 어디서 헤매고 있는 건지……. 부탁 좀 드릴게요. 혹시 돌아다니시다가 이런 아이 보시면 꼭 연락 좀 주세요."

눈물이 그렁그렁한 눈으로 간절하게 바라보며 건네는 전단지를 받아 든 정혁이 안타까운 마음에 고개를 끄덕였다.

✳   ✳   ✳

또 불이 꺼져 있었다. 여기가 무슨 참새 방앗간도 아니고, 집을 지척에 두고도 왜 꼭 이리로 와서는 불 꺼진 창을 보며 불안해해야 하는지 모르겠다. 불만 켜져 있었어도 바로 돌아서려고 했는데. 그걸 알고 일부러 불을 꺼 놓은 건 아닐까.

쓸데없이 트집을 잡고 싶은 마음을 억누르고 차에서 내린 정혁은 거친 동작으로 주머니에서 휴대폰을 꺼냈다. 낮에 드림캐슬 아파트에서 받아 주머니에 넣어 두었던 전단지가 휴대폰과 함께 딸려 나와 바닥에 툭 떨어졌다. 떨어진 전단지를 힐끔 쳐다보며 휴대폰을 조작하던 정혁이 신경질적으로 종료 버튼을 눌렀다.

"아니, 무슨 조선 시대에서 왔어? 어떻게 휴대폰이 없을 수가 있지?"

짜증스러운 듯 말을 툭 내뱉고는 허리를 굽혀 떨어진 전단지로 손을 뻗었다. 뽀얗고 여린 손이 정혁보다 먼저 전단지를 주워 들었다.

"어, 은이네."

깊이를 알 수 없는 수연의 눈이 전단지에서 정혁에게로 옮겨 왔다.

"대체 어디 갔다 와?"

그녀가 내미는 전단지는 본체만체한 정혁은 버럭 소리부터 지르고 봤다. 수연의 눈이 댕그래져서 그를 빨아들일 듯 쳐다봤다.

"사촌 언니네 가게에요."

"어디 가면 간다고……."

의문이 가득 담긴 눈으로 고개를 갸웃 기울이는 수연을 보자 정혁은 미처 말을 다 끝맺지 못했다. 왜 의문스럽지 않겠는가. 스스로도 대체 왜 이러는 건지 모르겠는데 수연이라고 오죽할까.

"무슨 일인데요? 오래 기다렸어요?"

정혁은 여전히 전단지를 든 채 어정쩡하게 내민 수연의 손목을 덥석 잡아 차에 거의 반강제로 태웠다.

수연의 행방을 모른다는 게 왜 화가 나는지 모르겠다. 한 평도 안 되는 창의 불빛을 확인하는 것이 왜 이렇게 중요한 일이 되어 버렸는지 알 수가 없었다.

애매모호한 감정들은 정혁과 전혀 어울리지 않았다. 흐르는 대로 두자고 스스로 타협했으면서도 낯선 감정들은 준비도 하기 전에 홍수처럼 밀려와 그를 혼란케 하고 있었다.

멈출 수만 있다면 당장에라도 그러고 싶었지만, 난생처음 겪는 터라 모든 게 불가항력이었다. 그렇다면 그를 휘두르는 게 정확히 뭔지 알아낼 생각이었다. 그러기 위해선 수연의 협조가 절대적으로 불가피했다.

역시나 말수 적은 수연은 강제로 떠밀려 조수석에 타면서도 커다래진 눈으로 입만 벙긋댔다. 혹시나 도망가기라도 할까 겁난 정혁은 조수석 문을 거세게 닫고 보닛을 미끄러지듯 타 넘어 운전석에 재빠르게 올라탔다. 수연의 눈이 한 편의 영화를 감상하듯 그를 따라 움직였다.

"벨트 매."

"어, 저기……."

얕은 한숨을 뱉어 낸 정혁이 그녀를 덮칠 듯 다가와 안전벨트를 당겨 매 주고 다시 제자리로 돌아갔다. 수연은 정혁의 눈치를 살핀 뒤에야 잠시 멈췄던 숨을 서서히 내쉬었다.

하지만 금방이라도 차를 출발시킬 것 같던 정혁은 운전대에 이마를 기댄 채 한참을 멈춰 있었다. 아찔했다. 코끝으로 스며든 체향은 어디서도 맡아 본 적이 없는 향기였다.

시원한 바람 냄새와 뒤섞인 달짝지근한 향은 은은한 복숭아 향 같기도 하고, 언제 어느 곳에서 맡았는지 기억도 가물가물한 이름 모를 풀꽃 향 같기도 했다. 심장이 무섭도록 요동을 쳤다. 머리는 핑하니 현기증이 일었다.

그의 사정 같은 건 전혀 알 리가 없는 수연이 그녀를 옭아맨 안전벨트와 정혁을 번갈아 바라보다가 조심스럽게 입을 열었다.

"저 형사님, 대체 왜 이러는 건지……."

그녀가 말을 끝맺기 전, 정혁은 운전대에 머리를 그대로 기댄 채 수연을 향해 고개를 돌렸다.

"나도 몰라. 너 도대체 뭐지?"

수연의 미간이 예쁘게도 일그러지더니 눈 밑에 애교 살이 살짝 잡혔다.

"은수연인데요."

"풋, 하하."

운전대에 기댄 채 입술 새로 웃음을 뱉어 내던 정혁이 허리를 펴더니 본격적으로 웃기 시작했다. 수연의 미간은 한층 더 골이 깊어졌다. 왜 웃는지 도저히 알 수가 없는 정혁의 웃음이 이어지다가 서서히 잦아들었다.

"가자."

정혁이 시동을 걸며 한 말에 수연은 이제라도 차에서 내려야 할지 말지 고민에 빠진 듯 차창 밖과 손잡이를 번갈아 바라봤다.

순간 철컥, 하는 소리와 함께 문이 잠겼다. 수연의 시선이 냉큼 정혁을 향했다.

"뭔 일인가 싶겠지만 나도 설명하기 난감해서 말이야. 그 냥 협조 좀 해 줘야겠어."

할 말이 많은 듯 입술을 오므렸던 수연은 역시나 그의 예 상대로 말을 아꼈다. 그로서는 고마운 일이 아닐 수 없었다.

이상하게 불편함이 느껴지지 않는 침묵 속에서 두 사람은 차 밖의 야경을 즐겼다.

"아는 사람이야?"

"네?"

정혁이 수연이 쥐고 있던 전단지를 턱짓으로 가리켰다.

"아, 은이요? 네, 알아요."

그 한마디가 끝이었다. 수연에게서 뭘 알아내기란 보통 힘 든 일이 아니었다. 그녀는 차정혁을 수다쟁이로 만들 수 있 는 힘을 가지고 있었다.

"어떻게 아는 사이지?"

"가게에 가끔 왔었거든요. 우리 담이처럼 맑고 착한 아이 였어요."

"우리 담이? 담이가 누구라는 말 같은 건 묻기 전엔 할 마 음이 없지?"

힐난이나 질책이 섞인 말투는 아니었다. 정면을 주시한 채 운전에 집중하고 있는 정혁의 표정에 기분 나쁜 기색 같은 건 없었다.

"일부러 그러는 건 아닌데, 제가 대화 상대로는 좀 그렇죠? 신현덕 씨 사건이랑은 전혀 관계없는 얘기라 형사님이 관심 없으실 것 같아서……."

"관심 있어."

"네?"

"은수연과 관계된 거라면 뭐든 관심 있으니까 사소한 거 하나라도 다 말해 달라고."

이해할 수 없는 정혁의 요구에 잠시 어리둥절하던 수연은 나름의 결론에 도달했다.

"아, 모든 가능성. 형사님은 아직도 절 의심하는군요. 그래도 담이는 진짜 아무 관계없는데……."

"그 말을 그렇게 해석할 수도 있나?"

"그런 뜻이 아니에요?"

"당연히……."

아니라고 말하려던 정혁은 슬쩍 수연의 눈치를 봤다. 그런 건 대체 왜 묻느냐고 하면 답을 해 주기가 애매했다. 자신의 혼란스러운 감정 때문에 그녀에 대해 좀 더 알고 싶어서 그런다고 말하면, 아마 저 맑은 눈으로 그를 삼킬 듯 쳐다보다가 아무 말 없이 홀연히 사라져 버릴지도 몰랐다.

"그래, 모든 가능성. 수사에 필요한지 여부는 내가 판단할 거니까 아무리 사소한 거라도 다 말해 줬으면 좋겠어."

허점이 많은 말을 뱉어 놓고 생각에 잠긴 듯 보이는 수연의 눈치를 살폈다. 누군가의 눈치를 보게 되리라 생각해 본 적도 없는데. 사생활 침해라고 따지고 들면 달리 핑계도 없어 불안해할 즈음 네, 하는 소리가 고요한 차 안을 채웠다.

정혁의 입꼬리가 쓱 올라갔다가 순식간에 제자리를 찾았다.

"그리고 그 호칭 말인데, 다른 거로 바꿀 수 없나?"

가령 정혁 씨라든가, 오빠라든가 하는 그런 것들로.

"아, 반장님."

예상도 못한 호칭에 놀란 정혁의 손이 삐끗하는 바람에 차체가 비틀했지만 금세 다시 중심을 잡았다.

"뭐?"

"저번에 젊은 형사님이 그렇게 부르던데요."

"내 부하 직원이야? 무슨 뜬금없이."

"그럼 뭐라고 불러요?"

"좀 더 개인적인 호칭 같은 거 생각해 봐. 확 떠오르는 거 없어?"

미간이 일그러진 걸 보니 수연은 심각하게 고민 중이었다.

"그럼 아저씨?"

아저씨라는 말에 괜한 심술이 돋은 정혁이 짙은 눈썹을 꿈 틀거리며 바라보자 맑게 쳐다보던 수연의 입가에 보일 듯 말 듯 미소가 맺혔다. 정혁과 만난 이후 처음으로 보인 미소였다.

그 미소 같지도 않은 입술의 움직임에 정혁은 잠시 시선을 빼앗겼다가 다시 정면을 보았다.

"더 젊은 호칭으로 바꿀 생각은 없지?"

"네?"

"아니야. 일단은 거기서 시작하지."

"네? 뭘 시작……."

"우선 우리 담이에 대해서 알아볼까? 담이가 누구지?"

영문을 알 수가 없는 정혁의 말에 잠시 뜸을 들이던 수연이 이내 이해하길 포기하고 그가 묻는 말에 답을 했다.

"동생이에요."

"몇 살?"

"스물셋. 장애를 가지고 있긴 했지만, 참 맑고 착한 아이였어요. 은이처럼."

"은이처럼? 둘 다 과거형으로 말하는 건 지금은 안 그렇단 얘긴가?"

사소한 것 하나도 건성으로 넘기는 법 없는 정혁의 예리한 촉은 은이의 얘기를 할 때부터 그녀의 말이 모두 과거형으로 끝난다는 사실을 간과하지 않았다.

"그럴 수도 있고, 안 그럴 수도 있다는 얘기예요. 확인할 길이 없어서……."

애매모호한 답변이었지만, 이젠 수연이 무언가를 숨기기 위해 그렇게 말하는 게 아니라는 것 정도는 알 수 있었다.

"확인할 길이 없다? 지금 담이는 어디 있지?"

고개를 숙인 수연이 잠시 망설이며 손가락을 꼼지락거렸다.

"항상 제 곁에 있어요. 담이는."

꺼내기 힘든 말을 억지로 하려는 것처럼 잠시 말을 멈춘 수연은 마른침을 삼켰다.

"죽었어요."

잠시 둘 다 말이 없었다. 어설픈 위로의 말 같은 건 건네기도 힘들 만큼 수연의 표정이 아파 보였다.

"그래? 은이도?"

"네. 은이도."

수연은 감정을 최대한 자제하려는 듯 표정을 굳힌 채 앉아 있다가 입술을 잘근 깨물었다.

"그걸 어떻게 알지?"

극적인 요소 하나 없이 너무 담담하게 들리는 말은 그것이 진실이라고 믿게끔 만들고 있었다. 그래서 물을 수밖에 없었다. 은이의 어머니조차 딸의 죽음을 알지 못하고 애타게 찾아 헤매는데, 수연은 그녀의 죽음을 확신하고 있었다. 수연이 은이의 죽음에 깊이 관여한 게 아니라면 현장을 목격했을 가능성이 높았다. 정혁은 그녀가 되도록 후자 쪽이길 바랐다.

"은이 어머니가 은이를 찾아다니고 있는 거 아냐?"

"네. 충격이 크실까 봐 알려 드릴 수가 없었어요."

"다시 한번 물을게. 은이의 죽음을 어떻게 알지?"

그사이 불빛이 환하게 밝혀진 상가 주차장에 차를 세운 정혁은 몸을 완전히 틀어 그녀의 대답을 기다렸다. 깊게 가라앉은 눈이 그를 오래도록 쳐다봤다. 망설임이 짙은 눈빛이었다. 무언가를 숨기려 한다기보다 말해도 될지를 가늠하고 있는 것 같았다.

정혁은 살짝 짜증이 일었다. 오늘까지 겨우 다섯 번의 만남, 대화다운 대화라곤 아무리 너그럽게 쳐 줘도 두 번 정도.

서로에 대해 알기엔 터무니없이 모자란 횟수였다. 그런데도 정혁은 수연에게 비정상적인 친밀감을 느끼고 있었고, 그녀 또한 그러기를 바라고 있었다. 자신의 바람이 너무 터무니없다는 건 알고 있었지만 그래도 그를 믿지 못하겠다는 저 눈빛은 배신감마저 느껴지게 만들었다.

"설명하기가 곤란해요."

"그걸 대체 어떻게 받아들여야 하지? 설명해 줘도 내가 이해를 못 할 거라는 소린가, 아니면 은수연한테 곤란한 일이 생길 거라는 소린가?"

"음, 둘 다요."

"그래도 설명하라고 하면?"

입을 앙다무는 모양새가 꽤나 심각한 표정이었다.

"시간을 좀 주시면 안 될까요?"

시간이라. 무슨 시간을 말하는 건지 정혁으로서는 살짝 헷갈렸다. 그에게 믿음이 생길 만큼의 시간을 말하는 건지, 곤란하지 않도록 조치를 취할 만큼의 시간을 말하는 건지. 어찌 되었건 강제로 말하게 할 수 없는 다음에야 그녀가 원하는 시간을 주는 것이 최선이었다. 나쁘지 않았다. 정혁에게도 마침 공교롭게 이 모호하기 짝이 없는 감정을 명확하게 정리할 수 있을 만큼의 시간이 필요했으니까.

"내려."

"네?"

"기다리는 시간을 다채롭게 보내 보자고."

말을 마친 정혁이 차에서 내리자 얼결에 따라 내린 수연은 그에게서 시선을 떼지 못했다. 정혁은 왠지 기분이 좋아 보였다.

"휴대폰 바꾸시게요?"

수연이 묻는 말엔 대답도 없이 정혁은 두 제품을 골라 판매원에게 상세한 설명을 들었다. 알아듣지도 못할 요금제에 관한 설명에 지루함을 느낀 수연이 자리에서 일어나 매장 안을 어슬렁거리다가 알록달록 진열된 휴대폰 케이스에 시선을 뺏겼다.

"은수연. 수연아."

"네?"

수연은 화들짝 놀랐다. 자신의 이름이 저렇게 다정하게 불릴 수도 있다는 걸 처음 알았다. 정혁의 입에서 나온 제 이름이 낯설면서도 듣기 좋았다.

"둘 중에 어떤 거?"

저도 모르게 한쪽을 손가락으로 가리켰다. 실은 둘 다 엇비슷해 보였는데, 정혁의 손짓이며 표정이 오른쪽 걸 택했으면 하는 눈치라 그렇게 한 것뿐이었다.

"들었죠? 이걸 택할 거라고 했잖아요."

"그러네요. 취향을 제대로 알고 계시네요. 그럼 이걸로 개통해 드리겠습니다. 혹시 원하시는 번호 있으십니까?"

판매원의 물음에 정혁은 충동적으로 자신의 뒷자리 번호를 불러 줬다. 지금 벌어지고 있는 일이 자신과 관계가 있을 거라 전혀 예상 못 한 수연은 여전히 휴대폰 케이스에 정신이 팔린 것 같았다.

"저는 휴대폰 필요 없는데요."

개통이 완료된 휴대폰을 받아 든 수연은 예상했던 반응을 보였다.

"내가 필요해서 사 주는 거야. 갑자기 확인해야 될 게 생겨도 연락할 방법이 없잖아."

"저는 항상 집에 있으니까 집으로……."

"그 집에 세 번 방문했고, 두 번이나 은수연이 없었어. 항상 집에 있는 건 아니지."

참새가 방앗간 들르듯 매일 도장 찍었다는 사실을 알릴 필요는 없었다. 휴대폰이라도 가지고 있어야 불 꺼진 창을 발견하고도 불안해하지 않을 것 같다는 말도 굳이 하지 않을 생각이었다. 언제 어디 있어도 그가 전화를 하면 은수연의 목소리가 들려오길 바랐다.

"그래도 이건……."

"아까 협조하기로 한 거 아닌가? 그 차원에서 제공하는 거니까 내키지 않더라도 그냥 받아 둬."

폭탄을 안겨 줘도 저런 표정은 짓지 않을 것 같다. 판매원이 입에 침이 마르도록 칭찬한 최신 휴대폰을 무슨 끔찍한 물건인 양 미간을 한껏 구긴 채 유심히 바라보던 수연은 마지못한 듯 주머니에 집어넣었다.

"1번에 내 번호 저장해 놨어. 이건 사용 설명서. 브랜드 메이커라면서 요즘 트렌드 정도는 알아야 하는 거 아닌가? 필요 없다고만 하지 말고 설명서 보고 잘 사용해 봐."

"네, 감사해요. 협조할 일 끝나면 돌려 드릴게요."

딱 잘라 선을 긋는 수연에게 말을 덧붙이려던 정혁이 이내 마음을 고쳐먹고, 그녀를 다시 차에 태웠다.

그녀의 집 앞에 도착했을 땐 이미 9시가 넘은 시각이었다. 굳이 따라 내려 함께 계단을 오르는 정혁을 수연은 말리지 않았다.

"전화 잘 받고, 무슨 일 있으면 연락하고."

"네."

"무슨 일 없어도 연락하고."

"네?"

먼저 계단을 오르던 정혁이 수연의 집 현관문이 보이는 위치에서 우뚝 멈춰 섰다.

"수연아, 혹시 잠금장치 고장 났었어?"

"네? 왜요?"

상황을 확인하러 앞으로 나서려는 수연을 저지한 정혁이 손가락을 세워 입술로 가져가 그녀를 조용히 시켰다.

"발소리 죽이고, 한 층 위로 올라가."

낮게 속삭이는 그의 목소리에 긴장감이 가득했다. 덩달아 긴장한 수연은 고개를 끄덕인 뒤, 그가 이끄는 대로 집 현관문 앞을 지나쳐 위층으로 향하려 했다.

덜컹. 요란스럽게 열린 현관문에 등을 부딪쳐 앞으로 꼬꾸라지려는 수연을 정혁이 재빠르게 감싸 안아 벽과 그의 사이에 가뒀다. 선이 가는 수연의 몸이 바늘 하나 들어갈 틈 없이 정혁에게 안겨 있었다.

집 안에서 튀어나온 시커먼 그림자가 계단을 날듯이 뛰어내려갔다.

"괜찮아?"

"네. 그런 것 같아요."

제집에서 정체 모를 인영이 튀어나왔는데 괜찮을 리 없었다.

"여기서 꼼짝하지 말고 기다려."

수연이 대답을 하기도 전에 정혁은 단 세 걸음 만에 계단 아래로 모습을 감췄다. 주택 앞에 다다랐을 무렵, 정혁의 앞을 스쳐 급하게 빠져나가는 차량이 있었다. 반응이 빠른 정혁의 다리가 차를 따라 전력 질주를 시작했다. 금방이라도 따라잡을 듯 가까워졌던 차는 점점 속도가 붙으면서 서서히 거리가 벌어졌다. 애초에 따라잡기 힘들다는 건 알고 있었지만, 뭐라도 해 봐야 할 것 같아 힘차게 발을 놀리던 정혁이 재빨리 차 번호판을 눈에 담았다.

차는 이내 쌩하니 시야에서 벗어났다. 따라잡기를 포기한 정혁이 서서히 속도를 늦췄다. 달린 속도와 거리에 비해 그가 내뱉는 숨은 그리 거칠지 않았다. 워낙 타고나기도 했지만, 하루도 체력 단련을 게을리하지 않는 그에게 이 정도 추격전은 별일 아니었다.

그보다 짜증이 확 밀려왔다. 거칠게 머리를 쓸어 올린 정혁은 휴대폰을 꺼내 장 형사에게로 전화를 걸었다.

—네, 반장님.

"퇴근했나?"

―지금 막 들어가려던 참입니다. 현장 들렀다 바로 퇴근한다더니, 왜요? 한잔하자고요?

술 생각이 간절한 것 같은 장 형사에겐 미안한 일이었지만, 정혁은 거기까지 배려할 만한 마음의 여유가 없었다.

"아니, 그보다 아직 퇴근 전이면 차적 조회 하나만 해 줘."

―차적 조회? 무슨 사건이라도 터진 겁니까?

정혁의 음성에서 이상한 낌새를 느낀 장 형사는 금세 진중해졌다.

"자세한 건 나중에. 개인적인 거니까 장 형사가 좀 처리해 줘. 차량 번호 보내 줄 테니까 조회 끝나면 메시지 좀 넣어 주고."

개인적인 거라는 말에 장 형사는 더 이상 토를 달지 않았다. 술 한잔 사겠다는 말로 고마움을 표한 정혁은 이내 전화를 끊고 내려왔을 때와 마찬가지로 바삐 발을 놀렸다. 혼자 두고 온 수연이 마음에 걸렸다.

냄새 잘 맞는 사냥개라는 별명을 훈장처럼 달고 다니는 정혁이었다. 딱 봐도 수연의 집에 숨어든 녀석은 단순한 좀도둑이 아니었다.

침입자의 정체는 차적 조회로 어느 정도 밝혀지겠지만, 침입의 이유를 밝힐 수 있는 열쇠는 분명 그녀에게 있을 것이다. 하지만 그에게 절절하게 내보였던 감정이라곤 서럽게 토해 낸 울음이 유일했던 여자는 그의 물음에 또 설명하기가 곤란하다는 애매모호한 말을 뱉을 것만 같았다.

좀 전까진 망설임이라고만 생각했던 것이 이제는 숨기는

걸로 느껴졌다. 대체 어떤 비밀을 가지고 있기에 이런 상황이 벌어지는 건지 답답하기만 했다. 그녀의 비밀을 듣기 위해 어떤 방법이 잘 통할지 확신을 갖지 못한 상태에서 어느새 302호를 코앞에 두고 있었다.

성큼 계단을 밟아 오르던 정혁이 환히 밝혀지는 센서 등에 시선을 위로 향했다. 302호 옆 벽에 붙어선 수연이 센서 등을 켜려고 그랬던 듯 한 팔을 위로 올린 채 그를 내려다보고 있었다.

"왜 여기⋯⋯."

팔을 슬그머니 내린 수연이 손을 얌전히 앞으로 모았다.

"꼼짝하지 말라고 해서⋯⋯ 걱정했어요."

말미에 흘러나온 걱정했다는 말은 온통 신경을 집중해야 들을 수 있을 만큼 작았다. 수연이 도대체 뭘 숨기고 있건 지금 이 순간만큼은 아무 상관이 없었다. 걱정했다는 한마디에 그녀에 대한 불신이나 답답함은 순식간에 사라지고 걱정과 애틋함이 그를 잠식시켰다. 이성은 분명 뭔가 잘못된 거라 신호를 보내고 있었지만, 몸은 이미 수연을 향해 내달아 단숨에 차디찬 손을 움켜잡았다.

정혁은 자신이 이렇게 감정적으로 움직일 수 있다는 사실에 새삼 놀라고 있었다. 명쾌하지 못한 수연으로 인해 그마저 점점 명쾌함과는 거리가 먼 사람이 되어 가고 있었다. 그녀의 손은 온기 하나 없었다. 표정에선 전혀 엿볼 수 없던 떨림이 맞잡은 손을 타고 그에게까지 전달됐다. 정혁은 그 떨림이 안쓰러워 수연을 그대로 당겨 품에 가두고 팔과 등을 손으로 쓸었다.

수연은 모든 것에 민감하게 반응하고 아파하면서도 절대 겉으로 내보이지 않는 데 익숙한 듯 애써 표정을 감추고 말을 아꼈다.

"괜찮아. 아무 일 없어. 안심해."

정혁은 그래야 하는 게 그의 사명인 것처럼 그녀를 안심시키는 데 정성을 기울였다. 수연은 착하게도 그의 품에 얌전히 안겨 있었다. 떨림은 서서히 잦아들고 센서 등마저 꺼진 컴컴한 공간에서 몸을 바르작대던 수연이 고개를 들어 그를 쳐다봤다.

"저 괜찮아요."

"응, 알아."

"집에 들어가 봐야 할 것 같은데요."

"그것도 잘 알고 있어."

그만 놓아 달라는 소리였다. 하지만 정혁의 팔은 쉽게 풀릴 줄 몰랐다. 놓아주면 금방이라도 사라져 버리지 않을까 불안했다. 어둠보다 더 짙은 수연의 동공이 의문을 담고서 일그러지는 걸 본 그가 애써 마음을 다잡아 팔을 풀고 대신 가느다란 손을 결박했다.

당장이라도 항의할 것같이 꼼지락거리던 그녀의 손이 이내 얌전히 정혁의 손을 그러잡았다.

"이만 가도……."

"뒤따라와."

그를 몰아내려는 수연의 말을 뚝 잘라 낸 정혁이 명령하듯 짧게 내뱉고 현관문을 열었다. 정혁은 수연의 손을 놓지 않은 채 손을 더듬어 전등 스위치를 켰다. 불빛 아래 드러난 원룸은 그야말로 난장판이었다.

그가 만일에 있을지도 모르는 위험을 감지하기 위해 빠르게 시선을 옮기는 사이, 수연은 바닥에 흐트러진 속옷을 쓸어 담듯 서랍에 집어넣고 재빨리 닫아 버렸다.

"흠, 없어진 게 있는지 살펴봐."

"네."

말 잘 듣는 아이처럼 발그레한 볼을 한 수연이 냉큼 일어나 집 안을 살폈다.

"모르겠어요. 보통 뭘 살펴봐야 하는데요?"

수연이 심각하게 일그러진 눈으로 질문을 던지자 정혁은 상황에 맞지 않게 웃음이 비어져 나왔다. 처음 차를 주겠다며 허둥대던 모습이 떠올랐다.

"귀중품이나 현금, 통장, 주로 그런 거."

"아!"

깨달았다는 듯 단음절을 내뱉은 수연은 주방으로 향해 냉장고를 열었다. 그러더니 지퍼 백에 담긴 통장과 현금을 꺼내 정혁이 볼 수 있게 들어 보였다.

"통장이랑 현금을 왜 거기다 두지?"

"예전에 영화에서 보고 따라 해 봤어요. 노트북도 있고, 통장이랑 돈도 있고. 우리가 생각보다 빨리 와서 제대로 못 훔쳤나 봐요."

"글쎄, 그런 거라면 다행이지만……."

정혁이 훑어본 바로는 손대지 않은 곳이 거의 없었다. 작은 다육 화분이 줄을 맞춰 놓은 발코니로 통하는 창도 활짝 열린 상태였고, 파티션이 치워져 드러난 침대의 이불과 시트는 마구 흐트러져 있었다. 서랍장과 옷장은 말할 것도 없고, 싱크대 서랍도 반쯤은 열려 있었다. 아무리 빨리 움직였다 해도 족히 10분 이상은 뒤졌다고 봐야 했다. 그런데도 이 집에서 제일 값나갈 것 같은 노트북은 그대로였다.

통장과 현금은 냉동실 안에 있으리라곤 생각을 못 해 그냥 두고 갔다고 해도 이해가 안 됐다. 노트북 하나 들고 뛰쳐나간다고 해서 도망가는 데 크게 방해가 되진 않을 텐데 말이다.

뭔가 있었다. 수연이 짐작하고 있는 것일 수도 있고, 그녀가 아예 모르는 것일 수도 있었다. 어쨌든 지금 당장은…….

"대충 정리하고 간단하게 짐 챙겨."

"네?"

"자물쇠도 고장 났고 여긴 위험해."

수연을 기본적인 잠금장치마저 망가진 이곳에 그대로 두고 갈 수는 없었다. 정혁은 그녀를 어디에 둬도 안심이 되지 않을 것 같은 비정상적인 보호 본능을 느꼈다.

그는 수연을 자신의 영역 안으로 들여야겠다는 위험한 발상을 막 끝낸 참이었다.

적지 않은 반발을 예상하긴 했지만, 수연의 고집은 그 예상을 훨씬 뛰어넘었다. 결국 정리를 대충 끝낸 정혁이 그녀와 함께 잘 것처럼 침대를 차지하고 드러눕는 상황까지 가고 나서야 울상이 된 수연이 마지못해 짐을 꾸리기 시작했다.

"상황이 어떻게 될지 모르니까 넉넉하게 사흘 정도 생각하고 꾸려."

평소 대답만큼은 잘했던 수연은 정혁에게 화가 난 듯 좀 전부터 입을 꾹 다물고 있었다.

"현관문 못 잠그니까 귀중한 건 꼭 챙기고. 시동 걸어 놓을 테니까 바로 내려와."

수연은 역시나 대답 없이 얕은 한숨만 뱉어 냈다. 그러거나 말거나 정혁은 볼모로 그녀의 노트북을 냉큼 챙겨 들고 집을 나섰다.

"어, 아저…… 휴."

노트북이 정혁과 함께 사라지는 걸 미처 막지 못한 수연이 또 한 번 한숨을 내쉬었다. 그가 좋은 사람이라는 건 알고 있었지만, 뜻하지 않게 자꾸 얽히게 되는 상황이 마음에 들지 않았다.

바람도, 비도, 찬란한 햇빛도 없는 고요한 연못 같았던 그녀의 인생에 자꾸 바람이 일고 빗물이 떨어지면서 찬란한 빛이 스며들려 하고 있었다.

이대로 내맡기기에 그녀는 겁도 많았고, 내보일 수 없는 비밀도 많았다. 되도록 새로운 인연은 맺고 싶지 않은 게 그녀의 심정이었다. 또다시 마음을 열어 믿음을 주고, 기대하게 되고, 결국 상처 받게 되는 일들은 더 이상 겪고 싶지 않았다.

얼마 되지도 않는 짐을 꾸물꾸물 챙기는 동안 신혜에게 연락을 해 볼까 하는 생각이 잠깐 스쳤다. 그러다 이내 고개를 저었다. 신혜의 시어머니는 수연을 싫어했다. 그거야 상관없었지만, 신혜의 입장이 곤란해질 게 뻔했다.

짐이 든 백팩을 둘러멘 수연은 현관 앞에서 한참을 망설였다. 정혁의 말대로 이곳에서 잘 수는 없었다. 그에게 말은 안 했지만, 지금도 혹시나 시키면 그림자가 나타나 자신을 덮치는 건 아닐까, 겁이 났다. 그렇다고 정혁을 따라가는 것도 영 내키지 않았다.

빵, 하는 짧은 경적 소리에 상념에 빠졌던 수연이 화들짝 놀랐다. 정혁이 재촉을 하고 있었다.

서둘러 계단을 내려가자 기다리다 지친 정혁이 막 건물 안으로 들어서는 게 보였다. 어떤 의미인지 알 수 없었지만 씩 웃는 모습이 마치 장난스러운 일을 꾸미는 개구쟁이 같았다.

"도망갈 궁리하고 있었던 거 아니지?"

수연은 반박할 수 없는 물음에 입만 삐죽거렸다. 스스럼없이 다가와 가방을 빼앗아 든 정혁은 귀여운 동생한테 하듯 볼을 슬쩍 꼬집었다. 볼을 감싼 채 눈이 동그래진 수연도 그렇지만, 정혁도 자신의 행동에 적잖이 놀랐다. 정은에게도 하지 않던 행동이었다.

장남이라는 자리는 제법 묵직해 다정하게 도닥이고 보듬긴 해도 둘째 정훈이 정은에게 하듯 장난기 가득한 토닥거림이나 스킨십은 일체 없었다.

의도한 게 아니었다. 입을 삐죽거리는 모양새가 귀여워 의식하지 못하는 새 손이 먼저 나가 버렸다. 수연의 말간 볼이 붉어진 만큼이나 정혁의 귓불도 붉어졌다.

정혁은 멋쩍은 듯 손가락으로 미간을 문지르며 성큼 앞서서 차로 향했다. 그러면서도 미적거리다가 따라붙는 수연을 확인하는 걸 잊지 않았다. 정혁은 조수석 문을 열어 놓은 뒤 가방을 뒷좌석에 내려놓고 운전석에 올라타 그녀가 차에 오르길 기다렸다.

"벨트 매."

오늘만 벌써 두 번째로 듣는 말이었다. 무엇이 떠오른 건지 움찔 놀란 수연은 냉큼 안전벨트를 당겨 맸다. 그 모양새를 보고 있던 정혁이 또 피식 웃음을 흘렸다. 웃음 박한 여자를 만나니 도리어 그가 웃음이 많아졌다.

"생각해 봤는데, 요 앞에 조금만 가면 찜질방 있는 거 봤거든요. 오늘 밤은 거기서 자고 내일……."

"가 본 적도 없는 찜질방에서 혼자 밤을 보내겠다고?"

"그래서 한 번 가 보려고요. 원래부터 가 보고 싶었어요. 그러니까……."

"안 돼. 그렇게 개방된 공간에 무방비로 자게 둘 것 같았으면, 자물쇠 고장 난 집이 훨씬 더 나았어."

"무슨 권리로 제 일에 이렇게 참견하세요? 아무리 아저씨가 절 의심하고 있다고 해도 이건 아닌 것 같아요."

"뭐야, 지금 내가 널 의심해서 감시하는 거라고 생각하는 거야?"

"그게 아니면 뭔데요?"

감시하는 게 아니면 뭔지 그조차도 정의를 내리기 쉽지 않았다.

"그냥 호의 정도로 해 두지."

"그 호의, 제가 받기 싫다면요?"

"찜질방 같은 데 말고 은수연이 안전하다는 확신이 들 만한 방법을 제시하기 전까지 너한테 다른 선택권은 없어."

"아저씨한테 그런 확신 심어 줄 의무 없어요. 여태 혼자 잘 살아왔다고요."

담이 떠난 후론 줄곧 혼자였다. 누구의 도움 없이도 잘 살아왔다. 그런데 갑자기 나타난 이 남자는 그녀가 혼자서는 아무것도 못 하는 어린애라도 되는 양 취급하고 있었다. 좋게 마무리 짓고 감사 인사하고 돌아서려던 계획이 점점 어그러지고 있었다.

"지금까지는 그랬을지 몰라도 오늘부터는 아니야. 난 사회적 약자를 도와야 할 의무를 가진 사람이고, 넌 분명 약자거든."

운전에 집중한 채 그녀를 보지도 않고 선언하듯 말하는 그를 바라보는 수연의 눈이 어느 때보다 복잡한 감정을 담고 일렁였다. 이 사람은 그녀에 대해서 아무것도 몰랐다.

"너무 단언하지 마세요. 겉으로 보이는 게 다가 아니에요."

조용히 흘러나온 제법 의미 있는 수연의 말에 정혁의 시선이 잠깐 스쳐 가긴 했지만, 그는 생각을 바꿀 의지가 없는 것처럼 간판이 환하게 빛을 발하고 있는 찜질방 앞을 그냥 지나쳤다.

"그럼 겉과 속이 어떻게 다른지 알아봐야겠군."

어떤 말을 해도 통할 것 같지 않은 정혁의 태도에 수연의 미간이 확 구겨졌다.

"싫다는데 강제로 이러면 안 되는 거 아니에요? 경찰에 신고……."

정혁의 짙은 눈썹이 꿈틀했다. 그녀를 쳐다보는 눈길은 어디 해 볼 테면 해 봐, 라고 말하는 것 같았다. 충동적으로 내뱉어 놓고 그가 형사라는 걸 나중에야 깨달은 수연의 입이 굳게 다물어지고 불만으로 볼이 살짝 부풀었다. 그 모습에 정혁은 또 피식 웃음이 나왔다.

수연은 감정에 무디게 반응하는 30대 중반의 성숙한 여인과 10대 후반의 여고생 사이를 자유자재로 오가고 있었다. 지금으로선 어느 쪽이 꾸며 낸 모습인지 판단하기 힘들었지만, 정혁은 양쪽 다 괜찮았다.

"아저씨를 믿을 수 없어요."

정혁의 입가에 드리워졌던 미소가 싹 가셨다. 비포장도로를 달리는 것처럼 차가 일렁이는 듯했다.

"뭐?"

"몇 번 봤다고. 형사라는 거 말고는 생판 남인데, 아저씨가 뭔 짓을 할 줄 알고 무조건 따라가요."

정혁의 미간이 순식간에 구겨졌다. 지금 이 모습은 왜 제게 반말을 하냐고 따져 묻던 당찬 은수연인 것 같았다.

"허, 이날 이때껏 그런 소린 처음 들어 본다. 나를 못 믿겠다고? 그럼 세상에 믿을 놈 하나 없을걸."

"상황에 따라 어떻게 변할지 모르는 게 사람이에요."

야무지게 흘러나온 수연의 말에 심각한 표정으로 눈을 깜빡이던 정혁이 적당한 자리에 차를 정차시켰다. 차가 멈추자마자 수연이 손잡이부터 잡아당겼지만, 턱 걸리는 소리만 들려왔다. 그녀의 볼이 다시 부풀어 올랐다.

"네 입으로 내가 좋은 사람이라고 했던 거 기억 안 나?"

"좋은 사람인 거랑 이건 다른 문제예요."

"억지 부리지 마."

"아저씨야말로 억지 부리지 마세요."

짙게 일렁이는 수연의 눈이 한 치의 물러섬 없이 날 선 정혁의 눈을 마주했다.

"넌 우리 막내보다 어려."

"네. 하지만 여동생은 아니죠."

그래, 여동생은 아니다. 여동생을 보며 이렇게 가슴이 두근거리진 않겠지. 한참 어린, 그것도 비밀투성이 여자애를 상대로 대체 이게 뭐 하는 짓인지 알 수가 없었다.

"그래, 여동생은 아니지. 근데 넌 전혀 내 취향이 아니야."

당황한 건지 수연의 입이 조금 벌어졌다. 핏기 없던 볼은 금세 붉어졌다.

"아!"

"아? 그거 수긍의 뜻으로 받아들여도 되나?"

수연의 고개가 푹 숙여졌다. 잘못을 저지른 아이처럼 맞잡은 손가락을 요란스레 꼼지락거렸다.

"난 은수연이 내 집 거실을 속옷 바람으로 활보하고 다녀도 전혀 상관없으니까 그 얘긴 앞으로 두 번 다시 꺼내지 마."

정혁은 쐐기를 박았다.

"네."

차를 출발시키려던 정혁이 신경질적으로 앞머리를 쓸어올렸다. 마지막 말은 덧붙이지 말았어야 했다. 속옷 바람으로 활보해도 상관없다니, 진짜 그걸 말이라고.

"믿어도 돼. 세상에서 제일 안전한 곳으로 가는 거야."

수컷이라는 족속들이 여자를 회유하는 데 만고불변의 진리처럼 써먹는 말, '오빠만 믿어'의 응용 편을 선보인 정혁은 속으로 자신을 향해 실컷 욕을 퍼붓고 있었다.

"죄송해요. 그리고 고마워요."

기어들어 가는 목소리로 사과를 건네는 수연을 힐끔 쳐다본 정혁이 쓰게 입맛을 다셨다. 금세 수긍하고 받아들이는 태도에 안심이 되면서도 그게 또 마음에 안 드는 모순적인 감정에 휩싸였다.

"그래도 그건 잘한 거니까 앞으로도 꼭 그렇게 해."

결국 한마디를 덧붙이고야 말았다.

"뭘요?"

"세상 모든 남자들은 무턱대고 믿으면 안 돼."

흑요석같이 반짝이는 눈이 그의 옆모습을 집요하게 바라봤다. 마치 아저씨도 남잔데요, 하는 것만 같았다.

"나는 빼고."

정혁은 낯간지러울 만한 소리를 툭 뱉어 놓고 괜스레 불안해 입을 꼭 닫고 있는 수연의 눈치를 슬쩍슬쩍 봤다. 그러다가 작게 들려온 네, 하는 소리에 입꼬리가 또 비스듬히 올라갔다.

아무래도 조만간 무지 헤픈 남자가 될 성싶었다.

4장

TV를 켜 놓고 잠들었나 보다. 낯선 리듬이 귀를 성가시게 했다. 좀 더 자고 싶은 마음에 베개 깊숙이 머리를 묻었다. 익숙하지 않은 향기가 그녀를 감쌌다. 왠지 마음이 푸근해지고 기분이 좋아지는 향기에 저도 모르게 입꼬리가 살랑 올라갔다. 이내 성가시던 음악 소리도 잦아들고 이불과 베개에 한껏 파묻힌 수연은 다시 달콤한 잠 속으로 빠져들려 하고 있었다. 간만에 찾아온 나른함이었다. 어느 정도의 긴장감을 항상 안고 사는 그녀에겐 극히 드문 일이었다.

누군가 단호한 표정으로 건넨 세상에서 제일 안전한 곳이라는 말이 불현듯 떠오른 수연은 달콤한 잠에서 급격히 끌어올려졌다. 커튼을 뚫고 스며든 햇살이 널찍하고 모던한 침실을 어슴푸레 비추고 있었다. 낯선 광경에 움직일 생각도 못하고 이불을 꼭 움켜쥐고 있으려니, 그녀가 깨어난 걸 알기라도 하듯 다시 음악이 방 안에 울려 퍼졌다.

"헉!"

의식의 흐름을 따라가던 수연이 화들짝 놀라서 벌떡 몸을 일으켰다. 정신을 제대로 차리기 전, 성가신 음악 소리를 찾아 두리번거리던 그녀가 생소하기 그지없는 휴대폰을 집어들었다. 정혁의 이름 석 자가 반짝반짝 빛을 발하고 있었다.

"여보세요. 아저씨?"

—어, 일어났어? 내가 깨운 건가?

"아니요. 일어났어요."

—국 대충 끓여 놨는데, 맛이 어떨지 모르겠네. 반찬은 냉장고에 있으니까 골고루 챙겨서 먹고…….

아이를 챙기는 엄마 같은 말에 수연의 입가에 기분 좋은 미소가 올라앉았지만, 그대로 받아들이기엔 너무 지나친 호의라는 생각엔 변함이 없었다.

"아니요. 자물쇠도 손봐야 하고, 일찍 나가 볼게요. 재워주셔서 감사합니다."

—그 얘긴 어제 끝낸 거 아니었나? 내가 안전하다고 확신할 때까지 그냥 있어.

"그래도…….."

—그보다 손님이 갈 거야. 그 말 하려고 연락했어. 나 갈 때까지 대접 좀 잘해 줘.

"네? 손님이요? 아니, 그 대접을 왜 제가…… 아저씨? 아저씨!"

끊긴 휴대폰에 소리를 질러 봐야 아무 소용없었다. 황당하게 쳐다보고 있다가 어색한 손놀림으로 다시 통화를 시도하려는데, 너무도 갑작스럽게 초인종이 울렸다.

"반장님, 무슨 좋은 일 있으십니까?"

휴대폰을 바라보며 미소 짓고 있는 정혁의 낯선 모습에 태랑이 기어코 한마디를 보탰다. 저렇게 뭔가 간질간질한 표정을 짓는 정혁을 본 적이 없었다.

"혹시 휴대폰 바꾸셨습니까? 최신형이에요? 되게 마음에 드시나 보네."

"이태랑, 커피 심부름 안 하니까 심심하지?"

사나운 눈길로 태랑을 바라보며 휴대폰을 주머니에 집어넣은 정혁이 겉옷을 챙겨 자리에서 일어났다.

"장 형사. 중앙 새마을금고 대출 사기 사건 파일, 정리 다 했어?"

"아, 네. 지금……."

"빨리해서 못 올리지. 마무리한 지 일주일도 더 된 거 모르나? 오늘 퇴근 전까지 해서 올려."

"아우, 반장님 퇴근 전까지는 좀……."

"좀 뭐? 단합 대회 한 번 해야 정신 차릴래?"

"아, 아닙니다. 퇴근 전에 보고 올리겠습니다."

정혁의 날카로운 시선이 단합 대회란 말에 사색이 되는 장 형사를 보다 여전히 분위기 파악 못 하고 싱글벙글하는 태랑에게로 옮겨 갔다.

"이태랑. 위조지폐 건은 진척 좀 있어?"

"그게 아직……."

정혁의 입가에 사악한 미소가 올라앉았다.

"오늘 내로 위조지폐 만든 놈 팬티 색깔까지 알아다가 내 책상 위에 올려놓지 않으면 이태랑, 넌 끝장이다. 알았나?"

"아니, 반장님. 아직 누군지도 모르는데 팬티 색깔을 어떻게……."

"칭얼대고 있을 시간이 없을 텐데."

울상이 된 태랑이 장 형사를 쳐다봤지만, 그라고 별수 있을라고. 비장한 얼굴로 태랑의 등을 툭툭 쳐 준 장 형사는 양손을 으드득 꺾어 풀고는 보고서 작성에 들어갔다.

"빨리 못 움직이지?"

정혁의 칼날 같은 한마디에 태랑은 잽싸게 튀어 나갔다. 회심의 미소를 머금은 정혁이 여유로운 걸음걸이로 그 뒤를 따랐다.

"반장님, 어디 가십니까?"

"현장. 무슨 일 있으면 연락해."

현장을 나간다는 정혁의 표정은 미소가 한가득이었다. 믿을 수 없는 광경에 지나치는 사람들 모두 고개를 갸웃거리는 건 안중에도 없었다. 그중에 의혹의 눈길을 보내는 장유정이 있는 것도 몰랐다. 정혁은 오직 폭탄을 맞이한 수연이 어쩌고 있을지 상상하는 즐거움에 빠져 있었다.

그 시간, 정혁에게 특별한 즐거움을 안겨 주고 있는 줄도 모르고 수연은 깔끔하기 그지없던 현관을 순식간에 난장판으로 만들어 놓은 손님들을 멀뚱멀뚱 쳐다보고만 있었다.

"어머나! 예쁜 아가씨였네."

"아앙, 부우."

"그렇지, 윤재야. 예쁜 누나지? 저기, 인사는 좀 있다 하고 우리 윤재 좀 먼저 안아 줄래요?"

유모차에서 아이를 안아 올린 정은은 어찌할 바를 모르고 서 있는 수연의 품에 윤재를 덥석 안겼다.

"요렇게 팔을 엇갈려서. 네, 그렇게 안으면 돼요. 요 녀석, 제 아빠 닮아서 목도 얼마나 잘 가누는지 몰라요. 어머, 얘 봐. 강현우 아들 아니랄까 봐 예쁜 건 알아가지고, 좋아하는 것 좀 봐. 호호."

얼떨결에 받아 안고 웃어야 할지 울어야 할지 갈피를 못 잡고 있던 수연이 말랑한 잇몸을 드러내며 웃는 윤재를 보고는 눈을 떼지 못했다.

"강현우 아들? 아저씨, 아니 형사님 아들 아니에요?"

"어머, 오해했구나! 전 차정혁 동생 차정은이에요. 윤재는 제 남편 강현우 아들이고."

정은은 산더미 같은 짐을 옮기며 수연의 물음에 답했다. 그녀의 목소리에는 윤재를 기특해하는 느낌이 가득했다.

"안 울고, 잘 먹고, 잘 잘 때는 내 아들이기도 하지만, 그 나머지는 강현우 아들인 것 같아요. 그렇다고 우리 자기가 잘 울고, 안 먹고, 잠 안 잔다…… 음, 잠은 좀 그러네. 요 즘은 하루에 서너 시간 자는 게 다니까. 거의 대부분 다 사랑 스럽고 예쁜데, 얄밉게 굴 땐 정말 밉거든요. 윤재랑 강현우랑 똑같아요."

정은에게는 밝음이 가득했다. 정혁과 비슷한 맑은 기운을 가지고 있었지만, 그보다 더 따뜻한 오렌지빛이었다. 정은은 윤재를 극구 현우와 닮았다고 강조하고 있었지만, 천사 같은 얼굴은 엄마를 꼭 빼다 박은 것 같았다.

"밉지 않아요."

윤재에게 시선을 고정한 채 중얼거리듯 흘러나온 수연의 말에 마지막 짐을 푹신한 러그가 깔린 거실 바닥에 내려놓은 정은이 생긋 웃어 보였다.

"속지 말아요."

"네?"

"지금 보이는 모습이 다가 아니에요. 날개 없는 천사 같아 보이죠? 울기 시작하면 아마 머리에 조그만 뿔이 보일걸요."

정은이 짓궂게 눈을 찡그리며 손가락 두 개를 세워 머리에 뿔을 만들어 보였다.

"우리 정식으로 자기소개나 할까요? 이리 와서 좀 앉아 봐요."

소파에 앉은 정은이 옆자리를 툭툭 쳐 댔다. 그제야 수연은 정은이 윤재를 안겨 준 그대로 꼼짝 않고 있었다는 걸 깨달았다. 아기를 안는 것은 처음이었다. 은연중에 잘못 움직였다간 다치게 하는 건 아닌지 겁이 났나 보다. 미간을 살짝 접었다가 조심스럽게 한 발씩 떼는 수연을 보며 정은은 또 뭐가 그렇게 즐거운지 아이 엄마 같지 않은 까르르, 하는 청명한 웃음소리를 쏟아 냈다.

"아기 처음 안아 보죠?"

"네, 여기."

소파에 살짝 엉덩이를 걸친 수연이 정은에게 윤재를 넘겨
주려 했다.

"으음, 더 안고 있어도 돼요."

"그래도 될까요?"

"그럼요."

눈이 짙고 맑아서 그런지 수연의 표정엔 감정이 그대로 묻
어났다. 아쉬움이 짙게 깔린 표정으로 윤재를 넘겨주는 모습
은 여자가 보기에도 참 어여뻐 보였다. 거짓말은 절대로 못
할 것 같은 사람이었다.

"자, 그럼 정식으로 소개할게요. 아까도 말했지만, 저는
차정은이에요. 얘는 강윤재구요."

"아, 네. 안녕하세요, 저는 은수연이에요. 어······."

수연은 뭐라고 자신을 소개해야 할지 알 수가 없었다. 정
혁에게 의심을 받고 있는 사람이라고 해야 할지, 아니면 집
에 도둑이 들어서 도움을 받고 있는 사람이라고 해야 할지.
그 어떤 것도 차정혁 동생 차정은이라는 소개에 필적할 만한
명확한 설명이 되지 못할 것 같아 망설임이 깃든 수연의 얼
굴이 살짝 굳어졌다.

"오빠한테 들었어요. 증인 보호 프로그램 정도로 생각하
면 된다고, 이것저것 꼬치꼬치 물어볼 생각하지 말라고 엄포
를 놓더라고요. 증인 보호라니 좀 의심이 가긴 하지만, 우리
오빠가 엄청 엄해서요. 오빠 말을 어겼다간 죽음이라 그렇다

고 칠게요. 근데 아무리 봐도 미인 보호 프로그램에 가까운 것 같은데 말이죠."

정은의 마지막 말은 일급비밀을 슬쩍 알려 주는 것 같은 속삭임에 가까웠다.

"아니에요, 그런 거. 제가 도움을 좀 받고 있는 거예요."

"그래요? 근데 나이가……."

"스물다섯 살이에요."

정은이 갑자기 손뼉을 짝 마주쳤다. 뜬금없는 박수에 수연은 눈이 동그래졌고 윤재는 울음을 터뜨릴 듯 입을 삐죽거렸다.

"잘됐다. 난 스물아홉이에요."

"알고 있어요."

"알고 있어요? 더 잘됐네. 여동생 하나 있었으면 정말 좋겠다고 생각했는데, 우리 오빠가 또 이렇게 소원 성취를 시켜 주네. 엄마, 아빠한테 여러 번 부탁했었거든요."

마지막 말은 또 일급비밀을 누설하는 것같이 속삭였다. 아무래도 정은의 습관인 듯했다. 그 모습이 너무 자연스럽고 다정한 느낌이라 싫지 않았다.

"지금부터 우리 언니, 동생 하기로 해요. 그럼 수연아, 이제부터 언니가 말 놓는다."

붙임성 남다른 건 정은의 타고난 장점인 것 같았다. 윤재의 행동을 보니 어쩌면 집안 내력일지도. 울기라도 할까 봐 손가락으로 윤재의 볼을 부드럽게 쓸자 고물거리는 손이 수연의 손가락을 꼭 움켜쥐었다.

"아!"

조그만 덩치에 비해 손힘이 제법 셌다. 하지만 아플 정도는 결코 아닌데도 불구하고 감탄사인지, 앓는 소린지 모를 단음절이 수연의 입에서 흘러나왔다.

"윤재도 수연이가 참 마음에 드나 보네."

"너무 예뻐요. 천사 같아요."

"아까 얘기했지. 울면 머리에 작은 뿔이 보일 거라고."

"아바바브."

아니라고 항의라도 하듯 윤재가 조그만 입술을 오물거리며 알아듣지도 못할 옹알이를 했다. 그 모습에 서서히 입꼬리가 올라가던 수연의 얼굴로 환하게 웃음이 번졌다. 가만히 바라보던 정은도 빙그레 미소를 지었다.

"미인 보호 프로그램 맞네. 수연인 자주 웃어야겠다. 너무 예쁘네."

정은의 말에 설핏 굳어졌던 수연의 표정은 손가락을 잡아당기며 옹알이 세례를 퍼부어 대는 윤재로 인해 다시 미소가 번져 갔다.

❀   ❀   ❀

조시창 49세, 사기 전과 2범.

차적 조회로 알아낸 주소지에 침입자의 흔적은 남아 있지 않았다. 예상 못 한 건 아니었지만, 기운이 빠지는 건 어쩔

120

수 없었다. 허름한 단층 주택 주변을 살펴보던 정혁이 근처에 위치한 조그마한 마트로 향했다. 계산대 앞에 앉은 마트 주인을 정혁이 예리한 눈길로 살폈다. 건성으로 건네는 인사며 나른한 표정, 그를 유심히 살피는 눈길로 봐서 이 동네 터줏대감임이 분명했다.

여러 개의 음료를 골라 계산대에 내려놓은 정혁은 부드럽게 입꼬리를 끌어 올려 온화한 미소를 머금었다. 나른했던 주인아주머니의 얼굴에 갑자기 생기가 돌더니 파마머리를 주섬주섬 정리하며 자리에서 일어나 정혁을 향해 미소를 되돌렸다.

"이 동네 사람이 아닌 것 같은데……."

아주머니는 비닐봉지에 음료를 담으며 어울리지 않게 속눈썹까지 나풀거렸다.

"어우, 족집게시네. 얼굴만 예쁘신 게 아니라 기억력도 좋으신가 보네요."

"호호호, 아유! 기억력은 무슨. 내가 이 동네서 장사한 게 30년이 넘었거든요. 동네 사람인지 아닌지는 얼굴만 봐도 알지."

"아, 그럼 혹시 저 앞 파란 대문 집에 살던 조시창 씨라고 아시려나?"

"조 씨? 혹시 돈 빌려줬어요?"

정혁은 곤란한 표정을 꾸며 내며 뒤통수를 긁적였다.

"어이구, 어떻게 아셨어요? 갚는다고 차일피일 미루기만 하더니 이젠 전화도 안 받고, 집에도 없고 어떻게 해야 할지 난감하네요."

"조 씨는 저기서 안 산 지 꽤 됐어요. 한 3, 4년 됐지 아마? 어디서 돈 많은 여자를 물었는지 갑자기 새 차도 뽑고 신수가 훤해져서 들락거리더니, 여자랑 합치기로 했다고 짐 가방 하나 달랑 들고 나간 후론……. 아, 그리고 몇 개월 지난 뒤에 한 번 더 왔었지. 부동산에 집 내놨다고 나더러도 좀 알아봐 달라고 했었죠. 근데 알다시피 여기가 어디 거래가 잘 되는 덴가. 게다가 그 집은 위치도 그렇고, 부지도 좁고 아직까지 안 팔렸을 거예요."

정혁은 슬쩍 운만 뗐을 뿐인데, 아주머니는 기다렸다는 듯이 묻지도 않은 말까지 술술 풀어놓았다.

"그래요? 제가 정말 급해서 그러는데, 혹시 같이 산다는 여자가 누군지, 어디로 갔는지 알 수 있을까요?"

"아유, 내가 그것까지야 아나. 집 부탁할 때 슬쩍 떠보긴 했는데, 다른 건 몰라도 돈 걱정은 안 해도 된다고 하대요. 뭐라더라, 그 여자는 신이 돈을 벌어 준다고 했던가? 신이 돈을 벌게 도와준다고 했던가? 하여튼 그런 이상한 말을 했어요."

"신이 돈을 벌어 준다?"

정혁은 아리송한 말을 다시 한번 곱씹으며 습관처럼 턱을 쓸었다.

"아무튼 집 팔리기 전엔 여기 다시 올 일은 없을 거예요. 그 후로 코빼기도 안 보였으니까."

"그럴까요?"

"많이 빌려줬어요?"

"네, 좀."

시무룩하니 웃어 보이자 아주머니는 안타까운 듯 혀를 찼다.

"연락처나 하나 남겨 두고 가던가요. 혹시나 오면 전화해 줄 테니까."

"아이고, 이거 감사합니다. 부탁 좀 드리겠습니다."

재빨리 수첩을 꺼낸 정혁이 번호를 써서 찢어 건넸다. 계산을 치르고 마트를 벗어나며 신이 돈을 벌어 주는 직업이 뭘까에 대해 골몰했다.

하루가 어떻게 지나간 건지 정신이 하나도 없었다. 정은이 아무리 뿔이 보일 거라고 강조했어도 이 천사 같은 아기가 그럴 리 없을 거라고 단정 지었던 생각이 그럴 수도 있겠다, 정도로 서서히 변해 갔다. 하지만 그럼에도 수연의 눈엔 여전히 윤재가 너무 예뻤다.

고장 난 자물쇠 고치는 일도, 정혁의 집에 머무는 문제에 대해서도 까맣게 잊을 정도로 윤재에게 빠져들었다. 더구나 아기를 돌보는 바쁜 와중에도, 쉴 새 없이 대화를 이어 나가는 정은 때문에라도 다른 데 정신을 쏟을 겨를이 없었다. 대화라고 해야 주로 정은이 말하고 수연은 듣는 쪽이었지만, 짜증이 나거나 지루하지 않았다. 정은은 이야기를 재밌게 꾸며 내는 재주가 있었고, 말 속에는 상대방에 대한 배려가 녹아 있었다. 이렇게 재미있는 대화 상대는 난생처음이었다.

"그때 큰오빠 표정이······. 어휴, 지금까지도 생각만 하면 등골이 오싹하다니까. 그렇게 얄미웠던 작은오빠가 엄청 불쌍해 보이지 뭐야."

"정말요? 아저씨가 그렇게 무서운 사람인 것 같지는 않은데······."

"말도 마. 우리 오빠가 정의의 사도잖아. 그렇다고 무턱대고 덤비는 얼뜨기 영웅 같은 거 아니고, 치밀하고 빈틈없는데다 옴짝달싹 못 하게 하는 카리스마를 장착했지. 암튼 딴 건 몰라도 큰오빠 앞에서 거짓말은 절대 하면 안 돼."

윤재에게 분유 먹일 준비를 하며 선언하듯 내뱉은 정은의 말에 수연은 순간 움찔했다. 아예 말을 하지 않는 것도 싫어하냐고 묻고 싶은 심정이었지만, 그랬다간 모든 비밀을 털어놔야 하는 상황이 벌어질까 봐 차마 그러지 못했다. 그저 고개를 끄덕이며 그녀의 손바닥 반도 안 되는 윤재의 발을 만지작거렸다.

"그런 면에서 수연인 일단 합격이야."

의문이 담긴 수연의 눈이 활짝 미소 짓고 있는 정은을 향했다.

"거짓말은 절대 못 할 것 같은 얼굴을 하고 있거든."

"보이는 게 다가 아니에요."

조용히 읊조리는 그녀의 말에 정은의 얼굴에서 웃음기가 서서히 사라졌다. 갑자기 착 가라앉아 버린 분위기에 수연은 괜스레 미안한 마음이 들었다.

"제 머리에 있는 뿔은 안 보이시나 봐요?"

손가락 두 개를 머리에 세워 눈을 찡그리며 하는 말에 잠시 멍해 있던 정은이 웃음을 터뜨렸다.

"하하하."

정은의 호쾌한 웃음소리에 수연의 입꼬리도 올라갔다. 잘 빨고 있던 젖병을 밀어낸 윤재가 저도 끼워 달라는 듯 양팔을 파닥거리며 돌고래 소리를 냈다. 입꼬리만 올라갔던 수연의 입에서 청명한 웃음소리가 흘러나왔다. 제 귀로 들으면서도 믿기 힘들었다. 담이가 세상을 떠난 뒤로 모든 게 서서히 제자리를 찾아가는 듯했지만 웃을 일은 없을 거라 생각했는데 아니었나 보다.

가슴 속에 깊이 맺혀 있던 웃음은 사라진 적 없었다고, 네가 잊고 있었던 것뿐이라고 간질거리며 자꾸 밀고 올라왔다. 정은과 수연의 웃음이 좋은 듯 윤재는 발장단까지 맞추기 시작했다. 아기 천사가 제 몸을 하늘로 띄우기라도 할 듯 파닥거렸다.

수연이 맑게 웃으며 윤재의 오물거리는 손을 잡아 막 입을 맞추려던 순간이었다. 싱그러운 웃음들 사이로 남자의 목소리가 끼어들었다.

"서방님 온 줄도 모르고 뭐가 그렇게 즐거워?"

윤재를 냉큼 수연에게 맡긴 정은이 현관을 차지하고 서 있는 훤칠한 남자를 향해 바삐 걸음을 옮겼다. 남자의 양팔이 자연스럽게 정은을 향해 벌어졌다. 누가 봐도 윤재의 아빠였다. 참 신비로웠다. 엄마를 빼다 박은 것 같았던 윤재는 제 아빠를 찍어 놓은 것같이 판박이었다.

얼결에 윤재를 떠안은 수연은 엉거주춤 자리에서 일어났다. 환하게 웃는 남자 옆에서 멍한 표정으로 그녀를 바라보는 정혁에게 눈인사를 건넸지만, 그는 넋이라도 나간 듯 별 반응이 없었다. 그런 정혁과는 별개로 아침에 헤어졌다가 만난 부부는 곧 극적인 상봉을 이루기 직전이었다.

수연이 자리를 피해 줘야 하나 살짝 고민하는 사이, 현우의 팔은 목적을 잃고 엉거주춤 서로 엉겨들고 말았다. 그 앞까지 와다다 달려간 정은이 야박하게도 현우가 들고 있는 꾸러미만 냉큼 챙기고 몸을 돌려 버렸기 때문이었다.

"사 오란 거 다 사 왔어요?"

"풋, 하하하하."

눈을 초롱초롱 빛내며 봉지 속을 살피는 정은과 민망한 팔을 툭툭 터는 현우를 보고 있던 수연이 꾹꾹 눌러 참던 웃음을 기어코 터뜨려 버렸다. 윤재는 그 웃음소리에 맞춰 빠질 수 없다는 듯 또 돌고래 소리를 냈다.

"뭐? 왜?"

정은이 영문을 모르겠다는 듯 수연을 향해 어깨를 들썩해 보이자 뒤쪽에서 볼멘소리가 들려왔다.

"차정은, 난 안중에도 없지? 먹을 게 중요해, 내가 중요해?"

"히히, 먹을 것 사 온 서방님이 중요하지! 그걸 말이라고."

성큼 다가온 현우를 정은이 성의 없이 한 번 안았다가 놓았다.

"입에 침이나 바르고 얘기해라."

"그러고 싶은데, 배고파서 바를 침도 없어."

"으이그, 이리 내. 그릇에 담아 줄게."

"헤헤, 우리 서방님 최고. 오빠, 거기서 뭐 해? 안 들어와?"

정은의 말에 모두의 시선이 정혁에게로 향했다. 정혁은 여전히 멍한 표정으로 현관 앞에 서서 수연을 바라보고 있었다. 눈치 빠른 정은이 회심의 미소를 지었다.

"수연이 웃는 모습이 참 예쁘긴 하지, 응?"

"어? 아니, 글쎄. 난 잘……."

정혁을 얼어붙게 했던 마법이 풀렸다. 뜬금없는 정은의 말도, 당황하는 정혁도 이해할 수 없어 어리둥절하던 수연은 윤재가 머리카락을 잡아당기는 통에 그리로 시선을 빼앗겨 버렸다. 부부는 일심동체라고 정은만큼이나 눈치가 빠른 현우가 빙그레 미소를 지은 채 수연에게로 다가갔다.

"윤재야, 아빠 왔다."

윤재의 초롱초롱한 눈이 현우에게로 향하자 수연은 아쉬운 듯 아기를 그에게 안겨 줬다.

"안녕하세요. 이 녀석 엄마의 남편 되는 강현우라고 합니다."

수연의 얼굴에 따뜻한 미소가 덧그려졌다. 정혁은 이래저래 그녀에게서 눈 뗄 타이밍을 자꾸 놓치고 있었다.

"네, 안녕하세요. 은수연이에요."

"은수연, 은수연. 어, 혹시……."

"야, 강현우! 정은이 표정 안 보여? 얼른 상 차려."

"어? 그래야지. 여보야, 당신 아들 좀 안아 줄래?"

현우의 말에 쪼르르 다가온 정은이 윤재를 받아 안았다.

"그래, 오늘은 차정은 아들 한다. 이 녀석 종일 방긋방긋 웃기도 잘하더라고. 수연이 덕을 톡톡히 봤다니까."

수줍게 웃는 수연과 젖병을 마저 물리는 정은이 눈치채지 못하게 현우가 정혁을 툭 치며 주방 쪽을 턱짓으로 가리켰다. 정혁이 입 모양으로 왜? 라고 해 보이며 무시하려고 들자 현우가 사납게 인상을 썼다.

"형님, 상 차리는 것 좀 도와주지."

"것도 혼자 못……."

"형님."

"못 하겠지. 접시 꺼내 줄까?"

현우의 눈이 수연을 슬쩍 훑어보며 이를 악문 채 정혁을 부르자 그는 하는 수없이 주방으로 향했다. 높이 위치한 수납장에서 넓은 접시를 꺼내는 정혁의 옆에 현우가 바짝 붙어 섰다.

"뭐냐? 저 아가씨, 아니 아가씨는 아니지. 하여튼 누군지 몰라?"

"알아. 은수연이라잖아."

"지금 나랑 장난해? 그걸 말하는 게 아니잖아. 서기원이랑 이혼은 했대?"

"그냥 상황이 좀 딱하게 돼서 도와주려는 것뿐이야. 오버하지 마."

현우의 표정이 잠깐 어리둥절했다.

"아, 도와주려는 것뿐이라고? 너 수연 씨랑 안 지 얼마나 됐지?"

"한 3주?"

"뭐 기간이 중요한 건 아니니까. 그럼 그사이 매일 만난 거야?"

"내가 그렇게 한가해 보여? 하고 싶은 말이 뭐야?"

"하고 싶은 말? 꼬장꼬장하기가 둘째가라면 서러울 차정혁이 만난 지 3주 된 여자를 상황이 딱하게 돼서 도와주려고 자기 집 안으로 들였다. 이게 말이 된다고 생각해? 확실한 이유를 말해."

정은과 수연을 의식해서인지 현우의 목소리는 한껏 낮아져 있었지만, 제대로 된 이유를 듣기 전까지는 물러서지 않겠다는 의지가 확고했다.

"이번에 조사하는 사건과 관련 있는 사람이야."

"아아, 사건? 정말 이따위로 나올 거야, 형님? 사건과 관련된 사람들 다 도와줬으면 이 집은 사람으로 넘쳐 났겠네."

콧방귀부터 뀌어 보인 현우가 얼굴을 들이밀며 눈을 부라렸다.

"대체 뭘 듣고 싶은 거야?"

"진실."

"하아, 모르겠어. 나도 정확히 집어내기 힘들어. 그저 자꾸 신경이 쓰여."

미간을 구긴 정혁이 다정한 자매처럼 마주 앉은 정은과 수연을 돌아봤다. 신경이 쓰이다 못해 이젠 시선을 떼기도 쉽

129

지 않았다. 당최 모를 일이었다.

정은은 찾아왔을 때와 마찬가지로 어, 하는 사이 그 많은
짐과 남자 둘을 데리고 썰물처럼 빠져나갔다. 정혁이 혼자
살기에 제법 큰 집은 순식간에 적막에 휩싸였다. 현관문이
닫힌 지 꽤 지났는데도 불구하고 수연은 진한 아쉬움에 그
앞을 떠나지 못하고 있었다. 잠깐의 만남이 이런 그리움을
만들어 낼 수도 있다는 걸 알지 못했다. 수연은 다시 볼 수
없을지도 모르는 정은과 윤재가 벌써 그리워졌다.

"차 마실래?"

그녀의 그리움을 알 리 없는 정혁이 주방을 치우며 물어
왔다. 하는 수없이 고개를 끄덕인 수연이 주방 식탁 앞에 앉
았다.

정혁은 싱크대 앞에서 능숙하게 움직이고 있었다. 편한 티
셔츠와 면바지 차림임에도 잘 차려입은 것 같은 자태를 자아
냈다. 널찍한 어깨에 달라붙은 티셔츠는 마른 듯하면서도 근
육이 고루 잡힌 그의 몸을 여실히 보여 주었다.

처음 우연히 만나 뜻하지 않게 끌어안아 버렸을 때도 느꼈
지만, 정혁은 지나치게 잘난 사람이었다. 외면만이 아닌 내
면까지 속속들이 잘남으로 꽉 채워진 사람이었다. 밝힐 수
없는 비밀을 간직한 그녀와는 전혀 어울릴 것 같지 않았다.
당사자가 듣는 앞에서 취향이 아니라고 말할 정도의 당당함
을 지닌 사람이었다.

어제는 긴장해서 보이지 않았던 것들이 그녀의 시야를 가

득 물들였다. 여유롭게 움직이면서도 군더더기 하나 없는 절제된 동작은 살짝 헝클어진 머리를 하고 있음에도 불구하고 그를 단정하고 깔끔해 보이게 만들었다.

아마 굴곡이 없는 인생을 살아왔을 것이다. 누구에게나 방황의 시기는 있겠지만, 그는 방황을 끝내고 돌아가면 언제나 그 자리에서 따뜻하게 맞아 줄 단란한 가족을 가지고 있었다. 시시때때로 끼니 걱정을 할 필요가 없었을 거고, 당연히 주어져야 하는 교육의 기회를 얻기 위해 필사적이지도 않았을 테고, 얼굴 한 번 본 적 없는 아비에 대한 원망만 안고 사는 어미를 두지도 않았을 것이다. 더군다나 그는 절대로 원하지 않는 결혼 같은 건 하지 않을 것이다.

그와 그녀의 삶은 극명하게 달랐다. 그래서 정혁의 밝은 기운에 속절없이 끌리나 보다. 절대로 있을 수 없는 일을 자꾸 바라게 되나 보다.

정혁이 찻잔을 그녀 앞에 내려놓았다. 뿌연 우윳빛이 나는데, 우유는 아닌 것 같았다. 따끈따끈한 잔을 감싸 쥔 수연이 유심히 쳐다보기만 했다.

"밀크 티야. 마셔 봐."

제 몫으로 준비된 찻잔을 기울이는 정혁을 바라보고 있던 수연이 차를 한 모금 삼켰다. 그녀의 눈꼬리가 예쁘게 휘는 것을 확인한 정혁은 밀크 티 만드는 법을 익혀 두길 잘했다는 생각을 했다. 맛보듯 한 모금 삼켰던 그녀는 찻잔을 금세 반 이상 비우고 내려놓았다.

"저 유부녀예요."

뜬금없는 은수연 대화법이 시작되고 있었다. 무덤덤한 목소리로 그게 아무것도 아니라는 듯 말하는 그녀가 참 낯설면서도 익숙했다.

"놀라지 않으시네요?"

"우연한 기회에 알게 됐어. 곧 이혼한다는 것도. 이혼할 건가?"

"아, 네."

그는 벌써 알고 있었다고 말한다. 그녀가 밝힐 수 있는 비밀 중 그나마 가장 말하기 쉬웠던 거였는데, 그걸 알고도 그녀를 집에 들였단다. 요즘 같은 시대에 결혼했다가 이혼하는 건 특별할 것도 없는 일이지만, 정혁이 그 정도만으로도 그녀와 거리를 두어 주길 바랐다. 밝고 맑은 기운을 좇고 싶어 욕심을 부리는 자신을 단호하게 떨쳐 내 주길 바라는 마음에서 털어놓은 얘기였는데, 정혁에겐 정말 특별할 것 없는 얘기였나 보다.

"일반적으로 생각하는 그런 결혼이 아니었어요. 어머니는 저를 팔아넘겼고, 저는 필요한 걸 얻기 위해 그걸 묵인했어요."

팔아넘겼다는 말을 꺼낼 때는 목이 따끔거리는 것만 같다. 일반적으로는 절대 상상도 못 할 일일 것이다. 고개를 숙인 채로 그를 외면하고 있었지만, 정혁의 표정이 보이는 것만 같았다. 아마도 그는 이질감에서 오는 거부감을 느끼고 있을 것이다.

"뭐가 필요했는데?"

"네?"

생각지도 못한 물음에 고개를 반짝 들어 보인 수연은 동그래진 눈으로 그를 마주했다. 정혁의 얼굴 어디에도 거부감은 없었다.

"필요한 걸 얻기 위해서 묵인했다며. 뭐가 필요했냐고?"

"대학에…… 장학금을 받긴 했는데 어머니 집에서 다니기엔 너무 멀었거든요. 기숙사로 들어갈까 생각도 해 봤지만, 담이를 혼자 두고 나올 수가 없었어요. 살 집도 없고, 당장 생활비도 없어서 거의 포기하고 있었는데 그걸 그 남자가 해결해 줬어요."

말하면서 수연은 큰 죄라도 지은 것 같은 표정을 했다. 그런 이유로 결혼을 결정한 것에 대한 죄책감인가 추측하던 정혁은 그녀의 태도에서 아니라는 결론을 얻었다. 죄책감이라기보다는 좀 더 참담해 보였다.

"제 욕심 때문에 담이를 잃었어요. 대학교에 가고 싶다는 욕심만 버렸어도 어쩌면 우리 담이는……."

수연은 웃음만큼이나 눈물도 아꼈다. 지난번의 울음은 아끼고 아끼다가 한꺼번에 쏟아 낸 것에 지나지 않는다는 걸 보여 주기라도 하듯 가슴 아픈 얘길 하면서도 그녀는 절대 눈물을 흘리지 않았다. 대신 울음을 참기 위함인지 입술만 피가 맺히도록 물어 댔다. 정혁은 그게 너무 신경 쓰였다. 울음이라면 얼마든지 잘 달래 줄 사람이 떡하니 버티고 있는데, 그녀는 그를 써먹고 싶은 생각이 전혀 없는 것 같았다. 정혁은 울음을 삼키려는 듯 말을 잇지 못하는 수연을 기다려 주는 것밖에 할 수 있는 게 없었다.

"어머니는 유명한 무속인이에요."

그녀의 대화법에 이미 익숙해졌다고 생각했는데, 차를 한 잔 들이켜는 걸로 울음까지 삼킨 수연의 입에서 흘러나온 말은 정혁을 적잖이 당황하게 만들었다. 전에 엿들었던 기원의 통화 내용이 불현듯 정혁의 뇌리를 스치고 지나갔다.

"필요도 없어진 계집애는 진작 정리했어야 했는데."

서기원은 무언가가 필요해서 무속인인 수연의 어머니와 거래를 해 그녀와 결혼했을 것이다. 하지만 이젠 그녀가 필요 없어졌다고 했다. 대체 은수연의 뭐가 필요했길래 그런 말을 한 걸까.

생각에 잠긴 듯 턱을 쓰다듬는 정혁을 보는 수연의 마음은 착잡했다. 그의 반응이 못내 궁금하면서도 알고 싶지 않은 이율배반적인 감정에 사로잡혔다. 정혁은 이제 무속인 엄마를 둔 은수연을 전과는 다른 느낌으로 받아들일 것이 뻔했다. 그건 정혁이 좋은 사람이라는 것과는 별개의 문제였다.

심각하게 고심하는 정혁을 살피며 수연은 그의 생각을 들여다볼 수 있었으면 좋겠다는 엉뚱한 생각을 했다. 그녀의 특별한 능력은 이럴 때는 전혀 소용없었다.

수연의 답답한 마음을 알 리 없는 정혁의 생각은 계속 꼬리에 꼬리를 물고 있었다. 그녀가 뭔가 특별한 것을 가진 건지, 그걸 물으면 상처를 주게 되는 건지 고민했다. 게다가 결혼 얘기는 그렇다고 쳐도 별로 얘기하고 싶지 않다는 얼굴을 하고서 왜 엄마가 무속인이라는 말까지 한 건지 궁금했다. 그러다 문득 낮에 들은 신이 돈을 벌게 해 주는 직업이라던 말이 떠올랐다.

"혹시 조시창이라는 사람을 아나?"

"아니요."

거짓을 말하는 것 같지는 않았다. 제법 그럴듯한 추측이라 생각했는데 아니었나 보다. 미간을 구긴 채 턱을 문지르던 정혁이 갑자기 일어나 주변을 두리번거리기 시작했다.

"휴대폰을 어디에다 뒀더라."

중얼거리던 그가 거실에서 찾아온 휴대폰을 조작해 수연이 볼 수 있게 내밀었다.

"그럼 이 사람은 본 적 있어?"

휴대폰을 바라보던 수연의 얼굴이 눈에 띄게 굳어졌다. 그의 추측이 맞아 들어가는 순간이었다.

"이 사람이 조시창이야. 이름은 몰랐던 거지?"

"네."

"수연이 어머님과 관련이 있는 사람이고."

"네."

어머니의 애인이라는 말을 차마 꺼내기가 민망했던 수연은 정혁이 묻는 말에 대답만 했다.

"지금 어디 있지?"

"그보다 이 사람 사진을 왜 아저씨가 갖고 있죠?"

"자세한 건 나중에. 지금 이 사람 어디 있는지 알아?"

"마지막으로 본 건 3년 전이었어요. 그땐 어머니 집에 함께 있었어요."

"그럼 결국 수연이 어머님을 만나 봐야겠군. 어머님이 어디 계신지 말해 줄 수 있나?"

정혁을 마주한 수연의 눈빛이 지진이 일어난 듯 일렁였다. 그녀의 얼굴은 조시창의 사진을 봤을 때보다 더 굳어졌다.

"안 만났으면…… 좋겠어요. 꼭 만나야겠다면 타당한 이유를 설명해 줘요."

"네 집에 침입한 사람이 조시창일 확률이 높아."

"그럴 리 없어요. 단 한 번도 연락한 적 없어요. 사는 곳을 알려 준 적도 없다고요."

"사촌 언니가 있다고 하지 않았나? 사촌 언니가 어머니와 연락을 주고받고 있었다면……."

미처 거기까지 생각하지 못했다. 선화에게서 받은 통장을 건네줬던 것도 신혜였다. 그녀만 선화와 인연을 끊었을 뿐 신혜에게 연락하지 말라는 말 같은 건 한 적이 없었다. 하지만…….

"그 사람이 절 만나러 올 이유 같은 건 없어요."

"만나러 온 게 아니야. 뭘 훔치러 온 거지. 뭘 가지고 있는 거지? 그 작자가 탐낼 만한 것 중에 생각나는 거 없나?"

"아저씨도 봤잖아요. 노트북이랑 통장, 그게 다예요."

그렇다면 결국 은수연이 목적이었나. 나무처럼 우뚝 서서 팔짱을 낀 정혁의 미간이 짙게 일그러졌다.

"그 작자, 너와는 어떤 관계였지?"

묻고 싶지 않은 질문을 결국 내뱉고 말았다. 그를 바라보던 수연의 얼굴이 울 것같이 일그러졌다가 입술을 베어 무는 동작과 함께 가면을 뒤집어쓴 듯 굳어 버렸다.

"내가 우습죠? 만날 관계 타령. 아무하고도 어떤 관계도 맺은 적 없거든요. 대체 그 사람들이랑 무슨 관계였으면 좋겠는데요? 내가 지금 엄청 중요하고 심각한 말을 하고 있는 거 몰라요?"

"아니, 그게……."

당황하고 있었다. 사금융계를 좌지우지하는 큰손을 앞에 두고도 눈 하나 깜짝 않고 심문을 하던 차정혁은 그 어디에도 없었다.

"아저씨는 내가 유부녀인 데다 무당의 딸이라는 데도 아무 관심도 없죠? 그렇지, 취향이 아니니까 관심 있을 턱이 없지. 아무리 그래도 사람이 힘들게 말을 꺼냈으면 관심 있는 척이라도 해야 하는 게 예의 아니에요? 내가 유부녀고 무당의 딸인 것보다 조 뭔가 하는 그 사람하고의 관계가 더 중요해요? 뭘 듣고 싶어요? 어머니의 애인이었는데, 나한테도 흑심을 품었다. 이런 소리가 듣고 싶은 거예요?"

한꺼번에 말을 쏟아 낸 수연은 숨 쉬기도 벅찬지 가슴이 들썩거릴 만큼 쌕쌕대고 있었다. 아꼈던 말을 몰아서 한 듯 정혁이 끼어들 틈 없이 떠들어 대던 수연이 진짜 집어삼킬 것 같은 눈으로 원망스럽게 쳐다보더니, 벌떡 몸을 일으켜 그를 쌩하니 등졌다.

"잠깐! 물었으면 대답은 듣고……."

팔을 잡아 멈춰 세운다는 것이 급한 마음에 힘 조절이 제대로 안 됐나 보다. 획 딸려 온 수연은 심하게 비틀거리더니 단단한 그의 가슴에 코를 박고 안착했다. 달콤한 체향이 순식간에 정혁의 코를 점령했다. 그녀와 맞닿은 가슴이 힘찬 박동을 시작했다. 안은 사람이나 안긴 사람이나 둘 다 얼음이 된 듯 정지 상태였다. 수연의 숨결이 가슴 위를 따뜻하게 물들이고 있었다.

"어, 저⋯⋯."

정혁이 간신히 입을 떼자 안겨 있던 작은 머리통이 조금씩 움직이더니 그를 올려다봤다. 어두운 밤을 닮은 눈이 그를 잔뜩 담고 있었다. 앙증맞은 콧방울 아래 피까지 맺힌 붉은 입술이 무방비하게 벌어져 있었다.

정혁은 숨 쉬는 게 갑자기 버거워졌다. 들이쉬는 숨엔 향긋한 체향이 섞여 들었고 내쉬는 숨엔 뜨거운 열기가 담겼다. 머리가 아찔했다. 귀 부근에서 웅, 하는 소리가 났다. 비틀거리는 그녀를 급히 잡느라 허리 부근에 얹혀 있는 그의 손에 진득하니 땀이 배어 나왔다. 34년 평생, 겪어 보지도 들어 보지도 못했던 경험이었다.

여자를 전혀 모르지 않았다. 그도 남자인 이상 예쁜 여자한테 끌렸고, 대놓고 유혹하는 여자들한테 흔들리기도 했다. 하지만 이건 수컷이라는 족속이 종족 번식을 위해 본능적으로 갖게 되는 생물학적인 욕구가 아니었다. 품 안에 든 그녀를 바라보며 서 있는 이 시간 이전과 이후는 전혀 변한 것이 없는데도 불구하고, 마치 다른 시간과 장소인 것만 같은 느낌. 은수연을 마주하기 이전에 내쉰 숨들은 마치 모두 헛숨이었던 것 같은 느낌이었다.

들이마신 숨이 가슴을 가득 채웠다. 그 숨 한 조각, 한 조각마다 온통 은수연으로 물들었다. 내쉬기가 아까워졌다. 가슴을 가득 채운 숨은 크게 부풀어 올라 심장을 마구 두들겨 댔다. 진동이 그의 팔, 다리, 머리를 타고 온몸으로 번져 나갔다. 마침내 그녀가 정혁의 안에 담겼다.

"대체……."

형편없이 잠긴 정혁의 목소리가 어렵사리 흘러나왔다.

"네가 마법이라도 부리는 걸까?"

"그런 건 할 줄 모르는데요."

정혁은 고개를 젓는 수연의 턱을 부드럽게 거머쥐었다.

"진짜예요. 마법 같은 건…… 읍!"

오물거리던 입술은 정혁에 의해 순식간에 삼켜졌다. 무방비 상태였던 그녀는 거칠게 침입하는 그에게 속절없이 점령당했다. 동그랗게 커졌던 눈이 서서히 감겼다. 어찌해야 할지 모르겠는 손은 정혁의 셔츠를 쥐어짜듯 움켜쥐었다. 가벼운 뽀뽀조차 해 본 적 없었던 수연은 여러 단계를 한꺼번에 건너뛴 채 미지의 세계로 빨려 들어가는 느낌이었다. 그는 그녀를 샅샅이 맛보려는 듯 부드럽게 유영하는 걸 멈추지 않았다. 정혁의 키스는 감미롭고도 은밀했다. 수연은 정신을 잃을 것만 같았다.

몸을 깊이 숙인 채 수연의 입술을 탐닉하던 정혁은 허물어지듯 주저앉으려는 그녀의 등과 머리를 받쳐 빈틈없이 끌어

안았다. 그의 인생을 통틀어 키스만으로 온몸이 저릿할 수도 있다는 건 생각조차 해 본 적 없었다.

정혁에게 지금 기적이 일어나고 있었다. 은수연이라는 마법이 불러일으킨 기적.

흠뻑 취한 정혁은 수연이 숨이 차서 쌕쌕거린다는 것도 깨닫지 못하고 있었다. 세상에 오직 하나뿐인 달콤함을 맛보고 또 맛보느라 쉴 새 없이 움직이던 정혁의 입술은 숨을 참다못한 수연이 움켜쥐고 있던 셔츠 아래 살을 꼬집고 나서야 간신히 중단되었다.

수연은 정말 정신을 잃을 것 같아 휘청했다. 키스는커녕 뽀뽀도 해 본 적이 없는 그녀가 키스를 하며 숨 쉬는 법을 알 턱이 없었다. 정혁이 강하게 끌어안고 있지 않았더라면 진작 주저앉아 버렸을 것이다. 그의 가슴에 기댄 채 한참 숨을 몰아쉬던 수연은 서서히 안정을 되찾아 가면서 어찌할지 몰라 난감해했다.

"미안."

깊게 심호흡을 한 정혁이 한숨처럼 내뱉은 첫마디였다. 수연의 몸이 멈칫 굳어졌다. 아직 식지 않은 온기가 남은 부푼 입술을 베어 문 수연이 정혁의 가슴을 슬쩍 밀어내 거리를 뒀다.

"흠, 괜찮아요."

억지로 감정을 지워 낸 수연이 숙였던 고개를 들었다. 꼭 죄지은 사람처럼 주눅 들고 싶지 않았다. 죄는 차정혁에게 있었다. 취향이 아니라고 할 땐 언제고 마음 내키는 대로, 본

능이 시키는 대로 키스해 버린 뒤 미안하다고 사과하는 그가 죄인이었다.

정혁에겐 키스 같은 거 아무것도 아니었나 보다. 마음이 동하면 다 내어 줄 듯 몰입하다가도 끝나고 나면 가벼운 사과 한마디로 마무리 지을 수 있는 그런 것. 하지만 그녀는 정말 아무렇지 않을 수가 없었다. 괜찮지 않았다.

각박하기 이를 데 없는 운명 덕에 또래 여자들이 가질 법한 환상 같은 건 버린 지 오래였지만, 그래도 그녀의 첫 키스였고 꿈속을 헤매는 것처럼 황홀하기까지 했다. 정혁이 '미안'이란 두 음절로 기분을 망쳐 버리기 전까지는. 그냥 내버려둬도 허튼 생각 같은 건 할 입장이 아니라는 것 정도는 알고 있는데, 그걸 꼭 산산조각 내고 선을 그어야 속이 후련했을까.

"내일 아침에 짐 챙겨서 나갈게요. 도와주신 건 감사합니다. 아침엔 못 볼 수도 있으니까 지금 인사할게요. 안녕히 계세요."

"뭐?"

키스 한 번 했다고 집을 나간다는 소리에 정혁은 당황스러웠다. 좀 전엔 수연의 의사를 물어볼 만큼 여유가 없었다. 그녀의 붉은 입술을 맛보지 않고는 곧 죽을 것만 같았다. 맛보고 난 지금은 또 다른 이유로 여유가 없어졌지만, 수연의 반응에 아차 싶었다. 일주일의 잠복도 거뜬히 해내는 인내와 끈기를 가진 차정혁은 어디다 팔아먹고 잠깐을 못 참아 일을 저질러 버렸을까.

하지만 후회하는 마음 같은 건 눈곱만큼도 없었다. 그에겐 마법이자 기적 같은 시간이었다. 그런데 은수연은 아니었나 보다.

"들으셨잖아요. 저 그만 들어갈게요."

고개를 숙여 보인 뒤 몸을 돌리는 그녀의 팔을 다시 거머쥐었다.

"들었지. 근데 갑자기 나간다니 그게 무슨 말이야?"

"불편하실 거 아니에요. 도둑이 누군지도 알았으니 저 혼자 해결할 수 있어요. 정 안 되면 경찰에 신고하면 돼요. 그리고 저 키스 한 번 했다고 들러붙거나 하는, 그런 질척대는 여자 아니에요. 실수했다고 자책하지도 마세요. 한 번쯤 경험해 봐도 괜찮겠다고 생각했었으니까 특별한 경험했다 칠게요."

말을 끝낸 수연이 그에게서 팔을 빼내려 비틀었다.

"피곤해요. 그만 들어가서 자게 팔 좀 놔주세요."

"아니, 못 놔. 방금 전까진 기분 끝내줬는데 잠깐 사이에 바닥을 칠 것 같으니까 아무리 피곤해도 내 말 듣고 들어가. 어디서부터 잘못된 건지 따지려면 잠깐 앉는 게 좋을 것 같은데."

수연이 고개를 저었다.

"싫어? 그럼 할 수 없지. 자, 그럼 어디부터 시작해야 하지?"

정혁은 그녀의 팔을 잡지 않은 손으로 곤란한 듯 머리를 긁적였다.

"은수연이 마법을 부린 것부터 시작해야 할까?"

"그런 거 할 줄 모른다고 했잖아요."

"그래, 그랬지. 누가 부린 마법이건, 아니건 난 홀렸고 너한테 허락받을 여유도 없이 강제로…… 키스했어. 그거에 화가 난 거야?"

입을 앙다문 수연이 고개를 좌우로 저었다. 여전히 수연의 팔을 잡은 정혁의 미간이 찡끗 일그러졌다.

"미안."

"뭐?"

"미안이라고 사과했잖아요."

"그게 뭐. 숨 참는 거 몰라줘서 미안하다고 한 것도 죄야? 아까 네 얼굴 하얗게 질려 있었거든? 내 욕심 채우려다 기절시킬 뻔한 거 미안하다고 했는데 그게 왜 화가 나?"

정혁의 말에 당황해서 고개를 들었던 수연이 다시 재빨리 고개를 숙였다. 어쩔 줄을 몰라 하며 그의 손에서 팔을 강제로 빼냈다.

"그, 그런 뜻인지 몰랐어요. 죄송해요."

꾸벅 고개까지 숙여 사과하는 수연의 머리꼭지를 바라보는 정혁의 입꼬리가 부드럽게 올라갔다.

"그럼 이제 화 푸는 건가? 집 안 나가는 거야?"

"그래도 이제 범인이 누군지도 알았고 저 혼자……."

"안 돼. 무슨 목적이었건 그놈이 또 들이닥칠 게 분명한 그 집에 너 혼자 둘 수 없어. 그리고 경찰에 신고는 왜 해? 경찰을 옆에 두고. 문제가 완전히 해결될 때까지 여기서 꼼짝할 생각하지 마. 알았어?"

"그래도 그건 좀……."

"유치장에 갇혀 봐야 정신 차릴 거야? 내 허락 없이 이 집에서 나가기만 해 봐. 바로 유치장에 가둬 버릴 거니까."

고개도 들지 못하고 머뭇거리다가 휙 몸을 돌려 버리는 수연의 입가에 비밀스러운 미소가 걸렸다.

"저 그만 들어가서 잘게요. 안녕히 주무세요."

바삐 방으로 향하던 수연은 뒤통수가 간질거리는 느낌을 받았다.

"은수연."

방문이 코앞이었다. 이제 한 발짝 다가가 문만 열면 되는데, 정혁이 조용히 부르는 소리에 멈칫 굳어졌다.

"혹시 키스하면서 숨 쉬는 방법 배워 볼 생각 없어?"

수연은 대답도 하지 않고 후다닥 방으로 뛰어들어 갔다. 웃음을 머금은 정혁은 가만히 제 입술을 매만지다가 미간을 쓸며 수연이 사라진 방을 아쉬움이 가득한 눈길로 쳐다봤다.

5 장

"네, 현아 씨."

―제가 혹시 바쁜데 전화했나요?

"아니, 괜찮아요. 지금 막 퇴근하려던 참이었습니다. 어디예요?"

―집이요.

"아. 그래요? 우리 만나긴 좀 늦은 시간인가요? 보고 싶은데."

여자들은 툭 던지는 말 한마디에 감동받는다는 걸 아는 기원이 의도적으로 뒷말을 붙였다. 좀 귀찮아지겠지만 만나자 해도 상관없고, 그저 감동만 받아 주면 더 좋고.

―호호, 좀 늦긴 했네요. 늦은 시간까지 일하느라 피곤할 텐데 주말에나 봐요. 저 그보다…….

"말해 봐요."

─신경 쓰이게 하는 거 아닌가 싶어서 그냥 좀 기다리려고 했었는데, 아빠가 아시게 되면 기원 씨 입장이 곤란해질까 봐요. 저야 어떻게 된 사연인지 잘 알고 있지만 기원 씨도 알다시피 우리 아빠가 좀 대쪽 같으신 분이라……. 아직인 거죠?

기원은 검찰총장의 사위가 되겠다는 야망을 품고 그의 딸인 현아에게 공을 들이고 있었다. 그에게 있어서 그녀의 존재란 높은 곳으로 한 번에 올라갈 수 있는 튼튼한 동아줄과 같았다.

"서류 정리 문제를 말하는 거라면 네, 아직입니다. 그게 좀 말했다시피 그 아이가 딱한 처지라 도와준 걸 아무래도 오해를 한 것 같아요. 지금 잘 타이르는 중입니다. 곧 이혼 마무리 지을 겁니다. 걱정 말아요."

─기원 씨 마음 아니까 걱정 같은 건 안 해요. 그나저나 기원 씨는 검사가 돼서 그렇게 마음이 약하면 어떡해요. 그러니까 그런 애가 주제도 모르고 딴마음 갖고 그러는 거라니까요.

이미 기원에게 마음을 빼앗긴 그녀였다. 현아는 수연이 일방적으로 매달리고 있다는 그의 말을 철석같이 믿고 있었다.

"그러게요. 앞으론 좀 독해져야겠어요. 괜한 일로 현아 씨 마음 상하는 건 아닌지 걱정스럽네요. 알죠? 현아 씨가 마음 아파하면 내가 더 아프다는 거."

─참, 기원 씨도……. 어, 아빠 들어오셨나 봐요. 그만 끊어야겠어요.

"아, 네. 현아 씨, 사랑해요."

—호호호, 저도요.

미소가 맺혀 있던 기원의 얼굴은 통화가 끝나자마자 냉기가 돌았다.

그 계집애가 사라졌다. 며칠 기분이 찜찜하고 심란했던 이유를 이제야 깨달았다. 하루도 지체하기 싫은 듯, 다음 날 바로 연락을 준 수연과 제대로 된 대화 한마디 없이 법원에 합의 이혼 신청을 한 것까지는 좋았다. 한 달 뒤에 늦지 말라는 그의 말도 듣는 둥 마는 둥 눈도 제대로 마주치지 않고 달아나듯 멀어져 갈 때까지도 크게 신경 쓰지 않았다. 만나야 할 일이 생기면 언제라도 만날 수 있을 거라 생각했으니까. 하지만 이렇게 감쪽같이 사라져 버리리라곤 생각조차 못 했다.

자신도 모르는 사이 수연의 집 쪽으로 차를 몰았던 건 며칠 전의 일이었다. 막상 도착하고 그조차도 당황했지만, 이왕 걸음 한 거 얼굴이나 한번 보고 가자 싶었다. 정말 능력이 없어진 건지 제대로 확인해 볼 필요가 있다는 타당한 이유를 만들어 3층에 도착하니, 전에 보았던 구닥다리 자물쇠가 디지털 도어록으로 바뀌어 있었다. 고개를 갸웃하며 초인종을 눌렀지만 응답이 없었다. 그날 자정이 넘도록 수연은 돌아오지 않았다. 다음 날도, 그 다음 날도 집은 비어 있었다. 빌어먹게도 수연의 사촌 언니조차 그녀의 행방을 모르고 있었다.

수연의 성격상 이혼 숙려 기간이 끝나면 법원에 나타날 게 분명했다. 그때는 싫어도 만나게 될 텐데 왜 자꾸만 안달이 나는지 알 수가 없었다. 아무래도 수연을 가져 보지 못한 미련이 아닐까 싶었다. 막상 완전히 끝내려니까 아까운 생각이 들어 버린 것이다. 갖고 놀다 싫증 난 장난감 하나조차 남에게 양보하지 않던 서기원다웠다.

생각을 떨쳐 버리려는 듯 단호한 동작으로 일어난 기원이 외투를 챙겨 들었다. 셔츠뿐 아니라 속옷 하나까지 고가의 명품만을 고집하는 그였다. 자신에게 어울리는 건 모두 명품이어야만 했다. 은수연 같은 하찮은 존재 따위로 고민을 한다는 건 말도 안 되는 일이었다. 오갈 데도 없는 계집애, 언제가 되었든 나타날 것이다. 그럼 질릴 때까지 실컷 가지고 놀면 그만이었다. 대외용 와이프로 채워지지 않는 부분을 수연이 채워 줄 수 있을 것이다.

기원은 자신의 발상에 만족한 듯 비릿한 미소를 지어 보였다.

❉　　　❉　　　❉

"오빠! 진짜 신기하지? 꼭 유명인을 마주하고 있는 것 같다니까."

정은이 오기 전, 수연은 메일로 들어온 자료를 확인하던 중이었다. 프리랜서로 일하긴 했지만 수연은 '더 네임'이라는 팀에 속해 있었고, 일을 수주하면 1차 자료 조사와 사회 동향 등을 첨부한 파일을 넘겨받는 형식으로 진행하곤 했다. 대인 관계가 서투른 수연을 위해 더 네임 팀장이 배려한 방식이었다.

마침 1차 조사가 끝난 자료를 분석하고 있을 때, 정은이 윤재와 함께 들이닥쳤다. 호기심이 발동한 정은의 질문에 브랜드 메이커와 커피 이름에 연관된 얘기를 들려주자 제 일처럼 좋아했다.

"오빠도 들었어? 이거 우리 수연이가 지은 거래."

정은의 말에 윤재를 안아 어르고 있던 수연이 배시시 미소를 지었다. 친동생 일에 뿌듯해하는 언니 같은 마음이 잔뜩 담긴 말에 괜스레 가슴이 뭉클하니 간질간질했다. 수연에게 항상 조심스러운 태도를 취했던 신혜에게선 느껴 보지 못했던 감정이었다. 신혜가 수연을 걱정하는 마음이야 알고도 남았지만, 그녀는 쉽게 마음을 열지 못했다. 하지만 정은은 수연이 거리를 둘 틈을 주질 않고 성큼성큼 다가섰다. 몇 번 만나지도 않았는데 오랜 세월 동안 알고 지낸 사이처럼 허물이 없었다. 그건 마치 온기가 슬그머니 번져 나가듯 자연스러운 것이어서 거부할 타이밍조차 놓치고 말았다.

그건 정혁 쪽도 마찬가지라 이제 그와 함께하는 공간이 불편하거나 꺼려지지 않았다. 하긴 요 며칠은 통화만 몇 번 했을 뿐 한집에 살면서도 얼굴 보기 힘들어 불편함을 느낄 겨를도 없었지만 말이다. 그 덕에 키스한 뒤의 어색함은 많이 무뎌졌을 거라 생각했는데, 그녀만의 착각이었나 보다. 정혁이 집 안으로 들어선 순간부터 심장이 무섭도록 쿵쾅대기 시작하더니, 열이 오르는 것처럼 볼까지 발그레해졌다.

목소리만 듣고 얼굴 못 본 지 한 3일쯤 됐다. 수연은 윤재의 포동포동한 볼을 만지작거리며 그를 보고 싶은 마음을 꾹

꾹 억누르고 있었다. 지금도 이렇게 심장이 미친 듯이 뛰는데, 얼굴까지 마주하게 되면 기절하지나 않을까 덜컥 겁이 났다.

"나 둘째 낳으면 이름을 수연이한테 지어 달랄까 봐. 어쩜 이런 재주가 있는지 몰라."

"꼬맹이, 집에 안 가? 지금이 몇 신데 여기서 이러고 있어?"

그의 목소리가 쿵쿵 울렸다. 다른 소린 안 들리고 정혁의 목소리만 그녀를 에워쌌다.

"헐, 이렇게 내쫓기 있어? 어우, 서러워라. 우리 자기 오면 다 이를 거야."

"윤재야, 네 엄마는 언제쯤 철이 들 것 같니?"

정혁은 정은의 투정은 듣지도 않고 윤재를 어르는 척 수연의 볼을 손등으로 부드럽게 쓸었다. 움찔 놀란 수연이 얼른 고개를 들어 그를 마주했다가 재빠르게 다시 숙였다.

"큰오빠, 나 내쫓고 수연이랑 둘이서 뭐하려고 그래? 진짜 수상해."

"윤재야, 삼촌한테 올래?"

윤재를 받아 안는 정혁의 손이 의도적으로 그녀의 손을 스쳤다. 그의 입에서 들릴락 말락 얕은 한숨이 새어 나왔다.

"감기 기운 있나? 열나는 거 아니야?"

나직하게 흘러나온 정혁의 물음에 수연은 허둥대며 두 볼을 감쌌다. 눈치 빠른 정은이 둘의 미묘한 분위기를 놓칠 리 없었다. 빙그레 미소를 머금은 정은은 두 사람을 바로 식장에 들여보낼 듯한 태세로 바라봤다.

"흠흠, 내가 치사해서 더 있으라고 붙잡아도 간다. 윤재야, 얼른 짐 챙겨서 집에 가자."

갑자기 서두르는 정은 때문에 수연은 적잖이 당황하고 있었다. 덜컥 겁도 났다. 아직 정혁과 둘만 남겨질 마음의 준비가 안 됐다.

"언니, 더 있다가 가요. 아직 윤재 아버님 오시지도 않았는데……."

"여기 있는 거 다 집어넣으면 돼?"

만류하는 수연의 말을 반 토막 낸 정혁이 절도 있고 빠른 동작으로 짐을 챙기기 시작했다. 정은은 속 보이는 정혁의 행동이 기가 막히면서도 행복해 보이는 그의 모습에 절로 기분이 좋아졌다. 큰오빠에게서 볼 수 있을 거라 짐작도 못 했던 모습이었다.

"진짜 수상하네. 우리 순둥이 수연이 하고 둘이서 뭘 하려고 이렇게 급하실까?"

기분 좋은 김에 장난기도 덩달아 발동했다.

"아니에요, 언니. 아저씨랑 아무것도 안 해요."

얼굴뿐 아니라 귀까지 빨개진 수연이 정색을 하며 열심히 손사래를 쳤다.

정은은 웃음이 비어져 나오려는 걸 억지로 참았다. 정혁의 태도로 봐선 아무래도 수연이 올케언니감인 게 분명한데, 둘의 나이 차가 마음에 걸렸다. 줄줄이 매달리던 여자들한테 냉랭했던 게 한두 번이 아니라서 그런지 강직한 줄만 알았던 큰오빠가 은근 짐승으로 보이는 순간이었다.

"어머, 수연아. 왜 그렇게 정색해? 그러니까 더 수상해 보이는데?"

"진짜 아니에요. 수상한 짓 같은 거 절대로 안 해요."

"그래? 근데 내가 잘 몰라서 그러는데, 대체 수상한 짓은 어떤……."

"꼬맹이, 장난은 그만해. 혼난다."

울상이 되어 안절부절못하는 수연을 본 정혁이 근엄한 소리로 정은을 말렸다.

"어서 윤재 안아. 데려다줄게."

어느새 짐을 다 챙긴 정혁이 양손에 가득 들고 성큼성큼 현관으로 향했다. 윤재를 안은 정은이 얼굴을 예쁘게도 붉힌 수연에게 눈을 찡긋해 보인 뒤 정혁을 따랐다.

"안 데려다줘도 되는데."

"너 아니야. 윤재 데려다주는 거지."

"쳇, 말을 해도. 어? 우리 자기 왔나 보다."

아니나 다를까. 전자음이 들리더니 현우가 성큼 현관으로 들어섰다.

"뭐야? 나 오는 건 어떻게 알고 벌써 나와?"

"자기야, 나 지금 오빠한테 쫓겨나는 중이야. 우리 자기 없으면 이렇게 서럽다니까."

"그랬어? 이런 천하에 나쁜……."

"짐 여기 있다. 윤재야, 시끄러운 네 부모 데리고 얼른 가라. 나중에 또 놀러 와."

현우는 말도 끝맺기 전 짐을 받아 든 채 쫓겨났고, 그 뒤를 따라 윤재를 안은 정은도 등을 떠밀렸다.

"수연아, 언니 번호 알지? 우리 오빠가 이상한 짓하면 당장 전화해야 돼. 알았지?"

어쩔 줄 모르고 멀뚱멀뚱 서 있는 수연을 향해 일침을 날리는 걸 잊지 않은 정은은 주먹을 불끈 쥐어 보이기까지 했다.

"어, 안녕히……."

수연의 인사말이 끝나기도 전 정혁에 의해 현관문이 굳게 닫혀 버렸다.

"인사도 제대로 못 했는데."

윤재에게 손도 못 흔들어 준 게 아쉬운 수연이 혼자 중얼거리자 정혁이 성큼 다가와 눈을 가느다랗게 뜨며 그녀를 바라봤다.

"나한테도 인사 안 했는데."

"어, 그러니까 타이밍을 놓쳐서……. 아, 안녕하세요."

수연이 뜬금없이 인사하더니 괜한 얼굴만 붉혔다.

"하하하, 그런 인사 말고 다른 건 없어?"

"다른 거 뭐…… 아! 안녕히 다녀오셨어요."

"그거보다 더 기분 좋은 인사는 안 될까?"

고개를 숙이고 있던 수연이 정혁의 요구에 어리둥절해 하며 동그래진 눈을 마주했다. 그 기회를 놓치지 않은 정혁이 그녀의 입술에 자신의 것을 살짝 가져다 댔다가 떨어졌다.

"이런 거나."

정혁은 놀라서 급하게 숨을 삼키는 수연을 품으로 당겨 안아 버렸다.

"이런 거."

말랑한 몸이 그의 품 안에서 꼼지락댔다. 며칠 날카롭게 곤두섰던 신경이 한순간에 풀어지는 것 같았다. 이래서 장 형사가 집에 못 들어가 안달을 하는구나 싶었다.

꼬리가 잡힌 보이스 피싱 집단을 검거하기 위해 3일 동안 집에 들어올 수가 없었다. 사건 해결을 코앞에 둔 시점에 다른 때 같았으면 신이 나서 펄펄 날아다녔을 정혁은 어느 때보다 힘든 나날을 보냈다. 기적 같았던 키스 때문인지, 수연에 대한 걱정 때문인지 제대로 갈피를 못 잡고 있다가 집으로 들어와 그녀의 얼굴을 보고서야 깨달았다.

그를 쳐다보지도 않고 얼굴만 붉히고 있는 그녀를 보는 순간, 키스를 하기 전처럼 머리가 아찔해졌다. 심장은 또 어떻고. 깊이를 알 수 없는 바닥으로 떨어졌다가 솟구쳐 오르는 것처럼 주체하기 힘들 정도로 쿵쾅댔다. 그래, 그저 수연이 보고 싶었던 거다. 아드레날린과 엔도르핀이 적절히 버무려져 극도의 희열을 맛보곤 했던 범인 검거 현장에서 전엔 느끼지 못했던 조바심에 불안해했던 건 모두 이 조그만 여자 때문이었다.

겪어 보지 못한 생경함에 매번 의문을 가지게 했던 그 감정이 이제는 뭔지 알 것 같았다. 바라보는 것만으로도, 이렇게 안는 것만으로도 눈앞이 펑 하고 온통 밝아지게 만드는 이 감정, 풍선처럼 부풀어 올라 벅차게 하는 이 감정은 분명 사랑이었다.

막냇동생인 정은보다 한참이나 어린 이 여자를, 비밀투성이에다 아직은 유부녀인 이 여자를 사랑하게 되어 버렸다. 주체하기 힘든 감정을 숨기느라 동분서주하는 순간에도 뜬금없는 말을 내뱉는 이 여자를 사랑하고 있다.

"시, 식사하셨어요? 언니랑 저녁에 콩나물밥 만들어 먹었는데, 어쩌다 보니 좀 많이 해서 남았거든요. 혹시 식사 안 했으면……."

"응, 줘. 배고프네."

그를 생각해 일부러 1인분을 더한 수연도, 팀원들 저녁 먹이느라 이미 배를 채운 정혁도 기분 좋은 거짓말을 하고 있었다. 거짓말이라면 치를 떨던 정혁은 어느새 수연을 배려하는 선의의 거짓말이라면 괜찮다는 쪽으로 변해 가고 있었다.

금세 따끈한 콩나물밥과 고소한 내를 풍기는 양념장이 놓이고 보기 좋게 담긴 김치가 곁들여졌다. 정혁은 식탁 앞에 앉아 눈을 초롱초롱 빛내는 수연을 위해 씩씩하게 숟가락을 들었다.

그녀와 처음으로 먹은 밥도 그랬지만, 배가 고프지 않은데도 불구하고 의외로 술술 잘 들어갔다. 맞은편에서 밥 잘 먹는 아들을 보는 듯 온화한 미소를 머금고 있는 수연 덕에 정혁은 그릇을 깔끔하게 비웠다.

"더 드릴까요? 조금 남았는데."

"아니, 배불러. 잘 먹었어. 맛있네."

정혁의 칭찬에 수연의 입가에 다시 미소가 그려졌다. 정은과 윤재에 의해 웃음을 터뜨린 이후로 수연의 미소는 횟수가 점점 늘어 가고 있었다. 좋은 현상이었다. 하지만 지금 꺼내려는 말에 저 미소가 다시 사라지지는 않을까 정혁은 적잖이 걱정스러웠다.

"수연아, 치우는 건 내가 할게. 이리 좀 앉아 봐."

"몇 개 안 돼서 금방 치워요."

"은수연, 이리 와."

정혁의 목소리가 묵직하게 가라앉은 걸 눈치챈 수연이 얼굴을 굳힌 채 다시 식탁 앞에 앉았다.

"조시창이 있을 만한 데를 알았어."

"그래요?"

"네 어머님이랑 함께 있는 것 같아."

"그런가요."

놀라울 것도 없는 소리였다.

"네가 원하지 않는 것 같아서 아직 찾아가 보지 못했어. 함께 만나러 갈래?"

수연은 아무 말이 없었다. 그를 바라보는 눈빛에는 망설임과 아픔이 가득했다. 대체 무슨 일을 겪었기에 가족을 만나는 일이 아픔이 될 수 있을까 싶어 그의 마음은 안타까움으로 물들었다.

"몸이 많이 안 좋으셔서 병원에 계신 것 같더라고."

짙은 눈망울이 잠시 흔들렸다. 하지만 곧 일부러 지워 내려 작정이라도 한 듯 수연의 얼굴에서 감정이 사라졌다.

"어머니는…… 저를 좋아하지 않아요."

"그럼 나 혼자라도 만나고 올게."

그의 말엔 단호함이 깃들어 있었다. 단 한 점의 어둠도 없는 사람이 그녀의 그늘을 보러 가겠다고 자처했다.

"그러지 않았으면 좋겠어요."

"조시창이 때문에라도 어머니를 만나야 해. 그리고 은수연, 너에 대해서도 좀 더 알고 싶어."

"말했잖아요. 어머니는 무속인이고, 곧 이혼할 예정인 유부녀에 네이미스트예요. 그게 다예요."

"그게 다가 아닌 건 네가 더 잘 알아. 담이라는 동생의 죽음에 관해서도 얘기하지 않았고, 은이라는 아이의 죽음을 어떻게 알고 있는지도 아직 얘기하지 않았어. 그 빌어먹을 신현덕이 죽기 전에 뭘 도와주려 했는지도 얘기 안 했다고. 아직도 내가 이해를 못 할 것 같아? 아니면 숨겨야만 하는 피치 못할 사정이라도 있는 건가?"

수연을 그의 공간으로 받아들인 것과 그녀에 대해 의문을 갖는 것은 별개의 문제였다. 정혁은 의문을 품었던 부분을 하나도 잊지 않고 그녀에게 답을 원했다.

마음 같아서는 다 말하고 싶었다. 담이 죽은 이후 처음으로 외롭지 않은 시간이었다. 여태껏 이렇게 맑고 좋은 기운을 뿜어내는 사람을 만난 적이 없었다. 정혁에게 모든 걸 털어놓고 마음의 위안을 찾고 싶은 생각이 굴뚝같았다.

하지만 그가 받아들이지 못한다면 정혁을 그녀의 인연에서 몰아내야 한다. 그걸 견딜 수 있을지 지금은 자신이 없었다. 사탕 맛을 알아 버린 아이는 사탕을 얻기 위해 끊임없이 갈구하게 될 것이다.

"담이의 죽음은 사고였어요. 은이는, 은이는 그냥 알게 됐어요. 그리고 내가 상관없다고 하잖아요. 그 작자가 내 집에서 뭘 훔쳐 가려고 했든 상관없다고요. 아저씨한테 내 비참한 모습들 보여 주고 싶지 않아요. 제가 여기 있는 게 불편하면 내일이라도 당장 나갈게요. 그러니까……."

정혁의 눈빛이 매서워졌다. 그걸 알면서도 이 정도의 관계라도 지키기 위해 수연은 성급히 말을 맺을 수밖에 없었다.

"그러니까 내 일에 간섭하지 말아 줘요."

말을 마친 수연은 자리에서 일어나 도망치듯 방으로 향했다. 하지만 방 앞에 닿기도 전에 정혁의 팔 안에 갇히고 말았다. 도망가는 수연을 뒤에서 껴안은 그는 단단한 팔로 그녀의 가는 허리를 감아 옴짝달싹 못 하게 가뒀다.

"잊었어? 정말 유치장 신세 지고 싶지? 꿈도 꾸지 마. 널 놓아줄 생각 없으니까."

등에 맞닿은 정혁의 가슴이 무섭도록 뛰어 대고 있었다. 이 남자는 무엇이 겁나서 이렇게 심장을 혹사시키는 걸까. 그녀에게서 아무것도 알아내지 못하고 놓쳐 버릴까 봐 겁나서 그러는 걸까. 그녀가 바라기엔 그는 너무나도 달고 예쁜 사탕이었다.

"놔주세요."

"다른 방법을 찾아볼 거야. 그러니까 조시창 문제가 해결될 때까지만이라도 여기 있어."

왜 이렇게까지 하는 걸까. 내가 대체 뭐라고. 정체를 알 수 없는 무언가가 수연의 가슴속에서 몽글몽글 피어났다. 애잔하기 그지없어 눈물이 날 것만 같았다.

"같이 만나러 가요. 근데 시간이 좀 필요해요. 마음의 준비를……."

"알았어. 기다릴게."

허리에 감긴 팔에 힘이 들어가더니 그녀의 정수리로 묵직한 것이 내려앉았다. 오빠 같은 마음이라고 하기엔 정혁의 스킨십은 지나친 감이 있었지만, 수연은 자신이 감히 욕심낼 수 없는 사람이라고 생각했기에 그를 그저 정이 넘치는 오빠라 치부하기로 했다.

수연을 방으로 들여보낸 정혁은 샤워를 마친 뒤 작은 방에 이불을 펴고 누웠지만, 쉽게 잠이 들지 못했다. 수연을 사랑하는 마음을 깨닫자 그녀에 대한 거라면 사소한 것 하나까지 모조리 알고 싶은 욕심이 생겼다. 아무렇지도 않은 표정을 짓고 있었지만 뒤에서 꼼짝 못 하게 끌어안은 수연이 어찌나 애잔하게 떨고 있었던지, 그의 가슴마저 통증이 일게 했다. 무엇이 그녀를 그렇게 힘들게 하는 걸까.

답답함으로 인해 정혁은 잠을 이루지 못하고 계속 뒤척이기만 했다. 새벽 1시쯤 되었을까? 잠들기를 막 포기한 정혁이 현우가 시시때때로 사다 채워 놓은 위스키나 한잔하려고 마음먹던 참이었다.

노크도 없이 문이 스르르 열렸다. 활짝 열린 문 앞에 천사가 서 있었다. 정혁은 믿기지가 않아 누운 채로 눈을 여러 번

비볐다. 하지만 문 앞에 나타난 천사는 사라질 줄 몰랐다. 엉거주춤 일어나 앉은 그는 천사라고 착각하기 딱 좋은 자태를 하고 있는 수연을 멍한 시선으로 바라보았다.

하얀 원피스를 입은 천사는 어울리지 않게 커다란 베개를 꼭 끌어안고 있었다. 곤란한 듯 입술을 베어 물며 머뭇거리던 수연이 뒤를 힐끔 바라보다 흠칫 몸을 떨었다.

"무, 무슨 일이야?"

말을 더듬는 꼬락서니가 한심했다. 예리함으로 점철된 그의 지난 생은 다 헛것이었던 듯 하얀 잠옷을 입고 들이닥친 조그만 여자 때문에 정신이 하나도 없었다. 그런 정혁의 마음을 알 리 없는 수연은 잠깐 사이 굳은 결심이라도 한 듯 성큼 방으로 들어서서 방문을 쾅 닫아 버렸다.

"죄송해요. 주무실 줄 알았어요."

그녀를 바라보는 정혁의 머릿속은 과부하로 하얗게 바래지기 직전이었다.

"저 여기서 좀 자면 안 될까요? 요기 구석에서 잘게요. 절대 신경 안 쓰이게 할게요."

신경 쓰이는 상황을 이미 만들어 놓은 지 오랜데, 그걸 절대로 알 리 없는 수연은 허락하지 않고는 배길 수 없는 표정을 연출하고 있었다.

"무슨 일인데 그래?"

"저기…… 아, 벌레. 저쪽 방에 벌레가 있어요. 시커먼 벌렌데 소리도 막 내고, 자려고 하면 침대로 막 기어올라 오고. 무, 무서워서……."

"뭐?"

"벌레가 물지도 몰라서……. 저요, 코도 안 골아요. 이도 안 갈고, 잠꼬대도 안 할 거예요, 아마도. 구석에 가만히 웅크리고 잘게요. 절대로 몸부림도 안 칠게요. 여기서 같이 자면 안 돼요?"

"하아, 은수연. 같이 자자는 말은 그렇게 사용하는 게 아닌 것 같은데."

"네? 그러면 어떻게…… 아, 아저씨 먼저 자도 돼요. 저는 제가 알아서 얌전히 잘게요."

꿈틀꿈틀하던 정혁의 멋들어진 눈썹이 부드럽게 휘었다. 정혁의 입술은 웃는 건지, 화난 건지 분간하기 힘들게 일그러져 있었다.

"풋, 그래. 한번 해 보자."

대단한 일을 결심한 것 같은 정혁의 말에 잠시 당황하던 수연은 안도의 한숨을 내쉬며 그녀가 말했던 구석으로 가기 위해 걸음을 뗐다. 하지만 정혁에게 붙잡혀 어어, 하는 사이 그가 누워 있던 자리에 눕혀져 이불까지 얌전히 여민 자세가 되었다.

놀란 나머지 눈만 땡글땡글 굴리고 있는 수연을 보며 크게 한숨을 내쉰 정혁이 그녀와 최대한 닿지 않게 조심하며 옆자리에 등을 보인 채 누웠다. 잠시 후 조심스럽게 꼼지락거리는 것이 그녀도 아마 그를 등지고 눕는 것 같았다.

"아저씨, 자요? 저는 누구랑 한 이불 덮고 자 보는 건 처음이라……."

처음이라니? 묻지 않을 수가 없었다. 유부녀라는 수연의 선언에 그 부분에 대해서는 이미 마음을 정리한 상태였는데, 그녀의 말은 의문을 자아낼 수밖에 없었다.

"처음? 분명 유부녀라고 하지 않았었나?"

"아, 서류상으로 그렇다고요. 필요에 의해서 한 결혼이라 진짜 결혼 생활을 하지는 않았어요."

"그렇군."

무심하게 내뱉는 말속에 웃음기가 다분히 묻어 있었다.

"……담이는 제가 아홉 살 때 만났어요."

수연의 뜬금없는 대화가 또 시작되고 있었다. 정혁은 혹시라도 말을 끊으면 다음 얘기가 이어지지 않을까 겁이 나 가만히 듣고만 있었다.

"벚꽃이 날리던 봄날, 기와집 대문 앞에 쪼그리고 앉아 있었어요. 아마 일곱 살쯤 됐었을 거예요. 나이를 모르더라고요. 담이란 이름도 제가 지어 줬어요. 참 맑은 아이였거든요. 그 후로 줄곧 함께였어요."

꺼내기 힘든 말을 하려는 듯 잠깐 멈춘 수연은 한숨 같은 숨을 내뱉었다.

"저는 몰랐어요. 그 남자랑 함께 살 때 집안일을 돌봐 주시는 아줌마가 있었는데, 제가 없으면 담이가 집을 어지르지 못하게 난방도 안 되는 다락방에 가뒀다고 하더라고요. 그런 줄도 모르고 담이가 같이 나가겠다고 조르면 달래고, 혼내고……. 그날은 가을 날씨답지 않게 엄청 추웠어요."

뉴스마다 올가을 들어 가장 추운 날씨라고 떠들어 댔었다.

그날도 담은 학교 갈 준비를 마치고 집을 나서려는 수연에게 투정을 부리며 졸랐다. 금방 오겠다고 달랜 뒤 도망치듯 집을 나섰었는데, 그게 마지막이 될 줄은 꿈에도 몰랐다.

이상하게 꼬이는 날이었다. 강의가 끝난 뒤 조별 과제 모임이 있었고, 부랴부랴 학교 정문을 나섰을 때는 기원이 지키고 있다가 그녀의 의사나 일정 따위는 깡그리 무시하고 할 일이 있다며 끌고 갔다. 담이 있는 집에 도착한 건 9시가 다 되어 가는 늦은 시간이었다.

수연은 아직도 악몽을 꿀 때면 그 집을 보곤 했다. 검은 밤하늘을 붉게 물들이며 바람과 뒤섞여 춤을 추는 불길에 휩싸인 모습을 눈앞에서 보고도 믿을 수 없었다.

정신이 혼미한 상태에서 담을 부르며 불 속으로 뛰어들려는 그녀를 잡아챈 기원은 팽개치듯 밀쳐 버렸다. 그러기를 몇 번 반복하는 동안 바삐 오가는 소방관들 중 누구도 집 안에 갇힌 담이에게 관심을 가지는 사람은 없었다. 그녀를 끌어내면서 기원이 뱉었던 말은 오래도록 가슴에 멍울로 남아 잊을 만하면 콕콕 쑤셔 대곤 했다. 기억을 되씹는 이 순간도 귓가를 쟁쟁 울리고 있는 것만 같았다.

"저 성가신 녀석은 필요 없어. 하지만 넌 아니지. 죽고 싶더라도 지금은 아니야. 넌 아직 쓸모가 많거든."

목이 쉬도록 소리를 지르고 몸부림을 치다가 기절을 했다. 담이 뜨거운 불길 속에서 고통받던 그 순간, 그녀는 차가운 암흑 속에 있었다.

"그 남자는 그저 사고라고 했어요. 청소하기 힘들다고 투덜대는 아줌마에게 담이를 가둬도 좋다고 허락한 것도, 가둔 장소가 하필이면 난방이 되지 않는 다락방이었던 것도, 담배를 피운 뒤 라이터를 아무 데나 부주의하게 놔뒀던 것도, 아줌마가 퇴근하기 전 담이를 가둔 방을 열어 줘야 한다는 걸 잊은 것도 모두 그저 사고라고 했어요."

분명 감정 없는 말투였다. 하지만 그의 어깨 반을 겨우 넘는 가냘픈 어깨가 잘게 떨리고 있었다. 똑바로 천정을 보고 누웠던 정혁이 그녀를 향해 옆으로 돌아누웠다.

"담이가 서번트 증후군이라는 걸 그때 처음 알았어요. 그 남자 생각엔 자폐보단 그쪽이 더 그럴듯할 것 같았나 봐요. 달랑 한 줄이었어요. 서번트 증후군 장애가 있는 10대의 실화에 의한 화재로 주택 한 채 전소. 아예 없었던 것처럼 아무도 담이를 신경 쓰지 않았어요. 아예 없었던 것처럼……."

목이 메는지 수연은 더 이상 말을 잇지 못했다. 고요한 밤에 어울리는 담담한 말투였다. 그래서 정혁은 더 마음이 아팠다. 여전히 떨고 있는 어깨를 어루만지며 달래다 결국은 그를 향하도록 돌아눕혔다.

은수연다웠다. 울면 큰일이라도 날 것처럼 반들반들한 눈을 하고서도 울음을 꽉 눌러 참고 있었다. 애꿎은 입술만 그녀의 이에 사정없이 씹히고 있었다. 정혁의 손이 불가항력에 이끌리듯 붉게 짓무르기 시작하는 그녀의 입술로 향했다.

"그냥 울면 좋잖아."

수연의 고개가 마구 가로저어졌다.

"울어도 괜찮아."

"흐, 저는 울 자격 없어요. 제 욕심 때문에 그렇게 된 걸요. 그깟 대학이 뭐라고, 그냥 기와집에 계속 있었으면 담이는 괜찮지 않았을까? 욕심부려서 벌을 받는 게 아닐까? 그런 생각을 하면……."

"네 잘못이 아니야. 자책할 필요 없어. 이럴 땐 그냥 슬퍼하는 거로 충분해. 저번에 보니까 울기도 잘하더니, 왜 예쁜 입술만 혹사시키고 그래."

웃음인지 울음인지 모를 소리를 토해 낸 수연의 눈에 찰랑찰랑 고인 물이 범람하기 일보 직전이었다.

"이게 말이야, 아무한테나 빌려주는 거 아니거든. 너니까 특별히 맘껏 사용하게 해 줄게. 최대한 잘 사용해 봐."

정혁이 단단한 제 가슴을 툭툭 치며 한 말에 수연이 맑은 웃음을 터뜨렸다. 하지만 웃음이 울음으로 바뀌는 건 순식간이었다.

도닥이는 손길과 숨죽여 우는 소리가 가득한 밤이었다. 소중한 사람이 마음 아파하지 않기를 바라는 한 남자의 진심이 까만 밤을 따뜻하게 물들이고 있었다.

❉   ❉   ❉

"반장님? 반장님!"

"왜 소리는 지르고 그래?"

장 형사가 내지른 소리에 수연을 생각하고 있다가 흠칫 놀란 정혁이 인상부터 쓰고 봤다.

　"제가 어디 다녀왔는지는 기억하십니까?"

　장 형사가 묻는 말에 잠시 미간을 구겼던 정혁이 다행히 제대로 기억해 낸 머리에 감사하며 의기양양하게 말을 꺼냈다.

　"흠, 드림캐슬 아파트 관리소장이 죽은 채로 발견됐다고 했던가?"

　"허, 기억하시니 다행입니다."

　"얼른 보고해."

　"흠, 9시 30분경 옥상에 케이블 장비를 설치하러 올라갔던 통신사 업체 직원에 의해 발견되었습니다. 발견 장소는 신현덕이 떨어져 죽은 옥상과 동일한 곳이었습니다. 이거야 원, 그 옥상에 귀신이라도 붙었는지……. 사망하기 전 이틀간 출근도 안 하고, 연락도 안 됐다고 합니다."

　"그래? 타살 흔적은?"

　"없었습니다. 근데 자살했다고 보기에도 애매한 구석이 있습니다."

　"애매한 구석?"

　"그게 말입니다. 뭐에 놀란 사람처럼 눈을 이렇게 부릅뜨고 죽어 있었다니까요."

　실감 나게 연기해 보이는 장 형사를 바라보던 정혁은 책상 한쪽에 쌓인 사건 파일을 뒤적이며 물었다.

　"전처럼 옥상 문은 잠겨 있었고?"

"네. 키는 전보다 더 철저히 관리되고 있었고요. 출입자 이름하고 출입 시간까지 일일이 다 기록해 놨더라고요."

"그래? 사망 추정 시각은 나왔나?"

"정확한 건 검시를 해 봐야 알겠지만, 시체 강직 정도로 봤을 때 오늘 새벽 1시쯤으로 추정됩니다. 반장님, 이쯤 되면 강력 4팀으로 넘겨야 하는 거 아닙니까? 그 옥상에서만 두 명입니다. 아파트 비리 관련해서 자살했다고 몰기엔 뭔가 영 찜찜하단 말입니다."

정혁은 찾아낸 신현덕의 사건 파일을 펼쳐 살피기 시작했다.

"검시 결과 나온 다음에 넘겨도 늦지 않으니까 좀 더 조사해 보자고. 뭐 특이한 사항은 없었나?"

"똑같은 옥상이라는 거…… 아, 전화번호요."

"전화번호?"

전화번호라는 말에 파일을 넘기던 정혁의 손이 멈칫하는가 싶더니, 날카로운 눈길이 장 형사에게로 향했다.

"네. 신현덕과 마지막으로 통화한 사람을 반장님이 만나러 갔었죠? 관리소장도 그 비슷한 시기에 같은 번호로 통화한 기록이 있었습니다."

빠른 속도로 회전하던 정혁의 머리 회로가 순식간에 뒤엉켜 버렸다. 조금은 알게 됐다고 생각한 수연이 다시 비밀스러운 사람이 되는 순간이었다.

"아저씨, 오늘 가면 안 될까요?"

휴대폰 너머에서 들려오는 건 잡다하고 미세한 소음뿐이었다. 대답을 기다리던 수연은 정혁이 이해 못 한 건가 싶어 다시 설명을 덧붙였다.

"병원 말이에요. 어차피 갈 거면 오늘이나 내일이나 매한가지일 것 같아서요. 아저씨 시간 괜찮으면……."

—나중에 전화할게.

정혁에게서 느껴 보지 못했던 거리감이 느껴지는 말투였다. 입맞춤으로 아침 인사를 대신하고 나가던 장난스러운 웃음이 가득했던 그가 아니었다. 무엇이 잘못된 걸까?

"죄송해요. 바쁘신 것 같은데 신경 쓰지 마세요. 그만 끊을……."

—은수연.

"네?"

전화가 끊어지는 게 겁나기라도 한 듯 득달같이 불러 놓고는 또 아무 말이 없었다. 자리를 옮기는 건지 조금 전과는 다른 소음이 섞여 들었다.

—하아, 떼도 못 써? 왜 그러냐고 물어보지도 못해? 넌 도대체…….

좀 전엔 냉랭했는데, 이젠 화가 난 것 같았다.

"죄송해요. 제가 멋대로 전화해서 귀찮으신 거죠?"

—아니, 해. 그깟 거 수백 번이고 수천 번이고 해. 그러라고 휴대폰 사 준 거야. 나한테 전화 안 하고 그 휴대폰을 대체 누구한테 써먹으려고?

"그런 뜻이 아니라……. 왜 그래요, 진짜? 설마 어제 잠자

168

는 거 방해해서 화난 거예요?"

—화난 거 아니야.

"그럼 왜 자꾸 소리 지르는 건데요? 고집부린 건 아저씨잖
아요. 까딱하면 유치장 가둔다고 협박하면서 붙잡아 둘 때는
언제고, 집 빌려주고, 가슴 빌려주고, 휴대폰도 사 줬다고 이
렇게 막 대해도 된다고 생각해요? 아저씨하고 통화하는 거
아니면 이깟 휴대폰 필요도 없다고."

말하다 보니 왠지 억울하기도 하고, 슬슬 화가 나기도 해
서 수연의 목소리가 점점 높아졌다. 아무 말이 없던 휴대폰
저편에서 웃음소리 비슷한 것이 들려왔다. 대체 그녀의 말
어디가 웃긴 건지 알 수 없었지만, 쿡쿡거리는 웃음소리가
잠시 이어졌다.

—30분이면 도착해. 준비하고 있어.

조증과 울증을 넘나드는 정혁 때문에 어리둥절한 수연에
대한 배려도 없이 할 말을 마친 그가 전화를 끊었다. 창가 구
석진 자리로 옮겨 왔는데도 불구하고 팀원들의 힐끔거리는
시선이 그대로 느껴졌다.

잠자는 사자의 코털을 건드리고 싶은 생각이 아니라면 먼
저 나서서 말을 걸 팀원은 없겠지만, 행여 있을 귀찮은 질문
을 피하기 위해 얼굴을 굳힌 정혁은 간단하게 외근 나간다는
말만을 남긴 채 재빠르게 걸음을 옮겼다.

"반장님, 선배! 어디 가요?"

유정이 지능 범죄 수사팀 안으로 들어서며 정혁을 불러 세
웠지만, 그는 손만 들어 보인 뒤 그대로 자리를 벗어났다.

"철민 선배, 차 반장님 어디 가는 거예요?"

장 형사는 어깨만 으쓱해 보였다.

"제 말이 맞다니까요, 장 형사님."

"입 다물어라, 이태랑."

"내 생각에도 태랑이, 이 녀석 말이 신빙성이 있는 것 같은데."

김 형사가 툭 껴들었다.

"그렇죠, 김 형사님! 요즘 틈만 나면 휴대폰 붙잡고 통화하고, 일 없으면 집에 들어간다고 사라지고. 연애 10단계까지 마스터한 제가 보기에 이런 경우는 단 한 가지 밖에 없다니까요."

"뭐?"

"우렁 각시. 반장님 집에 우렁 각시가 있는 겁니다."

"그게 대체 무슨 소리야, 이 형사?"

유정은 순식간에 신경이 곤두서서 태랑을 다그쳤다. 그녀가 관심을 보이자 신이 난 태랑이 주절주절 떠들어 대기 시작했다.

"우리 반장님이 달라졌다니까요. 수시로 어딘가로 전화를 해서 일정을 보고하질 않나, 미친놈처럼 피식피식 웃다가 갑자기 돌변해 전화에 대고 소리를 지르질 않나. 이건 분명 연애 중이라는 소리라니까요. 그것도 아주 진하게. 그리고 상대는 벌써 반장님과 동거에 들어갔다, 이 말입니다."

"말도 안 돼. 정혁 선배가 그럴 리 없어."

유정의 눈이 혼란스러움으로 심하게 일렁거렸다. 일방적

인 고백 이후로 제대로 된 대화조차 나누지 못했다. 제 고백이 여인으로서 봐주는 계기가 되기를 바라며 기회만 엿보고 있었는데, 이런 황당한 소식을 듣게 되리라곤 꿈에도 생각 못 했다. 생각지도 못한 변수였다.

❈ ❈ ❈

호스피스 병동이라 그런지 병원 안 분위기는 전체적으로 가라앉아 있었다. 데스크에서 안내받은 병실 앞까지 걸어간 수연이 더 이상 걸음을 떼지 못하고 멈춰 섰다.

남의 일인 것처럼 정혁이 이끄는 대로 따라만 다녔다. 담당의를 만나는 일도, 선화의 상태를 묻는 일도 모두 원래 그의 몫인 듯 전혀 관여하지 않았다.

인연을 끊기로 했다고 해도 그게 무 자르듯 쉬운 일이 아니니 궁금하지 않다는 건 거짓일 것이다. 단지 어색했다. 정을 주지 않은 건 선화만이 아니었다. 되돌아올 정 따위 없다는 걸 안 순간부터 수연도 선화에게 더 이상 정을 주지 않았었다.

때문에 이제 와 각별한 정이라도 있었던 것처럼 어디가 어떻게 얼마나 아픈지 묻는 일은 별로 하고 싶지 않았다. 그런 마음을 알기라도 하듯 정혁은 알아서 척척 나서 주었다. 냉랭하게 전화를 받아 그녀를 화나게 하고 병원까지 오는 동안 침묵을 지켰던 사람치곤 너무나 다정하게 굴었다. 망설임에 멈춰 선 채 고개를 숙이고 있는 이 순간에도 어깨를 힘 있게 잡아 주는 그의 손은 다정하기 그지없었다. 누군가에게 이렇게까지 의지해 보긴 처음이었다. 그게 마음에 들지 않으면서도 힘이 됐다.

정혁을 한 번 돌아본 수연이 노크를 한 뒤 병실 문을 열고 들어갔다. 선화는 침대 발치의 이름표를 확인하고서야 알아볼 수 있을 만큼 변해 있었다. 형편없이 살이 빠져 앙상한 데다 죽음에 가까워진 듯 핏기 하나 없이 하얗게 질린 상태였다.

폐암 말기라고 했던가. 이미 다른 장기로 전이된 상태라 마지막 순간까지 고통을 최소화시키는 것밖에 달리 방법이 없다고 했다. 그 사실만으로 안쓰러운 마음이 앞서야 맞는데, 여전히 형형한 눈빛은 다가서던 수연을 멈칫하게 만들었다.

"저 왔어요."

힐끔 수연을 바라본 선화의 눈은 곧 그녀의 뒤쪽에 서 있는 정혁에게로 옮겨갔다.

"안녕하십니까? 차정혁이라고 합니다."

깍듯하게 인사를 건네는 정혁을 선화로부터 보호라도 할 것처럼 수연은 침대 쪽으로 한 걸음 다가서서 작은 체구로 그를 가렸다.

"연락한 적 없다만."

"오고 싶어 온 거 아니에요. 그 남자가 제 집에 왔다 갔어요."

무뚝뚝하게 내뱉은 선화의 말에 기가 질린 수연은 본론부터 꺼내 놓았다. 되묻지 않는 것을 보니 그녀는 수연이 말하는 그 남자가 누군지 아는 눈치였다.

"너한테 물려준 재산이 있을까 싶어서 갔을 게다. 다시는 찾아가는 일 없도록 하마."

"그럼 전 이만 가 볼게요. 몸조리 잘하세요."

"잠깐. 너 말고 거기."

선화의 턱 끝이 정혁을 향하고 있었다.

"이 사람은 왜요? 어머니가 막 대해도 되는 그런 사람이 아니……."

"수연아."

묵직하게 손을 잡아 온 정혁이 타이르듯 수연을 불렀다. 미간을 구기고 그를 올려다보니, 미소를 머금은 채 정혁은 괜찮다는 듯 그녀의 머리를 쓰다듬었다.

"넌 나가고, 자네는 가까이 좀 와 봐."

"싫어요."

"괜찮아. 걱정하지 말고 먼저 나가 있어."

"하지만……."

"안 잡아먹어. 나가 있어."

선화의 매서운 한마디에 무어라 더 항의하려던 수연이 정혁의 제지에 체념한 듯 돌아섰다. 하지만 발걸음이 떨어지지 않아 몇 번이나 돌아봤다.

수연이 병실 문을 닫고 나간 것을 확인한 선화가 다시 입을 떼었다.

"형사 양반, 저 아이와는 어떻게 알게 됐지?"

"아, 우연한 사고로 알게 됐습니다. 그보다 제가 형사인 건 어떻게 아셨습니까?"

"달리 무당일까. 그리고 세상에 우연이란 없다네. 우연을 가장한 필연이 있을 뿐이지. 자, 이제 어쩔 셈이지?"

"우선은 조시창을 만나야겠습니다. 이곳에 자주 들르는 편입니까?"

"내가 가지고 있는 재산이 제 손으로 넘어가기 전까진 자주 들를 테지. 4시쯤엔 항상 얼굴 비쳤으니까 곧 올 거야. 그보다 내 질문이 그게 아니라는 것 정도는 파악했을 것 같은데."

"수연이 문제라면 걱정하실 필요 없습니다."

가늠하듯 쏘아보는 눈길이 한동안 정혁의 얼굴을 맴돌았다.

"특별한 아이야. 보통 사람들과는 다르지."

"어떻게 다른지 말씀해 주실 수 있습니까?"

"저 아이한테 직접 듣게. 나처럼 무당이 아닐까 하는 걱정은 집어치워. 그런 것 같았으면 버리지도 않았겠지."

차라리 신기라도 있었으면 정붙이고 살았을까? 다른 곳을 바라보며 시들어 가는 수연이 밉기도 하고 측은하기도 해서 더 모질게 쳐 냈었다.

"걱정 안 합니다."

"그만 가게. 그리고 저 아이가 다시는 여기 오지 못하게 해."

"평안하시길 빌겠습니다. 그럼 안녕히 계십시오."

이미 돌아누운 선화에게 깍듯하게 인사를 마친 정혁이 병실을 나섰다. 저만치 복도 끝에 수연이 보였다. 그녀에게로 가기 위해 바삐 걸음을 옮겼다.

　그러다가 병원임을 망각하고 갑자기 미친 듯이 뛰기 시작했다. 정체를 알 수 없는 남자가 수연의 손목을 세게 틀어쥔 탓이었다. 저놈의 손목을 확 비틀어 버려야 분이 풀릴 것 같았다.

6장

"어이, 여긴 어떻게 알고 온 거야? 딸년이란 게 코빼기 한 번 안 비치더니, 어디서 듣고 왔어?"

귀에 익은 목소리, 빗속에서 능글맞게 속삭이던 그 목소리였다. 수연은 숙이고 있던 고개를 들어 그때처럼 여전히 기름기가 뚝뚝 흐를 듯 능글맞게 생긴 시창을 마주했다.

"죽을 때가 다 돼 가니까 뭐 떨어질 게 없나 해서 왔나 본데, 뭐가 남아 있건 다 내 거니까 행여 딴마음 먹을 생각 않는 게 좋아."

수연은 잠시 주머니에 손을 넣고 뻐딱하게 서 있는 시창을 유심히 바라봤다. 그의 영혼은 여전히 우중충한 잿빛을 띠고 있었다. 시창의 전신을 감싸며 어른거리는 것은 수연의 눈에만 보이는 것이었다.

어릴 적 수연은 제 눈에 보이는 것이 모든 사람들에게도 보이는 줄 알았다. 제대로 된 대화 상대가 없었던 수연은 오랫동안 그렇게 믿고 지내다가 이글거리는 붉은 빛을 지닌 아줌마를 따라온 고등학생 언니를 만나고 나서야 그녀만이 볼 수 있다는 사실을 깨달았다.

너무나 열정적이라 핏빛에 가까운 붉은 빛을 뿜어내던 아줌마가 선화와 만나는 사이, 기와집 마당 한구석에 병든 닭처럼 쪼그려 앉아 있던 고등학생에게 말을 걸었던 것은 그녀의 영혼이 다른 사람과 다른 형태를 띠고 있었기 때문이었다.

수연은 그때 호기심이 왕성한 여덟 살 꼬맹이였다. 선화가 기와집을 찾는 손님 누구와도 말을 해선 안 된다고 엄포를 놓았지만, 그맘때의 호기심은 가끔 두려움을 이기기 마련이었다.

"언니, 언니 건 왜 그래?"

"응? 뭐가?"

"힘이 하나도 없잖아. 뚝 떨어져 있고."

"무슨 소릴 하는 거니?"

"언니 뒤에 말이야. 보통은 딱 붙어 있는데, 언니는 실로 묶어놓은 것 같아."

"내 뒤에 뭐가 있어?"

두리번거리는 그녀는 정말 아무것도 보이지 않는 것 같았다. 수연은 이해할 수 없어 어린아이답지 않게 인상을 찡그린 채 그녀와 완전히 분리되어 가느다란 실 같은 것으로 연결된 영혼을 쳐다봤다. 희미한 노란빛을 띠고 있었지만, 수연의 눈엔 분명 선명하게 보이는 것이 그녀의 눈에 보이지 않을 리 없다고 생각했다.

고등학생 언니가 어린 자신을 놀리는 것이라고 생각한 수연은 좀 더 다가서서 그녀의 영혼을 조그만 손으로 덧그리며 설명하려 애를 썼다.

"언니 건 노란빛이고 내 건 예쁜 하늘빛이잖아. 왜 안 보이는 척 해?"

"대체 무슨 소리니? 뭐가 노란빛이고 하늘빛이야? 너 색깔 이름을 잘 모르는구나. 이건 노란색이 아니라 검정색이야. 네 옷은 연한 초록색이고."

고등학생의 말에 심술이 난 수연이 발을 동동 구른 뒤 색깔 정도는 안다고 말하려는데 선화의 앙칼진 목소리가 들려왔다. 화들짝 놀란 수연은 선화를 피해 도망치듯 그 자리를 벗어났었다. 그 후로 선화 몰래 찾아오는 손님들에게 제각각 색깔에 대해 물었지만, 그걸 볼 수 있는 사람은 오직 자신뿐이었다.

얼마 후 열정적인 핏빛이 바래서 우중충한 붉은빛으로 변한 아줌마가 고등학생 언니의 사진을 들고 천도재라는 걸 지내러 왔다. 원하는 대학에 붙지 못한 학생이 자살을 택했다고 했다. 실로 연결되어 몸과 분리된 영혼은 죽음을 앞두고 있다는 신호였던 것이다.

그 사건 이후 수연은 더 이상 누구에게도 그녀가 보는 저마다의 색채를 지닌 영혼에 대해 말하지 않았다. 선화는 수연이 남들과 다른 것을 본다는 걸 알고 있는 것 같았지만 그것에 대해 전혀 묻지 않았고, 그녀도 선화에게 그 얘기를 꺼내지 않았다.

대화 상대도, 놀이 상대도 없었던 수연은 그녀만이 볼 수 있는 영혼에 점점 더 빠져들게 되었고 나름 분석을 하기 시작했다. 영혼의 색은 마치 사람이 지닌 지문처럼 다 달랐다. 같은 노란색이라도 완벽하게 일치하는 색은 없었다. 농도와 밝기가 모두 제각각이었다.

정확한 이유는 알 수 없었지만, 어둡고 칙칙한 색을 띠는 사람은 괜히 꺼려지고 거부감이 생겼다. 겉모습이 어떻건 간에 그런 사람들의 눈빛은 대개 탐욕에 젖어 있었다. 밝고 예쁜 색을 띠다가 어둡고 칙칙하게 변하는 건 여러 번 봤지만, 한 번 어두워진 색이 다시 밝아지는 경우는 드물었다.

시창이 선화의 어깨에 팔을 두르고 처음 기와집 문턱을 넘었을 때만 해도 저렇게 어두운 빛을 띠지는 않았다. 별로 예쁘지 않은 회색이었지만 그런대로 밝은 기운을 가지고 있었는데, 특이하게도 거의 매일 색이 변하는 선화를 만나 시창의 색은 점점 어두워지고 칙칙해졌다.

그와 동시에 시창의 욕심도 커져 갔다. 용돈을 조금씩 얻어 쓰는 데서 만족하던 그는 점점 요구하는 게 많아졌고, 수연이 기원을 따라간 뒤엔 아예 기와집으로 들어가 선화의 남편 행세를 하려 들었다.

"어머니와 인연 끊은 지 오래예요. 어머니가 무엇을 가지고 있건 나와는 상관없는 일이니까 내 집엔 두 번 다시 오지 마세요."

"무, 무슨 소리야? 내가 네 집에 언제 갔다고 그딴 소릴 하는 거야?"

"숨기고 싶다면 마음대로 해요. 하지만 똑같은 일을 반복한다면 다음에는 그냥 넘어가지 않을 거예요."

말을 끝낸 수연은 시창과 더 이상 대면하고 싶지 않아 정혁에게 가기 위해 돌아섰다.

"어디 가? 왜 말을 하다 말아. 네까짓 게 그냥 넘어가지 않으면 어쩌겠다고, 어?"

시창이 거칠게 수연의 손목을 낚아챘다. 획 돌려진 그녀의 몸이 힘에 못 이겨 휘청했다. 땀이 배어 있는 뜨끈한 시창의 손은 수연을 소름 끼치게 했다.

"이거 놔. 소름 끼쳐."

"하, 이거 많이 컸네. 무당 딸년 주제에 꽤나 도도하게 굴어서 속을 뒤집어 놓더니, 이젠 아주 무시하기까지 해. 내가 우습냐? 무당 년 치마폭 부여잡고 빌붙어 산다고 너까지 나를 우습게 봐?"

"알면 그 손 그만 놓지. 손목 비틀어 버리기 전에."

묵직하게 깔린 정혁의 목소리였다.

"넌 뭐야?"

그녀의 손목을 놓지 않은 시창이 눈을 부릅뜨며 정혁을 노려봤다.

"이건 순전히 네놈이 자초한 거야. 그러니까 참아. 대신 병원에선 절대 정숙, 알지?"

"뭐라고 지껄이는……."

시창의 말이 끝나기도 전에 한 팔로 수연을 안은 정혁이 그의 손목을 우악스레 움켜쥐며 힘을 주자 그녀의 손목이 곧 풀려났다. 정혁은 거기에서 그치지 않고 시창의 손목을 뒤로 확 꺾어 버렸다.

"으악!"

"쉿. 정숙하라고 했잖아."

속삭이듯 말을 건넨 정혁이 시창의 종아리를 짧게 끊어 찼다. 어찌나 세게 걷어찼는지 시창은 윽, 하는 신음과 함께 그 자리에 주저앉고 말았다.

"너 진짜, 윽……."

수연을 자신의 뒤에 세운 정혁이 큰 소리로 떠드는 시창의 다리를 또 한 번 걷어찼다.

"거참, 말귀 되게 어둡네. 병원에선 절대 정숙이라니까."

손목을 움켜쥐었다가, 종아리를 매만졌다가 울상이 된 시창이 다시 한번 말을 꺼내려 입을 벌렸다가 정혁의 매서운 눈빛에 움찔해 눈을 내리깔았다.

"대체 왜 이러는 거요? 아니, 내가 뭘 잘못했다고……."

정혁은 아무 말 없이 신분증을 꺼내 시창의 코앞에 들이댔다. 미간을 좁혀 신분증을 확인한 시창이 엉덩이를 뭉그적거리며 뒤로 물러났다.

"사기 치는 거 손 뗀 지가 언젠데 갑자기 찾아와서……."

"사기에서 절도로 전향한 건가? 형법 제319조 제1항에 의거, 사람이 주거 관리하는 건조물, 선박이나 항공기 또는 점유하는 방실에 침입한 자는 3년 이하의 징역 또는 500만 원 이하의 벌금에 처한다. 들어 본 적 있나?"

"나는 침입한 적 없어! 증거 있나……요?"

눈을 껌뻑거리며 소리를 높였던 시창이 정혁의 날카로운 눈빛에 금세 꼬리를 내리며 말 끝머리에 '요' 자를 붙였다.

"그러게. 안타깝게도 증거라곤 내 머릿속에 있는 범행 현장에서 도주한 차량 번호가 다야. 그래서 관할 구청에 보안 카메라 설치 요청을 했어. 해상도 최고인 걸로 말이야. 언제 어느 때 찍힐지 모르니까 예쁘게 하고 다녀. 증거 자료로 쓸 건데 이왕이면 예쁘게 나오는 게 좋잖아."

"하하, 뭔가 오해가 있었나 본데 선화가 하도 부탁해서 수연이가 어떻게 지내는지 보러 갔을 뿐이요. 알잖아, 죽을 때 다 돼 가면 마음 약해지는 거. 아무리 지가 쫓아낸 딸이라도 궁금했나 봐. 그래서……."

정혁은 핑계를 늘어놓는 시창의 입을 틀어막고 싶은 충동을 억누르며 말을 가로챘다.

"그래서 자물쇠를 망가뜨리고, 집 안을 발칵 뒤집어 놨다?"

"그거야 어쩌다 보니까……."

"어쩌다 보니까?"

미간을 구긴 정혁이 조시창 앞에 한쪽 무릎을 세워 쪼그려

앉았다.

"조시창, 다음에 혹시라도 어쩌다 보니 그러고 싶은 마음이 생기거든 딱 한 가지만 기억하면 돼. 난 이제 죽겠구나!"

"그게 무슨……."

"수연이 어머님께 뭐라도 받고 싶으면 은수연 근처엔 얼씬도 말란 소리야. 알아들었습니까, 조시창 씨?"

"네? 아, 알아들었습니다."

조시창의 확답을 얻어 낸 정혁이 몸을 일으킨 뒤 수연에게 손을 내밀었다.

"그만 갈까?"

수연은 언제나 맑은 푸른빛을 띠는 정혁의 손을 거리낌 없이 맞잡았다. 그의 푸른빛은 희한하게도 청아함과 온기가 함께 느껴졌다. 그녀가 아는 사람 중 가장 예쁜 영혼을 가진 남자였다.

방 밖에 선 수연은 건장한 몸을 한껏 구부려 침대 밑을 살피는 정혁을 바라보며 안절부절못했다.

"아저씨, 밥 다 됐는데요. 저 배고파요."

"조금만 더 살펴보고. 아무리 봐도 벌레가 나올 구석이 없는데 말이야."

정혁은 병원에서 돌아온 뒤 한 시간째 안방을 수색 중이었다. 돌아오는 동안도 별말이 없던 그는 경찰서로 가지 않고 수연과 함께 이른 퇴근을 했다. 그 뒤로 계속 벌레를 잡는 데 총력을 기울이고 있었다.

"저기 아저씨, 음식 다 식는데요."

반면 수연은 애가 바짝바짝 탔다. 없는 벌레도 만들어서 잡아낼 기세로 덤비는 정혁을 말려야 했지만, 그러자면 어젯밤 어설프게 튀어나왔던 거짓말에 대해 설명을 해야만 했다. 이런 고급 아파트에 벌레 같은 게 있을 리가 없었다. 게다가 그녀는 벌레 따위 무서워 벌벌 떨 만큼 청순가련형도 아니었다.

처음은 3년 전, 기와집 앞에서였다. 모든 걸 놓아 버리려 했던 그녀에게 담의 영혼이 찾아왔던 후로 가끔 육체와 연결된 실이 끊어진 영혼들이 그녀를 찾곤 했다. 한 번쯤 본 사람의 영혼일 때도 있었고 생판 모르는 사람의 영혼일 때도 있었지만 그들이 뭘 바라고 왔건, 수연은 그들을 제대로 보지도 얘기를 들어주지도 못했다. 알 수 있는 거라곤 그 사람이 죽었구나 하는 정도였다. 그것도 생전에 한 번이라도 만난 적이 있는 사람이어야 영혼의 색깔이나 느낌 정도로 미루어 짐작할 수 있었다.

그녀를 찾아오는 영혼 대부분이 무언가를 해 주길 바라고 있는 것 같은 느낌이었지만, 그게 대체 뭔지 알 길 없는 수연은 그들의 방문이 괴롭고 힘들 뿐이었다. 그나마 색이 고운 영혼은 잠시 그녀 주위를 떠돌다 가는 게 다였지만, 검은빛을 띠는 영혼들은 위협하듯 달려들기도 하고, 숨 막히게 조여들기도 하며 이틀에서 길면 사흘 정도를 괴롭히다가 사라지곤 했다.

어젯밤도 칠흑같이 검은 영혼이 나타나 그녀를 잠 못 들게 했다. 보통은 검은 영혼이 사라질 때까지 참고 견디는 게 수연이 할 수 있는 전부였지만, 정혁과의 만남 뒤로 다른 방법도 있다는 걸 알았다. 그의 직업 때문인지, 아니면 영혼이 너무 맑고 강직하기 때문인지, 그것도 아니면 그녀도 모르는 그만의 특별한 능력인지는 알 수 없었지만 검은 영혼은 정혁을 꺼리는 것 같았다.

어젠 진짜 몰래 잠만 자고 나오려던 것이었다. 하지만 정혁이 그 시간까지 깨어 있으리라곤 미처 생각을 못 했다.

억울한 게 많은 건지, 아니면 생전에 다 채우지 못한 탐욕 때문인지 어제의 검은 영혼은 그녀를 집요하게 괴롭혔다. 이불 속에 파묻혀 최대한 몸을 웅크리고 참아 내던 수연은 검은 영혼이 목을 휘감는 통에 견디지 못하고 정혁에게로 향했다.

첫 만남에서 검은 영혼을 몰아냈던 게 떠올라 혹시나 하는 마음에서였다. 아니나 다를까, 그녀가 방에 들어가 문을 닫아 버리자 영혼은 더 이상 나타나지 않았다. 덕분에 수연은 마음의 짐 일부를 덜어 내고 단잠에 빠졌었는데, 정혁은 어젯밤이 많이 불편했던가 보다. 저렇게 사력을 다해 벌레를 잡으려 애쓰는 걸 보면.

"수연아, 어떻게 생긴 벌렌지 설명 좀 해 볼래? 바퀴벌레였어? 아니면 거미? 지네?"

점점 더 멀리 가고 있었다. 저러다 잘하면 벌레 알까지 없애 주는 업체라도 부를 기세였다. 정혁에게 사실대로 말해야 할까. 말하게 된다면 대체 어디까지 말을 해야 할까. 고민이 깊어진 수연은 애꿎은 손가락만 꼼지락거렸다.

"아저씨가 그렇게 뒤졌는데 없는 거 보면 제가 잘못 봤나 봐요. 우리 저녁부터 먹으면 안 돼요? 저 진짜 배고픈데."

배고프다는 수연의 말에 정혁은 포기하고 몸을 일으키면서도 미련이 남은 듯 계속 이곳저곳을 두리번거렸다.

"김치밖에 없어서 김치찌개 끓였는데, 괜찮으세요?"

수연은 전에 없이 말이 많았다. 정혁의 관심을 돌려 보려는 술수였지만, 그는 그게 싫지 않은 듯 기분 좋은 미소를 짓고 있었다.

"저녁 먹고 장 보러 갈까?"

"네."

수연은 생각하고 말 것도 없이 냉큼 고개를 끄덕였다. 없는 벌레만 잡지 않는다면 뭐라도 해야 할 판에 그와 함께 장을 보러 가는 것은 꽤 괜찮은 일이었다. 아니, 괜스레 설레기까지 했다. 그와 함께 카트를 밀고, 찬거리를 고르는 일은 생각만 해도 간질거렸다.

이게 벌써 몇 번째인지 모를 물건을 다시 제자리로 가져다 놓은 수연이 정혁을 매섭게 흘겨봤다.

"아저씨, 장 보러 다닌 적 없죠?"

정혁이 원 플러스 원 햄버거 빵을 카트 안에 막 집어넣는 순간, 수연이 마트 한복판에 그를 세운 뒤 팔짱을 척 끼고 따져 물었다.

"누가 그래? 내가 장 보러 다닌 적 없다고."

"햄버거 장사할 거예요? 이렇게 많이 사서 뭐하게요?"

"다 먹기엔 너무 많나?"

"그걸 이제야 알았어요? 많이 사서 다 못 먹고 버리면 벌 받아요. 제발 먹을 만큼만 사세요, 네?"

수연의 말에 멋쩍게 웃으며 뒤통수를 긁적거린 정혁이 빵을 다시 제자리로 가져다 놨다. 그리곤 칭찬을 바라는 어린 애처럼 수연을 향해 씩 웃어 보였다. 그 모습이 꼭 개구쟁이 같았다. 수연은 저도 모르게 따라 웃었다. 영혼만큼이나 참 아름다운 사람이었다.

웃고 있는 수연을 바라보며 성큼성큼 다가선 정혁은 흘러내린 그녀의 머리칼을 귀 뒤로 넘겨 주었다. 긴 손가락으로 나른하게 쓸어 넘긴 뒤 귓바퀴와 귓불을 부드럽게 매만지고 떨어지는 손짓이 어찌나 자연스러운지 수연은 말리지도 못하고 웃음을 지은 채 그대로 굳어 버렸다. 그가 매만진 귓불에서부터 시작된 열기가 뺨으로 번져 갔다. 심장은 제멋대로 빠르기를 더해 갔다. 그와 마주한 시선은 무언가에 매인 듯 움직일 수가 없었다. 좀 더 짙어진 그의 눈동자는 어쩐지 이글거리는 것처럼 보였다.

"웃으니까 너무 예쁘다."

에둘러 말하는 건 배운 적도 없는 듯 정혁은 수연의 민망함은 생각조차 않고 속삭인 뒤, 발갛게 익기 시작하는 볼을 부드럽게 쓸었다. 정의 사회 구현이 인생 최대 목표였던 정혁은 여러 사람들이 오가는 마트 한복판에서 애정 행각을 벌이고 있으면서도 그걸 제대로 인지하지도 못하고 있었다. 주변의 모든 것들이 무의미하게 느껴질 정도로 속절없이 그녀에게 빠져들었다. 웃음으로 한순간에 이렇게 가슴 뛰게 할 여자는 오로지 수연뿐이리라.

그녀가 무엇을 감추고 있건 그게 뭐가 중요할까. 오늘 내내 그를 괴롭혔던 생각들이 수연의 웃음 한 조각으로 한순간에 아무것도 아닌 것이 되어 버렸다. 수연의 실체가 무엇이건, 비밀이 무엇이건, 이제 그는 담담하게 마주할 준비가 끝났다. 설사 그녀가 죄를 지었다고 해도.

그의 무람없는 행동에 당황한 기색이 역력한 수연의 축 늘어진 손을 감싸 쥔 정혁이 그녀를 끌어안기라도 할 것처럼 바짝 다가섰다.

"난 이미 준비가 끝났는데, 우리 수연인 어떤가?"

"네?"

뜻 모를 말에 수연의 미간이 짙게 구겨졌다. 다시 한번 웃어 보인 정혁이 수연의 손을 잡지 않은 반대편 손으로 카트를 밀며 발걸음을 뗐다. 고개를 갸웃거리던 수연도 그의 손에 이끌려 걸음을 옮겼다.

"장 보는 거 말이야."

"아, 그걸 뭐 준비씩이나. 아저씨가 엉뚱한 물건들을 집어넣는 것만 안 했어도 벌써 끝났을 걸요."

"네가 좀 이해해. 주고 싶은 게 많아서."

"차 선배."

무슨 소리냐고 되물으려던 수연은 갑자기 꽂히듯 들려온 여자의 목소리에 멈칫 굳어졌다.

밝은 자줏빛이었던 그녀의 영혼이 칙칙한 자줏빛으로 변한 건 순식간이었다. 빼내 보려 꼼지락거리는 수연의 손을 정혁이 꼭 부여잡고 있는 걸 본 뒤로, 여전히 미소를 머금고 있음에도 유정의 영혼은 점점 더 빛을 잃어 갔다.

"같은 서에 있으면서도 얼굴 보기 힘들더니, 여기서 보네요."

"그러게. 여기까지 웬일이야?"

유정이 장바구니를 들어 보였다.

"장 보러 왔죠. 몰랐어요? 나 이 근처로 이사했어요. 몇 번 말한 것 같은데."

"그랬나?"

"근데 누구? 소개 안 시켜 줘요?"

유정의 칼날 같은 시선이 그녀에게로 향하자 수연은 한 발 주춤 물러서며 정혁의 뒤로 숨어들었다. 수연이 부끄럼을 타는 거라고 오해한 정혁은 그녀의 어깨에 팔을 둘러 품 안으로 넣었다. 그 위치가 딱 수연의 자리라고 말하는 듯 거침없는 정혁의 행동에 그녀는 당황할 수밖에 없었다.

"수연아, 후배 장유정 형사야."

후배라 칭한 정혁의 말에 유정의 표정은 한층 더 굳어졌다. 수연은 괜한 오해를 사는 것 같아 불안하기 짝이 없었다. 단단히 감긴 정혁의 팔을 풀어낸 수연은 어깨를 틀어 완전히 그의 품을 벗어난 뒤 최대한 정중하게 허리를 숙여 유정에게 인사를 건넸다.

"안녕하세요, 은수연이라고 합니다."

"네, 반가워요. 장유정이에요. 근데 선배랑은 어떤 사인지 물어봐도 될까요?"

"어떤 사이라기보다 그저 제가 도움을 좀 받고 있어요."

정혁은 단지 그것뿐이라고 강조하는 수연의 말투가 마음에 들지 않았다. 못된 시누이처럼 꼬치꼬치 따지고 드는 유정은 더 마음에 들지 않았다. 그녀가 고백을 했다고 해서 변한 건 아무것도 없었다. 그의 마음이 어떤지 안다기에 일부러 거절의 말을 하지 않았을 뿐, 쉽게 포기하지 않을 거라는 유정의 말에 동조하고 싶은 마음은 추호도 없었다.

"도움이라면 어떤 도움을……."

"장유정, 뭐 하는 거야? 네가 그게 왜 궁금한데?"

당황한 유정의 눈이 수연에서 정혁으로 옮겨 갔다. 그의 매서운 눈길을 마주 쏘아보던 유정은 체념한 듯 물러섰다.

"그러네요. 네가 궁금해할 이유가 없네. 만나서 반가웠어요, 은수연 씨. 선배, 내일 봐요."

획 돌아서서 가 버리는 유정의 영혼이 더욱 탁해지고 어두워졌다. 수연은 아무래도 단단히 오해를 산 것 같다는 생각을 했다.

"저분, 아저씨를 좋아하는 것 같은데 왜 그렇게 쌀쌀맞게 대해요? 나중에 어쩌시려고. 저만 괜한 오해를 샀잖아요."

"유정이가 날 좋아하는지 네가 어떻게 알아?"

"그냥 척 보이는 걸 아저씨는 몰랐어요? 보기보다 무신경하네요."

"유정이 마음은 척 보이고, 다른 건 안 보여?"

190

"다른 거 뭐요? 아, 저와 아저씨 사이를 질투한 거요? 그러게 왜 손잡고 어깨도 끌어안고 난리예요? 사람 맘도 몰라주고 그렇게 무신경하게 굴면 안 되는 거예요."

그가 수연에게 하고 싶은 말을 오히려 그녀가 하고 있었다. 정혁이 미간을 일그러뜨리자 걱정하는 것으로 오해한 수연이 코치까지 하고 나섰다.

"내일 출근하자마자 우리 아무 사이 아니라고 잘 얘기하세요. 진실은 언제나 통하는 법이니까 너무 걱정하지 마시고요."

"내 진실은 왜 통하는 것 같지가 않지?"

수연의 손을 다정하게 잡은 정혁이 투덜거리는 투로 말을 꺼냈다.

"이봐, 자꾸 이러니까 진실이 통하지 않는 거죠. 아무 여자하고나 손잡고 그러면 안 되는 거라니까요."

"네가 아무 여자가 아니니까 그렇지."

"네? 지금 뭐라고 했어요?"

"들었을 텐데. 손잡고 싶은 여자는 너 하나야."

멍하니 정혁을 바라보던 수연의 표정이 다채롭게 변했다. 전에 비하면 참 바람직한 변화임에 틀림없었다.

✻   ✻   ✻

다시 피식 새어 나와 버린 웃음에 수연은 노트북 위에 무의미하게 올려놓았던 양손을 들어 볼을 팡팡 쳤다. 일한다고

191

앉아서 이게 뭐 하는 짓인가 모르겠다.

"손잡고 싶은 여자는 너 하나야."

마트에서 정혁이 했던 말을 곱씹을수록 가슴이 쿵쾅대고 얼굴이 화끈거렸다. 정신 차려야겠단 생각에 몸을 일으킨 수연은 커피라도 마실 요량으로 전기 포트를 작동시켰다.

이러면 안 된다는 걸 아는데 자꾸 욕심이 생겼다. 그가 바라는 무어라도 해 주고 싶은 마음이 드는 자신을 느끼는 횟수가 잦아졌다. 처음 가져 본 마음에 설레고 겁도 나서 도대체가 종잡을 수 없었다.

끓는 물을 붓고 커피를 젓던 수연이 어느 결엔가 그와의 첫 키스를 떠올리며 입술로 손을 가져갔다. 변한 게 없는 입술인데, 그의 입술이 닿고 나자 예전의 것이 아닌 듯 낯선 감촉을 가지고 있었다. 또다시 올라가는 입꼬리가 느껴졌다. 종일 이러고만 있을 것 같았다.

"안 되는데. 일해야 되는데……."

볼을 감싸 쥔 수연이 혼자서도 부끄러워 몸을 비비 꼬아 댔다. 시간을 확인하며 정혁이 빨리 왔으면 좋겠다고 생각하기 무섭게 초인종이 울렸다. 환하게 웃으며 현관으로 달려가려던 그녀가 그 자리에 우뚝 멈춰 섰다.

정혁은 물론 정은까지, 수연이 아는 한 이 집에 드나드는 어느 누구도 초인종을 누르지 않았다. 조심스럽게 걸음을 옮긴 수연이 월 패드 화면을 채운 사람을 쳐다보며 미간을 구겼다.

잠시 망설이다가 현관 앞으로 다가가 문을 열자 양손에 쇼핑백을 나누어 든 유정이 수연을 향해 생끗 웃어 보였다. 그녀는 아마 평생이 가도 알지 못할 것이다. 겉으로 웃는 얼굴을 꾸며 낼 순 있어도 내면의 역함은 숨길 수 없다는 것을. 수연을 향한 유정의 적개심은 어제 마트에서보다 한층 더 짙어져 있었다.

"안녕하세요, 은수연 씨. 좀 받아 줄래요? 오랜만에 오는 거라 이것저것 좀 샀더니 무겁네요."

어정쩡하니 인사를 건넨 수연이 유정이 내미는 짐을 받아 들었다.

"아저씬 지금 없는데요."

"알고 있어요."

성큼 들어선 유정은 잠시 주변을 살피더니 주방으로 향했다.

"그 짐, 식탁 위에 놔줄래요?"

부탁에 가까운 말이었지만 거의 명령조로 들렸다. 자신이 들고 있던 짐도 식탁 위에 내려놓은 유정은 거침없이 냉장고 문을 열고 안을 유심히 살폈다.

"선배는 두부 별로 안 좋아하는데……."

혼자 중얼거리는 것 같았지만, 수연이 듣기를 바라듯 제법 큰 목소리였다. 이리저리 제멋대로 냉장고 안을 휘젓더니 자신이 사 온 물건들을 집어넣기 시작했다. 그중에는 이미 냉장고 한구석을 차지하고 있는 우유와 계란도 있었다.

멀찍이 떨어져 지켜보고 있던 수연이 고개를 갸웃거렸다.
냉장고 정리를 끝낸 유정은 싱크대 서랍장을 열고 살피기 시
작했다. 그리곤 뭘 발견했는지 손가락을 소리 나게 튕겼다.

"어머, 선배는 이 커피 별로 안 좋아하는데. 몰랐죠?"

수연이 지은 이름을 달고 있는 커피를 식탁 위로 끄집어낸
유정은 쇼핑백에서 다른 커피를 꺼내 서랍장을 채웠다.

"바빠서 한동안 안 왔더니 엉망이네요. 하여튼 선배는 이
렇게 와서 한 번씩 챙겨 주지 않으면 안 된다니까."

유정은 의기양양한 표정을 지으며 식탁 위에 꺼내 놨던 커
피를 쓰레기통을 찾아 버리고 마저 정리를 끝냈다.

"커피 마실래요?"

그러더니 마치 집주인이라도 되는 것처럼 물어왔다.

"제 커피는 여기, 지금 막 탔거든요. 한 잔 타 드릴까요?"

그녀 덕에 식어 가던 커피를 들어 보인 수연이 되묻자 유
정의 표정이 슬쩍 굳어졌다.

"아니요. 좀 전에 마시고 와서. 그보다 이리 좀 앉아 볼래
요?"

금세 표정을 지운 유정이 식탁 앞에 먼저 자리를 잡고 앉
았다. 최대한 멀찍이 떨어진 자리에 마주 앉은 수연은 여전
히 온기가 남아 있는 컵을 양손으로 감싸 쥐었다. 유정에게
서 미세하게 냉기가 흘러나오고 있었다.

"우리 정혁 선배가 마음이 참 약한 편이에요."

"글쎄요."

수연이 보기에 정혁은 강직함, 그 자체였다. 누가 어떤 식

으로 유혹한다고 해도 자신의 신념과 맞지 않으면 절대로 흔들리지 않을 강인함을 가지고 있었다.

"잘 모르는구나? 마음도 약하고, 정도 많아서 어려움에 처한 사람을 그냥 두고 보지 못하죠. 그러니까 내 말은 은수연 씨를 집에 들인 이유를 달리 착각하지⋯⋯."

"착각하지 않아요."

"아, 다행이네요. 안 그래도 선배가 오늘 아침에 그러더라고요. 사정이 딱해서 당분간 같이 지내자고 했는데, 좀 불편하다고. 아무래도 선배는 오래도록 혼자 생활했던 사람이라 다른 사람과 개인적인 공간을 나누어 쓰는 데 익숙하지 않을 거예요. 그래서 말인데요, 수연 씨 사정이 괜찮아질 때까지 내 집에⋯⋯."

"아니에요. 마음은 고맙지만, 오늘쯤 집으로 돌아가려고 했어요. 신경 써 주셔서 감사합니다."

"집이 있었⋯⋯ 아, 그거 잘됐네요. 나도 이만 들어가 봐야 할 것 같으니까 짐 챙기세요. 집까지 데려다줄게요."

"⋯⋯아저씨, 좋아하시죠?"

조심스럽게 꺼낸 수연의 말에 자리에서 일어나려던 유정이 미간을 구겼다.

"수연 씨가 그걸 왜 궁금해하죠?"

날을 세운 유정의 말에 수연은 피식 미소를 짓고 말았다. 저렇게 감정을 철철 흘리고 있는데 물으나 마나 한 말을 괜히 꺼냈다. 정혁에게로 향하려는 마음을 누를 길이 없어 유정에게 심술이 돋았나 보다. 다정하게 안아 주고, 키스해 주고, 손잡아 주고. 그런 것들에 홀려 하마터면 제 것이 아닌 것에 욕심을 낼 뻔했다. 그래서는 안 되는 거였는데.

"수연 씨, 혹시 정혁 선배한테 딴마음 있는 거 아니죠?"

유정의 말에 수연은 들키지 말아야 할 것을 들킨 것처럼 움찔 놀라고 말았다. 아니라는 대답을 해야 하는데, 타이밍도 놓치고 말았다.

"이 집 어때요?"

유정에게서 생각지도 못한 질문이 다시 흘러나왔다.

"넓고 좋죠? 형사 월급으론 이런 집 장만하기 힘들어요. 선배 아버님이 경찰청장인 거 아세요? 그리고 큰아버님은 차현재 의원님이시죠. 그렇다고 선배가 그분들 덕 보고 산다는 소린 아니에요. 워낙 올곧은 성격이라 집안을 등에 업고 잘난 체하는 족속들이랑은 차원이 다르죠. 정혁 선배는 근본부터 다른 사람이에요. 그러니까 내 말은……."

"그게 중요한가 봐요, 유정 씨한테는. 마치 그런 배경 때문에 아저씨를 좋아하는 것처럼 들리네요."

"아니, 내가 이런 말을 한 건 수연 씨가 혹시라도……."

"말 안 하셔도 제 처지는 제가 더 잘 알아요. 그보다 앞으로 거짓말은 안 하시는 게 좋을 것 같아요. 아저씨 배경은 잘 알고 계시는데, 거짓말 싫어한다는 건 모르셨나 봐요."

"거짓말이라니요?"

"이 집, 처음 와 보셨죠? 물론 아저씨 냉장고 안은 본 적도 없고요. 아저씬 두부 안 싫어해요."

정혁과 함께 식사한 횟수는 얼마 안 돼도 말수가 적은 대신 관찰력이 뛰어난 수연은 그의 식성을 어느 정도 파악한 상태였다. 뭐든 가리지 않고 다 잘 먹는 편이었지만, 너무 매운 건 과히 좋아하지 않았다. 그리고 등 푸른 생선도 별로 좋아하지 않았다. 노릇노릇하고 먹음직스럽게 구워 낸 고등어에 손도 안 대는 걸 본 수연이 그의 앞으로 밀어 주며 빤히 쳐다보자 정혁은 마지못해 몇 점 떼어먹었다. 결국 다 먹지 못하고 남은 고등어가 랩에 싸여 냉장고 한 귀퉁이를 차지하고 있는데도 불구하고 유정은 하필 두부를 골랐다. 어제 김치찌개에 넣었던 두부도 정혁이 거의 다 먹어치웠다는 걸 아는 수연은 고개를 갸웃거릴 수밖에 없었다.

"그건……."

"그리고 이 커피, 아저씨가 사다 놓은 거예요."

수연은 유정이 쓰레기통에 버렸던 커피를 꺼내 식탁 위에 올려놓았다.

"특별히 좋아하는 커피는 없어도, 특별히 싫어하는 커피도 없죠."

"이봐요, 은수연 씨! 되게 주제넘은 거 알아요? 수연 씨가 알려 주지 않아도 정혁 선배는 내가 더 잘 알아요."

"물론 그러시겠죠. 주제넘었다면 죄송해요. 저는 그저 유정 씨가……."

불리하다고 느낀 유정이 갑자기 몸을 벌떡 일으켰다.

"수연 씨랑 더 얘기했다간 내 꼴만 우스워지겠네요. 이만 가 볼게요. 수연 씨도 얼른 짐 싸야 하는 거 아닌가요? 설마 정혁 선배가 들어올 때까지 늦장 부리려는 건 아니겠죠?"

"아니에요. 그럴 이유는 없어요."

"그 말 지키길 바랄게요."

마지막 말을 남긴 채 유정은 찬바람을 일으키며 현관으로 향했다. 한층 더 어두워진 유정의 영혼을 본 수연은 거짓말에 대한 얘기는 하지 말 걸 그랬다고 후회했다. 정말 괜한 심술이었다.

짐을 싸는 데는 10분도 안 걸렸다. 막상 시간을 잡아먹은 건 간단한 메모 몇 줄을 남기는 일이었다. 여러 가지 감정이 뒤엉켜 몇 자 적는 것도 쉽지가 않았다. 이삼일 정도 예정하고 왔던 게 열흘이 훌쩍 넘어 버렸다. 그 열흘간이 수연의 인생을 통틀어 가장 행복한 날들이었다. 그래서 자신도 모르는 사이 생겨 버린 욕심을 갈무리하는 일이 너무도 힘이 들었다. 유정이 부러 얘기하지 않았어도 정혁과 그녀는 근본부터 서로 어울리지 않을 사이라는 걸 알고 있었다.

다들 너무 허물없이 대해 주는 통에 잠시 잊었었다. 잊기만 한 것이 아니라, 이곳이 자신의 자리인 것처럼 잠시 착각도 했었다.

처음부터 만나지 않았더라면 좋았을걸. 너무 맑고 따뜻한 기운에 속절없이 빠져 혼자가 되는 순간이 올 거라는 걸 까맣게 잊고 있었다. 세상의 시선으로부터 안전하게 단절시켜 주던 편안한 안식처였던 그녀만의 공간이, 지금은 혼자만의 무덤인 것처럼 느껴졌다. 왜 정혁은 그녀의 인생 속으로 허락도 없이 툭 끼어들어서는 이 정도면 괜찮다고 느꼈던 그녀의 인생을 초라하게 만들어 버리는 것일까.

그가 미워졌다. 단단하게 안아 주던 가슴도, 웃을 때 예쁘
게 접혔던 눈꺼풀도, 크고 따뜻한 손도, 극한의 황홀함을 안
겨 주던 입술도…….

난잡하게 덧그려진 메모지 위로 눈물이 뚝뚝 떨어져 얼룩
이 졌다. 눈가를 박박 문질러 닦은 그녀는 눈물 젖은 메모지
를 꽉 구겨 쥐고, 빠르게 새로운 메모를 남겼다. 메모지 옆에
휴대폰을 꺼내놓은 수연은 짐을 챙겨 미련 따위 없는 사람처
럼 빠르게 집을 나섰다.

7장

인공적으로 만들어진 분수대에서 나는 물소리가 은은한 음악과 어우러져 고풍스러움을 더하고 있는 정원을 지나온 정혁은 그를 알아본 지배인의 안내를 받아 한적한 곳에 자리한 내실 앞에 멈춰 섰다.

"식사 중이십니다. 어서 들어가 보시죠."

"네, 감사합니다."

안쪽에서 들려온 호쾌한 웃음소리에 정혁의 입에선 얕은 한숨이 새어 나왔다.

차현수 청장은 지인들과의 식사 자리에 가끔 정혁을 불렀다. 꼬장꼬장한 현수의 성격상 특별한 목적을 가진 만남이 아님을 알기에 정혁은 시간이 허락하는 한 식사에 동석하곤 했다.

하지만 근래 현수의 이런 자리는 점점 목적을 가지기 시

200

작했다. 서른을 훌쩍 넘겨 버린 아들 녀석들이 둘 다 짝을 이루지 못하고 일에만 빠져 있어 금쪽같은 마누라 속을 썩이고 있는 것이 영 마음에 안 든다고 직접 중매에 나선 것이었다.

그래 봐야 정혁이 어릴 적부터 알고 지냈던 분들이 대부분이라 밥 한 끼 함께하면서 적당히 유들유들 넘어가면 그뿐이었지만, 오늘은 그럴 만한 마음의 여유가 없었다.

오후부터 수연과 연락이 안 되고 있었다. 아침까지만 해도 달달함이 한껏 묻어나는 미소까지 선보이며 출근하기 싫게 만들었던 수연이 두 시간째 연락 두절이었다. 그의 본능이 무언가 잘못됐다고 신호를 보내고 있는 판에 '유들유들'이 제대로 될 리가 없었다.

그런 아들의 속사정이야 알 바 아니라는 듯 현수는 오늘따라 완강하게 참석을 요구했다. 약속 장소와 시간을 알려 준 뒤 일방적으로 전화를 끊어 버린 현수의 체면 때문에라도 오지 않을 수 없었다. 저 호쾌한 웃음소리의 주인공이 누구건 정혁은 인사만 하고 정중히 양해를 구한 뒤 나올 참이었다.

그럼에도 수연에게 꼭 무슨 일인가 생겼을 것만 같아 애가 탔다. 이렇게 불안하긴 처음이었다. 한시라도 빨리 집에 들어가 봐야 했다.

애써 굳은 표정을 지워 낸 정혁이 정중하게 노크를 한 뒤 방으로 들어섰다. 현수와 마주 앉아 등을 보이고 있던 사람이 문 열리는 소리에 고개를 돌렸다.

"아이고, 정혁아! 이게 얼마 만이냐?"

"안녕하셨습니까, 총장님."

정혁을 반갑게 맞은 인물은 김동민 검찰총장이었다. 동민과 현수는 고등학교 동창으로 서로 다른 길을 걷게 된 뒤에도 줄곧 관계를 이어 오고 있었다.

"하하, 이 녀석 보게. 아저씨, 아저씨 하면서 귀염을 떨더니 이젠 컸다 이거지. 어색하게 총장님은 무슨."

"귀염 떨던 녀석은 정훈이고 혁이, 이 녀석은 그때도 무게만 잔뜩 잡았었지."

"아, 그랬었나? 그래, 생각나는군. 정혁이, 이 녀석. 다박다박 옳은 소리만 해 댔었지, 아마. 술 할 줄 아나? 어서 앉아. 내 술 한잔 받지."

"받기만 하겠습니다. 다시 서에 들어가 봐야 해서……."

정혁은 동민의 옆자리에 앉으며 두 손으로 잔을 받쳐 들었다.

"녀석, 일은 혼자 다 하지?"

현수가 술잔을 기울이며 투덜거렸다.

"어느 분 명성에 흠집 안 내려면 남들만큼만 해선 곤란하거든요."

"다 큰 놈이 투정은……."

"하하하, 아들 없는 사람 서러워서 살겠나. 부자지간 사랑싸움은 어지간히 하고 식사나 하자고. 정혁이 많이 먹어라."

동민이 정혁을 다정하게 바라보며 음식을 권했다. 바로 빠져나가려던 계획이 자꾸 꼬여 가고 있었다. 마지못해 젓가락을 든 정혁이 기회만 살피고 있는데, 동민이 한숨과 함께 다시 말을 이었다.

"이럴 줄 알았으면 진작 정혁이랑 선이나 보게 할 걸 그랬어."

"현아가 마음에 둔 사람이 서기원 검사라며? 꽤 능력 있는 것 같더구먼. 그 정도면 됐지, 욕심이 왜 그리 많아?"

"욕심이 많아서가 아니라 걱정이 돼서 그래. 난 이상하게 그 녀석 눈빛이 마음에 안 든단 말이야. 거기다 찜찜한 구석이 한둘이 아니란 말이지."

"찜찜한 구석이라니?"

현수가 묻는 말에 정혁의 눈치를 살피던 동민이 들어도 상관없다 판단했는지 말을 꺼내 놓기 시작했다.

"서기원이 전처에 대한 얘기. 소문이라고 치부해 버리기엔 너무 구체적이라……."

자리를 벗어날 타이밍만 가늠하고 있던 정혁의 귀가 번쩍 뜨였다. 그는 별 관심 없는 듯 식사를 하며 동민의 말에 귀를 기울였다.

"사건 현장이나 압수 수색 현장마다 전처와 동행했다고 하더군. 그때마다 핵심적인 증거물을 찾아냈고, 굵직굵직한 사건들을 해결했지. 주변에선 서기원의 능력이 아니라 그 전처에게 특별한 능력이 있는 게 아니냐고 수군댔다는군."

"특별한 능력?"

현수가 특별한 능력이라는 말에 관심을 보이며 들었던 술잔을 내려놓았다. 정혁도 부지런히 젓가락질을 하는 척하며 귀를 쫑긋 세웠다.

"질투심에서 나온 헛소문이겠지 했는데, 서기원이 압수

수색 현장에서 전처가 가리키는 곳만 뒤지는 걸 봤다는 사람도 있어. 그보다 더 수상한 건 전처를 동행하지 않은 3년 전부터는 서 검사의 사건 해결 실적이 그리 좋지 않다는 거네. 거기다 그 녀석 모친에 대한 소문도 과히 좋지 않고……."

동민의 입에서 얕은 한숨이 새어 나왔다.

"그래서 반대라도 할 참이야? 자식 이기는 부모 없다는 거 몰라?"

"그러게. 막내라고 너무 오냐오냐해서 그런지 내 말은 들으려고도 안 하니, 원. 그래서 서기원이 그 녀석한테 까다로운 사건을 하나 맡겼어. 3년 전 그게 제 실력이었다면 해결하겠지."

"해결 못 하면? 헤어지라고 할 참인가?"

"현아를 좀 더 설득해 봐야지."

착잡한 듯 내뱉은 동민의 말에 현수는 더 이상 말을 보태지 않고 그의 술잔을 채웠다. 정혁은 마지못해 들고 있던 젓가락을 내려놓았다. 동민의 말이 사실이라면 수연에게 뭔가 특별한 능력이 있는 게 분명했다.

운전대를 잡은 정혁의 손길에 조급함이 한껏 묻어 있었다. 먹는 둥 마는 둥 대충 식사를 마친 뒤 핑계를 대고 빠져나오기까지 30분이 훌쩍 넘어 버렸다. 동민에게서 들은 말들로 인해 머릿속은 온통 뒤죽박죽 난리가 난 상태였다.

수연이 아프게 말했던 어머니가 저를 팔아넘겼다는 말이 불현듯 떠올랐다. 서기원이 대가를 지불하면서까지 가지려고 했던 건 그녀가 아니었다. 그렇다면 수연이 가진 능력은 대체 뭘까. 그녀가 숨기려고 하는 것이 무엇인지 이제는 알아야 했다. 원래대로라면 드림캐슬 아파트 관리소장의 통화 기록에서 수연의 집 전화번호를 발견한 어제, 그녀가 뭘 숨기고 있는 건지 물어야 했었다.

하지만 정혁은 수연에게 확인하는 걸 미루고 말았다. 정혁의 성격과는 전혀 어울리지 않는 일이었지만, 혹시나 그녀에게 상처를 주게 되는 것은 아닐까 걱정돼 가능하면 수연이 스스로 말할 때까지 기다려 주고 싶은 마음에서였다.

지금도 그 마음에는 변함이 없었지만, 그녀에게 비밀스러운 상처가 있고, 그것 때문에 아파하고 있는 거라면 하루라도 더 빨리 상처를 치유할 수 있게 돕고 싶었다. 더 이상 상처 받지 않게 지켜 주고 싶었다. 그가 하려는 일이 애써 덮어 놓은 그녀의 상처를 헤집는 일이 될지라도 수연을 위해서라면 악역도 마다하지 않을 참이었다.

모진 마음을 먹은 걸 알기라도 하는 듯, 역시나 수연은 집에 없었다. 동글동글한 글씨로 달랑 두 문장으로 끝낸 메모에는 생판 모르는 남처럼 정이라곤 눈을 씻고 찾아봐도 없었다.

그동안 감사했습니다. 안녕히 계세요.

거기다 그를 몰아내려는 것처럼 휴대폰도 버려두고 갔다. 수연의 집으로 향하는 사이 화가 머리끝까지 솟구쳤다. 가겠다는 말조차도 직접 건넬 필요성을 못 느낄 만큼 그가 그녀에게 별 의미 없는 존재였나 싶어 가슴이 답답해져 왔다. 자신의 일방통행이었다는 건 인정하지만, 수연도 어느 정도 그에게 마음을 열었다고 생각했다. 그 모든 것들이 혼자만의 착각이었던 걸까.

어느새 낡은 원룸 건물이 보였다. 밝혀져 있어야 할 창이 어둠에 휩싸여 있었다. 정혁은 겁이 덜컥 났다.

만약 저기에도 없으면 그녀를 어디서 찾아야 하는 걸까. 설마 이미 멀리 도망가 버린 것은 아닐까.

애써 침착하게 마음을 다잡은 정혁이 원룸 앞에 주차를 하다 말고 무엇을 발견했는지 미소를 지으며 안도의 숨을 내쉬었다.

저만치 마트 봉지를 손에 든 낯익은 형체가 가로등 불빛 아래 모습을 드러냈다. 화나고 걱정했던 마음은 어디론가 사라지고 보고픈 마음만 남아 안전벨트를 푸는 손길이 조급했다.

열흘 넘게 비어 있었던 집은 썰렁하고 후줄근했다. 수연은 늘어지려는 마음을 추슬러 청소와 냉장고 정리를 끝낸 뒤, 대충 장을 봐서 돌아오는 길이었다. 정신없이 움직였더니 울적한 마음은 어느 정도 가라앉았지만, 장을 보는 사소한 일에서조차 누군가를 떠올리게 되는 통에 마트에서 돌아오는 길이 전에 없이 멀게 느껴졌다.

벌써부터 정혁의 집이, 정은이와 윤재가 그리웠다. 그중에서도 제일 그리운 건…….

눈가가 시큰해져 왔다. 손가락으로 코끝을 쓱쓱 문지른 수연이 칼칼해지려는 목을 가다듬으려 헛기침을 했다.

"괜찮아. 혼자가 뭐 어때서. 그리워할 게 있는 건 좋은 거야."

"혼자 중얼거리는 건 여전하군."

어둠 저편에서 과히 듣고 싶지 않았던 목소리가 들려왔다. 수연의 발걸음이 자연스레 멈칫했다.

"무슨 일이죠?"

어둠 속에 잠긴 기원은 희뿌연 연기를 만들어 내고 있었다. 독한 담배 냄새가 수연에게로 훅 끼쳐 왔다. 코를 막고 싶은 걸 꾹 참아 낸 수연이 그의 용건일 게 분명한 말을 꺼내 놓았다.

"날짜라면 잊지 않았어요. 내일 10시에 법원으로 갈 거예요."

"며칠 동안 어디 있었지?"

담배 불꽃이 바닥으로 떨어졌다. 어둠 속에서 불쑥 나타난 기원이 수연의 손목을 덥석 거머쥐었다.

"이거 놔요. 내가 어디 있건 당신이 무슨 상관이에요?"

"왜 상관없어. 아직 법적으론 내가 네 남편인 거 몰라?"

"이거 놓으라고요. 단 한 순간도 남편이라고 생각했던 적 없어. 그건 당신도 마찬가지잖아. 속까지 들여다보는 것 같아서 소름 끼친다며? 내가 와이프란 생각만 해도 끔찍하다고 말한 건 당신이야."

"그랬었지. 근데 그 능력 사라졌다며? 설마 거짓말이었나? 그래?"

경계하듯 날을 세운 수연이 잡힌 손목을 빼내기 위해 비틀어 댔다.

"뭐, 아무래도 상관없어. 능력이 사라진 게 아니라면 나랑 일 하나만 더 하자."

"능력 같은 거 없어요. 설사 있다 해도 당신 일은 죽는 한이 있어도 돕지 않을 거야. 소리 지르기 전에 이거 놔."

"오호, 앙탈이 제법이야. 이러면 난 다른 도움을 받고 싶어지는데 말이지. 마지막으로 제대로 된 아내 노릇은 어때? 어?"

비스듬히 입 끝을 올린 기원이 피가 통하지 않을 정도로 움켜쥔 손목을 모질게 잡아당겼다.

"당신 미쳤어? 이 손 놓으란 말이야."

"넌 대체 어떤 맛일까? 뭔가 특별하지 않을까? 궁금하단 말이야. 내가 그쪽으론 꽤 테크닉이……."

찰칵.

갑작스럽게 들린 기계음에 말을 멈춘 기원이 소리가 난 쪽으로 고개를 돌렸다.

"자, 스마일. 구도 괜찮으니까 한 번만 더 찍읍시다."

휴대폰을 든 정혁을 발견한 수연의 눈이 동그래졌다.

"웃으라니까. 안 웃을 거면 그냥 찍습니다. 밉게 나와도

난 몰라."

시범을 보여 주듯 미소를 짓고 있는 정혁의 눈은 전혀 웃고 있지 않았다.

"너, 너 뭐야?"

갑작스러운 상황에 잠시 넋을 잃었던 기원이 수연의 손목을 팽개치고 정혁에게로 다가갔다.

"뭔지는 알 거 없고. 잘 나왔는지 한 번 볼래?"

멱살이라도 잡을 듯 덤벼드는 기원을 가볍게 피한 정혁은 여유로운 몸짓으로 휴대폰을 조작했다.

"너 이 자식, 내가 누군지 알고 이딴 짓거릴 하는 거야? 쥐도 새도 모르게 죽고 싶어?"

"누군지 아니까 이딴 짓거릴 하고 있지, 서기원 검사. 어, 이거 잘 나왔네. 이 사진 받아 보면 흥미로워할 사람들 꽤나 많을 거야, 안 그래?"

"너 이 자식……."

"그 말밖에 할 줄 몰라? 네 자식 할 생각 없으니까 상황 파악 끝났으면 얼른 썩 꺼져."

"뭐, 뭐야? 너……."

휴대폰을 빼앗을 듯 덤벼드는 기원을 재빠른 동작으로 피한 정혁이 의도적으로 수연의 앞을 가로막고 섰다.

"진짜 짜증 나네. 다시 말해야 돼? 네 자식 할 생각 없다니까. 상황 파악이 그렇게 안 돼? 지금 네가 엄청 불리한 상황이거든요. 이렇게 둔해 빠져서 검사는 어떻게 하나 몰라."

"너 이 새끼 진짜."

"악!"

기원이 갑작스레 주먹을 내뻗자 정혁의 뒤에서 고개를 빠끔 내밀던 수연이 비명을 지르며 눈을 질끈 감았다.

"난 상관없는데 말이지. 되지도 않는 헛손질에 엉뚱한 사람이 다치면 어쩌려고 이래?"

수연은 흐트러짐 없는 정혁의 목소리가 들려오고 나서야 눈을 떴다. 기원의 주먹은 정혁에게 잡혀 오도 가도 못하는 신세가 되어 버렸다. 여전히 여유로운 표정을 유지한 정혁이 잡고 있는 주먹을 서서히 비틀자 기원의 표정이 일그러지기 시작했다.

"야, 이거 안 놔?"

"소원이라면 놔주지. 대신 10초 안에 사라지는 거야. 알았지?"

"으악! 아, 알았어. 어, 얼른 놔."

정혁이 밀치며 주먹을 놓아주자 뒤로 비틀비틀 물러선 기원이 뻐근한 손목을 털었다.

"너 내가 가만히 둘 줄 알아? 뭐 하는 새낀지 알아내기만 하면……."

정혁이 기원을 향해 성큼 다가서자 움찔 놀란 그는 급하게 뒷걸음질하다 넘어질 듯 비틀댔다.

"엄마한테 이르게? 알았으니까 얼른 꺼지기나 해."

정혁이 다시 성큼 다가서자 일그러진 얼굴로 노려보던 기원이 재빠르게 뒤돌아 도망치듯 자리를 벗어났다. 등 돌리고 선 정혁도, 멀뚱히 선 수연도 잠시 아무 말이 없었다.

"풋, 하하."

뜬금없게도 정혁의 등 뒤에서 자그마한 웃음소리가 들려왔다. 미간을 사납게 구긴 그가 돌아서서 쳐다보자 웃음을 참으려 입술을 깨문 수연이 고개를 푹 숙였다.

"웃어?"

"흐, 뒷모습이 정말 엄마한테 이르러 가는 애 같아서…….
죄송해요."

어느새 바짝 다가선 정혁의 눈치를 보던 수연이 험악한 그의 표정에 기어들어 가는 목소리로 사과를 했다.

"근데 진짜로 이를지도 모르는데, 가만있지 그랬어요."

팔짱까지 척 낀 정혁은 그녀를 쳐다보기만 할 뿐 아무 말이 없었다.

"메모 남겼는데 못 보셨어요?"

"봤어."

메모 같지도 않은 걸 글씨체까지 외울 정도로 봤지. 그 안에 무슨 함축적인 내용이 내포돼 있었던 건 아니겠지?

"그럼 여기는 왜? 근처에 볼일 있었나 봐요."

"그 볼일, 지금 보고 있어. 갑자기 말도 없이 이리로 온 이유가 뭐야?"

"그야 더 있을 이유가 없으니까요. 문도 고쳤고, 그 사람이 다시는 오지 않을 거라는 확답도 받았고. 아저씨도 불편할 거고."

단 한마디를 해도 흑요석 같은 눈동자를 집요하게 맞추며 말하던 수연이 자꾸 그의 시선을 피하고 있었다. 뭔가 숨기고 있었다. 그의 집을 나와야만 했던 다른 이유가 있는 것이 분명했다. 정혁의 인상이 더 험악하게 일그러졌다.

"제대로 인사 못 하고 나와서 죄송해요. 그동안 감사했습니다."

고개까지 꾸벅 숙여 보였는데도 정혁은 아무 반응이 없었다.

"그럼 안녕히 가세요. 저는 이만……."

머뭇거리던 수연은 버티고 선 그를 지나쳐 집으로 걸음을 옮겼다. 숨길 게 많아 푹 수그리고 있던 바람에 얼굴도 제대로 보지 못했다. 슬쩍 닿는 옷깃에 짜릿함이 몰려왔다. 코끝을 자극하는 그의 향에 눈시울이 시큰해졌다. 터지려는 울음을 삼키려고 베어 문 입술이 저려 왔다.

작별 인사는 속으로 갈무리한 채 태연하게 잘 넘어갔다고 안심하려는 찰나 꼼짝을 않던 정혁이 그녀의 손목을 잡아챘다.

"아!"

놀란 수연에게서 의도치 않은 비명이 터져 나왔다. 손에서 냉큼 힘을 뺀 정혁이 그녀의 소매를 걷어 올려 자세히 살폈다. 희미한 가로등 불빛에도 기원의 것이 분명한 손자국이 붉게 남아 있는 게 보였다. 정혁의 눈이 사납게 이글거리더니 턱에 힘이 들어갔다. 그에게서 손을 빼낸 수연이 소매를 끄집어 내려 가렸다.

"괜찮아요."

작게 중얼거린 수연의 말은 듣는 둥 마는 둥 찬바람을 일으키며 몸을 돌린 정혁이 그녀의 집을 향해 성큼성큼 걸음을 옮겼다.

왜 돌아가지 않는지 묻고 싶었지만, 그의 걸음마다 묻어난 화가 푸른 불꽃을 만들고 있어 차마 입을 뗄 수 없었다. 낮은 한숨을 뱉어 낸 수연이 조용히 그의 뒤를 따랐다.

1층 현관 앞에 거의 도착했을 즈음 수연은 단단한 것에 이마를 부딪쳐 멈춰 서고 말았다. 단단하면서도 온기가 느껴지는 그것, 보지 않고도 무엇인지 알고 있었다. 한나절 만에 사무치게 그리워졌던 그의 체향, 온기, 품. 눈물이 흐를 것만 같아 고개를 들 수가 없었다.

"이런 꼴을 보이려고 몰래 도망쳐 왔나?"

억지로 억누른 화가 그대로 느껴지는 낮게 깔린 목소리였다. 그 목소리에도 가슴은 여지없이 쿵쾅거려 수연은 눈을 질끈 감아 버렸다.

"내가 안전하다고 판단할 때까지 그냥 있으라고 한 말 잊었어?"

오히려 지금 그녀에게 가장 안전하지 못한 곳은 그의 품이었다. 그녀를 온통 뒤흔들어 놓을 그의 품.

"난 지금도 충분히 안전해요. 그러니까 그만 돌아가세요."

말을 마친 수연은 그를 지나쳐 계단을 뛰어올라 갔다. 숨이 목까지 차오르도록 뛰고 또 뛰었다. 그가 붙들어 세우기 전에 안전하고 고독한 그녀만의 집으로 들어가야만 했다. 거칠어진 숨을 고르기도 전에 떨리는 손으로 빠르게 비밀번호를 누른 수연은 집 안으로 들어가 거세게 문을 닫았다.

수연은 차가운 현관문에 기댄 채 거칠어진 숨을 골랐다. 안전한 그녀의 집이 창으로 스머든 가로등 불빛에 희미한 윤곽을 드러내고 있었다. 집도 그녀처럼 외로움이 짙게 묻어 있었다.

삐빅, 삐비빅.

"헉!"

갑자기 들린 기계음에 놀란 수연이 현관문에서 주춤거리며 물러났다.

"뭐, 뭐예요? 왜 막 열고 들어와요?"

정혁은 대답도 없이 수연을 끌어안을 듯 다가오더니 뒤쪽으로 팔을 뻗어 불을 켰다. 급하게 숨을 삼켰던 그녀는 갑자기 들어찬 빛에 눈살을 찌푸렸다. 불을 켜고 난 뒤에도 그녀에게서 떨어질 생각이 없는지 정혁은 현관 벽을 짚고 선 채 고갯짓으로 도어록을 가리켰다.

"비밀번호 안 바꿨네."

"바꿀 시간이 없…… 그렇다고 막 열고 들어오면 어떡해요?"

"울었어?"

묻는 말엔 대답도 없이 엉뚱한 질문을 하는 정혁을 멀뚱멀뚱 바라보던 수연이 황급히 눈가를 쓱쓱 닦아 냈다. 인상을 쓴 정혁이 아직도 수연의 손에 들린 장 본 꾸러미를 낚아채 집 안으로 들어섰다.

"아저씨, 그냥 막 들어오면 어떡하느냐고 물었잖아요."

수연의 말은 들은 체도 않고 탁자 위에 꾸러미를 내려놓은 정혁이 정리라도 하려는지 내용물을 하나씩 꺼내기 시작했다.

"오늘 저녁은 라면이야?"

계란에 뒤이어 따라 나온 라면을 본 정혁이 물어왔다.

"청소하느라 좀 피곤해서……."

"초콜릿 좋아하나?"

정혁이 종류별로 골라 담은 초콜릿을 꺼내며 한 말이었다.

"단 걸 먹으면 기분이……."

그에게 휘말려 따박따박 대답을 하던 수연이 입매를 굳히며 팔짱을 꼈다.

"아저씨, 지금 뭐 하는 거예요? 왜 남의 집에 마음대로 들어와서 장 본 것까지 검사하고…… 헉!"

탁자 위로 하나씩 모습을 드러내는 캔 맥주를 본 수연이 놀란 숨을 삼키며 재빨리 다가가 정혁을 밀쳐 냈다. 하지만 그는 꿈쩍도 하지 않았다.

"술 마시게?"

"그, 그냥 사 봤어요. 그리고 저 미성년자 아니거든요?"

"누가 뭐래."

시큰둥하니 답을 한 정혁이 의자를 끌어다 앉은 뒤 캔 하나를 땄다.

"내 술인데 허락도 없이……."

"마셔도 돼?"

"아니요."

보란 듯이 맥주를 한 모금 마신 정혁이 지갑에서 만 원짜리 한 장을 꺼내 놓았다.

"이건 내가 사지."

"안 팔 건데요."

수연의 말은 들은 체도 않고 맥주를 벌컥벌컥 들이켠 정혁
은 옆에 있던 아몬드 캔 뚜껑도 땄다.

"그것도 내 건데요?"

"이것도 사지."

정혁은 또다시 지갑에서 만 원짜리 한 장을 꺼내 놓았다.
미간을 구긴 수연이 아몬드 통을 그에게서 빼앗아 품 안에
꼭 끌어안았다. 대수롭지 않다는 듯 어깨를 으쓱해 보인 정
혁은 어느새 다른 캔을 또 따고 있었다.

"진짜 왜 이래요? 안 갈 거예요? 자꾸 술을 마시면 어쩌겠
다고?"

"은수연이 여기 있는데 어딜 가. 마실래?"

"아니요."

정혁은 능글맞은 표정으로 보란 듯이 맥주를 들이켰다. 화
가 난 수연은 정혁이 쭉 늘어놓은 물건들을 탕탕거리며 치우
기 시작했다.

"비밀번호 당장 바꿀 거야. 형사라는 사람이 이래도 돼?
허락도 안 받았으면서 불쑥 쳐들어오고, 남의 것도 막 빼앗
아 먹고……."

"은수연, 다 들려."

물건을 치우며 삐죽삐죽 중얼거리는 수연 때문에 정혁의
입가에 미소가 올라앉았다. 좁은 탁자도, 불편한 의자도 좋

216

앉다. 가긴 어딜 가겠는가. 이젠 그녀가 있는 곳이 그의 집이었다. 정리를 끝낸 수연이 마지막으로 남은 맥주를 치우기 위해 손을 뻗었다. 그 위로 정혁의 손이 턱 겹쳐졌다. 불시의 공격에 놀라 사정없이 쿵쾅대는 심장을 부여안고 숨 쉬기도 버거워하는 수연은 알 바 아니라는 듯, 여전히 여유로운 표정의 정혁이 그녀의 손을 걷어 냈다.

"이건 다 내 거야. 건드리지 마."

"그런 게 어디 있어요?"

"억울하면 같이 마시던가."

얄밉게 입꼬리를 끌어 올리며 한쪽 눈을 찡긋해 보이는 정혁은 개구쟁이 같으면서도 눈이 부시도록 멋져 보였다. 술기운 때문인지, 아니면 좋은 일이라도 있었던 건지 그의 영혼마저 영롱한 푸른빛을 뿜내며 반짝반짝 빛나고 있었다. 불현듯 질투심을 불태우던 유정이 생각났다. 그녀의 태도로 봐서는 오늘 안에 무슨 일이든 저지를 것만 같았다.

유정과 화해하고 고백이라도 받은 건지 정혁의 기분은 꽤나 좋아 보였다. 그럼 데이트나 할 것이지 왜 여기 와 있는 건지 알 수가 없었다. 제 몫이 아니라 단념은 했어도 욕심까지 버리기 쉽지 않은 탓에 툭 하니 불거지는 심술을 막을 길이 없었다. 정혁의 맞은편에 자리 잡고 앉은 수연이 캔 맥주를 하나 따 벌컥벌컥 들이켰다. 시원하고 찌릿하면서도 씁쓸한 것이 목을 타고 잘도 넘어갔다.

"술을 꽤 잘 마시나 봐?"

"몰라요. 오늘 처음 마셔 보는 거라."

말을 끝낸 수연이 맥주를 다 마셔 버렸는지 고개를 한껏 젖힌 채 캔을 탈탈 털고 있었다.

어이없게 바라보던 정혁의 눈동자가 짙게 물들기 시작했다. 하얗게 드러난 가는 목을 만져 보고 싶어 손이 근질거렸다. 똑똑 떨어져서 그녀의 입안으로 들어가는 맥주가 그렇게 부러울 수 없었다. 수연이 캔을 내려놓으며 붉고 도톰한 입술을 혀로 핥았을 때, 정혁은 저도 모르게 제 입술을 핥았다.

갈증이 났다. 저 입술에 다시 닿고 싶어 온몸이 근질거렸다. 정혁은 마음을 가라앉히기 위해 갈증 하나도 제대로 해소시키지 못하는 맥주를 다시 마셔야만 했다. 좀체 떼기 힘든 시선은 그대로 수연에게 향한 채였다.

그에게 손톱만큼의 관심도 없어 보이는 수연이 탕, 소리 나게 빈 캔을 내려놓고는 다른 맥주에 손을 뻗었다. 하지만 목적을 달성하기도 전에 그 위로 정혁의 손이 겹쳐졌다.

"너무 급하게 마시는 거 아니야?"

그의 손을 툭 쳐낸 수연이 입부터 삐죽거렸다.

"뭔 상관이래요? 근본부터 다른 고귀한 아저씨께선 제자리로 돌아가실 생각이나 하시라고요."

"근본? 고귀? 그거 나야? 그게 대체 무슨 소리야?"

정혁의 말에는 답도 없이 수연은 맥주를 목으로 넘기기 바빴다.

"쳇, 기분 엄청 좋지? 저 봐, 막 반짝거려. 고백을 엄청 진하게 받으셨나 봐요? 근데 왜 여기 와 계실까?"

고백은 뭐고, 대체 뭐가 반짝거린다는 건지. 주사라도 부리는 건가. 수연의 볼은 이미 예쁘게 꽃물이 들어 있었다. 어지간히도 마음에 안 드는 듯 그를 향해 야무지게 흘긴 눈이 어찌나 매혹적인지 제 기능을 상실한 심장 덕에 정혁은 가슴이 벅차올랐다. 찡그린 콧잔등은 당장에라도 깨물고 싶을 만큼 앙증맞았다.

"흠, 취한 것 같은데."

"아닌데. 안 취했는데."

술 취한 은수연은 스물다섯 살다운 당돌함을 뽐내고 있었다. 투정부리듯 짧아진 말투가 수연답지 않아 낯설면서도 사랑스러웠다.

"기분 엄청 좋아요. 이런 건 줄 알았으면 진작 마셔볼걸."

배시시 웃어 보인 수연이 두 번째 캔을 탈탈 털어 넣고 있었다. 빈 캔을 내려놓은 수연이 이번엔 정혁이 마시다 만 캔으로 손을 뻗었다.

"저녁은 먹었어?"

기억을 더듬는지 검은 눈동자를 크게 한 번 굴린 수연이 고개를 좌우로 저었다.

수연의 반응에 자리에서 일어난 정혁이 냉장고에서 물을 꺼내 수연에게 건네고, 냄비에 물을 받아 레인지 위에 올렸다.

"술 마셔 본 적도 없다면서 무슨 첫 경험을 이렇게 요란스럽게 해? 빈속에 술을 들이부으면 어쩌나?"

"맥주 좋아요."

"술꾼 나셨네."

"술꾼도 좋아요."

"허!"

"아저씨도 좋아요."

라면 봉지를 뜯던 정혁의 손이 우뚝 멈췄다. 심장은 벌써 저만치 발치에 떨어진 것 같았다. 수습 안 되는 표정을 대충 갈무리하고 서서히 고개를 돌려 쳐다보니, 양손으로 턱에 꽃받침을 한 수연이 배시시 미소를 지어 보였다.

"아저씨 색은 참 예뻐요. 맑고, 따뜻하고, 상쾌한 푸른색. 게다가 오늘은 막 반짝거려요. 봐요. 지금은 더 반짝반짝해."

양손을 귀 옆으로 가져간 수연이 손가락을 오물거리며 손을 흔들어 열정적으로 '반짝반짝'을 표현하고 있었다.

"히히, 아저씨 지금 되게 기분 좋은가 봐요? 바보, 시도 때도 없이 반짝거려. 지금은 나랑 같이 있으면서 반짝이면 안 되죠. 멍청이, 구분도 못 하지? 내가 그 언니도 아닌데 왜 반짝거리는 건데."

계속 이어지는 수연의 말에 미간을 구긴 정혁이 다시 턱을 받친 채 느리게 눈을 깜빡이는 그녀에게로 다가갔다.

"그게 무슨 소리지? 내가 푸른색이라고?"

"응, 반짝반짝한 푸른색."

그는 지금 진회색 재킷을 입고 있었다. 안쪽의 셔츠는 흰색이었다.

"대체 어디가 푸른색이지?"

"다요. 싹 다."

옆에 버티고 선 정혁에게로 손을 뻗은 수연은 1mm 정도 간격을 두고 그의 실루엣을 따라 움직였다. 정혁에겐 보이지 않는 것이 수연의 눈엔 선명하게 보이는 것 같았다.

"뭘 보는 거지?"

"아저씨는 못 봐요. 이건 나만 봐. 아저씨는 맑은 푸른색, 나는 예쁜 하늘색."

작게 중얼거린 수연이 팔을 괴어 탁자에 엎드렸다.

"은수연, 좀 더 말해 봐. 너만 보이는 게 뭐지?"

"안 돼요, 말하면. 그러면 아저씨가 날 끔찍해할 테니까."

"수연아."

다정하게 부르는 소리에 반쯤 감겼던 수연의 눈이 동그랗게 떠졌다. 새까만 눈동자 안에 오직 그의 얼굴뿐이었다.

"절대 그런 일은 없을 거니까 걱정은 접어 두고, 은수연만 보는 것에 대해 얘기를 좀 해 볼까?"

수연의 눈에 눈물이 한가득 고였다. 칠흑같이 검은 눈은 습기를 만나 영롱하게 빛났다.

"그 사람, 서기원은 항상 내가 끔찍하댔어요. 밑바닥까지 속속들이 들여다보는 것 같아 소름 끼친댔어요."

기원에게 수연은 특별한 능력을 가진 도구, 그 이상도 이하도 아니었다. 실컷 이용하면서도 손대기조차 꺼려지는 그런 도구.

"몇 번을 말했어요. 난 그저 영혼을 느낄 뿐이라고. 하지만 그 사람은 믿지 않았죠."

2년을 함께 사는 동안 밥 한 번 같이 먹은 적이 없었다. 꼭 필요한 말 외에 기원은 그녀와 대화조차 꺼렸다. 대신 낮에 예고도 없이 들이닥친 기원의 어머니가 그의 대변인처럼 이것저것 잔소리를 해 대곤 했다.

나랏일을 하느라 피곤한 사람이니 기원이 집에 있을 땐 저 녀석 조용히 시켜라. 깔끔한 아이니까 기원이 음식에는 손도 대지 마라. 괜한 소문 나서 좋을 것 없으니, 수업 없는 날은 집에만 있도록 해라. 꼴에 진짜 마누라라도 된 것처럼 잔소리할 생각은 꿈도 꾸지 마라. 집 안에 손님이 오는 날에는 네 방에서 꼼짝도 하지 마라. 저 녀석도 마찬가지고.

기원의 어머니는 돈을 그대로 걸친 것 같은 부자연스러운 외투를 벗지도 않은 채 그녀가 꼭 붙잡은 담의 손이 흥건해질 때까지 잔소리를 늘어놓곤 했다. 꼬박꼬박 대답하면 말대답한다고 빈정거렸고, 대답을 안 하면 건방지게 어른 말에 대꾸도 안 한다고 잔소리를 했다. 그리고 나면 그녀와 담이 더러운 오물이라도 되는 것처럼 옷을 털며 돌아가곤 했다.

아무 잘못 없이 거부당하는 일은 슬펐지만, 그게 기원과 그의 어머니였기에 상관없다고 느꼈다. 그녀 또한 그들을 딱히 좋아하지 않았으니까. 하지만 그녀를 거부하는 사람이 정혁이 된다면 얘기는 달랐다.

정혁의 얼굴을 바로 볼 수가 없었다. 그가 만약 기원처럼 그녀를 꺼려 한다면 정말 살고 싶지 않을 것 같았다.

"아저씨가 제대로 이해했으면 좋겠어요. 가끔 죽은 사람의 영혼이 찾아오기도 하지만, 나는 귀신을 보는 게 아니에요. 마치 제각각인 성격이나 개성을 알아보는 것과 같은 거라고 생각해요. 사람의 영혼은 모두 각자의 색을 가지고 있

죠. 단 하나도 같은 건 없어요. 그리고 이건 내 의지완 상관
없이……. 다르다고 해서 틀린 것도, 나쁜 것도 아니잖아요.
그렇죠?"

동의를 구하며 고개를 든 그녀의 볼을 타고 눈물 한 줄기
가 흘러내렸다. 안쓰러움이 잔뜩 묻어난 표정으로 그녀를 보
고 있던 정혁이 부드러운 손짓으로 눈물을 닦아 냈다. 거부
하거나 끔찍해하는 것 같진 않았지만, 이런 것 또한 그녀가
바라던 바는 아니었다.

"동정은 싫어요."

"내가 제일 못하는 게 동정이야. 그리고 지금은 화내고 있
는 중이야."

엉뚱한 정혁의 말에 수연의 얼굴이 찌푸려졌다.

"은수연, 내가 그렇게 못 미더웠나?"

"이건 그런 문제가 아닌 것 같은데요."

"아니긴 뭐가 아니야? 대체 언제까지 숨기려고 한 거야?"

정혁은 진짜 화가 난 듯 목소리가 점점 날카로워지고 있었
다.

"끝까지요. 어차피 길게 만날 사이도 아닐 거고……."

"길게 만날 사이가 아니라고 누가 그래?"

"누가 그런 게 아니라 사건이 해결되면 더 이상 만날 일도
없어지잖아요."

정혁의 미간이 팍 구겨졌다. 그와 동시에 눈썹을 날카롭게
치켜세웠다. 쏘아보는 눈길에 괜히 죄지은 것 같아 움츠러드
는 그녀를 두고 정혁이 벌떡 몸을 일으켰다. 수연은 그가 돌

아가려나 싶어 덜컥 겁이 났다. 마지막은 그녀가 예상했던 것보다 훨씬 빨리 찾아올 것 같았다.

멈췄던 눈물이 다시 차올랐다. 붙잡을 용기도 없으면서 그를 따라 일어났다. 남아 있는 술기운에 어지러워 쓰러질 듯 비틀대자 정혁이 그녀의 양팔을 붙잡았다. 흐르는 눈물을 닦을 사이도 없이 한껏 고개를 젖혀 그를 올려다봤다.

"순진한 줄 알았더니, 너 그렇게 맹랑한 아이였어?"

가겠다는 말 대신 튀어나온 엉뚱한 비난에 영문을 알 수 없는 수연은 눈물 고인 눈만 깜빡거렸다.

"길게 만나지도 않을 사람이랑 키스도 하고, 꼭 끌어안고, 잠도 자고 했단 말이지?"

"그건 아저씨가……."

정혁의 탓으로 돌리기엔 그녀의 의지도 상당 부분 있었다는 데 생각이 미친 수연이 말을 얼버무리며 얼굴을 붉혔다.

"천하에 다시없을 박애주의자 나셨군. 길게 만날 사이가 아니라면 비밀은 꽁꽁 숨겨도 키스 같은 건 괜찮은 건가?"

"왜 자꾸 엉뚱한 데로 말 돌리고 화를 내요? 그럼 그 말이 그렇게 쉬워요? 믿어 줄지 모를 괴상망측한 말을 꺼내기가 쉽냐고요?"

수연도 점점 언성이 높아지고 있었다. 그는 계속 대화의 본질을 흐리고 있었다.

"모든 걸 믿을 준비가 돼 있었다고. 믿음이 부족했던 건 너야. 이제야 알겠어. 나한테 왜 좋은 사람이라고 한 건지. 그렇게 보였으면 믿기도 했었어야지."

수연의 팔을 놓아준 정혁이 뒤로 한 발짝 물러나 거칠게 머리를 쓸어 넘겼다.

"비밀을 말하긴 어려운데, 키스는 그렇게 쉬워? 그게 말이 돼? 서기원이 그놈한테는 말한 걸 나한테는 왜 말하지 못 했냐고."

할 수만 있다면 기원을 먼저 알고 지낸 그녀의 과거를 싹 지워 주고 싶었다. 어째서 그런 놈을 만나 받지 말아야 할 취급을 당하고, 상처를 받고 이제야 저에게 왔단 말인가. 털어놓기 힘들었을 거란 상황은 이해하면서도 그래서 더 화가 났다. 좀 더 일찍 알고 지켜 주지 못해 미안했다.

"그 사람한텐 어머니가 알려 줬어요. 그리고 서기원이랑은 키스 한 적 없어요."

머뭇머뭇 꺼내 놓는 수연의 말에 입매를 굳히고 있던 정혁의 입에서 피식하는 웃음이 새어 나왔다.

"서기원이랑은 안 했으면 다른 사람하고는 했나?"

"네? 아니요. 아무하고도……."

"그럼 나랑 한 건 뭔데?"

정혁의 말에 웃음기가 묻어 있었다. 그제야 그가 자신을 놀리고 있다는 걸 깨달은 수연이 눈을 흘기자, 정혁의 입꼬리가 비스듬히 올라갔다.

"뭐 다른 비밀은 없나?"

"몰라요. 있어도 말 안 해요."

그녀의 말에 어이없는 듯 웃어 보인 정혁이 갑자기 돌변해 수연을 덥석 껴안았다.

"으악!"

"비명은 왜 질러? 내가 무서워?"

"그게 아니라 너무 갑자기 끌어안으니까."

"그만 꼼지락대고 얌전히 좀 안겨 있지."

"이게 좀 너무 갑작스러운 전개인 것 같아서……."

"난 이 집에 들어오면서부터 쭉 이 전개로 가고 있었는데, 갑작스럽다고 하면 내가 너무 눈치 못 채게 완벽하게 숨긴 건가?"

"아저씨는 내가 괜찮아요?"

정혁의 품에서 웅얼거리며 말한 수연이 고개를 들고 그의 눈을 마주했다.

"뭐가?"

"알면서 모른 척하지 마세요."

"네가 남들과 다른 것에 대해 묻는 거라면. 그래, 괜찮아. 그 능력이 아니었으면 네게 좋은 사람으로 보이지도 못했을 거 아냐. 안 괜찮을 리 없지."

검고 짙은 그녀의 동공을 마주할 때마다 빨려들 것 같은 기분을 느낀 건, 그녀가 그도 제대로 알지 못하는 내면을 보고 있기 때문이었다. 내면까지 아름다워 보이게 만들어야 한다니 참 까다로운 여자가 아닐 수 없었지만, 괜찮다. 뭔들 못하겠는가? 이제야 만난 특별한 사랑을 위해서라면.

"그보다 왜 갑자기 도망 나온 거야? 아, 그리고 이불 더 있나? 침대가 너무 좁아 보이는데."

수연을 품에서 놓아준 정혁이 침대를 가린 파티션 너머를 쳐다보며 물었다.

"이, 이불 없는데요."

"그럼 할 수 없지. 나 먼저 좀 씻는다."

"네? 왜, 왜요? 아저씨 집에 안 가요?"

"중요한 게 여기 있어서 못 가. 배고프지 않아? 씻고 나와서 라면 끓여 줄게. 조금만 기다려."

"아니, 왜 아저씨 집처럼 막……. 중요한 게 뭔데요? 줄게요, 줄 테니까 가지고 어서 가세요."

욕실 앞을 가로막고 선 수연이 다급하게 말을 쏟아 냈다. 정혁의 얼굴이 웃는 건지 우는 건지 아리송할 정도로 일그러졌다. 어슬렁거리며 다가온 그가 욕실 문 앞에서 안절부절못하는 수연을 가둬 버렸다.

"약속할 수 있어?"

"네?"

그녀의 대답은 꺼질 듯 희미하게 흘러나왔다. 숨을 쉴 때마다 부풀었다가 꺼지는 그의 가슴이 수연의 코앞에 있었다. 고개를 살짝 들기만 해도 그의 달콤한 숨결이 그녀를 맞이할 게 뻔했다.

"중요한 거 준다며. 약속할 수 있냐고."

"저번에 뭐 두고 간 거 있었어요? 근데 청소할 때 보니까 특별한 건 없었는데요. 혹시 조시창, 그 사람이 훔쳐 갔을까요?"

"아니, 훔쳐 가지 않았어. 고개 들고 나 좀 보지."

고집스레 숙이고 있는 수연의 얼굴로 정혁의 따뜻한 손이 내려앉았다. 고개가 들려지고 그녀가 예상했던 대로 그의 숨결이 와 닿았다.

"나랑 같이 갈 거야?"

정혁이 엄지손가락으로 그녀의 입술을 쓸었다. 수연의 숨결은 그 입술을 통과하지 못하고 자꾸 속으로 삼켜지고 있었다.

"어디를요?"

"우리 집."

혼란스러웠다. 그가 말하는 집은 분명 그의 집일 게 뻔한데, 왜 우리 집으로 표현되고 있는지 알 수가 없었다.

"아, 아니요."

"그럼 좀 비켜 주지. 씻고 쉬고 싶어."

"그러니까요. 얼른 집에 가서…… 엄마, 어어."

정혁이 수연을 불쑥 들어 옆으로 옮겨 놓고 욕실로 향했다. 어찌나 재빠른지 말릴 새도 없었다. 수연이 정신을 차리고 문까지 다가갔을 땐 이미 안에서 욕실 문을 잠그는 소리가 들려온 뒤였다.

"아저씨, 진짜 왜 이래요? 문 열어요. 얼른 집에 가라고요."

"물이나 다시 올려놔. 라면 끓여 줄게."

"끓여 먹어도 나 혼자…… 하아."

쏴아, 하는 물소리가 그녀의 말을 가로막았다. 수연의 시선이 혼자 사용하기엔 충분히 널찍했던 침대로 향했다가 아래로 푹 떨어졌다. 사람을 난감하게 하는 건 영혼이 맑은 것과는 전혀 상관이 없나 보다.

"같이 자기엔 너무 좁은데……."

누구 덕에 난감해진 수연의 걱정만 깊어졌다.

"김 형사, 드림캐슬 아파트 관리소장 계좌 좀 조사해 보라고 했던 거 어떻게 됐어?"

김 형사에게 업무 보고를 받으면서도 그의 머릿속은 온통 수연으로 가득 차 있었다. 잠시 어젯밤을 회상하던 정혁이 피식거리며 웃었다.

그를 몰아내려던 수연은 끝내 실패했고, 이불 없이 맨바닥에 누워 있던 정혁은 그녀와 침대에 함께 눕는 데 성공했다. 하지만 거기까지였다. 수연은 그의 품에 안겨 밤에 듣기 딱 좋은 음성으로 정혁의 질문에 답을 하다가 이내 잠들어 버렸다. 참 속 편한 여자가 아닐 수 없었다. 저를 잡아먹고 싶어 환장한 남자를 옆에 두고 어떻게 그리 쉽게 잠이 드는 건지.

영혼을 본다고 해서 모든 걸 다 아는 것은 아니라는 결론을 얻은 정혁은 애국가를 몇 번째인지 모르게 반복하다 겨우 잠들었다. 그럼에도 이렇게 개운한 건 참 알다가도 모를 일이었다.

"반장님이 짐작하신 대로 가족도 모르는 계좌가 있더군요. 용역 업체 대표들 이름으로 꽤 여러 번 입금이 된 걸로 확인됐습니다. 마누라 몰래 비자금을 꽤 많이 조성해 놨더라고요."

"그래? 결국 자살은 아니란 소리네. 모아 둔 돈을 제대로 쓰지도 못했는데, 죽음을 택했을 리가 없지."

"그런 것 같습니다. 그리고 반장님, 재밌는 게 발견됐는데요. 관리소장이 죽기 얼마 전 꽤 큰 액수의 돈이 계좌이체 된 기록이 있습니다."

"누구한테?"

"송태훈, 전기를 담당하고 있는 관리소 부장입니다."

김 형사가 건넨 자료를 살펴보던 정혁이 시간을 확인한 뒤 자리에서 일어났다.

"송태훈은 내가 만나 보도록 하지."

"반장님이요? 그럼 저도 같이……."

"됐어. 다른 일 봐. 가 봐야 할 곳도 있고."

정혁은 재빠르게 사무실을 빠져나갔다.

"김 형사, 반장님 어디 가신대?"

"글쎄 가 봐야 할 곳이 있다고……. 우리 반장님 정말 우렁 각시라도 생긴 거 아니야? 표정 봤어? 혼자만 봄날이야. 다른 사람을 보고 있는 것 같다니까."

"그럼 좋은 일이지, 뭐."

"그렇긴 한데, 장유정 형사가 마음에 걸려서 그렇지."

김 형사의 말에 장 형사의 시선이 저만치 멀어져 가는 정혁에게로 향했다. 그 뒤를 유정이 따라붙고 있었다.

"원래 인연은 따로 있는 법이야. 긴 세월 공들인다고 다 인연이 되지는 않지."

"선배, 차정혁 반장님. 잠깐 얘기 좀 해요."

"어, 장유정."

"무슨 걸음이 그렇게 빨라요? 잠깐 커피 한 잔만 해요."

정혁은 시간부터 확인했다. 지금 가도 늦지 않을까 걱정스러웠다.

"잠깐이면 돼요. 어제 일에 대해 설명을 좀 해야 할 것 같아서요."

그냥 뿌리 치고 가려던 정혁이 어제 일이라는 말에 걸음을 멈추고 유정을 예리한 시선으로 쳐다봤다.

"혹시나 오해가 있을까 봐서요. 수연 씨가 어떻게 말했는지 몰라도 다른 의도는 없었어요. 그저 걱정돼서 대화를 좀 나누고 싶었을 뿐이에요."

정혁의 표정이 급격하게 굳어졌다. 수연이 도망치듯 그의 집을 나간 이유가 밝혀지는 순간이었다.

"수연이를 만났나?"

"그게, 그 근처 지나다가 어쩌다 보니……."

수연이 말을 하지 않았을 거라곤 생각을 못 한 유정이 아차 하는 마음에 둘러댔지만, 그냥 넘어갈 정혁이 아니었다.

"뭐, 그게 중요한 건 아니지. 무슨 말을 했지?"

"벼, 별말 안 했어요. 그저 인사……. 하하, 근데 나 꼭 취조당하는 것 같네요. 기분 좀 그렇다."

정혁의 표정은 풀어질 줄을 몰랐다.

"선배, 바쁜 일 있는 거죠? 어서 가 보세요. 저녁에……."

"장유정, 하나만 짚고 넘어가자. 고백 받았을 때 타이밍을 놓치기도 했지만, 내 마음을 안다기에 거절은 따로 안 했다.

내 마음을 흔들 방법을 찾는 중이라고 했던가?"

유정에게 가장 중요한 문제를 꺼내 든 이 순간에도 정혁은 다른 곳에 마음이 쏠린 듯 연신 시간을 확인하고 있었다.

"미안하지만 어떤 방법으로도 흔들리지 않을 거야. 그게 다른 사람에게 상처가 되는 방법이라면 더더구나."

"수연 씨가 그러던가요? 내가 상처를 줬다고?"

"그런 거 미주알고주알 알려 줄 만큼 말수가 많은 여자가 아니라서. 설마 상처까지 준 건 아니지? 그랬다면 너무 실망할 것 같은데."

정혁이 유정의 어깨를 툭툭 쳤다. 아끼는 후배에게 할 법한, 딱 그만큼의 스킨십이었다.

"지금 장유정답지 않은 거 알아? 난 당당한 후배로서의 장유정 외에는 생각해 본 적이 없어. 마음은 참 고맙지만, 일방적인 고백은 이쯤에서 우아하게 마무리하기로 하자. 그게 모두에게 좋을 것 같다. 그럼 난 이만 급한 일이 있어서."

말 한마디로 정리될 마음 같았으면 정혁의 말마따나 그녀답지 않은 행동 같은 건 하지도 않았다. 뒤도 안 돌아보고 쌩하니 멀어지는 정혁을 바라보는 유정의 눈에 눈물이 고였다. 대체 어떤 사랑이 우아한 마무리가 가능할까.

8장

  5년을 끌어온 것치고 이혼 절차는 별거 없었다. 기원이 인맥을 동원하기라도 한 건지, 갖가지 사연을 지닌 채 남처럼 앉은 부부들 틈에 끼어 기다리지 않아도 돼서 시간은 더 단축됐다. 무미건조한 그들의 사이만큼이나 판사의 물음은 참으로 기계적이었다.

  모든 절차가 끝난 뒤, 기원과 수연은 그 흔한 인사말 한마디 없이 법원을 벗어나고 있었다. 불만스러운 표정의 기원은 뭔가 꼭 하고 싶은 말이 있는 듯 수연을 힐끔거렸다. 알량한 자존심에 상처가 났을 게 분명한 어제의 사건을 그냥 묵과하고 넘어갈 그가 아니었다. 기원이 무슨 말을 쏟아 낼지 뻔히 알 것 같아 수연은 그에게 말을 붙일 기회조차 주지 않기 위해 부러 재게 움직이고 있었다.

  "이봐, 잠깐 얘기 좀 해."

사람들이 오가는 로비를 지나 법원을 막 벗어난 뒤 길게 이어진 계단을 3분의 1가량 내려왔을 때 기원이 수연을 불러 세웠다. 말을 섞어야 할지, 그냥 무시하고 가야 할지 판단이 서지 않아 다시 한 계단을 내려서는데 기원의 입에서 상스러운 말이 튀어나왔다.

　"너 어제 그 새끼지?"

　놀란 수연이 기원을 돌아보니 그의 시선은 그녀가 있는 곳보다 더 먼 곳을 향해 있었다. 시선을 따라 다시 고개를 돌린 수연의 눈이 화등잔만 하게 커졌다.

　계단 아래 정혁이 환한 미소를 지은 채 그녀를 바라보고 있었다. 대충 걸쳐 입은 것 같은 슈트가 눈부시게 잘 어울리는 그는 수연에게로 한 계단씩 다가서고 있었다. 그녀와 계단 하나를 사이에 두고 정혁이 멈춰 섰다.

　"여, 여긴 어떻게⋯⋯. 아, 여기 볼일 있나 봐요?"

　"그 볼일 지금 보고 있어."

　정혁은 어제 들었던 답을 똑같이 반복하고 있었다.

　"다 끝났어? 그럼 우리 뭐할까?"

　"네?"

　"야, 너 그 새끼 맞지?"

　둘 다 잠시 잊고 있었던 목소리가 툭 끼어들어 왔다. 정혁이 다가오는 기원을 한 번 힐끗 쳐다봤다.

　"저 녀석하곤 이제 완전히 정리된 거지?"

　"이거 가지고 구청에 신고해야 완전히⋯⋯."

　"그럼 구청부터 가야겠네."

"너 내 말 안 들려? 휴대폰 당장 내놔. 너 그거 마음대로 유포하면 형법 제307조 명예 훼손죄가 성립되…… 어어, 살려 줘!"

지난번 호되게 당하고도 정신을 못 차린 기원이 정혁의 멱살을 잡으려다가 그가 피하는 바람에 계단에서 구르기 직전이었다. 거의 구를 것같이 기울어진 기원의 팔을 정혁이 턱 잡아챘다.

"아, 이런 몹쓸 놈의 손 같으니라고. 살려 달라는 소리에 자동으로 반응하는데, 아주 미치겠다니까."

얼굴이 하얗게 질린 기원이 숨을 거칠게 몰아쉬며 정혁의 손을 뿌리쳤다.

"진짜 너 뭐 하는 놈이냐?"

"이봐, 서기원 검사. 인사부터 하는 게 예의 아닌가? 여기서 구르면 아마 팔다리 부러지는 건 예삿일일걸. 잘하면 뇌진탕으로 저세상 구경할 수도 있었는데 말이야. 생명의 은인한테 말본새하고는."

"너 대체 얘랑 무슨 관계야?"

"그게 왜 궁금하실까."

정혁이 기원과 수연 사이를 가로막고 섰다. 다분히 의도적이라고밖에 볼 수 없는 행동에 걱정이 앞선 수연이 정혁의 옷깃을 슬쩍 잡아당겼다. 말린다고 해서 듣지 않을 줄은 알았지만, 굳이 그 손을 끌어다 깍지를 낄 건 또 뭔가. 괜스레 정혁의 어깨너머로 기원의 눈치를 슬쩍 살폈다.

"하, 은수연. 너 이런 재주가 있었어? 얌전한 척 고상한 척은 혼자 다 하더니, 피는 못 속이는구먼. 나 몰래 뒤로 호박씨를 깠단 말이지? 컥!"

기원의 멱살이 틀어 잡힌 건 순식간이었다. 그가 흉내 내고 싶었던 동작은 아마도 저런 것이었겠지, 싶을 만큼 완벽한 자세로 틀어쥔 멱살에 허옇던 얼굴이 금세 붉어진 기원은 더 이상 말도 못 하고 컥컥거리고만 있었다.

"좀 전에 명예 훼손의 기본적인 법리가 뭔지나 알고 지껄인 거야? 지금 네가 나불거린 게 명예 훼손 아닌가? 어?"

기원도 과히 적은 덩치가 아닌데도 불구하고 정혁은 한 손만으로 그를 짤짤 흔들어 대고 있었다.

"아저씨, 그만해요. 사람들이 봐요."

수연이 조용히 건넨 말에 주변을 한 번 휘둘러본 정혁이 손아귀에서 힘을 조금 뺐다.

"생명의 은인으로서 충고 하나만 해 줄까? 김동민 총장님, 깐깐한 양반이야. 막내 사위가 되고 싶으면 엉뚱한 사람 괴롭힐 생각하지 말고 전력을 기울여. 알았나? 내가 보기엔 그래도 힘들 것 같으니까."

정혁이 팽개치듯 멱살을 놓아주자 뒤로 물러나며 비틀거리던 기원이 허리를 굽힌 채 한참을 콜록거렸다.

"너 이 새끼……."

쉰 듯한 음성으로 소리를 버럭 질렀던 기원이 그에게로 향한 사람들의 시선을 느낀 건지 애써 화를 참느라 숨만 깊게 몰아쉬고 있었다. 그러더니 금세 입가에 비릿한 미소를 그리고서 정혁에게로 성큼 다가섰다.

"너 대체 뭐 하는 놈인지 모르겠다만, 앞으로 지금 이 순간을 후회할 일만 잔뜩 만들어 줄 거니까 기대하라고."

"그러시던가."

심드렁한 정혁의 답변에 기원은 탐탁지 않은 듯 눈을 번뜩이며 돌아섰다.

"아, 나도 하나만 충고할까? 아마도 저 여자 겉모습에 혹한 것 같은데 쟤, 네가 상상도 못 할 끔찍한 여자야. 하루라도 빨리 손 떼는 게 좋을 거다."

"뭐야, 이 자식이……."

그를 향한 협박에는 심드렁하던 정혁이 수연의 얘기가 나오자 발끈하고 나섰다. 정혁의 반응에 움찔하며 도망치는 기원을 금방이라도 쫓아가려 했지만 그걸 말린 건 수연이었다. 아무 말 없이 자그마한 양손으로 그의 손을 꼭 움켜쥔 수연은 시무룩한 표정으로 고개를 저어 보였다.

"그만하세요. 저 사람 영혼, 아까보다 훨씬 더 어두워졌어요. 아저씨한테 해가 될까 봐 겁나요."

칠흑 같은 수연의 눈에선 금세라도 눈물이 뚝 떨어질 것 같았다.

"진짜 속상해서 못 살겠다, 은수연."

"죄송…… 어!"

한순간 그의 품으로 끌려 들어가 폭 파묻혀 버렸다. 정혁은 그녀를 품 안에 가두고 나서야 서서히 안정을 되찾았다.

"사람들이 봐요."

"괜찮아. 내가 인맥이 꽤 두텁거든. 풍기 문란으로 잡혀가도 아마 금방 풀려날 거야."

작은 주먹이 그의 단단한 가슴을 퉁 쳤다. 그녀의 어깨가 잘게 떨렸다. 수연이 웃고 있었다.

"저 여잔 보라색이야? 그럼 저기 저 아줌마는?"

정혁이 그녀의 머리를 헝클이며 질문을 쏟아 냈다.

"저 아줌만 회색이요. 우울한가 봐."

"그래? 표정도 우울해 보이네."

수연이 들고 있던 음료를 홀짝였다. 그녀의 윤기 나는 머리 위로 햇살이 눈부시게 부서졌다. 정오가 가까워져 오는 평일의 공원엔 여유로움이 가득했다.

이러고 있어도 좋을 만큼 한가하지 않은데도 불구하고 수연의 옆이라 그런지 정혁의 마음 또한 여유롭기 그지없었다.

"저기 저 두 사람은 서로 사랑하는 사이예요."

저만치 이른 점심을 먹으러 나왔는지 오피스룩 차림의 남녀가 느긋한 걸음을 옮기고 있었다.

"서먹해 보이는데?"

"곧 사랑하는 사이가 될 거예요. 지금은 여자보다 남자가 더 좋아해요. 그거 모르죠, 아저씨? 사람의 의지가 얼마나 대단한지요. 자신이 집착하거나, 지키고 싶거나, 애정하는 것에 영혼의 일부를 나누어 줘요. 저 여잔 밝은 다홍빛이고 저 남잔 자줏빛인데요, 주먹만 한 자줏빛이 여자한테 옮겨 갔어요. 하하, 근데 여자의 다홍빛은 어디로 옮겨 간 줄 아세요? 본인이 들고 있는 백이에요. 저 남자, 여자 마음 얻으려면 명품 백 엄청 많이……."

즐겁게 떠들던 수연이 그녀를 바라보며 미소를 짓고 있는 정혁과 눈이 마주치고는 말을 멈췄다. 놀라 동그래진 수연의 눈이 정혁에게서 다시 제 가슴 언저리쯤으로 옮겨 갔다.

보고도 믿을 수가 없었다. 오랜 경험에 의해 깨달은 거라 자신의 결론이 기정사실이라고 생각했다. 그리고 절대로 틀린 적도 없었다. 그런데, 이건 뭐지?

저쪽 벤치에 앉아 자상하게 샌드위치 포장을 벗겨 건네고 있는 자줏빛의 남자와는 비교도 안 될 만큼 커다랗게 정혁의 영혼이 그녀에게로 옮겨 와 있었다. 대체 언제부터였을까. 진작 그랬는데 그녀가 눈치채지 못했던 것일까. 아니면 지금 이 순간 옮겨 온 것일까. 색감이 비슷해서 몰랐을까? 아니면 경계가 흐려서 몰랐을까. 어느 쪽이건 그녀의 가설이 혹시 잘못된 건 아닐까 하는 생각이 밀려왔다.

"아저씨, 혹시……."

"왜, 뭐?"

"그냥 아저씨의 색깔은 잘 어울린다고요."

"싱겁긴."

정혁의 마음을 확인하기가 겁이 났다. 애정 같은 건 생각하는 것조차 버겁고, 그녀의 뭔가에 집착한다거나 그녀를 지키고 싶다거나 둘 중 하나에 가까울 거라 생각할 수밖에 없었다. 그중 하나를 꼽으라면……

"서기원이 제게서 원한 건 이 능력이에요. 가진 게 많은 사람은 가진 것을 지키고자 하는 강한 집착을 보이기 마련이거든요."

갑자기 뛰어 버린 수연의 말은 이젠 전혀 낯설지 않았다. 그녀의 조그만 머릿속에선 벌써 수십 가지의 생각이 오갔을 게 뻔했다.

"완벽하게 숨기려고 굳은 의지를 불태울수록 영혼은 더 짙게 흔적을 남기죠. 난 흔적이 남은 걸 가리키기만 하면 됐어요. 서기원은 거기서 확실한 물증을 찾아냈고, 손쉽게 사건을 해결했죠."

"서기원 검사, 압수 수색 현장에 와이프 데리고 다니기로 유명했잖아요."

유정이 했던 말이 불현듯 정혁의 뇌리를 스치고 지나갔다. 찌질해 보였던 서기원이 어떻게 스타 검사가 될 수 있었는지 알 수 있었다.

"아저씨는 사건을 해결하고 싶은 거죠?"

정혁은 의아한 표정을 지었다.

"갑자기 그게 무슨 소리야?"

"그러니까 저한테 집……."

수연이 유추해 낼 수 있는 답은 그것뿐이었다. 사건을 해결하려는 그의 집착이 만들어 낸 의지, 그것이어야만 했다. 하지만 그걸 확인하는 일은 그녀에게 상처가 될 것만 같았다.

수연이 할 수 있는 일이란 그녀에게 행복을 선사해 준 고마운 정혁에게 최선을 다해 도움을 주는 것이었다. 맑은 영혼을 가진 그는 기원처럼 대놓고 그녀의 능력을 써먹자고 하지 못할 테니까.

"넉 달 전쯤 은이의 영혼이 찾아왔었어요."

말을 꺼내는 수연의 눈이 맑게 부풀어 올랐다.

"살아 있을 때는 그런 아이가 아니었는데, 뭔가 해 주길 바라는 것처럼 떠나지 않고 자꾸 괴롭히는 거예요. 그래서 이끄는 대로 따라갔더니, 그 고양이가 있었어요. 아파트 지하 주차장, 생각나죠?"

"은이의 고양이였어?"

"아니요. 청소하시는 엄마 따라 나왔다가 알게 된 길고양이일 거예요. 엄마 일 끝날 때까지 대기실 조그만 방에 혼자 있으려면 심심하니까 금세 친해졌나 봐요. 고양이가 굶고 있을까 봐 마음에 걸렸나 보더라고요."

수연의 표정에 어둠이 내려앉았다.

"그래서 네가 대신 밥을 챙겨 준 거야?"

"네. 다섯 번째 챙겨 주러 갔을 땐가, 남자 둘이 싸우는 소리가 들리는 거예요. 느낌이 너무 안 좋아서 얼른 몸을 숨겼는데, 은이가 바람 같이 휘몰아치면서 그 남자들한테 달려드는 거예요. 죽은 사람의 영혼도 색이 변할 수 있다는 걸 그때 처음 알았어요. 그 남자들도 뭔가 느낀 건지 흠칫 놀라면서 주변을 둘러보더라고요. 그때 얼굴을 봤어요."

"신현덕과 관리소장이었군."

"네."

"넌 은이의 죽음에 그 둘이 연관이 있을 거라 짐작했고, 그 사람들한테 전화를 한 거로군."

'그 사람들한테'라는 정혁의 말에 수연이 고개를 갸웃했다. 관리소장과도 통화한 건 정혁에게 말한 기억이 없었다.

"관리소장 통화 기록에서 네 집 전화번호가 나왔어."

"혹시 그 사람도……."

"그래. 며칠 전에 시신으로 발견됐어."

수연이 놀란 숨이 터져 나오려는 입을 손으로 가렸다. 정혁이 괜찮다는 듯 머리를 쓰다듬고 어깨를 다독이는데도 놀란 마음은 진정이 안 됐다.

"그래서 오늘 땡땡이는 이만 끝내야겠다. 너 집에 데려다주고 관리소 직원 좀 만나러 가야 하거든."

"같이 가요. 사실 서기원한테는 한 번도 말한 적 없는데요, 사람들은 거짓말을 할 때 영혼이 미세하게 일렁여요. 그 사람이 거짓말을 하는지 아닌지 아저씨한테 알려……."

"그 정도는 내 직감으로도 충분히 파악할 수 있어. 그보다 다른 것 좀 도와줄 생각 없어?"

"뭘요?"

"우리 집으로 다시 들어와라."

"제가 왜 아저씨 집으로 들어가요?"

수연은 어제부터 거슬렸던 '우리 집'이라는 단어 때문에 '아저씨 집'을 더 강조해서 물었다.

"나 좀 봐줘라. 네 침대는 둘이 자긴 엄청 불편해."

금세 볼을 붉힌 수연의 미간이 팍 일그러졌다.

242

"그러니까 아저씨는 아저씨 집에서 자면 되죠. 왜 자꾸 엉뚱한 소리를 하세요."

"엉뚱한 소리가 아니야. 불안해서 못 살겠다. 제발 말 좀 듣자, 수연아."

"저 어디 도망 안 가요."

"범인도 아니고 누가 도망갈까 봐 이래? 서기원, 그놈이 또 나타나지 말란 법 없잖아. 그리고 그 검은 영혼, 내 옆에 있으면 사라진다며?"

"이혼했는데 찾아올 이유가 없잖아요. 억지 부리지 마세요. 그리고 검은 영혼은 그렇게 자주 있는 일이 아니에요. 저번에 나타난 게 유난히 지독했던 것뿐이에요. 여태도 혼자잘 버텼어요. 아저씨 도움은 필요 없어요."

이미 많은 부분이 그에게로 번져 간 제 영혼을 바라보는 수연의 눈길이 애잔해졌다. 그녀와 그의 경계는 일정 부분 흐릿해져 있었다. 그의 마음을 정확히 알 수 없었지만, 그녀는 애정이었다. 그 외에 다른 이유로 설명될 수가 없었다. 눈물이 날 것만 같았다. 그녀와는 근본부터 다른 사람한테 이런 감정을 가지는 게 결국 상처가 될 거라는 걸 알면서도 마음대로 되지 않았다. 안 보면 잊혀질까. 그럼 혼자였던 예전으로 돌아갈 수 있을까. 생각만으로도 울음이 왈칵 터져 버릴 것만 같았다.

"알았으니까 천천히 생각해 봐. 그깟 일로 울기까지 하고 그래."

정혁이 그녀의 볼을 감싸며 눈물을 훔치고서야 울고 있다는 걸 알았다. 얼른 그의 손을 밀어낸 수연은 재빨리 눈물을 닦았다. 요즘 들어 너무 자주 울었다. 오롯이 혼자일 때는 잘 흐르지도 않던 눈물이 왜 이렇게 별안간 툭 터지는지 알 수가 없었다.

"가자. 데려다줄게."

"전 여기서 지하철 타고……."

그녀가 말을 다 끝맺기도 전 정혁은 성큼성큼 앞서 걸었다.

"아저씨."

앞서가던 정혁이 뒤돌아보며 눈썹을 사납게 치켜세웠다.

"쯥, 고집불통. 가는 길이니까 태워 준다고. 고집 그만 부리고 얼른 따라와."

"그게 아니라, 아저씨는 제 말을 다 믿어요? 어쩌면 제가 범인이라 이상한 소리를 꾸며 냈을 수도 있는 거잖아요."

"내 직감을 우습게 보는군. 믿지 못할 사람한테 내 옆자리를 내주진 않아."

온화한 미소를 머금은 정혁이 재촉하듯 손을 내밀었다. 뭉클함이 몰려와 수연은 입술을 깨물며 부지런히 걸어가 그의 손을 잡았다.

따뜻하게 엉기는 손, 경계 없이 부드럽게 섞여 드는 영혼, 정확히 결론 낼 순 없었지만, 한 가지는 확실했다. 정혁도, 수연도 서로를 믿는다는 것. 처음 우연히 마주친 날로부터 두 달 남짓, 2년을 함께 살았던 기원보다 정혁을 더 친밀하게 느꼈다.

마치 평생을 함께해 온 사람처럼.

겉으로 보기에 송태훈은 조금 어수룩해 보였다. 하지만 겉으로 보이는 게 다가 아니라는 건 정혁이 더 잘 알았다. 정혁에게 인스턴트커피를 권하며 눈치를 살피는 그에게서 뭔가 숨기고 있다는 느낌을 받았다.

"한상원 소장님과는 개인적으로도 친했습니까?"

"그저 가끔 술 한잔하는 정도였습니다."

"그래요? 특별히 이상한 점 같은 건 없었고요?"

"네, 뭐."

"이것 좀 한 번 봐 주시겠습니까?"

정혁은 은행 거래 내역이 찍힌 문서를 태훈이 볼 수 있게 앞쪽으로 내밀었다.

"네 번째 줄 보이시죠? 꽤 큰 액수를 송태훈 씨 계좌로 입금했네요?"

정혁은 태훈의 표정이 슬쩍 굳어지는 걸 놓치지 않았다.

"저, 이건 그러니까 소장님께 빌린 겁니다. 제가 갑자기 돈이 필요해서……."

"그래요? 그럼 차용증 같은 거라도 작성하셨나요?"

"아니요."

태훈의 대답은 지나칠 정도로 즉각적으로 흘러나왔다.

"가끔 술 한잔 나누는 정도의 친분밖에 안 되는데, 이렇게 큰 금액을 차용증 하나 없이 빌려줬다?"

"같은 데서 근무하니까 제가 돈 떼먹거나 할 그런 사람은 아닌 걸 안 거죠. 차용증 안 쓴 게 죄는 아니지 않습니까?"

정혁이 혼자 중얼거리듯 내뱉은 말에 태훈은 정색을 하며 목소리를 높였다.

"죄는 아니죠. 하지만 의심이 가네요. 한상원 씨가 송태훈 씨한테 엄청난 믿음을 가지고 있었다거나 그게 아니면 뭔가 약점을 잡혔거나, 약점 잡힐 일을 함께했거나……."

"전 절대 그런 짓은…… 헙."

정혁의 입꼬리가 씩 올라갔다.

"그런 짓이란 게 뭡니까?"

모른 척 은근하게 묻는 소리에 태훈은 심하게 당황하고 있었다.

"아, 저 그게 엘리베이터요. 교체 공사하면서 돈 받아먹은 거 말입니다."

"받아먹은 건 알고 있었군요?"

"아, 아니요. 그저 받아먹지 않았을까 생각하는 거죠."

"그래요? 근데 그게 송태훈 씨 기준에서는 절대 하지 말아야 할 짓에 속하는 건가요?"

"제가 워낙……."

"강직하신 분이군요?"

"네, 뭐."

슬쩍 맞장구를 쳐 주자 태훈은 눈에 띄게 안심하는 것 같았다. 그가 무언가를 알고 있고, 숨기고 싶을 만큼 깊숙이 관여했다는 정혁의 짐작이 확실해지는 순간이었다.

"그래요. 옥상 좀 한 번 다시 볼 수 있을까요?"

"다른 형사님이 다 보고 가셨는데요."

"다시 보면 안 될 거라도 있습니까?"

"아, 아니요. 그럴 리가요."

태훈은 허둥대며 옥상 키를 챙기다 떨어뜨리고 말았다. 그를 주시하는 정혁이 어지간히 신경 쓰였는지 계속 힐끔거리고 있었다. 말 못 할 비밀을 가지고 있는 것이 분명했다.

눈에 확 띄는 폴리스 라인이 무색할 정도로 옥상은 고요하고 말끔했다. 한상원은 무엇엔가 놀라 발을 헛디디며 뒤로 넘어지며 그가 기대앉아 있던 벽에 부딪혀 사망한 것으로 추정됐다. 겉으로는 출혈이 전혀 없었기에 옥상에는 그닥 살펴볼 만한 것도 없었다.

"말끔하네요."

"네? 네."

태훈은 별것 아닌 정혁의 한마디에도 화들짝 놀라고 있었다. 힐끔힐끔 주변을 살피는 눈길은 불안하기 그지없었다. 태훈을 유심히 바라보던 정혁이 허리를 굽혀 라인 안쪽을 더 살핀 뒤 옥상을 막 벗어나려던 순간이었다. 왼쪽에 위치한 구조물 뒤쪽에서 갑자기 시커먼 물체가 튀어나와 태훈의 앞을 쏜살같이 스치고 지나갔다.

"으악."

소스라치게 놀란 태훈은 뒤로 넘어지며 엉덩방아를 찧었다. 검은 고양이가 그들이 올라오면서 열어 놓은 옥상 문을 통해 사라지고 있었다. 이 아파트에 같은 길고양이가 여러 마리 있는 게 아니라면 지하 주차장에서 봤던 그 고양이가 분명했다. 정혁의 예리한 눈빛이 1m 높이로 솟은 철제 구조물로 향했다.

"저기는 뭐 하는 곳입니까?"

그때까지도 넘어진 채 일어나지 못하고 있던 태훈이 눈을 동그랗게 뜨며 정혁을 올려다봤다.

"그, 그냥 창고 같은 거예요. 지금은 사용하지 않고 있는데……."

"좀 볼 수 있습니까?"

정혁이 묻자마자 급히 몸을 일으킨 태훈이 철제 구조물과 그의 사이를 엉거주춤 가로막고 섰다.

"저긴 아, 아무것도 없습니다."

미간을 구긴 정혁이 그를 지나쳐 창고 문을 벌컥 열었다. 어둠에 휩싸인 공간은 상당히 협소했고, 태훈의 말마따나 텅 비어 있었다.

"여기 불 좀 밝힐 수 있을까요?"

"저, 전기 시설이 없습니다. 말씀드렸다시피 사용 않는 공간이라 굳이 필요가 없어서……."

태훈을 힐끔 바라본 후 정혁은 몸을 굽혀 좁은 문을 통과해 안으로 들어섰다. 바닥과 모퉁이 부근을 한 번 더 살펴본 정혁이 앉은 자리에서 몸을 틀어 밖으로 나오니 태훈은 적잖이 안도하는 눈치였다.

"냄새가……."

"네. 얼마 전에 소독을 했거든요."

"참 여러모로 꼼꼼하게 관리를 하시나 봅니다."

"네?"

"사용하지 않는 공간까지 소독을 하시는 거 보면요."

"하하. 그렇죠, 뭐. 이제 내려가실 거죠? 저도 할 일이 많아서……."

태훈을 따라 걸음을 옮기려던 정혁이 습관처럼 관자놀이 부근을 손가락으로 쓸며 옥상과 창고의 바닥을 번갈아 쳐다봤다. 이미 옥상 문 앞에 도착한 태훈은 정혁이 오길 재촉하듯 몸 절반 이상을 밖으로 내민 채 바라보고 있었다.

"고양이가 어디로 들어왔을까요?"

"그러게 말입니다. 저놈의 고양이는 덫이라도 놓든가 해야지, 원. 밥 줄 사람도 없는데, 왜 여기서만 돌아치는지 모르겠네."

태훈의 투덜거림에 잠시 걸음을 멈췄던 정혁이 창고를 다시 한번 돌아보며 고개를 갸웃거리다가 옥상을 벗어났다.

❈   ❈   ❈

사무관들이 완전히 빠져나간 걸 확인한 기원은 휴대폰을 꺼내 들었다.

ㅡ어, 아들.

평소보다 한 톤 높은 필녀의 '솔' 음이 기원의 귀를 울렸다. 갑자기 짜증이 확 밀려왔다.

"물증은?"

ㅡ얘는, 그 늙은이가 얼마나 능구렁인데 증거 찾아내는

게 그렇게 쉽니?

"제대로 된 애들 풀었어? 설마 돈 아끼는 거 아니지?"

—그럼. 우리 아들한테 들어가는 돈인데 뭐가 아깝다고
아끼겠어.

"근데 왜 성과가 없어? 돈도 좀 더 쓰고 사람도 더 풀어
봐. 검찰총장 사위 되는 일이 그렇게 쉬운 줄 알아?"

대한그룹 총수의 탈세 의혹이 불거진 건 6개월 전의 일이
었다. 경영권 다툼에서 강제로 밀려난 전 부회장의 고발로
알려지게 된 이 사건은 확실한 증인에 의해 수사가 급물살을
타는 듯했지만, 제보자인 부회장이 급작스러운 심근 경색으
로 사망하는 바람에 답보 상태가 되어 버렸다.

흐지부지 묻힐 것만 같았던 이 사건이 다시 세간의 이목을
끌기 시작한 건, 전 현직 고위 관료들이 연루된 대한그룹 로
비 의혹 때문이었다. 상당히 까다로운 사건이었으며 자칫 잘
못했다간 여태껏 기원이 손을 뻗고 있었던 재계와 정계를 모
두 등져야 하는 일이었다.

하지만 기원은 무엇보다 검찰총장 사위 자리가 탐났다. 그
자리야말로 그가 최종 목표로 삼고 있는 검찰총장 자리로 가
는 지름길임을 믿어 의심치 않았다.

—열심히 뒤지고 있어. 그 영감탱이가 홍콩에 만들었다는
페이퍼 컴퍼니 이름만 찾아내도 일은 다 된 거나 마찬가진데
어찌나 보안이 철저한지, 원. 아, 수연이 그 계집애는 만났
어? 이혼은 끝낸 거야?

"어."

─근데 진짜 능력 사라진 거 확실하대? 뭐 달리 느껴지는 거 없었어? 이럴 때 써먹으면 얼마나 좋아. 하여튼 도움이 안 된다니까.

필녀의 말에 오전에 있었던 정혁과의 만남이 떠오른 기원의 얼굴이 급속하게 일그러졌다.

"엄마, 수연이한테 사람 좀 붙여 줘. 그 계집애가 끼고 있는 남자가 누군지 좀 알아보라고 해."

─남자가 있어? 꼴에 능력도 좋아. 혹시 너랑 살 때부터 바람피웠던 거 아니야?

"그럴 리가 없잖아. 걔가 그럴 시간이나 있었어? 만난 지 얼마 안 됐을 거야. 그리고 걔 꼴이 어때서? 그 정도면 남자 여럿 홀리고도 남지."

─애 봐라. 너 걔한테 딴마음이라도 있는 거야?

"무슨 쓸데없는 소리야? 의심이 가서 그래. 능력이 사라진 게 아닌 것 같기도 하고. 암튼 사람 좀 붙여 줘. 이대론 그냥 못 넘어가. 어제오늘 내가 당한 걸 생각하면…… 어?"

입구 쪽을 등지고 서 있던 기원이 돌아서자 현아가 어정쩡한 표정을 지은 채 문고리를 잡고 서 있었다.

─왜 말을 하다 말아? 수연이, 그년이 너한테 무슨 짓을 했어? 제대로 말을 해야 엄마가 해결해 줄 거 아니야.

필녀의 쟁쟁거리는 목소리가 기원의 귀를 긁어 댔다.

"네, 어머니. 밥 잘 챙겨 먹으니까 걱정 마세요. 마침 현아 씨가 왔네요. 이만 끊을게요."

─어머, 며느리가 왔어? 인사라도 하게…….

방방 뛰는 필녀의 음성을 차단해 버린 기원은 사람 좋은 미소를 꾸며 내며 현아를 맞이했다.

"언제 왔어요? 부르지 그랬어요."

"미안해요. 내가 통화를 방해했나 봐요. 노크했는데 아무 소리가 없기에 문만 살짝 열어 본다는 게……. 어머님이랑 통화했어요?"

"네. 따로 내보내 놓고 굶지나 않는지 걱정되시나 봐요. 이리로 앉아요. 커피 마실래요?"

"아니요. 괜찮아요. 그보다 수연이라는 여자, 전 부인이죠?"

현아가 소파에 앉으며 조심스럽게 물은 말에 인상을 구겼던 기원은 순식간에 여유로운 표정을 지었다.

"들었어요?"

"일부러 들으려던 건 아니었어요. 어쩌다 보니…… 미안해요."

"미안하긴요. 결혼할 사이에 숨길 게 뭐가 있겠어요. 어디부터 들었어요?"

"뒷부분 조금요? 그 여자, 기원 씨 괴롭히는 거죠?"

의도적으로 현아의 옆자리를 차지하고 앉은 기원은 골치가 아픈 듯 손가락으로 이마를 문질렀다. 그것만으로도 세상 물정 모르고 그저 당돌하기만 한 공주님의 마음을 움직이기엔 충분했던지 현아의 얼굴이 순식간에 안타까움으로 물들었다. 의도된 한숨부터 뱉어 낸 기원이 목소리를 한 톤 낮춰 말을 시작했다.

"오늘 이혼을 마무리 지었어요. 근데 그 여자는 이혼을 원치 않았죠. 아마 더 이상 도움을 받지 못할까 봐 걱정되나 봐요."

"그래서요?"

"남자를 하나 데려왔더라고요. 힘 좀 쓰는 녀석 같았는데, 나한테 그런 협박이 통하리라 생각했나 봐요. 바로 해결하긴 했는데 나도 사람인지라 짜증이 나서 그만……."

"내가 그랬죠? 그런 사람들은 좋게만 대해 주면 안 된다고. 내가 좀 만나 보는 건 어떨까요?"

"마음은 고맙지만, 당신 신경 쓰게 하고 싶지 않아요. 이혼 절차도 마무리됐고 이젠 더 이상 얽힐 일 없으니까 걱정 말아요. 그보다……."

소파 등받이에 팔을 걸치고 현아를 향해 돌아앉은 기원이 여자라면 누구나 혹할 만한 미소를 지어 보였다.

"그보다 뭐요?"

"바쁘지 않으면 나 좀 안아 줄래요? 키스까지 덤으로 얹어 주면 더 좋고."

기원이 과장되게 팔을 벌리자 볼을 붉힌 현아가 폭 안기며 그대로 입술을 겹쳤다. 눈을 감은 채 핑크빛 환상에 젖어 드는 현아와 달리 기계적으로 키스를 나누는 기원의 눈엔 감정이란 게 전혀 담겨 있지 않았다.

✳   ✳   ✳

청소를 하던 수연이 그녀의 집에 있지 말아야 할 어이없는 물건을 발견하고 한숨을 내쉬었다가 이내 피식 웃어 버렸다. 언제 이걸 또 숨겼을까? 침대 밑에 얌전히 놓인 정혁의 시계를 집어 든 수연이 고개를 절레절레 저었다.

오늘의 핑곗거리로는 손목시계가 당첨됐나 보다. 처음엔 그녀가 놓고 나온 휴대폰이, 다음은 양말 한 짝, 그다음은 수첩이었다. 핑계를 만들어 수연의 집으로 찾아온 정혁은 어영부영하다가 자고 가기 일쑤였다. 화를 내도 소용없었고, 박대를 해도, 없는 사람 취급해도 마찬가지였다. 언제 숨기는지도 모르게 물건을 숨겨 두고 저녁이나 밤늦게 찾아와 필요한 걸 두고 갔다며 밀고 들어와 주저앉았다.

천천히 생각해 보라더니 그녀더러 자신의 집으로 들어오라고 대놓고 시위를 하고 있는 것이나 진배없었다. 그녀를 해할 위험 요소 따위는 어디에도 없다고 아무리 안심을 시켜 줘도 정혁에겐 전혀 먹혀들지 않았다. 이대로는 정말 위험했다. 정혁이 불평을 했던 좁은 침대를 함께 쓰는 일이, 아무리 등을 돌리고 멀찍이 떨어져 자도 아침 무렵이면 그의 체온에 파묻혀 깨어나는 일이 점점 익숙해지고 있었다. 이러다가 혼자 지내는 게 낯설어져 버리면 그땐 정말 낭패였다.

손목시계를 만지작거리던 수연이 오늘은 어떻게든 결론을 내 볼 요량으로 휴대폰에 달랑 하나 저장된 번호를 눌렀다. 막 첫 신호가 가려는 순간, 초인종이 울렸다. 아직 좀 이른 시간인데 그새를 못 참고 쫓아왔나 보다. 결론을 내겠다고 단호하게 통화를 시도할 땐 언제고 자연스레 올라가는 입꼬리를 감추지도 못한 채 냉큼 일어나 현관으로 다가갔다. 누군지 확인도 않고 문부터 벌컥 열어젖혔다.

"손목시계는 왜 또……."

멈칫 굳어진 수연이 뒤로 한 발짝 물러났다. 허름한 원룸 과는 절대로 어울릴 것 같지 않은, 한 번도 본 적 없는 세련 된 여자가 인위적인 미소를 그린 채 서 있었다.

"안녕하세요? 김현아라고 해요. 수연 씨 맞죠?"

세련된 외모만큼이나 그녀의 인사법은 직설적이고 도전적 이었다. 쑥 내민 예쁘게 손질된 손은 수연에게 거부감을 안 겨 주고 있었다.

"누구신지……."

거부당한 손을 세련되게 갈무리하는 어깨 추임새는 수연 의 눈에도 참 자신감 있어 보였다.

"내 소개를 먼저 해야겠네요. 서기원 씨랑 결혼할 사람이 에요."

"아아, 근데 왜 저를 찾아오셨죠? 그 사람이랑은 벌써 이 혼……."

"알아요. 얘기가 좀 길어질 것 같은데, 우리 여기 계속 선 채로 얘기해요?"

3년 만에 나타난 기원이 이혼 얘기를 꺼냈을 때 오랫동안 미뤄 놨던 숙제를 뒤늦게 한다고 느꼈을 뿐, 이제 와 왜 이혼 을 하려고 할까 하는 궁금증 같은 건 전혀 없었다. 내내 찜찜 했던 인연을 끊어 낸다고 생각하니 홀가분해져 기원이 어떤 목적으로 이혼을 원하는지는 관심조차 없었다.

그가 절대로 목적 없이 움직일 위인이 아니라는 걸 잊고 있었다. 눈앞의 여자를 마주하고 나서야 기원이 이혼을 원했던 이유를 깨달을 수 있었다. 모든 절차를 매듭지은 마당에 그녀가 대체 무슨 목적으로 자신을 찾아온 것인지 알 수 없었지만, 그와 연관이 있는 사람을 집으로 들이기가 꺼려진 수연은 근처 카페로 여자를 안내했다.

갑자기 찾아온 기원이 이혼 서류를 내밀던 카페에 자리 잡고 앉은 현아는 그늘이란 모르고 자란 얼굴을 하고 있었다. 수연은 기원과는 참 어울리지 않는 여자라는 생각을 했다.

"기원 씨, 참 탐나는 남자긴 하죠?"

"네?"

얼토당토않은 소리에 기가 찬 수연의 눈이 동그래졌다.

"이해해요. 참 괜찮은 남자죠. 능력, 재력, 외모, 어디 한 군데 떨어지는 데가 없잖아요. 게다가 다정하고 섹시하기까지 하니까요."

현아가 말하는 남자는 대체 누굴까 하는 의문이 수연의 머릿속을 가득 채웠다.

"지금 서기원 씨 얘기하고 있는 거 맞죠?"

"네?"

수연은 도저히 묻지 않을 수가 없었다.

"죄송해요. 꼭 다른 사람을 말씀하시는 것 같아서……."

의아함이 담긴 현아의 미간이 슬쩍 구겨졌다가 다시 돌아왔다. 도무지 심각한 게 없는 아가씨인 것 같았다.

"아, 미처 생각을 못 했네요. 내가 보는 기원 씨랑 수연 씨가 보는 기원 씨가 같을 수가 없죠. 기원 씨한테 여러모로 도움을 받았다고요?"

"정확히 말하면 서로 도움을 주고받는 사이였죠."

"어머, 마음 상했나 보다. 수연 씨를 무시하거나 자존심 상하게 하려고 한 소린 아니니까 너무 기분 나빠하지 말아요."

수연은 대화가 겉돌고 있다는 느낌을 지울 수가 없었다.

"기분 나쁘지 않아요. 그보다 저를 찾아온 이유가 뭔지 궁금하네요."

솔직히 현아는 적잖이 당황하고 있었다. 지금 마주 앉은 여자는 그녀가 나름 유추해서 그려 놨던 이미지와 전혀 맞지 않았다.

기원은 수연을 그가 맡은 사건을 계기로 알게 되었다고 했다. 불우한 가정 환경에서 자라 마음마저 비뚤어진 수연을 바르게 살 수 있도록 이끌어 준 사람이 기원이라고 했다. 그러는 과정에서 법적으로 보호를 받을 수 있도록 하기 위해 서류상으로만 혼인 신고를 하게 됐다는 이야기에 감동을 받았다.

때문에 현아는 기원의 선의를 수연이 악의적으로 이용하려 든다고 생각했다. 그런 생각은 며칠 전 기원의 통화 내용을 엿듣는 순간 확신으로 굳어졌고, 냉정하게 쳐 내지 못하는 마음 약한 기원을 대신해 수연을 따끔하게 혼내리라 결심하고 찾아온 길이었다.

그래도 안 된다면 그녀가 직접 수연을 돕겠다는 시나리오까지 짜서 찾아왔는데, 수연의 모습은 그녀의 생각과 달라도 너무 달랐다. 속물근성을 그대로 드러내는 천박한 어린 계집애일 거란 짐작은 수연의 집 현관문이 열리는 순간 깨져 버렸다.

시계 어쩌고 하며 미소를 짓고 있던 그녀는 밝아 보였지만 경박하지 않았고, 말투와 태도에는 현아가 수년간 억지로 갈고 닦은 교양이 그대로 배어 있었다. 더구나 칠흑같이 검은 저 눈은 거짓이라곤 한 점도 섞이지 않은 것처럼 반짝이고 있어, 수연의 눈을 바라보며 나쁜 말이나 거짓말을 하기는 쉽지 않을 것 같았다.

전체적으로 오목조목 예쁘고 착하게 생긴 얼굴이었다. 선이 굵어 시원스럽게 생겼다는 소리는 자주 들어봤어도 예쁘다는 평가는 받아 본 적 없는, 자신이 꿈꿔 왔던 얼굴이었다. 게다가 수연은 상대방을 빠져들게 만드는 야릇한 매력까지 풍기고 있었다. 저 여자가 정말 기원이 말하던 사람이 맞는 걸까 의문이 생기긴 했지만, 겉모습만으로는 사람을 판단할 수 없으니 여기까지 찾아온 소기의 목적을 달성하기 위해 최선을 다해 볼 참이었다.

"기원 씨에게 의지해서 사는 건 이제 그만두라고 얘기하고 싶어서 찾아왔어요. 그이가 여린 마음에 수연 씨한테 너무 잘해 줘서 착각했을지 모르겠지만, 우리 기원 씨는 당신을 사랑하지 않아요. 그 사람은 나를 많이 사랑하고 있어요."

수연은 상황에 맞지 않게 웃음이 비어져 나왔다. 기원이 자기 자신이 아닌 다른 누군가를 많이 사랑한다는 소린, 그가 다정하고 섹시하다는 소리보다 더 생뚱맞은 소리였다.

"제발 그랬으면 좋겠네요."

웅얼거리듯 튀어나온 수연의 말은 진심이었다. 퇴색되고 각박한 영혼을 가진 기원이 제발 진정한 사랑을 만나 앞으로는 좀 착하게 살았으면 좋겠다는 바람이었다. 하지만 현아에겐 그 말이 그렇게 들리지 않았나 보다.

"수연 씨, 사람이 진심 어린 말을 하면 순수하게 받아들일 줄 알아야죠. 기원 씨가 왜 힘들어했는지 알겠네요. 이렇게 사람이 비뚤어졌으니, 원. 겉보기하곤 다르네요."

현아는 답답한 듯 식어 가는 커피를 기울였다.

"내가 이런 말까진 안 하려고 했는데요, 우리 아빠가 검찰총장이에요."

현아는 그녀가 놀랄 거라 예상했지만, 수연의 반응은 의외로 시큰둥했다. 아니, 무언가 깨달은 것 같은 표정을 하고 있었다.

"그게 무슨 뜻인 줄 알아요? 계속 기원 씨를 괴롭히면 내가 치사한 방법을 쓰게 될지도 모른다는 뜻이에요."

말을 끝낸 현아가 턱을 치켜들었다. 수연이 뜨끔할 만한 일침을 날렸다고 생각하는 것 같았다.

"치사한 방법 쓰게 될 일은 없을 거예요. 서기원 씨랑 저는 이미 완전히 끝난 사이에요. 오래도록 바랐던 일이죠. 앞으로 어떤 식으로든 절대로 엮이고 싶지 않은 사람이에요."

"네?"

"그리고 단 한 번도 서기원이 나를 사랑한다고 착각한 적 없어요. 내가 그 사람을 싫어하듯 그 사람도 날 싫어해요. 이걸로 답변이 됐는지 모르겠네요."

"아, 뭐……."

현아는 살짝 얼이 나간 것 같아 보였다.

"그럼 저는 이만 가도 될까요?"

자리에서 일어난 수연은 가볍게 고개를 숙여 보인 뒤 걸음을 뗐다. 하지만 더 이상 발길을 옮기지 못하고 혼란스러운 표정으로 앉아 있는 현아를 바라보다가 허리를 굽혀 테이블 위에 놓인 그녀의 손을 다정하게 감싸 쥐었다. 처음 내밀어진 현아의 손에서 느꼈던 거부감은 완전히 사라지고 없었다.

"당신이 상처 받지 않았으면 좋겠어요. 서기원이 정말 당신을 사랑하는 거면 좋겠어요. 부디 행복하길 빌게요."

진심을 담아 현아의 행복을 빌어 준 수연은 애잔한 미소를 지어 보인 뒤 카페를 벗어났다. 현아는 엇갈리는 사실들에 혼란스러워 한동안 수연의 체온이 남아 있는 손을 물끄러미 바라보고만 있었다.

돌아오는 수연의 발걸음은 가볍지 않았다. 그녀가 아는 기원이라면 현아가 꿈꾸고 있는 아름다운 사랑을 이뤄 주지 못할 것이 분명했다. 사랑에 눈이 멀고 타인에 대한 배려가 부족할 뿐 현아의 영혼에 악의는 전혀 없어 보였다. 설득해 볼걸 그랬나 하는 후회가 밀려왔다.

얼이 빠진 그녀를 카페에 홀로 두고 나온 게 괜스레 마음에 걸렸다. 고민하다가 걸음을 멈추고 뒤를 돌아보는데, 검은 옷을 입은 사람이 골목으로 쏜살같이 숨어드는 게 보였다. 수연의 고개가 갸웃거려졌다.

아무래도 이상해서 잠시 바라보고 섰는데, 검은 옷의 사람은 다시 나타나지 않았다. 너무 예민해진 탓이려니 치부하고 돌아서는데, 희끄무레한 것이 눈앞으로 확 달려들었다. 놀란 수연이 짤막한 비명을 질렀다.

"악, 놀래라. 은이구나!"

한동안 보이지 않던 은이의 영혼이었다. 조금 바래고 칙칙해졌지만, 은이의 영혼이 확실했다. 살아 있을 때는 맑고 곱기만 했었는데, 갈 곳으로 못 가고 떠도는 바람에 자꾸 탁해지는 것이 아닌가 싶어 수연은 걱정스러워졌다.

"엄마 때문에 못 떠나는 거니? 대체 어디 있는 거니? 너도 너지만, 너희 엄마도 이제 그만 힘드셨으면 좋겠는데……."

은이는 수연에게 원하는 것이 있는 듯 계속 맴돌았다.

"또 고양이 때문에 그러는 거니? 그 고양이는 이제 다른 데로 갔을 텐데."

말을 해도 알아듣지 못한다는 걸 알면서도 은이를 타이르듯 중얼거렸다. 하지만 은이는 집요하게 주변을 맴돌며 그녀가 집으로 향하는 것을 방해하고 있었다.

"아우, 진짜. 알았어. 가서 확인만 할 거야. 고양이가 굶든지, 말든지 난 신경 안 쓸 거야. 알았니?"

말은 그렇게 해 놓고 아파트로 향하는 길에 우유와 고양이 간식까지 사서 챙겼다. 그걸 사는 동안에도 은이는 초조한 듯 수연의 주위를 쉼 없이 맴돌아 그녀를 불안하게 했다.

9시가 조금 넘은 시간, 집집마다 불 밝혀진 아파트 건물과는 달리 지하 주차장으로 내려가는 길은 썰렁하고 어둠침침했다. 이 시간엔 처음 와 보는 거라 괜스레 겁이 났다.

주차장 입구에서 막상 안으로 들어서지 못하고 머뭇거리던 수연이 휴대폰을 꺼내 들었다. 손목시계 하나 숨겨 놓고 종일 전화 한 통 없는 정혁의 목소리가 갑자기 듣고 싶어졌다. 이상하게 가슴이 두근거리고 불안했다. 지금 그가 전화를 받는다면 무서우니 데리러 와 달라고 생전 한 적 없던 어리광을 부릴 수도 있을 것 같았다.

하지만 정혁은 바쁜지 전화를 받지 않았다. 게다가 주변을 맴돌기만 하던 은이는 갑자기 거세게 휘몰아치기 시작했다. 하마터면 휴대폰을 놓칠 뻔했다. 하는 수 없이 통화를 종료한 수연은 지하 주차장으로 막 걸음을 떼었다.

"윽, 왜⋯⋯."

그러나 거세게 몰아치는 은이에 의해 뒤로 주춤 물러나고 말았다. 이런 경우는 처음이었다. 검은 영혼들조차도 암울한 기운에 답답하거나 숨 막히긴 해도 이렇게 직접적으로 물리적인 힘을 가하는 일은 전혀 없었는데, 은이가 대체 왜 이러는 건지 알 수가 없었다.

더구나 고양이가 늘 나타나는 지하 주차장 쪽으로 가지 못하게 막고 있는 것 같았다. 그곳이 아닌 다른 곳으로 가길 원하는 것처럼 휘몰아치며 수연을 툭툭 밀어 댔다. 몇 걸음 떠밀리듯 억지로 발걸음을 옮겼던 수연은 이내 체념하고 은이가 이끄는 대로 엘리베이터에 올랐다 어디로 가야 할지 몰라 버튼만 바라보고 서 있자니 맨 꼭대기 층에 저절로 불이 들어왔다. 최근 교체했다는 엘리베이터는 훤하고 말끔했지만, 수연의 몸엔 이상하게 한기가 들었다. 그게 은이 때문인지, 앞으로 벌어질 일에 대한 걱정 때문인지 알 길이 없었다.

그녀의 걱정은 아랑곳없이 엘리베이터는 순식간에 최상층에 도착해 입을 벌렸다. 조심스럽게 발을 내딛자 은이가 또 뒤에서 툭 밀어붙였다. 은이는 수연을 옥상으로 이끌고 있었다. 비상구 문을 열고 바라본 계단은 어둠에 휩싸여 있었다. 숨소리마저 죽인 채 걸어 올라가 마지막 계단에 발을 올려놓자, 센서 등이 갑자기 환한 빛을 쏟아 내 수연을 놀라게 했다. 놀란 마음을 진정시키고 은이가 있던 곳을 돌아봤지만, 그녀는 이미 사라지고 없었다.

미간을 구긴 채 두리번거리던 수연이 자물쇠가 풀린 옥상 문을 발견하고 머뭇거리다가 천천히 손잡이를 돌려 문을 열었다. 철제로 된 문은 아무리 조심스럽게 열어도 귀에 거슬리는 소음을 만들어 내고 있었다. 괜스레 혼자 놀라 굳어 있던 수연이 고개만 빠끔 내밀어 밖을 살펴보니 은이가 저만치 부유하고 있었다.

"은…… 헉."

은이를 부르려던 수연이 검은 그림자를 발견하곤 문 안쪽으로 몸을 숨겼다. 철판을 긁는 소리가 음산하게 울려 퍼지고 있었다. 세차게 두근거리는 가슴을 손으로 꼭 누른 채 수연은 다시 밖으로 시선을 돌렸다.

저만치 창고라고 하기엔 조금 작은 구조물 앞에 희미한 손전등 불빛이 보였다. 그 안에 쪼그려 앉은 남자가 열심히 무언가를 파내는 듯한 행동을 하고 있었다. 손전등 불빛에 언뜻언뜻 보이는 남자의 얼굴은 기괴하기 짝이 없었다. 꼭 울 것 같은 표정을 하고서 쉴 새 없이 손을 움직이고 있었다. 바닥에 깔려 있던 철판이 옆으로 젖혀지자 속을 들여다보던 남자는 토악질을 할 듯 옆으로 고개를 돌리며 웩웩거렸다. 듣기 거북한 욕지기가 들려온 뒤, 남자는 다시 움직이기 시작했다.

은이는 왜 수연을 이리로 데리고 왔을까. 대체 저 남자는 뭘 하고 있는 걸까. 수연은 뭘 어찌해야 할지 제대로 판단이 서질 않았다. 부유하고 있던 은이는 남자를 덮칠 듯 달려들기도 하고, 휘몰아치기도 하면서 다급하게 움직이고 있었다. 남자가 하는 일을 말리고 싶어 하는 것 같았다. 그렇다면 그녀를 이곳으로 데리고 온 이유는 저 남자를 말리길 바라서라는 소리였다.

이렇게 위험한 일에 끌어들일 거였으면 힌트라도 줬어야지, 혼자 뭘 어쩌라고 무작정 끌고 온 건지. 이제라도 정혁에게 다시 연락을 할까 싶어 조용히 옥상 문을 닫고 계단을 내려가려는데 어떻게 알았는지 은이가 쏜살같이 앞을 가로막았다. 소용없다는 걸 알면서도 일단 가는 게 아니라는 말부터 꺼냈다.

"안 가. 전화 좀…… 헉."

주머니에 들어 있던 휴대폰을 꺼내 은이를 보여 주며 설명을 하려는데, 조용한 공간이라 더욱 크게 울려 퍼진 벨소리와 함께 휴대폰 액정이 환하게 밝아졌다.

정혁이었다. 전화를 받으려는 수연의 손이 심하게 떨리고 있었다.

—전화했었네? 어디야? 늦은 시간에 어딜 돌아다니고 있어?

이 사람은 알기나 할까? 힘 있는 그의 음성이, 잔소리 같은 그의 말이 얼마나 반갑고 가슴 떨리는지. 휴대폰을 통해 정혁의 목소리를 듣는 것만으로도 조금은 안심이 됐다. 수연은 남자가 혹시나 벨소리를 듣지 않았을까 걱정스러운 마음에 옥상 문을 힐끔거리며 휴대폰에 대고 작게 속삭였다.

"아저씨, 저 지금 드림캐슬 아파트 옥상이에요. 이리로 좀⋯⋯."

소음을 내며 옥상 문이 슬그머니 열렸다. 센서 등마저 꺼져 어둠에 싸여 있던 수연에게 희미한 손전등 불빛이 쏟아져 들어왔다. 음영이 드리워진 손전등 너머 남자의 얼굴은 괴기스러움 그 자체였다.

"꺄아악!"

손에서 떨어진 휴대폰이 층계 아래로 굴렀다. 수연이 지른 비명에 움찔 놀란 남자가 주춤하는 사이 그녀는 떨리는 다리를 움직여 계단으로 내달렸다. 비상구 문까지만 가서 소리를 지르면 누구라도 나와서 볼 거라 생각했다. 하지만 수연이 비상구에 도착하기도 전에 둔탁한 물체가 그녀의 뒤통수를 내려쳤다.

아찔한 충격에 문을 코앞에 두고 다리가 꺾였다. 통증이 느껴지는 머리를 감싸 쥐며 계단 아래로 굴렀다. 뜨끈하고 미끈한 것이 손에 닿았고 감긴 눈에서도 느껴질만큼 가까운 곳에서 손전등 불빛이 어른거렸다.

9장

"수연아, 은수연! 왜 그래? 무슨 일이야?"

비명만을 남긴 채 통화는 끊겨 버렸다. 휴대폰을 조수석으로 집어 던진 정혁은 곧장 아파트로 차를 몰았다.

대체 무슨 일로 거길 간 걸까? 오늘은 혹시나 먼저 연락해 주지 않을까 기대하며 전화하고 싶어도 참은 걸 후회했다. 종일 수연의 전화가 걸려 오길 기다리며 휴대폰만 뚫어지라 쳐다볼 땐 감감무소식이더니, 하필이면 편의점에 들어간 사이 전화가 올 건 또 뭐란 말인가.

몇 미터 안 되는 거리를 이동하는 사이 운전대를 잡은 손에 땀이 배어났다. 겉으론 아무런 변화 없이 냉정을 유지하고 있는 것 같았지만, 정혁은 미친 듯이 뛰어 대는 심장 때문에 숨 쉬기도 버거울 지경이었다.

매사에 호들갑 떠는 법 없던 수연이 비명까지 질렀다. 정혁은 걱정으로 머릿속이 하얗게 바래질 것만 같았다. 아파트 입구로 들어서 주차장에 아무렇게나 차를 세운 그는 시동도 끄지 않은 채 차에서 내려 뛰기 시작했다.

엘리베이터에 타 버튼을 부서져라 누른 정혁은 점멸하는 층수를 확인하며 습관적으로 총이 있어야 할 자리로 손을 가져갔다. 하지만 권총은 퇴근 전에 반납하는 바람에 갖고 있지 않았다.

"이런 제길."

휴대폰을 꺼내 저장된 장 형사의 번호를 눌렀다.

—네, 반장님. 이제라도 술 생각나신 거면 서 앞에 있는 할…….

"장 형사, 빨리 드림캐슬 아파트로 출동해. 203동 옥상이야. 되도록 빨리."

—네, 반장님.

마침 도착한 엘리베이터에 올라탄 정혁은 최상층 버튼을 누른 뒤 거칠게 머리를 쓸어 넘겼다.

"은수연, 너 잘못되기만 해. 그땐 아주 혼날 줄 알아."

엘리베이터 문이 열리자마자 쏜살같이 튀어나간 정혁은 비상구 문을 열고 계단을 날듯이 뛰어올라 갔다. 마지막 계단을 딛자마자 불이 확 밝혀졌다. 밝은 빛 아래 드러난 옥상 문은 역시나 정혁의 예상대로 잠겨 있지 않았다. 발로 힘껏 걷어차 요란하게 문을 연 정혁이 발견한 건 저만치 옥상 바닥에 누운 수연과 그녀의 머리 쪽에서 겨드랑이에 손을 넣은 채 엉거주춤 서 있는 태훈이었다. 정혁을 발견한 태훈은 수연을 팽개치듯 놓고 뒤돌아 뛰기 시작했다.

한달음에 따라잡은 정혁이 몸을 날려 그의 등을 발로 차 쓰러뜨렸다. 퍽, 하는 요란한 소리를 내며 나자빠진 태훈은 꿈틀꿈틀 기어가더니 큼직한 스패너를 집어 다짜고짜 휘둘러 댔다. 그를 잡아 일으키려던 정혁은 재빠르게 피했고, 그 틈을 타 태훈은 간신히 몸을 일으켰다.

"송태훈, 어디 한 군데 부러지고 싶지 않으면 그거 내려놔."

"내, 내가 안 죽였어!"

"뭐라고? 너 이 자식……!"

순식간에 날아오른 정혁의 발이 태훈의 턱에 정확하게 꽂혔다. 들고 있던 스패너는 제대로 써먹지도 못하고 저만치 나가떨어져 요란한 소리를 냈다. 주먹을 내질러 태훈의 복부를 한 번 더 가격한 정혁이 멱살을 거세게 움켜쥐었다.

"넌 오늘 내 손에 죽었어."

씹어뱉듯 거칠게 말을 토해 내는 정혁의 얼굴은 울 것같이 일그러져 있었다. 태훈은 겁이 덜컥 났다. 그를 쏘아보는 정혁의 눈빛이 너무나 살벌해 '내 손에 죽었어'라는 말이 단순한 협박처럼 들리지 않았다.

"지, 진짜예요. 내가 안 죽였어요. 사, 살려……."

"입 닫아. 입 다물란 말이야, 이 자식아. 감히 네까짓 게 수연이한테 손을 대? 감히 어떻게……."

"윽, 아저씨?"

주먹을 한껏 치켜올린 채 멈춘 정혁이 소리가 들린 곳으로 고개를 돌렸다. 정신을 잃은 채 누워 있던 수연이 간신히 상체를 일으키고 있었다.

"은수연, 너 괜찮은 거야?"

"네. 흑, 그런 거…… 흑."

수연은 울음을 삼키느라 말을 제대로 잇지 못하고 있었다. 정혁에게서 안도의 한숨이 새어 나왔다. 좀 전까지 버겁기만 했던 호흡이 이제야 제대로 돌아온 것 같았다. 살의로 번득이던 머릿속엔 금세 따뜻한 바람이 일었다. 그의 마음은 그녀로 인해 손바닥 뒤집듯 지옥과 천국을 오가고 있었다.

"아파요. 이것 좀 놔 주…… 윽."

조여 오는 멱살을 견디지 못한 태훈이 간신히 뱉어 낸 말에 치켜 올려진 채 멈춰 있던 정혁의 주먹이 기어코 그의 얼굴로 날아들었다.

"미안, 나도 모르게 그만. 그러게 왜 내 여자한테 손을 대고 그러냐."

정혁이 팽개치듯 멱살을 놓아주자 비틀거리던 태훈이 결국 바닥에 주저앉고 말았다. 허리춤에서 수갑을 꺼낸 정혁은 미란다 원칙을 중얼거리며 태훈의 손목에 채운 뒤 철제 난간에 나머지 한쪽을 채웠다. 그리고는 쏜살같이 수연에게로 달려갔다.

수연은 엉거주춤 일어나 앉아 고개를 숙인 채 머리를 만지고 있었다.

"은수연, 괜찮아? 다친 데 없어? 왜, 머리 아파?"

무릎을 꿇고 앉은 정혁이 수연을 품으로 당겨 안으며 그녀가 매만지고 있던 머리를 살폈다.

"흑, 아저씨 보니까 너무 좋다."

정혁을 바라보며 작게 웅얼거린 수연은 웃는 얼굴로 눈물을 흘리고 있었다.

"웃어? 이게 웃을 일이야? 사람 피를 말려 놓고 웃음이 나오지? 뭐야, 이거 피잖아."

그녀의 머리에서 묻어난 걸 살피던 정혁이 살벌하게 표정을 구긴 채 태훈을 돌아봤다. 모든 걸 포기한 듯 축 늘어져 있던 태훈이 움찔 몸을 떨 만큼 정혁의 눈빛은 날카로웠다. 그의 시선을 다시 돌려놓은 건 수연의 여린 몸짓이었다. 핏기 없는 가는 손으로 그의 재킷을 거머쥔 수연이 머리를 정혁의 품에 비벼 대며 작게 속삭였다.

"아저씨, 나 어지러워요. 기절할 것……."

말을 다 끝맺지도 못한 수연의 몸이 정혁의 품 안에서 축 늘어졌다. 정혁이 다급한 손길로 그녀의 얼굴을 덮은 머리칼을 걷어 냈다. 어둠 속에서도 핏기 없이 하얀 얼굴이었지만, 여리고 따뜻한 숨결이 고르게 내쉬어지고 있었다. 게다가 좋은 꿈에 빠져든 듯 미소까지 머금고 있었다.

"좋냐? 난 아주 너 때문에……."

나직하게 중얼거린 정혁이 고개를 숙여 핏기 없는 와중에도 저 홀로 붉은 그녀의 입술을 부드럽게 쓰다듬었다. 태훈의 입에서 흘러나온 숨 삼키는 소리는 듣지도 못한 것처럼 그녀의 따뜻한 숨결을 느끼려는 정혁의 애틋한 손길에 안도감이 묻어났다.

※   ※   ※

"아유, 아들! 이제 와?"

안 그래도 짜증이 한껏 묻어 있던 기원의 미간이 귀를 쟁
쟁 울리는 필녀의 목소리를 듣자마자 더욱 일그러졌다. 기원
은 대꾸도 없이 가방을 툭 집어 던지고 소파에 털썩 주저앉
았다.

"아들, 피곤하구나. 무슨 일 있었니?"

소파에 머리를 기댄 기원이 뻑뻑한 눈을 감고 손가락으로
문질렀다.

"진척은 있어?"

"대한그룹 노친네? 말도 마. 어찌나 꼭꼭 숨겼는지 아주
애먹겠단다. 그보다 기원아, 이것 좀 봐."

필녀가 탁자 위로 사진 몇 장을 올려놓았다. 귀찮은 듯 게
슴츠레 뜬 눈으로 바라보던 기원이 기대앉은 소파에서 상체
를 벌떡 일으켰다.

"뭐야, 은수연이잖아."

"그래도 마누라였다고 금방 알아보네. 네가 사람 좀 붙이
라며? 근데 이 계집애 진짜 남자가 있더라. 재주도 좋아. 완
전 삼류 드라마지?"

필녀가 삼류 드라마라고 말한 사진에는 그럴듯한 그림을
보여 주고 있는 남녀가 흐릿하게 잡혀 있었다. 키가 큰 남자
품에 안긴 수연은 정신을 잃은 듯 축 늘어져 있었다. 남자는

더할 수 없이 소중한 걸 안은 듯 찍힌 사진 전부 수연에게 시선을 집중한 상태였다.

"이 남자 얼굴 나오게 찍은 건 없어?"

"이게 제일 잘 나온 거야."

필녀가 골라서 건넨 사진엔 남자의 옆모습이 찍혀 있었다. 훤칠한 키에 날이 선 코, 낯설지 않았다.

"엄마, 꼭 필요해서 그러니까 이놈 누군지 좀 알아봐 줘."

"그래, 알았어. 누가 바라는 건데 알아봐야지. 근데 기원아, 은수연 능력 없어졌다는 거 암만해도 거짓말이 아닌가 싶어."

"그게 무슨 소리야?"

"뒤쫓았던 애들이 그러는데, 집으로 가는 길에 허공에다 혼자 중얼거리더니 갑자기 방향을 바꿔 드림캐슬 아파트로 가더라는 거야. 지하 주차장 앞에서는 뭐에 막 떠밀리는 것 같이 이상한 행동을 했다면서, 정신 나간 여자 아니냐고 물어보더라니까. 아무래도 이상하지?"

사진을 유심히 바라보는 기원의 한쪽 입꼬리가 씩 올라갔다.

"그랬단 말이지."

퇴근 무렵 느지막이 전화를 해 수연의 얘기를 꺼내면서 이것저것 캐묻는 현아 때문에 적잖이 짜증이 났다. 안 그래도 사건에 진척이 없어 막막했는데 현아까지 제 마음대로 안 되는 것 같아 답답해 미칠 지경이었다. 그런데 이런 희소식이 기다리고 있었다니.

은수연을 놓고 싶지 않은 마음이었던 건, 필녀의 말마따나 딴마음이 생겨서 그런 게 아니었다. 이건 말초 신경에 근간을 둔 그런 감정이 아니었다. 수연은 그에게 행운의 부적이었다. 곁에 두긴 찜찜하지만, 효력 좋은 부적.

"부적은 써먹으라고 있는 거지."

"뭐? 엄마 몰래 부적 만들었어? 엄마가 해 준 거랑 부딪치면 안 되는데, 어떤 건지 한 번 좀 보자. 안주머니에 넣어 놨니?"

"엄마, 나 좀 쉴게. 그만 좀 가 줘."

소파에서 일어난 기원은 그의 슈트 안주머니를 뒤지고 있는 필녀에게 짜증을 부리고 욕실로 향했다.

⁂ ⁂ ⁂

수연이 다시 깨어난 곳은 병원이었다. 소독약 냄새와 기계음 소리에 기시감이 느껴졌다. 3년 전에도 이렇게 눈을 떴었다. 다시 눈을 떴다는 사실이 끔찍하게 느껴졌던 그때와 전혀 다를 것 없는 병원 풍경임에도 모든 것이 달라졌다.

그녀의 왼손을 묵직하게 누르고 있는 따뜻한 체온에 배시시 입꼬리부터 올라갔다.

"무슨 여자가 이렇게 웃음이 헤퍼? 난 지옥을 수십 번 오갔는데, 혼자만 아주 천국이지?"

"죄송해요."

"이게 죄송하다는 말로 끝날 문제야? 머리는 찢어지고, 팔엔 금이 갔어. 내가 그리로 찾아가지 않았으면⋯⋯."

울컥했는지 정혁의 턱에 힘이 불끈 들어갔다.

"거긴 대체 왜 간 거야?"

"아, 맞다. 은이, 은이가 찾아왔었어요. 거기로 억지로 끌고 갔었는데, 혹시⋯⋯."

정혁은 말 꺼내기가 곤란한 듯 수연의 시선을 피하며 일어나 앉는 걸 도와주고 기댈 수 있게 침대 각도를 조절했다.

"은이 거기 있었던 거 맞죠, 아저씨?"

"너 어지럽지 않아? 머리 안 아파?"

"은이가 그 남자를 말리려고 했어요. 그 남자⋯⋯."

"수연아."

뒤늦게 도착한 장 형사와 태랑에 의해 연행된 태훈은 자포자기한 듯 신현덕과 한상원이 장애가 있는 은이를 강제로 범하고 살해하게 된 정황이며, 한상원에게 돈을 받고 사체를 옥상에 유기한 사실 등을 순순히 털어놓았다.

태훈은 겁을 집어먹은 상태였고, 석연치 않은 신현덕과 한상원의 죽음이 살해당한 은이의 복수라 믿고 있었다. 신현덕이 사망한 이후부터 매일 밤잠을 설치던 태훈은 정혁이 옥상을 다녀간 뒤로 불안과 초조가 극에 달했다고 한다. 급기야 사체가 유기된 바로 아래 위치한 세대에서 누수가 되는 것 같다는 민원이 들어오자, 위험을 무릅쓰고 시체를 옮기려다 수연에게 발각된 것이라고 했다.

형사가 직업인 정혁에게 이보다 더 안타깝고 끔찍한 사건을 접할 기회는 얼마든지 있었다. 사건과 연루된 어느 죽음

하나 안타깝지 않은 죽음은 없었다. 사건마다 남겨진 가족들의 오열과 분노는 생생하게 다가와 그를 힘들게 할 때가 많았다. 팀원 중 누군가는 딸을 찾아 헤매는 초췌한 중년 여인에게 날벼락과도 같은 죽음을 알렸을 것이고, 중년 여인은 부패해 분간하기 어려운 딸을 부여잡고 오열을 했을 것이다. 태훈의 말마따나 은이의 복수로 죽음을 맞이한 건지는 몰라도 딸을 잃은 어미는 분노를 풀어놓을 데도 없어져 버렸다.

그 모든 걸 수연에게 알리고 싶지 않았다. 삶의 희망을 잃었을 여인의 아픔을, 죄도 없이 죽어 간 은이의 억울함을, 무엇도 제대로 한 게 없는 그의 무능함을 수연에게 내보이고 싶지 않았다.

"너만이 볼 수 있는 다른 세상이 있다는 거, 그렇게 큰 문제라고 생각하지 않았어. 하지만 그게 널 위험하게 한다면 얘기가 달라져."

가능하면 꽃길만 걷게 해 주고 싶은 마음을 그녀가 알기는 할까 싶었다.

"앞으론 나쁘고 위험하고 끔찍한 건 보지도, 듣지도 마."

"그게 내 마음대로……."

"손잡아 줄게."

수연의 왼손을 쥐고 있던 정혁의 손이 더 묵직하게 감겨 왔다.

"곁에 있어 줄게. 날 믿어 봐."

수연은 이미 차고 넘칠 정도로 그를 믿고 있었다. 그게 믿음에서 그치지 않을 것 같아 피하려는 것이었지, 믿지 못해 멀리하려는 것이 아니었다. 종래에는 혼자 남겨질 게 뻔하다는 두려움을 안고 그와 함께한다는 것은, 그녀에게 허락되지 않은 천국을 몰래 훔쳐보는 것과도 같아 불안하기 짝이 없었다.

"대답해. 나쁘고 위험한 건 봐도 못 본 척하겠다고."

그럼에도 그의 말에 고개를 끄덕일 수밖에 없었던 이유는 수연의 머리칼을 정돈하고 얼굴을 매만지는 정혁의 손길이 강압적인 말투와는 전혀 어울리지 않게 너무나 부드러웠기 때문이었다. 따뜻하게 보호받고 있는 것 같은 느낌이 싫지 않았다.

"고개만 끄덕이지 말고 대답해."

집요하기 이를 데 없는 정혁은 눈시울이 붉어지고 가슴속에서 울컥 치밀어 오른 무언가를 삼키기 바쁜 수연에게 기어코 대답을 요구하고 있었다.

"네, 그럴게요."

울먹임이 섞인 대답임에도 뭐가 그렇게 좋은지, 정혁은 잘했다 칭찬하듯 순식간에 입술을 훔치고 떨어졌다. 핏기 없던 볼이 금세 붉어진 수연의 눈엔 별빛이 한가득이었다. 그녀를 보고 있던 정혁의 입에서 나른한 한숨이 새어 나왔다.

"하아, 은수연. 눈 좀 감아 봐."

"네? 왜요?"

"나쁘고 위험한 건 보지도 말랬잖아. 내가 지금 딱 그렇거든."

"네?"

수연의 눈은 감기기는커녕 더 동그래졌다.

"눈 안 감을 거야? 그럼 못 본 척해 보든가."

말이 끝남과 동시에 눈앞까지 다가와 있던 정혁의 얼굴이 한층 가까워졌다. 동그래진 눈이 채 감기기도 전에 정혁은 수연의 입술을 머금었다. 거칠게 파고드는 그는 분명 위험했지만, 결코 나쁘진 않았다.

그녀를 절실하게 원하는 그의 마음이 그대로 느껴지는 입맞춤이었다. 거칠면서도 부드럽고, 앗아 갈 듯 욕심을 냈다가도 다 내어 줄 듯 다정해지는 그의 움직임에 수연은 속절없이 섭슬렸다. 욕심내면 안 된다는 걸 알면서도 거부하기 힘든 그로 인해 그녀 안엔 설렘과 혼란스러움이 공존했다.

이러다 그를 잃게 될 순간이 상상돼 겁이 덜컥 난 수연은 깁스를 하지 않은 팔로 정혁을 밀어냈다. 밀린 간격이라고 해야 겨우 한 뼘 정도. 민 사람이나 밀린 사람이나 똑같이 혼란스러운 눈으로 거친 숨을 내뱉고 있었다.

"아저씨, 나한테 왜 이래요? 왜 자꾸 내 영혼에 흔적을 남기냐고요?"

"수연아!"

그녀의 머리로 뻗쳐 오는 정혁의 손을 수연이 매섭게 쳐 냈다.

"이러다 아저씨 없이 못 살게 되면 나더러 어쩌라고 자꾸 이러느냐고요? 사랑하면 안 되는데, 왜 자꾸 나를 흔들고 겁나게 해요?"

여기서 그만 멈춰야 했다. 감히 가질 수 없는 사람을 욕심

낸 대가가 얼마나 클지 상상하기도 싫었다. 그를 사랑하는 일은 너무 설레면서도 겁나는 일이었다. 울음을 참으려고 입술을 문 수연은 곧게 닿아 있는 정혁의 시선을 피해 고개를 숙였다.

"나 좀 봐, 수연아. 대체 뭐가 겁나는 거야?"

그녀의 외면에도 개의치 않고 다가온 정혁의 손이 수연의 턱을 들어 올려 시선을 마주했다. 사랑하면 안 된다는 그녀의 말이 그의 귀엔 사랑한다는 소리로 들렸다.

"이미 다 알아 버렸는데 널 놓아줄 리가 없잖아. 말해 봐. 뭘 걱정해서 도망치려는 건지."

수연의 눈엔 눈물이 가득 고여 있었다.

"내 처지도 잊고 아저씨한테 집착하게 될 거예요."

"바라는 바야. 제발 그래 줬으면 좋겠어."

"지금이 적기라고요. 무슨 뜻인지 모르겠어요? 나중엔 아저씨가 헤어지고 싶어 해도 나 되게 질척댈 거란 말이에요. 그땐 어쩌려고 이래요?"

"헤어지고 싶은 마음 없는데 잘됐네. 무슨 문제가 생기건 둘이 함께 극복하면 돼. 제발, 나 초조해 죽는 꼴 보고 싶지 않으면 그만 사랑한다고 말해 줘. 내 순정을 모조리 앗아 갔으면 책임은 져야 할 거 아니야."

"흑, 무슨 말도 안 되는 억지예요?"

"억지라니? 무려 34년간 간직해 온 순정이야. 영혼까지 탈탈 털어 바쳤는데 이제 와 발 빼려고 하는 건 너무 비겁하단 생각 안 들어? 난 이제 너 아니면 안 돼. 네가 영혼이 아니라

더한 걸 본다고 해도 상관없어. 네가 누구의 딸이건 상관없어. 넌 그저 내가 사랑하는 은수연일 뿐이야."

결국 범람해 흐르기 시작한 눈물을 정혁이 부드러운 손길로 닦아 냈다.

"흑, 나 이제 어떡하죠?"

"뭘 어떡해. 집착하고 질척대면 되지."

"사랑해요, 아저씨."

정혁이 원하는 말을 속삭인 수연이 그의 품으로 파고들었다. 불현듯 처음 그녀가 그의 품으로 안겨 들었던 때가 생각났다. 우연인 듯 스치고 말았을 수도 있었던 인연이 다시 만나 이렇게 절실해지기까지, 신비로운 힘이 작용해 둘을 이어준 것 같은 느낌이었다. 정혁과 수연의 우연은 인연을 만들 수 있는 남다른 기회였다.

영혼마다 특별한 짝이 정해져 있는 거라면 정혁의 짝은 분명 수연이었다. 그러니 그녀의 사랑한다는 한마디에 텅 비어 있던 가슴이 터질 듯 충만해진 게 아니겠는가.

10장

정혁의 고집으로 수연은 검사란 검사는 다 받고 꼬박 3일을 채운 뒤에야 퇴원할 수 있었다. 게다가 그녀의 집엔 들리지도 못하고 정혁의 집으로 곧장 와야만 했다.

"저기, 아저씨."

"어, 왜?"

샤워를 하고 나온 수연이 그를 부르자 주방에 등을 돌린 채 서 있던 정혁이 돌아보았다.

"머리 좀……. 한 손으론 조금 불편해서요."

욕실 문 앞에서 곤란한 듯 미소를 짓고 있는 수연의 젖은 머리에서 물이 뚝뚝 떨어져 어깨와 그녀의 발 주위를 적시고 있었다. 컵을 손에 든 정혁은 잠시 시선을 빼앗긴 채 멍하니 서 있었다.

깁스 때문에 불편할까 봐 내준 그의 티셔츠는 그녀에게 너무 커서 어깨가 고스란히 다 드러났다. 수연은 평범한 티셔츠를 야릇한 오프숄더로 만들어 버렸다.

"아저씨, 바빠요? 머리에 물기 좀 닦아 주면 안 돼요? 아저씨 말대로 감지 말 걸 그랬어요. 찜찜해서 감았는데, 상처에 물 안 들어갔겠죠? 아저씨?"

"어, 가. 안 바빠."

성큼성큼 다가온 정혁이 그녀에게서 수건을 건네받고 컵을 쥐여 줬다.

"마셔. 꿀물이야. 내일은 원룸에 가서 네 옷 좀 챙겨와야겠다. 그냥 반팔인데 뭐가 이렇게 야해."

수연의 머리를 닦으며 중얼거린 정혁의 뒷말은 거의 들리지 않을 정도라 그녀는 되물을 수밖에 없었다.

"네? 뭐라고 하셨어요?"

새까만 눈을 동그랗게 뜨고 쳐다보는 수연의 머리 위로 물기를 닦아 내던 수건을 푹 덮어 버렸다.

전과 별다를 것 없는 맑은 눈인데, 오늘따라 왜 이렇게 야해 보이는 건지. 서로의 마음을 확인한 이전과 이후는 이렇게도 달랐다.

정혁은 순진함으로 무장한 무방비한 수연을 지키기 위해 계속되는 유혹에 힘겹게 맞서고 있었다. 그것도 버거운데, 아무렇지 않은 척 태연함을 꾸며 내기란 무척이나 힘든 일이었다.

"닦아 주기 싫으면 말지, 왜 수건은⋯⋯."

정혁의 속을 알 리 없는 수연은 입을 삐죽이며 흘겨봤다.

"꿀물 마시고 저기로 좀 앉아 봐. 상처 소독하자."

"네."

구급상자를 챙겨 온 정혁이 소파에 자리를 잡은 수연의 옆에 앉았다.

"돌아앉아 봐."

"아저씨, 뭐 화난 거 있어요?"

수연이 옆으로 돌아앉으며 조심스럽게 물었다.

"아니."

"아닌데. 화난 거 맞는 것 같은데, 아야."

"아직 거즈도 안 뗐는데 웬 엄살이야?"

"그거 봐. 화난 거 맞잖아요. 그러니까 거즈도 안 뗐는데 아프게 하는 거잖아요."

수연이 눈을 흘기며 고개를 휙 돌렸다. 상처를 살피느라 집중했던 정혁이 그녀의 눈에 사로잡혔다.

"화 안 났다니까 왜 생떼야? 어서 고개나 돌려."

"소리는 왜 질러요?"

"내 목소리 원래 커. 몰랐어?"

"쳇."

입을 삐죽거리는 수연의 고개를 강제로 돌려놓은 정혁은 상처를 소독하는 데만 집중하려 애썼다.

덜 마른 머리에서 그녀의 체향과 어우러져 더 향긋해진 샴푸 냄새가 풍겨 왔다. 얌전히 앉아 있는 수연의 뒤통수마저 예뻐 보였다.

거즈 주위로 반창고까지 정성 들여 붙이고 났는데도 정혁은 쉽게 손을 떼지 못하고 머뭇거렸다.

"아직 안 끝났어요?"

"아니, 다 됐어. 난 그만 들어가서 잔다. 잘 자라."

당황하는 눈길이 정혁의 뒤통수로 느껴졌지만 돌아볼 수가 없었다.

냉큼 방으로 도망친 정혁은 문 뒤에 숨어 참았던 숨을 한꺼번에 토해 냈다. 빨리 결혼부터 해야 할 것 같았다. 아니, 혼인 신고부터 해 버릴까? 아니지. 청혼하려면 반지부터 사야겠네.

자꾸 살이 붙는 생각은 끝을 모르고 이어졌다. 끊임없이 이어지는 행복한 상상에 몇 발자국 거리에 수연이 잠들어 있다는 걸 잊어 갈 즈음이었다.

난데없는 노크 소리에 이어 조심스러운 수연의 목소리가 들려왔다.

"아저씨, 자요?"

흠칫 놀란 정혁이 벌떡 몸을 일으켰다. 또 안 좋은 뭔가를 본 건가 싶어 걱정스러운 마음이 들어 대답도 하기 전에 문부터 벌컥 열었다.

"헉, 놀래라."

누가 할 소릴. 수연은 여전히 오프숄더 티셔츠를 입은 채 베개를 꼭 끌어안고 서 있었다.

"왜. 또 뭐가 찾아왔나?"

"아니요."

"근데?"

"나 여기 계속 서 있어요? 방으로 들어가면 안 돼요?"

"안 돼. 그냥 여기서 되도록 빨리 말해."

눈치를 보던 수연이 버티고 선 정혁을 비켜 슬쩍 한발 방으로 들여놓으려다 차단당해 다시 제자리로 밀려났다. 그녀의 얼굴이 불만스럽게 일그러졌다.

"딱 여기서 말하라고 했다."

"쳇, 아저씨가 왜 화난지 알았다고요."

"화 안 났대도."

"그래요. 왜 쌀쌀맞아졌는지 정도로 바꾸죠."

정혁의 눈썹이 꿈틀 오르내렸다. 팔짱을 턱 끼는 폼이 넌 죽었다 깨나도 알 턱이 없다고 말하는 듯했다.

"집에 온 이후로 왜 자꾸 슬슬 피하고 말도 뚝뚝 끊어서 하는 걸까 생각해 봤는데요, 이유는 딱 한 가지밖에 없더라고요."

재빠르게 눈치를 살핀 수연이 또 방으로 한 발을 들여놨다가 정혁의 매서운 눈길에 맥없이 웃으며 물러났다. 대체 무슨 말을 하려는지 얼굴부터 슬쩍 붉히고 봤다.

"아저씨랑 자고 싶어요."

커다래진 정혁의 눈이 심하게 일렁였다. 팔짱 끼고 있던 팔은 스르르 풀려 버렸다.

아무리 뜬금없어도 그렇지, 저게 무슨 뜻인지나 알고 말하는 걸까. 지금도 부족한 인내심을 끌어모으는 중인데, 누구 죽는 꼴을 기어이 보고 싶어 이러나.

별의별 생각이 정혁의 머릿속을 빠르게 스치고 지나갔다.

"쓸데없는 소리 하지 말고……."

위엄을 갖춘다고 간신히 내뱉은 말은 전혀 위엄 있게 들리지 않았다.

"전에도 말했지만 나 어린애 아니에요. 남녀 사이의 일은 알 만큼 알고요. 게다가 아저씨가 저한테 얼마만큼 많이 마음을 주고 있는지 다 보인다고요. 사랑을 표현하는 일이 나쁘다고 생각지 않아요. 아저씨가 나를 일부러 피하면서 참아야 할 만큼 나쁜 일은 아니란 소리죠."

발랑 까진 소릴 할 거면 얼굴이나 붉히지 말던가, 마주하는 눈빛이 맑게 반짝이지나 말던가.

차정혁 인생 최대의 위기를 맞은 것만 같았다. 지금이라도 당장 사랑스러워 미치겠는 수연을 그대로 안아 버리고 싶었다. 하지만…….

"누가 나쁜 일이래? 단지 형식의 구애를 받고 싶은 것뿐이야. 내 순서는 이래. 우선 청혼부터 하고 난 뒤, 가족들을 만나고 결혼식을 치를 거야. 너를 안는 일은 그다음이야. 그러니까 나 좀 그만 괴롭히고 어서 가서 자."

정혁이 말하는 도중 표정이 굳어졌던 수연이 안고 있던 베개를 툭 떨어뜨렸다.

"우리 결혼도 해요?"

"또 무슨 뜬금없는 소리야? 결혼은 생각도 안 했으면서 같이 자겠다고 들이닥치기부터 해? 어디서 못된 것만 배워가지고……."

정혁이 허리를 굽혀 바닥에 떨어진 베개를 주워 그녀에게 다시 안기는 동안까지도 수연은 혼란스러운 얼굴을 하고 있었다.

"그게 그렇게 쉬운 게 아니잖아요. 아저씨 부모님······."

"어려울 거 없어. 사랑하는 여자와 일생을 함께하는 데 그저 형식을 갖추는 일일 뿐이야."

"나 거짓말 못 해요. 한 번 결혼했던 것도, 어머니가 무속인인 것도 숨기라고 하면 나는······."

"거짓말은 나도 싫어. 내가 그랬듯 우리 부모님도 있는 그대로의 너를 봐주실 거야. 그런 걱정은 미리 할 필요 없어."

정혁의 말처럼 그리 쉬울 것 같지는 않았지만 그의 말을 믿고 싶었다. 일생을 함께 그의 아내라는 이름으로 살고 싶었다. 이러다 벌 받지는 않을까 걱정스러울 만큼 욕심을 부리고 싶었다.

"이제 순서가 어떻게 되는지 알겠지? 이 맹랑한 아가씨야. 그러니까 나 괴롭히는 일은 이쯤에서 끝내고 얼른 가서 자."

엄하게 꾸며 말하는 정혁을 바라보는 수연의 눈망울이 맑게 부풀어 올랐다.

이러다 또 울게 생겼네. 울음이 터지면 돌려보내기 쉽지 않을 것 같아 정혁이 그녀를 반강제로 돌려세우기 위해 어깨로 손을 뻗었다.

하지만 어찌 된 게 그녀의 도발은 항상 그가 예측한 것보다 빨랐다. 어떻게 손써 볼 틈도 없이 수연이 그의 품으로 안겨 들었다.

베개는 언제 던져 버린 건지, 작은 몸을 한껏 밀착시킨 수연은 깁스를 하지 않은 한쪽 팔로 그를 강하게 옭아맸다. 강하게라고 해 봤자 그가 마음만 먹으면 수연을 떼어 놓는 건 일도 아니었지만, 그녀의 팔이 닿는 순간부터 멈칫 굳어졌던 정혁은 잠시 숨 쉬는 것도 잊을 판이었다.

거기다 제 의지와는 상관없이 그녀의 어깨를 잡으려고 들었던 손은 이제 수연을 마주 안는 용도로 슬금슬금 움직이려 하고 있었다.

"나 그거 할 거예요. 집착하고 질척대는 거."

"뭐? 너 진짜……."

"내 순서는 아저씨 순서랑 많이 다른 걸 어떡해요? 사랑하고, 사랑하고, 계속 사랑하는 게 내 순서예요. 어려울 거 없어요. 한 가지만 열심히 하면 되는 거니까."

수연은 말을 끝맺자마자 그의 가슴에 묻고 있던 얼굴을 한껏 젖히고 발돋움해 입술을 겹쳤다. 밭은 숨을 삼키는 정혁의 사정 따위는 전혀 안중에 없는 것 같았다. 유혹도 어느 정도껏이어야지, 이건 정말 불가항력이었다.

눈을 꼭 감고 입술을 겹친 채 움직임을 멈춘 그녀 때문에 하마터면 헛웃음이 나올 뻔했다. 슬금슬금 움직이던 정혁의 손이 온전하게 그녀를 감쌌다. 속도 없이 뛰어 대는 심장 때문에 가슴은 터질 것 같았고, 그녀가 사랑스러워 미칠 것만 같았다.

인정할 수밖에 없었다. 그가 처참하게 진 싸움이었다. 처음부터 이길 수가 없는 싸움임을 모르지 않았다. 항복을 선언한 정혁은 맞닿아 있는 그녀의 입술을 달게 삼켰다.

사랑하고, 사랑하고, 계속 사랑하는 일. 지금 이 순간 그 또한 가장 하고 싶은 일이었다.

✤   ✤   ✤

알록달록 예쁜 옷이 많았다. 이렇게 조그마한데 어쩜 있을 건 다 있는지 신기했다. 하나하나 만져 보며 부드러운 촉감에 배시시 미소 짓던 수연이 고민에 휩싸인 듯 미간을 일그러뜨렸다.

다 좋아서 어떤 걸 골라야 할지 망설여졌다. 몇 가지를 놓고 고민하던 수연이 윤재에게 잘 어울릴 만한 민트 색상의 옷을 골라 포장을 부탁했다.

수연은 다음 주 주말에 있을 윤재의 돌잔치에 초대를 받았다. 그런 자리는 처음이라 아직 날짜가 많이 남았는데도 벌써부터 겁나고, 설레여 난리가 아니었다.

더구나 정혁의 부모님이 계실 게 뻔해 더 걱정이 되었다. 정혁은 미리 걱정할 필요 없다고 했지만, 그게 마음대로 될 리가 없었다.

이젠 선물 산 것 때문에라도 가야겠지? 그나저나 아저씨가 보고 싶다.

겨우 어제 하루 집에 들어오지 못한 정혁이 못내 그리웠다. 습관이 참 무섭다고 그가 없는 침대는 너무 넓고 썰렁해 밤새 잠을 설쳤었다.

요즘 수연은 더할 나위 없이 행복한 하루하루를 보내고 있었다. 너무나 행복해서 이 순간이 지나고 나면 엄청난 불행이 기다리고 있는 것은 아닌지 겁이 날 정도였다.

며칠 전 정혁은 결국 잠자리를 큰방으로 옮겨야만 했다. 둘이 자기엔 비좁은 작은방을 자꾸 찾아오는 수연의 고집도 있었지만, 그녀와 떨어져 있고 싶지 않은 그의 욕심도 일정 부분 작용한 덕이었다.

형식의 구애를 받겠다고 주장하던 그는 겁만 상실했지, 무모하기 이를 데 없는 맹탕인 그녀에게 매일같이 형식에 구애받지 않는 사랑 방식을 전수하는 데 여념이 없었다. 항상 처음이 가장 어려운 법이라고 순서가 어쩌고 하면서 그녀의 유혹에 넘어가지 않을 것처럼 강경하게 굴던 정혁의 모습은 이제 찾아보기가 어려웠다.

매일 반복해서 그녀를 안았지만, 한 번도 똑같은 순간은 없었다. 그는 매번 자신을 다른 세계로 이끌었다. 정혁의 입술에, 손놀림에, 몸짓에 수연은 항상 한계를 느끼며 황홀경에 빠지기 일쑤였고 그는 봐주는 법이 없었다.

며칠이 지나는 동안 정혁은 수연보다 그녀의 몸 구석구석을 더 잘 아는 사람이 되어 버렸다. 혼자 자는 데 익숙해 불편했던 팔베개도 이제는 맞춤형 베개처럼 느껴졌고, 그녀를 이리저리 옭아매 답답하게 느껴졌던 그의 팔다리는 묵직한 이불인 양 아늑해졌다.

아침에 눈을 뜨면 혹시나 꿈일까 걱정스러워 이목구비가 균형 있게 자리 잡은 그의 얼굴을 매만지곤 했다. 그러면 정혁은 여지없이 뜨거운 키스로 화답했다. 그렇게 시작된 아침은 뜨겁게 달아오르기 일쑤였고, 항상 새벽에 눈을 떠 일찍 출근하던 정혁은 요 근래 지각을 간신히 면하는 신세가 되어 버렸다.

어제 아침만 해도 정혁은 늦었다고 허둥지둥 뛰쳐나갔다가 5초도 안 돼 다시 들어와 그녀를 억세게 끌어안고 진한 키스를 선사한 뒤 집을 나섰다. 겨우 하루 못 봤는데 그 아침이 한 달은 지난 것 같았다.

장난기 가득한 얼굴로 눈을 찡긋하며 문을 나서던 정혁의 얼굴을 떠올리자 수많은 사람들이 오가는 백화점 한가운데서도 얼굴이 붉어지고, 가슴이 두근거리고, 온몸이 짜릿해져 왔다.

이 정도면 병이지 싶어 부끄러움을 감춰 보려 얼굴을 감싸는데, 익숙한 벨소리가 울려 퍼졌다. 텔레파시라도 통한 건지 정혁이 딱 맞춰 전화를 했다.

—어디야?

"윤재 선물 사러 나왔다가 들어가려던 참이에요."

—그래? 나 7시쯤이면 끝날 것 같은데, 우리 밖에서 저녁 먹고 영화 보자.

"하하, 좋아요. 데이트 신청, 받아 줄게요."

—다행이군. 퇴짜 맞았으면 울 뻔했는데.

잠깐 사이 전파를 타고 건너온 정혁의 음성은 푹 가라앉아 은밀하고도 촉촉하게 들렸다.

—수연아, 너무 보고 싶다. 24시간이 1년은 되는 것 같다.

"저도요."

―예쁘게 입고 기다려. 늦어도 7시 30분까지는 데리러 갈
게.

"네, 그럴게요."

―조심해서 들어가고. 그런데 지금 이 소음은 뭐야? 거기
왜 그렇게 시끄러워?

"싸움이 났나 봐요."

―그래? 너 조심해야 돼. 아무 데나 끼어들면 안 된다.

"걱정 마세요. 구경도 하지 않고 집으로 곧장 갈게요. 이
만 끊을게요."

정혁에게 그렇게 말하고 전화를 끊었지만, 수연의 시선은
이미 소란이 일어난 곳으로 향해 있었다. 유심히 바라보며
미간을 짙게 구겼던 수연이 입구를 향해 몇 발짝 걸음을 옮
겼다가 다시 돌아섰다. 정혁과의 약속을 어기고 싶지 않았
지만, 들려오는 말소리들이 심상치 않았다. 이대로 가면 선량
한 사람이 곤란해질 게 뻔했다. 그걸 모른 척하기란 쉬운 일
이 아니었다.

"분명히 이 아줌마가 훔치는 거 봤다니까요. 왜 엄한 사람
의심하고 그래요?"

"어머나, 아가씨! 대체 내가 뭘 훔쳤다고……."

"아줌마 같은 사람이야 뻔하죠, 뭐. 동네 시장에나 어울릴
만한 차림으로 이런 비싼 향수 매장을 어슬렁거리는 거 보면
답이 딱 나오지. 안 그래요? 자기가 훔쳐 놓고 괜히 들킬 것
같으니까 나한테 뒤집어씌우려는 거 아니에요?"

젊은 여자는 고상하게 차려입은 수수한 옷차림을 동네 시

장에 어울릴 차림새로 깎아내리며 중년의 여인을 몰아붙이고 있었다. 매장 직원은 화려한 차림새에 값나가는 장신구를 주렁주렁 매단 젊은 여자의 말이 꽤 설득력 있다고 생각하는 것 같았다.

직원은 더 소란스러워지면 질책을 받을 것이 뻔하다는 생각에 시끄럽게 떠들어 대는 젊은 여자에게 먼저 고개를 숙였다.

"고객님, 죄송합니다. 이분은 저희가 알아서⋯⋯."

"사람들 많은 데서 가방까지 열어 보이게 해 놓고 죄송하다면 다야? 명예 훼손으로 고소할 거야. 내가 누군 줄 알고 이따위로 사람 모욕을 줘? 점장 오라고 해. 이 아줌마도, 너도 다 고소할 거야."

"이봐요, 아가씨. 우선 진정 좀 해요. 내가 얘기했는데 이 직원분한테까지 피해를 주면 안 되지. 내가 잘못 봤나 봐요. 미안해요. 사과할게요."

"하, 이 아줌마야. 미안하면 다야? 김치 냄새 풀풀 풍길 것같이 생겨서는 시장 바닥이나 돌아다닐 것이지, 분수에 안 맞게 백화점에 출입을 해서는. 왜, 비싼 향수 한 번 뿌려 보는 게 소원이야? 그래서 하나 슬쩍 하러 왔어?"

"저 실례 좀 할게요."

"넌 또 뭐야?"

눈에서 불이라도 뿜을 것 같은 젊은 여자가 노려보며 삿대질부터 해 댔다. 중년 여인의 시선이 움찔 놀라면서도 검고 커다란 눈을 빛내며 강단 있게 서 있는 수연에게로 향했다.

"제가 봤어요."

수연은 사납게 노려보는 젊은 여자의 시선을 피해 매장 직원을 보며 또박또박 말했다.

"저 아가씨가 향수 훔치는 거 봤어요."

"어머, 얘 봐라. 아주 웃기는 애네. 보긴 네가 언제 봤다는 거야? 그래, 가만 보니까 너 이 아줌마랑 한패니? 야, 당장 경찰 불러. 내가 불쌍해서 그냥 넘어가 주려고 했는데, 안 되겠어. 어서 경찰 안 부르고 뭐 해?"

더 신이 나서 소리를 질러 대는 여자 덕에 주변으로 사람들이 꽤 많이 모여들었다. 많은 사람들의 주목을 받는 걸 원치 않는 수연이 작게 한숨을 쉬었다.

"무슨 일입니까?"

갑자기 굵직한 남자 목소리가 들려왔다.

"당신은 뭐야?"

"매니저 김도형이라고 합니다. 무슨 일이신지 여기서 이러실 게 아니라 고객 상담실로 자리를 옮기시는 게 어떻겠습니까?"

"내가 거길 왜 가. 야, 경찰 안 불렀어? 경찰 부르라고, 경찰!"

"저 고객님, 여기서 이렇게 소란을 피우시면…… 악!"

매장 여직원이 앞으로 나섰다가 매섭게 날아드는 여자의 손에 따귀를 맞고 짧은 비명을 토해 냈다.

"뭐? 소란? 너 말이면 다인 줄 알아? 이게 아주 제대로 혼나고 싶지?"

젊은 여자의 손이 다시 높이 치켜 올라갔다. 직원은 다시 날아들 따귀에 속수무책인 채로 서 있다가 눈을 질끈 감았다. 하지만 따뜻한 품이 그녀의 얼굴을 감쌌다. 아픔은 없었다. 대신 누군가 머리를 얻어맞는 듯한 둔탁한 소리가 들린 뒤 억눌린 신음이 귓가를 울렸다.

감았던 눈을 슬며시 떠보니, 젊은 여자를 범인으로 지목한 수연이 그녀를 감싸고 있었다. 여기저기서 감탄사와 탄식이 들려오고 있었다.

"괜찮아요?"

"네……."

멍하니 답한 직원이 정신을 차린 뒤 그녀의 품에서 벗어나 허리부터 숙였다.

"죄송합니다, 고객님. 저 때문에……."

"저는 괜찮아요. 그보다 매니저라고 하셨죠? 이 아가씨 바지 왼쪽 주머니에 향수 들었으니까 한 번 살펴보세요."

수연의 말에 젊은 여자가 움찔 굳어지더니 냉큼 손을 바지 주머니로 가져갔다.

"실례지만 왼쪽 주머니에 든 물건 좀 확인할 수 있을까요?"

"없어. 아무것도 없단 말이야. 뭘 확인하겠다는 거야?!"

매니저가 팔을 높이 쳐들어 손짓을 하자 여러 명의 직원들이 다가와 여자의 팔을 잡았다.

"미경 씨, 왼쪽 주머니 뒤져 봐."

"네."

미경이라 불린 직원은 발버둥 치는 젊은 여자의 주머니에서 손쉽게 향수병을 꺼내 보였다. 주변에서 놀란 숨을 삼키는 소리가 들려왔다. 젊은 여자가 어쩌고 하는 꾸지람도 날아들었다. 당황한 여자는 번들거리는 눈으로 주변을 둘러보다가 수연을 매섭게 노려봤다.

"이거 놔. 못 놔?"

앙칼지게 소리를 지른 여자가 엄청난 힘으로 그녀를 잡고 있는 직원들을 떨쳐 냈다.

"야, 네가 훔쳤지? 네가 훔쳐서 내 주머니에 넣고 뒤집어 씌우는 거 아니야?"

순식간에 달려든 젊은 여자가 수연의 멱살을 움켜쥐었다.

"어머! 아가씨, 왜 이래? 진정 좀 하고 이거 놔요. 이러다 사람 다치겠네."

돌아가는 상황을 보며 서 있던 중년 여인이 수연의 곁으로 다가서며 말리고 나섰다.

"아줌만 뭐야? 진짜 둘이 한패야? 맞지? 둘이 한팬 거지? 둘이 짜고 나를 망신 주려고 이러는 거지?"

한 손은 여전히 수연의 멱살을 움켜쥔 여자는 중년 여인을 향해 손을 높이 쳐들었다. 번들거리는 눈도 그렇고, 생각보다 거센 힘도 그렇고 왠지 여자는 정상이 아닌 것 같아 보였다. 매니저와 매장 직원들이 말리려고 다가오고 있었지만 제때 도착하지 못할 것 같았다. 수연은 젊은 여자의 손을 막아 볼 요량으로 중년 여인을 향해 팔을 뻗었다.

하지만 팔만으론 막기에 역부족이라 여자의 손이 중년 여인의 뺨에 곧 닿을 것만 같았다. 수연이 안타까운 눈길로 그녀를 바라보는데, 금세 날아들 것 같았던 손은 누군가에게 잡혀 더 이상 옴짝달싹 못 하고 있었다.

중년 여인의 얼굴이 눈에 띄게 밝아졌다.

"무슨 일이야?"

머리가 희끗희끗한 중년의 신사였다. 슈트 차림이 제법 잘 어울리는 그는 언뜻 보기에도 탄탄한 체격에 머리색이 아니라면 나이를 가늠하기가 힘들 정도였다. 쏘아보는 눈빛에서 자연스레 풍겨 나오는 카리스마 때문인지 난리를 피우던 젊은 여자는 손목이 잡힌 채로 얼이 나간 것 같았다.

"어머, 여보! 왜 이제야 와요?"

"가만 보니 또 엉뚱한 일에 끼어들었구려."

신사의 예리한 눈이 여전히 멱살을 잡힌 채 한쪽 팔로 어정쩡하니 제 아내를 가리고 있는 수연에게로 향했다가 사납게 독기가 오른 채 굳어진 젊은 여자에게로 옮겨 갔다. 수연은 신사의 눈이 왠지 낯설지 않았다.

"엉뚱한 일이 아니라요……."

"고객님, 저는 이 매장 매니저 김도형이라고 합니다. 감사하게도 사모님과 이쪽 아가씨께서 저희 매장의 물건을 훔친 사람을 잡아 주셨습니다."

매니저가 재빠르게 나서서 중년 신사에게 간략하게 상황을 설명했다.

"내가 한 게 아니라니까. 이 여자가 훔쳐서 나한테……!"

정신을 차린 젊은 여자가 잡힌 손목을 비틀며 소리를 지르다가 중년 신사의 매서운 눈길에 말을 끝맺지 못하고 말았다. 그는 곧 여자의 손목을 놓아주며 매니저 쪽으로 슬쩍 밀어 버렸다.

"매니저 양반, 빨리 주변 정리부터 하는 게 좋을 것 같은데."

"아, 네. 그래야죠."

매니저가 젊은 여자를 잡아끌었다.

"왜 나한테만 그래. 저 여자랑 이 아줌마도 같이 데려가야 할 거 아니야. 내가 안 훔쳤단 말이야!"

여자가 악을 쓰며 바동대자 매니저가 곤란한 듯 신사를 힐끔힐끔 쳐다봤다. 그러자 그는 주머니에서 명함을 꺼내 매니저에게 내밀었다. 매니저가 받아 든 명함을 넘겨다본 젊은 여자가 놀란 숨을 삼켰다.

"내 와이프한테 물어볼 거 있으면 거기 휴대폰으로 연락 줘요. 이 아가씨 번호도 필요한가? 아무래도 우리 와이프 오지랖 때문에 덤으로 끼어들어 봉변을 당한 것 같은데."

신사의 말에 중년 여인이 입을 살짝 삐죽거렸다. 하지만 그 표정에는 서로에 대한 애정이 그대로 묻어나고 있었다. 서로 적당히 물들어 엇비슷해진 그들의 영혼은 풍요로워 보였다.

"아니에요. 제 오지랖도 만만치 않아서. 봉변당한 거 없어요. 근데 저는 명함이 없는데, 메모지 주시면 써 드릴게요."

매니저가 빠르게 손짓을 하자 매장 직원 한 명이 메모지와 볼펜을 가지고 나타났다. 이름과 연락처를 쓰는 동안 아직까지 어수선한 주변을 중년 신사가 능수능란하게 정리했다. 그는 지시를 내리는 데 어색함이 없었다.

수연에게 메모지를 받은 매니저는 풀이 팍 죽은 젊은 여자를 끌고 고객 상담실로 향했다. 백화점 안은 다시 원래의 분주함을 되찾았다.

"내가 곁에 없으면 항상 이 모양이지. 그 대책 없는 오지랖 좀 꼭꼭 여미고 다니래도 말을 안 들어, 하여튼."

"어머, 정의 사회 구현에 힘쓰는 게 뭐가 잘못이라고 이렇게 역정을 내고 그러세요?"

"허허, 잘하면 당신이 경찰 하겠구려. 정의 사회 구현은커녕 하마터면 젊은 애한테 뺨 맞을 뻔했잖아."

"그러니까요. 호호, 예나 지금이나 어쩌면 당신은 이렇게 극적인 순간에 딱 맞춰서 나타나나 몰라. 아무래도 우리 천생연분인가 봐요. 안 그래요?"

중년 여인이 콧소리 섞인 목소리를 내며 불퉁거리는 신사에게 팔짱을 꼈다. 그들을 바라보며 흐뭇한 미소를 짓고 있던 수연에게서 풋, 하는 웃음소리가 새어 나왔다. 두 사람의 시선이 수연에게로 향했다.

"아, 죄송해요. 두 분 모습이 너무 좋아 보여서 그만……."

"웃으면 좋은 거지, 뭐 죄송하기까지. 그보다 아가씨 다친 데 없소? 맞아서 아프거나 하면 단순 폭행죄로 고소하는 방법도 있는데 말이요."

신사의 말투는 누군가와 퍽 닮아 있었다. 그래서인지 예리한 눈빛, 무뚝뚝한 말투에도 불구하고 전혀 두렵지 않았다.

"아, 아니요. 멱살 잡힌 게 다예요. 맞지도 않았고, 아픈 데도 없어요. 걱정해 주셔서 감사합니다."

"감사하긴, 내가 더 고맙죠. 아가씨 아니었으면 영락없이 도둑으로 몰릴 뻔했다니까요. 이름 좀 물어봐도 될까요?"

"수연이에요, 은수연. 그리고 말씀 놓으셔도 돼요."

"아유, 초면에 그럴 수야 있나. 근데 수연 씨, 나 궁금한 거 있는데 분명 그 아가씨가 향수를 훔칠 땐 수연 씨가 근처에 없었던 걸로 기억하는데 어떻게 그게 바지 주머니에 든 걸 알았어요?"

수연은 당황할 수밖에 없었다. 거짓을 말하고 있는 것이 분명한 심하게 일렁이는 젊은 여자의 잿빛 영혼이 왼쪽 바지 주머니에 짙은 그림자를 만들고 있는 것을 보고 알았다는 말을 했다간 이 선량한 중년 부부는 그녀를 곧바로 병원으로 데리고 가려 들지도 몰랐다. 미간을 일그러뜨리며 잠시 고민에 빠졌던 수연은 가장 무난한 말을 꾸며 냈다.

"네, 기억이 맞으세요. 지나다가 우연히 봤는데, 그 여자 목소리가 유난히 크더라고요. 원래 거짓말하는 사람은 그걸 숨기기 위해 목소리를 크게 내는 법이거든요. 그래서 그 여자가 거짓말하는 걸 알았죠. 그리고 향수는 주머니가 불룩해 보이기에 그냥 찍어 봤는데, 운 좋게도 딱 맞아떨어졌지 뭐예요."

거짓말이 워낙 서툰 데다 그녀에게서 시선을 떼지 못하는 부부를 보고 있자니 혹시 거짓인 걸 들킨 게 아닌가 싶어 괜스레 눈치를 보게 됐다.

"여보, 들었어요? 추리하는 것 같지 않아요? 어머, 너무 멋져. 수연 씨, 혹시 경찰이나 형사는 아니죠?"

"네? 하하, 아니에요."

"마침 저녁 시간도 다 됐는데 우리 함께 식사나 하면 어때요? 여보, 괜찮죠?"

"그것도 좋겠군. 어차피 당신이 신세도 졌으니 밥 한 끼 정도는 대접해야 맞겠지."

"수연 씨, 뭐 좋아해요? 여보, 오늘은 국밥 같은 거 안 돼요. 엄청 비싼 거 먹을 거니까 딴지 걸기 없기예요."

"국밥만큼 맛난 게 어디 있다고……."

작게 중얼거리는 신사의 옆구리를 중년 여인이 또 쿡 찔렀다.

"풋, 저도 국밥 좋아해요. 근데 선약이 있어서요. 아무래도 저녁 식사는 안 될 것 같아요. 별로 한 것도 없는데, 말씀만으로도 감사합니다."

"약속 있어요? 취소하면……."

"여보."

신사가 중년 여인의 말을 막으며 꾸짖듯 불렀다.

"아유, 내가 서운해서 그만 주책을 부렸네. 오늘 고마웠어요. 어서 가 봐요."

"네. 두 분, 즐거운 데이트하시길 바랄게요."

데이트란 소리에 중년 여인의 볼에 옅은 홍조가 깃들었다. 보면 볼수록 우아한 사람이었다.

"수연 씨, 이런 거 물어도 되나 모르겠는데 혹시 애인이랑 약속 있는 거예요?"

그녀의 물음에 수연의 얼굴이 환하게 밝아졌다.

"네. 그럼 조심해서 들어가세요."

그들은 꾸벅 예의 바른 인사를 남기고 경쾌하게 걸어가는 수연의 뒷모습을 한동안 바라보고 서 있었다.

"그런 건 왜 물어봐? 정혁이가 결혼할 여자 있다고 했다니까."

"아들이 정혁이뿐인가? 정훈이도 있잖아요. 뉘 집 아가씬지 며느리 삼으면 딱 좋겠는데, 아깝네."

"계속 쳐다본다고 우리 며느리 되는 것도 아닌데, 그만 갑시다."

손을 잡아끄는 현수에게 끌려가면서도 윤 여사는 아쉬움에 자꾸 뒤를 돌아보았다.

"정혁이가 어떤 아이를 데리고 올까요? 여우 같은 애 데리고 오면 어쩐대요? 확 퇴짜 놔 버릴까?"

"아들 총각 귀신 만들 생각이야? 그 녀석 성질 몰라서 그래? 한 번 정했으면 그걸로 끝인 놈이잖아."

"그렇죠. 그런 건 또 아빠를 쏙 빼닮아서……."

"흠흠, 쏙 빼닮았으면 사람 보는 눈도 제대로일 테니 이제 걱정은 접어 두고 데이트나 즐겨 봅시다."

현수가 윤 여사의 손을 자신의 팔에 끼우며 부드럽게 미소를 지어 보였다.

"저녁 뭐 먹을까? 국밥 어때?"

윤 여사가 밉지 않게 눈을 흘겼다. 그런 아내를 바라보는 현수의 눈에는 애정이 그득 담겨 날카로움은 사라진 지 오래였다.

❋　　　　　❋　　　　　❋

시간을 확인하는 수연의 눈엔 고심이 가득했다. 몇 가지 안 되는 옷을 침대 위에 쭉 늘어놓고는 이렇게 대보고, 저렇게 대보고. 하지만 도통 마음에 쏙 드는 게 없었다. 살짝 웨이브를 준 머리도 영 어색해 보였다. 립글로스를 발랐다 지운 입술은 그 자체로도 붉어져 있었고 눈 화장은 신경 써서 한 티가 확 났다.

"휴, 그냥 원래대로 하는 게 나으려나?"

시간이 7시를 넘어가고 있음에도 수연은 다시 욕실로 들어갔다. 급하게 세수를 하고 기초화장을 끝낸 수연은 스커트 끝부분에 잘게 꽃무늬가 들어간 흰 원피스를 입었다. 작년 가을, 마트 가는 길에 보고 너무 예뻐서 충동적으로 샀던 원피스였다. 한 번도 입어 본 적이 없어 어색할까 망설였던 것 치곤 그녀에게 꽤나 잘 어울렸다.

하지만 거울에 비친 제 모습을 확인하는 수연의 표정은 과히 좋지 않았다. 너무 화려한 차림인 것 같아 영 마음에 들지 않았다. 익숙지 않은 옷을 입는다는 게 거액을 투자해 충동적으로 옷을 사는 일보다 더 큰 용기를 필요로 한다는 걸 새삼 느끼는 순간이었다.

옅은 립글로스로 입술에 윤기를 더한 수연은 미간을 한껏 찡그리며 깁스를 하지 않은 손을 등 뒤로 돌렸다. 아무래도 셔츠와 바지 차림이 더 나을 듯싶었다. 막 지퍼를 반쯤 내렸을 때 도어록이 해제되는 소리가 들려왔다. 그녀의 손이 움직임을 멈췄다.

"수연아, 아직 준비 안 됐어?"

"아, 아니요. 다, 다 됐어요."

수연이 고개를 뒤로 젖히며 지퍼를 올리려 애쓰고 있는 사이 방문이 벌컥 열렸다.

"준비 다 됐으면……."

손잡이를 잡고 멈춰 선 정혁은 지퍼를 올리려고 안간힘을 쓰고 있는 수연을 물끄러미 쳐다봤다. 그의 눈빛이 짙어지고 목울대가 오르내렸다.

"이것만 올리면 되는데 걸렸나 봐요. 여기서 더 올라가지가 않아요."

아무 말 없이 다가선 정혁이 수연의 손을 떼어 내고 지퍼를 살폈다. 그의 뜨거운 숨결이 그녀의 목덜미 부근을 간질였다.

"고장 났어요? 안 올라가요?"

대답 대신 부드러운 입술이 목덜미에 닿았다. 수연은 오소소 소름이 돋은 목을 움츠렸다.

"음, 고장 난 것 같아."

"그래요? 그럼 옷을 갈아입는 게……."

나른한 손길이 곧게 뻗은 등줄기를 스치더니 지퍼 올라가는 소리가 들렸다.

"어?"

"아무래도 내 심장이 고장 났나 봐. 아니면 이렇게 무섭게 뛰어 댈 리가 없어. 너 때문인 것 같은데, 어쩔 거야?"

등 뒤로 탄탄한 그의 가슴이 밀착해 왔다. 정혁의 팔은 이미 그녀의 허리춤에 감겼다.

"으, 아저씨 닭살. 어떻게 그런 말을 맨정신에 아무렇지도 않게……."

"그러게. 나도 맨정신에 이런 말을 하게 될 줄은 꿈에도 몰랐다. 뭐 뿌렸나? 왜 이렇게 향기가 좋아. 옷은 또 왜 이렇게 예쁘고."

정혁이 그녀의 정수리에 코를 박았다.

"어쩌지? 저녁이고 영화고 다 싫어지네."

"피곤한가 봐요. 그럼 다음에……."

담담하게 말하려 애쓰고 있었지만, 수연의 말투에는 아쉬움이 잔뜩 묻어 있었다. 허리에 강하게 감긴 정혁의 팔을 풀어내려 애쓰는 것만 봐도 알 수 있었다.

"아직도 뭘 이렇게 몰라. 피곤한 게 아니라…… 휴, 어서 나가자. 시간 끌었다간 더 힘들어지겠다."

팔을 푼 정혁이 수연을 돌려세워 이마 위에 가볍게 입을 맞춘 뒤 그녀의 손을 잡아 깍지를 꼈다.

"자, 데이트하러 가 볼까?"

초여름 따뜻한 바람이 불어왔다. 기분 좋은 긴장감과 설렘이 그들을 감쌌다. 어제도 보고 그제도 봤던 거리는 함께한다는 이유만으로 처음 본 것처럼 아름다웠다.

둘이 함께 있어 세상은 온통 분홍빛이었다.

근사한 식사는 너무나 완벽했고, 영화관이 처음인 수연을
대신해 정혁이 고른 영화도 로맨틱했다. 하지만 집으로 돌아
오는 차 안엔 위태로운 침묵이 감돌고 있었다.

"아저씨, 아직도 화났어요?"

"아니."

뚝 끊기는 대답을 보면 아직도 화난 게 분명했다. 수연의
입이 삐죽거려졌다.

별것도 아니었다. 영화가 끝나고 정혁이 화장실 간다고 잠
깐 수연의 곁을 비운 사이 영화관 한쪽에 마련된 오락실을
신기하게 바라보는 그녀에게 20대로 보이는 남자가 말을 걸
어온 게 화근이었다.

"진짜 혼자 왔냐고 물어봐서 아니라고 한 게 다라니까요."

"나도 친구랑 왔는데 우리 넷이서 같이 영화 볼까요? 오
락하고 싶은 거면 그것도 괜찮고. 라고 그 녀석이 말한 건 왜
빼먹나?"

귀가 밝은 것도 모자라 기억까지 정확했다.

"그러니까요. 내가 그다음에 영화는 이미 애인이랑 봤고
요. 오락도 애인이랑 같이할 건데요, 라고 대답하려는데 아
저씨가 툭 끼어들었잖아요. 그냥 잠깐 말 한 번 걸어온 사람
을 무슨 범인 바라보듯이 살벌하게 노려보면서 무섭게 말을
해요?"

"너 지금 그 녀석 편드는 거야? 애인이 두 눈 시퍼렇게 뜨

고 있는데 다른 남자랑 다정하게 대화를 나눈 것도 모자라서 이젠 아주 편까지 든다 이거지?"

"이게 어떻게 편드는 거예요? 그리고 그 대화 어디에 다정함이 있었는데요? 아저씨 진짜 덩치에 안 맞게 왜 이렇게……."

'쪼잔해요'라고 말하려다 살벌하게 바라보는 정혁의 눈을 보고 말을 멈췄다. 정혁의 고개가 다시 정면으로 돌아간 뒤 굳은 표정으로 운전에 집중하는 걸 본 수연이 그에게 들릴 듯 말 듯 투덜댔다.

"아니, 세상에 반이 남잔데 그저 지나다 말 한마디도 못 해? 무슨 남자가 이렇게 질투가 심해."

"다 들린다, 은수연."

차는 어느새 정혁의 아파트 지하 주차장에 멈춰 섰다.

"너 안 되겠다."

수연이 반항적으로 턱을 치켜들었다.

"세상에 반이 남자라도 은수연이 늙어 꼬부라질 때까지 바라봐야 할 남자는 나 하나였으면 좋겠어."

꼭꼭 숨겨 두고 혼자만 보고 싶기도, 세상에 드러내 놓고 싶기도 한 이율배반적인 마음 사이에서 방황하는 그를 그녀는 아마 상상조차 못 할 것이다.

원래는 좀 더 낭만적이고 로맨틱하게 하고 싶었지만, 우선 족쇄부터 채워 놓고 봐야 불퉁하게 돋은 심술이 가라앉을 것 같았다.

정혁이 주머니 속으로 손을 집어넣어 주섬주섬 조그만 상자 하나를 꺼내 들었다.

"네가 좀 더 세상을 안 뒤에도 나만 바라봤으면 좋겠다는 생각을 안 한 건 아닌데……."

상자를 발견한 수연의 눈이 동그래졌다.

"그 생각은 접어야 할 것 같아. 다른 녀석이 탐내는 거 그냥 참고 넘기기가 힘들어. 내가 이렇게 속 좁은 놈인지 나도 미처 몰랐어."

상자를 연 정혁이 반짝이는 반지를 꺼내는 걸 바라보는 수연의 눈동자가 일렁였다.

"이런 거 처음이라 능숙하지 못해. 서툴고 어색해서 미안한데……."

수연의 왼손 약지에 반지를 끼우는 정혁의 손이 미세하게 떨리고 있었다.

"이게 여태껏 채워 본 수갑 중에 가장 작고 강력한 거거든."

상자에서 반지 하나를 마저 꺼낸 정혁이 곧 눈물이라도 쏟을 듯 제 손에 끼워진 반지를 보고 있는 수연에게 내밀었다. 그리고는 왼손을 그녀 앞으로 쑥 내밀고 빨리 끼우라는 듯 손가락을 까딱거렸다.

"고민하는 중이면 아예 접어. 이건 열쇠도 없는 수갑이니까 풀고 달아날 생각 같은 건 하지 않는 게 좋아. 대신에 내가 세상에서 가장 행복한 감옥을 선물해 줄게. 그 정도면 밑지는 거래는 아니지 않나? 그러니까 어서 빨리 끼워."

"풋, 유치해요."

떨림이 섞인 정혁의 목소리는 명령조인 말투와 전혀 어울리지 않았다. 수연은 눈물이 고인 눈으로 활짝 미소를 지으며 그의 왼손 약지에 반지를 끼웠다.

"누구 때문에 나날이 유치해지는 걸 어쩌나. 이제 키스해도 되지?"

어느새 수연의 뒷덜미를 거머쥔 정혁이 성급하게 입술을 겹쳐 왔다.

11장

마주 앉은 늙은 범의 눈은 기원의 속내를 들여다보기라도 할 듯 집요했다. 찻잔을 기울이며 기원은 최대한 적대적인 감정을 감추기 위해 눈꺼풀을 무릎하게 내리떴다.

"너무 요란 떠는 거 아닌가?"

예상했던 물음이었지만 반갑진 않았다. 김동민 검찰총장은 어제 대한그룹 총수의 최측근으로 알려진 부사장을 소환 조사한 일에 대해 말하고 있었다.

"대한그룹 진 회장을 흔들기 위해 일부러……."

"그만한 일로 흔들릴 위인이었으면 벌써 해결되고도 남았을 사건이지 여태까지 끌고 왔겠나. 김 검사나 안 검사는 자네만큼 생각을 못 해서 요란스럽게 줄줄이 소환 안 한 줄 아나? 쇼에만 능하면 그게 어디 검사야? 연예인이지. 시선 끌 생각은 집어치우고 제대로 된 수사를 하란 말이야."

"죄송합니다. 제 생각이 짧았습니다."

바로 수긍하고 뉘우치는 말을 꺼내는 기원의 표정은 그 어느 때보다 떨떠름했다. 그걸 파악 못 할 동민이 아니었다. 탐탁지 못한 마음에 고개가 절로 돌아갔다. 애지중지 키운 막내딸의 성화만 아니라면 당장에 내치고 싶은 녀석이었다. 기원이 가진 교활함과 욕심이 훤히 들여다보였다. 남자가 돼서 그만한 야욕 정도 있어야지 싶다가도 어느 때는 역하기 그지없었다. 한동안 정을 붙이고자 마음을 다스려 보기도 했는데, 도무지 정이라곤 붙지 않는 녀석이었다. 대체 현아를 어떤 식으로 꼬여 냈기에 저 녀석한테 껌뻑 죽는 건지 답답하기 이를 데 없었다.

"현아는 자주 만나나?"

"네? 아, 요즘 거의 매일 야근이다 보니……. 안 그래도 오늘 저녁이나 같이할까 했는데 괜찮으시면 총장님께서도 함께……."

"됐네. 마침 저녁 약속도 있고 그냥 둘이 만나. 요즘 현아 녀석 기분도 영 아닌 것 같더구먼. 물어봐도 무슨 일인지 도통 말도 않고, 자네가 얘기 좀 잘해 보게."

"아, 네. 그러겠습니다."

현아는 수연에 관한 일을 계속 미심쩍어했고, 더 이상 기원의 이야기를 그대로 믿지 않는 눈치였다. 여러모로 상황이 좋지 않았다. 현아의 감정에 목매지 않으려면 한시라도 빨리 김 총장의 신임을 얻어야 했다. 아껴 뒀던 부적을 쓸 시간이었다.

"바쁠 텐데 그만 나가 보게."

"네, 그럼 이만 일어나겠습니다."

자리에서 일어난 기원이 살짝 고개를 숙여 보인 뒤 내내 불편했던 자리를 벗어나기 위해 발걸음을 뗐다.

"근데 자네 말이야, 야근은 대체 어디서 하는 건가?"

"그게 무슨……."

"평검사 시절부터 지금까지 난 단 하루도 7시 이전에 퇴근해 본 적이 없다네. 요 며칠간은 거의 8시쯤 퇴근을 했고. 일부러 들른 건 아닌데 말이야, 자네 사무실은 불이 꺼져 있더군."

"아, 그게 사무관들 편히 야근하라고 근처 호텔에……."

"그냥 그랬다는 얘길세. 뭘 또 정색을 하고 그러나. 어서 나가 봐."

문을 열고 총장실을 나서는 기원이나, 그 뒷모습을 바라보는 동민이나 둘 다 표정이 좋지 않았다.

❈ ❈ ❈

촉촉하고 부드러운 것이 이마에, 눈꺼풀 위에, 콧잔등에, 볼에 닿았다가 떨어지기를 반복하고 있었다.

"으음. 아저씨, 그만 잠 좀 자요."

투정을 부리느라 벌어졌던 수연의 입술은 곧 정혁에 의해 막혀 버렸다. 힘없이 쥐어 쥔 그녀의 주먹이 정혁의 어깨를 때리다가 잠시 후 목 뒤로 감겼다. 그의 키스는 수연을 무장

해제시키는 데 일가견이 있었다. 달래듯 부드럽게 시작해 한껏 머금으면 다른 건 생각조차 못 하게 엉켜들었다. 다 가질 듯 강하게 빨아들였다가도 모든 걸 내어 줄 듯 밀려들어 와 그녀를 충동질했다. 그와의 키스는 몇 번을 반복해도 매번 다른 황홀함, 다른 저릿함으로 다가오곤 했다.

그의 입술은 목덜미를 지나 쇄골 부근에 뜨거운 숨결을 내뿜었다가 점점 농밀하게 움직이고 있었다. 수연의 입에서 절로 신음이 새어 나왔다. 싫다고 할 때는 언제고, 또 이렇게 속절없이 빠져들어 애달아 하니 그녀도 참 미칠 노릇이었다.

정혁이 고개를 들고 짙어진 눈으로 그녀를 응시했다.

"잠 다 깼어?"

간신히 눈을 뜬 수연이 빨갛게 열이 오른 얼굴로 고개를 끄덕였다. 다음을 기대하는 눈은 참 예쁘게도 반짝이고 있었다. 씩 미소를 머금은 그가 그녀의 이마에 도장을 찍듯 꾹 입술을 내리눌렀다.

"그렇게 쳐다보지 마. 지금 바로 나가지 않으면 나 지각이야."

그러고 보니 커튼 사이로 스며든 빛에 방 안은 환했고, 정혁은 언제 출근 준비를 끝낸 건지 완벽하게 옷을 갖춰 입은 상태였다.

"그럼 왜……."

질문을 하려다 민망해진 수연이 그의 시선을 피했다.

"잠만 깨우려던 건데, 나도 모르게 너무 갔네. 아침에는 좀 부스스하고, 얼굴도 퉁퉁 붓고, 못난이 같아야 맞는 건데

313

말이야."

뽀얀 얼굴을 어지러이 가리고 있는 머리칼을 정리하는 정혁의 손길이 너무나도 다정했다.

"이렇게 예쁘니 적당히가 되나. 이건 심각한 반칙이야."

유치하고 닭살스러운 멘트가 날아드는데도 어느 정도 면역이 생긴 수연은 웃음만 한가득이었다. 날카로움 대신 익살스러움이 자리한 눈썹도, 환히 웃을 때만 드러나는 입꼬리 부근의 작은 보조개도, 그가 내보이는 모든 게 사랑스럽고 멋졌다.

"이제 진짜 간다. 다시 잘 생각하지 마. 약속에 늦을까 봐 깨우고 나가는 거니까."

정혁의 말에 어리둥절한 수연이 미간을 구겼다.

"10시에 미팅 있다며."

"아!"

더 네임의 팀장에게 새로 발주받은 일과 관련한 1차 회의에 참석하겠다고 메일을 보냈었다. 그게 오늘 10시라는 걸 정혁은 잊지 않고 있었다.

"아침 차려 놨으니까 챙겨 먹고 너무 늦게 들어오지 마. 혹시 팀원 중에 남자도 있나? 아니야, 대답하지 마. 모르는 게 나아. 세상에 남자가 아무리 많아도 네 남자는 나뿐이라는 거 잊지 말고."

"흐, 세상에 아저씨만큼 멋지고 사랑스러운 남자는 없을 거예요."

"그 자세 좋아. 퇴근하고 보자. 간다."

"네, 다녀오세요."

힘차게 인사를 건넨 수연이 깁스를 하지 않은 팔을 뻗어 기지개를 켰다. 사람들 앞에 나설 수 있게 끊임없이 용기를 주는 저 남자를 위해서라도 아침밥부터 든든히 챙겨 먹고 힘내야 했다. 일부러 숨으려고 한 건 아니었지만 자신이 남들과 다르다는 걸 들키게 될까 봐 겁나기도 하고, 보이는 것과는 다른 속내를 보게 되는 일이 싫어 되도록 사람들과의 만남을 기피했었다. 어쩔 수 없이 만나게 되더라도 괜스레 주눅 들고 움츠러들기 일쑤였는데, 정혁이 그녀를 서서히 바꾸고 있었다.

정혁은 수연이 이상한 게 아니라 특별한 거라고 끊임없이 인식시키고 있었다. 온 세상을 통틀어 가장 소중한 그가 그렇게 믿고 있으니 진짜 특별한 사람이 되기 위해 노력해야겠다는 생각이 들었다. 정혁의 곁에만 있으면 자꾸 용기가 샘솟는 것 같았다. 자신이 정말 특별한 사람이라도 된 것 같았고, 그의 옆자리를 지키기 위해 노력하고 싶었다.

지하철역까지는 걸어서 5분. 더 네임 사무실은 지하철을 타고 15분만 가면 됐다. 정혁이 일찍 깨운 덕에 여유 있게 준비를 끝낸 수연은 반팔 셔츠 위에 걸쳐 입은 얇은 카디건을 벗어 팔에 걸쳤다. 오늘은 아무래도 더울 모양이었다. 아침부터 햇볕이 쨍쨍했다.

아파트 정문을 통과해 들어오는 차 유리에 반사된 햇빛이 수연의 눈을 시리게 했다. 눈을 한껏 찡그리며 바삐 걸음을 옮기던 그녀의 귓가에 급하게 방향을 바꾸는지 귀에 거슬리는 바퀴 마찰음이 들려왔다. 저도 모르게 돌아본 시야에 마주 오던 차가 다시 돌아 나오는 게 보였다. 길을 잘못 찾아왔나 보다 생각하며 고개를 돌리려는데 차가 인도를 걷는 그녀의 옆으로 바짝 붙어 섰다.

이상한 마음에 힐끔 쳐다보자 갑자기 뒷좌석 문이 거세게 열렸다. 그 바람에 차 문에 부딪친 그녀의 다리가 꺾이며 자리에 털썩 주저앉고 말았다. 차에서 내린 두 명의 남자가 순식간에 수연을 안으로 밀어 넣었다. 소리를 지르려 했지만, 이미 늦은 뒤였다.

그녀를 가운데 두고 양쪽으로 올라탄 남자 중 하나가 수연의 입을 무언가로 틀어막자 매캐한 냄새가 훅 들어와 숨 쉬기가 힘들어지더니, 이내 암흑 속으로 빨려들어 갔다.

휴대폰을 귓가에 댄 정혁이 들고 있던 종이컵을 신경질적으로 구겨 쓰레기통에 던져 넣었다. 벌써 몇 번째인지 모를 통화 시도에도 수연은 전화를 받지 않고 있었다. 느낌이 좋지 않았다. 여지없이 들려오는 익숙한 기계음에 미간을 짙게 일그러뜨린 정혁이 종료 버튼을 누른 뒤 휴대폰을 주머니에 쑤셔 넣었다. 벌써 저녁 7시였다. 야근이 예정되어 있어 더 속이 탔다. 이대로 한 시간만 빠져나갔다 올까 고민하고 있는데, 복도 저 끝에서 유정이 다가오고 있었다.

"차 선배, 잠깐 얘기 좀 해요."

"무슨 얘긴지 나중에 하면……."

"은수연 씨 얘기예요."

아무래도 팀원들한테 한 시간쯤 자리를 비운다고 말해야 겠다, 생각하며 걸음을 떼려던 정혁이 유정의 다급한 한마디에 우뚝 멈춰 섰다.

"네 입에서 다시 수연이 얘기 듣는 일 없었으면 했는데."

"내가 수연 씨 얘기하는 거 어떻게 비칠지 알아요. 그래서 고민 많이 하다가 말하는 거니까 곡해하지 말고 들어 줘요. 개인적인 감정이 아예 들어가지 않았다고는 말 못 하지만, 선배가 수연 씨 겉모습에 눈이 멀어 상황을 제대로 직시하지 못하고 있는 건 아닌가 싶어 하는 말이에요. 은수연 씨, 서기 원 검사 와이프예요. 이름이 낯설지 않아 검찰청에 있는 친 구한테 부탁해 사진을 하나 입수했는데……."

"알아."

"네?"

유정이 들고 있던 파일을 뒤적여 사진 한 장을 꺼내려다가 정혁의 말에 놀라 쳐다봤다.

"그리고 지금은 아니야."

정혁이 유정의 손에 들린 사진을 빼앗아 들여다봤다. 요즘 은 보기 힘든 우울한 표정을 한 수연이 고개를 숙인 채 기원 의 뒤를 따르는 모습이 흐릿하게 찍힌 사진이었다.

"사진만 입수하고 제대로 된 정보는 입수를 못 했나 보군. 두 사람 이혼했어. 서기원은 그때 봤던 검찰총장님 막내딸한 테 열 올리고 있는 중이고."

넋을 잃은 유정을 힐끔 쳐다본 정혁은 그녀에게 묻지도 않고 제 것인 것처럼 사진을 자연스럽게 외투 안주머니에 넣었다. 은수연은 흐릿하게 찍힌 우울한 모습마저도 예뻐 유정에게 다시 넘겨주고 싶지 않았다. 그녀 말대로 은수연한테 눈이 멀긴 했나 보다.

"하려던 얘기는 그게 다야?"

"어, 아니요. 그러니까 본론을 얘기하자면요, 은수연 씨한테 수상한 구석이 많다는 거예요. 서기원이 압수 수색 현장이나 사건 현장에 수연 씨를 데리고 다닌 데에는 그만한 이유가 있었다는 거죠. 내가 전에 말했었죠? 서기원 검사에 대해 조사하는 중이라고. 그러니까 이 파일들 속엔 서기원에 대한 의혹뿐 아니라 그 와이프인……."

"와이프였던."

"아, 와이프였던 은수연 씨에 대한 의혹도 잔뜩 들어 있다는 말이에요."

"그거 나 줄 수 있겠나?"

꽤 두꺼워 보이는 파일과 정혁을 번갈아 보던 유정의 얼굴에 희미한 미소가 감돌았다.

"물론이죠. 그러려고 가져온 거니까."

"되도록 빨리 살펴보고 돌려주지."

파일을 건네받은 정혁은 바쁘게 발걸음을 뗐다가 유정에게 중요한 용건이라도 있는 듯 갑자기 멈춰 섰다.

"아, 혹시 지금 바쁜가? 시간 좀 있어?"

"네. 마침 퇴근하려던 참이었어요. 우리 저녁이나 같이하면서……."

"미안. 저녁은 다음에 하자. 지금은 내가 시간이 없어. 퇴근하기 전에 우리 팀에 들러서 나 한 시간 정도 자리 비울 거라고 말 좀 해 줘. 급히 가 볼 데가 있어서."

"바로 말하고 올게요. 나도 같이 나……."

정혁은 유정의 말은 들리지도 않는 듯 성큼성큼 걸어 저만치 멀어졌다. 그러다가 다시 뒤돌아 눈 깜짝할 새에 유정의 앞으로 다가와 멈춰 섰다.

"깜빡 잊었는데, 비밀 하나 알려 줄까?"

멈칫 놀라는 유정은 아랑곳없이 정말 비밀이라도 속삭일 듯 정혁이 그녀와 거리를 좁혔다.

"수연인 곧 내 와이프가 될 거야. 그러니까 수연에 대한 험담은 나한테만 하는 거로 끝냈으면 좋겠군."

커다래진 유정의 눈이 멍했다. 놀라 벌어진 입은 다물어질 줄 몰랐다.

"비밀 알려 준 답례로 이 사진은 내가 가져도 될까?"

놀란 표정이 빠져나간 자리에 실망감이 빠르게 들어차 일그러졌다.

"네."

"고마워."

사진을 다시 안주머니로 집어넣은 정혁은 지체한 시간이 아까운 듯 뛰기 시작했다. 그는 순식간에 유정의 앞에서 모습을 감췄다. 10년을 넘게 품고 있었던 그녀의 사랑은 너무도 빨리 떠나가고 있었다.

온몸에서 힘이 쭉 빠져나갔다. 후회가 물밀 듯이 밀려왔다. 좀 더 빨리 용기를 내볼 걸. 물불 가리지 말고 달려들어 볼 걸. 아니, 어떻게 해도 안 될 일이었다. 정혁의 표정이, 눈 빛이 그렇게 말하고 있었다. 그에게 여자는 오로지 은수연뿐 이라고. 풀 길 없는 분노와 좌절이 그녀를 에워쌌다. 열정을 제대로 쏟아 보지도 못한 혼자만의 실연이 허한 가슴에 찬바 람을 일으켰다.

거칠게 열린 문이 벽에 부딪쳐 요란한 소리를 냈다. 조기 퇴근은 생각조차 않는 융통성 없는 총장 나리의 혹시나 있 을 방문을 기다리며 이제나저제나 하고 있던 기원이 자리에 서 벌떡 일어나 부동자세를 취했다. 기원의 눈치를 보며 남 아 있던 사무관 둘도 놀란 눈을 해서는 사무실 문 앞에 떡 버 티고 선 잘생긴 남자를 쳐다봤다.

"수연이는 어디로 데려갔지?"

오금을 저리게 하는 눈빛과 함께 흘러나온 목소리는 음산 하기 그지없었다. 여전히 부동자세를 취하고 있던 기원이 자 신의 부자연스러운 행동을 깨닫고는 일부러 연출하듯 의자 에 느긋하게 기대앉았다. 저 작자의 신분은 엄마가 부리는 사람을 통해 이미 알고 있었다. 괜히 쫄 필요 없었다.

"차정혁, 남의 사무실에서 이게 무슨 행패지? 그 여자를 왜 여기서 찾아?"

유정과 헤어진 뒤 서기원을 찾아 여기로 오기까지 한 시간 남짓 걸렸다. 퇴근 때 가끔 들러 인사를 나눈 덕에 안면이 있 던 경비의 도움이 없었더라면 아마도 이리로 오기까지의 시간은 조금 더 소모됐을 것이 뻔했다. 수연에 대한 걱정으로 아파트 정문을 빠르게 통과하는 정혁의 차를 알아본 경비가 그를 멈춰 세운 뒤, 낯익은 카디건을 건네며 오전에 있었던 일을 장황하게 늘어놓았다. 신고를 해야 할지 망설이고 있었는데 마침 형사 양반이 왔으니 잘됐다는 말까지 덧붙이면서 말이다.

수연이 납치되는 장면은 정문에 설치된 감시 카메라에 그대로 녹화되었다. 고의적으로 차 뒷문을 열어 수연을 쓰러뜨린 납치범들은 그녀가 떨어뜨린 카디건을 수습할 새도 없이 화면 안으로 막 등장한 경비를 피해 달아났다. 선명하지 않은 화면을 캡처해 차량 번호를 확보하고, 차적 조회를 마친 뒤 이리로 달려오는 동안 정혁은 피 한 방울까지 몽땅 졸아드는 기분을 맛봤는데, 서기원 저 자식은 발뺌도 모자라 능글맞은 미소까지 짓고 있었다. 근질거리는 주먹을 꽉 움켜쥔 정혁이 기원을 향해 서서히 다가갔다.

"오늘 오전 9시 25분경 은수연이 납치됐어."

큰 키가 위압적으로 느껴질 만큼 날카로운 눈빛을 한 정혁의 기세에 눌린 기원이 슬그머니 자세를 고쳐 앉았다.

"흠흠, 먼저 퇴근들 하시죠."

사무관들이 들어서 좋을 게 없었다. 정혁의 신분을 알고 난 뒤인데도 이상하게 밀리는 것 같은 이 찜찜한 모습을 보이고 싶지 않았다. 더구나 사무관 둘 중 한 사람은 오래전부터 함께 일한 사이라 수연과 그와의 관계를 알고 있었다. 괜히 이상한 소문이라도 나면 총장이 아니라, 총장 사위 자리도 물 건너갈 판이었다. 다행히 정혁도 그들을 내보내는 데 별 불만이 없는 것 같았다.

사무관들이 책상을 대충 정리하고 자리를 비우는 동안 정혁은 기원을 말려 죽이기라도 할 듯 쏘아보고 있었다. 그 눈빛에 불편함을 느낀 기원이 자리에서 슬그머니 일어나 이번엔 책상에 기대앉았다.

"그 여자 납치된 걸 왜 여기 와서 난리야?"

정혁은 기원의 물음에 답도 없이 사무실 안을 쭉 훑어봤다.

"경고 하나만 하자. 내가 지금 이성적이지가 못 해. 보아하니 여긴 감시 카메라도 없는 것 같은데, 말장난할 생각은 아예 접는 게 좋아. 난 입보다 주먹이 더 빠른 사람이라서. 납치에 쓰인 차량 명의가 PN캐피탈 앞으로 되어 있더군. 왠지 귀에 익은 이름이지?"

"은수연이 돈 빌려 썼나 보네."

느물거리는 기원의 말이 끝나기가 무섭게 정혁의 주먹이 그의 귀 옆을 스쳐 지나갔다. 기원이 목을 움츠리며 몸을 기울여 피했지만, 정혁이 정말로 때리려 했다면 그대로 맞았을 상황이었다.

"너 이 자식, 미쳤어?"

"몰랐나? 그래도 다행이야. 아직 살짝 덜 미쳤나 봐. 제대로 미쳤으면 넌 이쯤에서 바닥을 기고 있었을 텐데 말이야. 급하니까 빨리 끝내자. 은수연, 어디 숨겼어?"

"PN캐피탈에서 데려간……."

쾅. 정혁의 주먹이 이번엔 기원이 좀 전에 걸터앉아 있던 책상으로 내리꽂혔다. 요란한 소리와 함께 책상이 움푹 파였다. 기원은 신음 비슷한 소리를 내며 창가로 멀찍이 피했다.

"PN캐피탈 대표로 있는 네 모친이 수연이를 필요로 하진 않았을 거고, 어디로 데려갔는지 말해."

기원이 정혁의 눈치를 보며 책상에 놓여 있던 결재 판을 주워 들었다. 그는 그걸 무슨 방패마냥 양손으로 꼭 들고 섰다.

"내, 내가 미쳤어? 나라고 그년이 필요할 이유가 없잖아. 왜 엄한데 와서 생떼야? 기물 파손에 협박까지, 내가 물고 늘어지면 너 같은 거 옷 벗기는 건 일도 아니라는 거 몰라? 윽."

정혁이 한 발 더 다가서자 신음부터 뱉어 낸 기원이 몸을 한껏 웅크려 결재 판 뒤로 숨어들었다.

"끝까지 이렇게 나온다 이거지? 누가 먼저 옷 벗게 되는지 두고 보자, 서기원. 넌 내가 준 마지막 기회를 차 버린 거야."

"개소리 집어치우고 썩 꺼져, 이 새끼야."

썩어도 준치라고 알량한 결재 판 뒤에 숨은 우스운 꼴을 하고도 기원은 목소리를 높였다.

"내가 수연일 못 찾아서 이리로 쫓아온 거 같아? 네놈이 왜 수연일 필요로 하는지 알아. 지금 이 시간 이후로 내 말이 개소린지 아닌지 증명하는 데 온 힘을 쏟을 거니까 긴장 단단히 하는 게 좋을 거다."

끝까지 날카롭게 기원을 일별한 정혁이 찬바람을 일으키며 몸을 돌렸다. 성큼성큼 문 앞까지 걸어간 그를 보고 기원이 안도의 숨을 내쉬기도 전, 그조차 허용하지 않겠다는 듯 정혁이 다시 획 돌아봤다.

"경고 하나만 더 하지. 은수연 털끝 하나라도 건드렸다간 넌 내 손에 죽는다."

"너, 너 이 자식! 간이 아주 배 밖으로 나왔지? 어디다 대고 협박……."

똑똑. 갑자기 들린 노크 소리에 기원은 말을 채 끝맺지 못했다. 어째 초대받지 않은 침입자보다 방주인이 더 긴장했다. 어차피 나갈 참이었던 정혁은 기원이 마음을 추스를 시간도 주지 않고 문을 벌컥 열어젖혔다.

열린 문 너머에 동민이 뒷짐을 진 채 서 있었다. 당황한 기원이 들고 있던 결재 판을 내려놓고 재빨리 옷매무새를 가다듬은 뒤 문을 향해 부리나케 걸어왔다. 동민은 잠시 아무 말 없이 정혁과 기원을 번갈아 바라봤다. 무언가를 꿰뚫어 보듯 눈빛엔 날이 잔뜩 서 있었다.

"안녕하셨습니까."

고개를 숙이며 인사를 건네는 정혁을 기원이 툭 밀쳐 냈다.

"총장님, 아직도 퇴근 안 하신 겁니까? 저는 마침 야근 중이라……."

시키지도 않은 말을 줄줄이 읊어 대는 기원은 안중에도 없는 듯 동민의 시선은 정혁을 향해 있었다.

"정혁이, 네가 맞았구나. 그냥 지나치려다 밖에서 들으니 꼭 네 목소리 같아서 혹시나 했더니. 두 사람이 원래 친분이 있었던 거냐?"

"아닙니다."

"네."

정혁과 기원이 동시에 다른 대답을 내놓았다.

"하하, 공적인 관계니까 친분이라고 할 수는 없겠네요. 사건 관련해서 제가 가끔 차 형사한테 조언을 하곤 합니다."

설마 둘이 아는 사이일 거라곤 생각도 못 한 기원은 정혁이 엉뚱한 소리를 하지는 않을까 지레 겁먹고 설레발을 떨었다. 정혁은 못마땅한 눈치였지만, 구구절절 설명할 마음의 여유가 없어서인지 입을 꾹 다물고 있었다.

"총장님께선 차 형사를 어떻게……."

조심스럽게 묻는 기원의 말에 동민은 입꼬리부터 끌어 올리며 정혁의 어깨를 정감 있게 툭툭 쳤다.

"정혁이야 조카나 다름없는 녀석이지. 안 그래도 엊그제 현수 만났는데, 곧 좋은 소식 있을 거라고 하더구나."

"벌써 소문내신 겁니까?"

"그 인간은 그릇이 좀 작아서 뭘 오래 담아 두는 법이 없지. 그러지 말고 만난 김에 현수 불러서 같이 한잔하자꾸나."

"저는 안 되겠습니다. 남의 여자 납치나 하는 정신 나간 놈 옷 벗길 일이 바빠서 두 분 술자리 핑계 만들어 드린 걸로 만족하겠습니다."

"납치? 그건 또 무슨 소리냐?"

"그게 이 친구 아는 사람이 납치된 것 같다고, 그 일로 저한테 상의를 하러 온 겁니다."

툭 끼어든 기원의 동공은 지진이라도 일어난 듯 일렁이고 있었다. 동민과 정혁이 가까운 사이라는 건 예상 못 한 일이었다. 기원이 검사인 걸 알면서도 건방지게 굴 때 혹시 대단한 놈이 아닐까 짐작했다가 형사라는 사실을 알고는 그저 허세였군, 했던 생각이 또다시 뒤엉키고 있었다. 잘못 건드린 게 아닐까 싶어 슬쩍 겁도 났다.

이상하게도 그런 기원을 바라보는 동민과 정혁의 눈빛은 다른 듯 닮아 보였다. 동민은 신뢰가 담기지 않은 눈빛으로 그의 숨겨진 속내를 들여다보려는 듯 쏘아보고 있었고, 정혁은 시종일관 잡아먹을 듯 노려보고 있었다.

"그런가?"

동민이 정혁에게·확인하듯 물어왔다.

"글쎄요. 아저씨, 오늘은 진짜 바빠서 이만 가 봐야 할 것 같습니다. 따로 드릴 말씀도 있고 조만간 한 번 찾아뵙겠습니다."

"어, 그래. 어서 가 봐라. 내가 바쁜 사람 너무 오래 잡아뒀구나."

동민을 향해 간결한 인사를 건넨 정혁은 기원에게 경고의 눈빛을 보내는 걸 잊지 않았다. 바쁘게 걸음을 옮기는 정혁의 뒤통수로 술자리에 동석하겠다고 말하는 기원의 비굴한 목소리와 그럴 자리가 아니라고 딱 잘라 내는 동민의 냉한 음성이 뒤따랐다.

하지만 그들의 대화는 이미 정혁의 관심 밖이었다. 걸음을 멈추지 않은 채 휴대폰을 귀에 가져다 댄 그가 상대방의 대답도 듣기 전에 빠르게 지시를 내리기 시작했다.

"미행 잘하는 애들로 몇 명 추려 놔 봐. 지금 바로 들어갈 거니까 비상 회의 소집하고 대기해. 아니, 그 사건은 잠시 미룰 거야."

휴대폰 너머 장 형사의 항의가 우렁차게 들려왔다.

"장 형사, 상황을 몰라서 그러는 게 아니야. 하지만 지금 하려는 일이 그 무엇보다 중요해. 내 신부를 되찾는 일이거든."

귓가를 울리는 고함에 가까운 소리에 정혁이 휴대폰을 멀찍이 떨어뜨렸다. 흥분한 목소리가 건너편 누군가에게 상황 설명을 하고 있었다. 잠시 후 태랑의 목소리가 툭 끼어들었다.

─반장님, 지금 말씀하신 신부가 뭔가 성스러운 느낌의 그런 신부님을 가리키는 건 아니죠?

"아니야. 장난칠 기분 아니니까 빨리 장 형사 바꿔."

─저도 장난칠 기분 아니거든요. 그러니까 지금 반장님이 말씀하신 신부는 신랑, 신부 할 때 그 신부란 거죠? 그리고 그 신부는 두말할 것도 없이 반장님의 신부고.

"알았으면 빨리 장 형사 바꿔."

─헐, 대박! 장 형사님, 우리 반장님께서 결혼하신답니다.

태랑의 목소리가 점점 멀어지더니 장 형사가 다시 휴대폰을 건네받아 질문을 쏟아 낼 기미를 보였다. 인내심이 이미 바닥난 정혁은 '정말'이라는 단어까지 듣고 말을 끊었다.

"그래. 그게 사실이 되게 하려면 우선 납치된 신부부터 구해 내야 돼. 그러니까 우선 PN캐피탈 김필녀 대표부터 잡자고. 서기원 검사도 함께."

머리가 깨질 듯 아팠다. 어디서 들려오는 건지 분간하기 힘든 잡다한 소리가 그녀를 괴롭히고 있었다. 입은 헝겊으로 틀어 막혀 있었다. 무의식적으로 손을 움직였지만 뒤로 꺾인 손은 묶이기라도 했는지 꼼짝을 안 했다. 깁스를 하고 있는 한쪽 팔이 저릿했다. 열이 나는 듯 볼이 화끈거렸다. 차가운 바닥에 얼굴을 붙여 열을 식히며 수연은 이해할 수 없는 지금의 상황에 대해 생각했다.

아무래도 납치를 당한 것 같은데 누가, 왜, 무엇 때문에 이런 일을 벌인 건지 알 수가 없었다. 그녀가 누워 있는 공간은 어둠에 휩싸여 있어 얼마나 시간이 지났는지 가늠하기가 힘들었다. 머리 통증을 무릅쓰고 힘겹게 몸을 일으켜 앉았다. 아픔을 비집고 정혁의 얼굴이 머릿속을 가득 채웠다.

걱정하고 있을 텐데. 걱정이 앞서서인지, 아니면 정신을 잃게 했던 약 기운이 남아서인지 겁이 나진 않았다. 수연은 어느 정도 어둠에 익숙해진 눈으로 주변을 찬찬히 훑어봤다. 때맞춰 문밖에서 날렵한 발소리가 들려왔다. 소리가 가까워지면서 어쩐지 귀에 익은 목소리가 점점 또렷해지고 있었다.

"그래서 오늘은 못 와? 어, 그래 알지. 걱정하지 마세요, 아드님. 엄마가 그깟 형사 하나 요리 못 할 위인으로 보이는 건 아니지?"

바깥 소리에 귀 기울이고 있던 수연은 '그깟 형사 하나'라는 말에 흠칫 몸을 떨었다. 세상에 형사가 정혁만 있는 게 아님을 알면서도 귀에 익은 목소리가 입에 담은 사람이 그일 것만 같았다.

웅얼거리는 소리가 좀 더 이어진 뒤 목소리는 뚝 끊겼다. 철컥하며 자물쇠 열리는 소리가 난 뒤 희미한 빛이 쏟아져 들어왔다.

수연이 눈을 질끈 감았다가 뜨자 중키에 보통 체격의 여자가 빛을 등지고 서 있었다.

"오랜만이다."

알량한 교양을 밑바닥부터 끌어 올린 듯한 저 말투는 예나 지금이나 소름이 끼쳤다. 또각또각 소리를 내며 필녀가 그녀의 가까이 다가와 섰다.

"예의 없는 건 여전하구나. 난 말이야, 네 그 눈빛이 진짜 마음에 안 들었어."

수연의 얼굴로 날아든 손이 입을 틀어막은 헝겊에 부딪쳐 둔탁한 소리를 냈다. 거센 힘에 수연의 고개가 왼쪽으로 획 돌아갔다. 서서히 고개를 제자리로 돌린 수연은 필녀가 마음에 들지 않는다고 말한 검은 동공으로 그녀를 직시했다. 신경질적으로 혀를 찬 필녀가 헝겊을 거칠게 빼냈다.

"뭐 궁금한 거 있니?"

납치에다 감금까지 한 이런 상태에서 전혀 어울리지 않는 물음이었다. 궁금한 걸 묻는다고 제대로 대답해 줄 것 같지도 않았지만, 대체 뭘 물어야 할지 판단이 서지 않아 수연은 입을 다문 채 고상하고 아름다운 외양과는 전혀 어울리지 않는 탐욕스러운 영혼을 바라보고만 있었다. 곧 찰싹, 하는 소리와 함께 필녀의 손이 다시 한번 수연의 뺨으로 날아들었다.

"네 눈빛보다 더 마음에 안 들었던 게 이제 막 생각났지 뭐야. 꼴에 고고한 척 말 없는 거. 얼마나 같잖아 보이는지 아니?"

매서운 손길에 입안의 부드러운 살이 터져 피가 났다. 무릎을 굽혀 앉은 필녀가 수연의 턱을 거칠게 움켜쥐었다.

"네 처지를 알려 줘? 넌 3년 전이나 지금이나 우리 기원이 부적일 뿐이야. 부적이면 부적답게 굴어야지, 감히 능력이 없어졌다고 속여?"

"뭘 원하는 거예요?"

어깨를 으쓱한 필녀가 수연의 턱을 놓아준 뒤 먼지라도 털어 내듯 손을 탁탁 털었다.

"포기가 빠른 점 하나는 마음에 드네. 별거 없어. 우리 기원이가 원하는 물건 하나만 찾아 주면 돼."

"그러기 싫다면요? 윽!"

갈퀴 같은 손이 수연의 머리채를 잡아 뒤로 확 당겼다. 목이 한껏 꺾여 필녀의 사납게 치뜬 눈과 마주했다.

"싫어? 그럼 내가 어떡할 것 같니? 너 꼴에 남자가 있더라?"

"아니에요. 그 사람은 나랑 아무 관계없어요."

"그래? 관계없어? 그럼 그놈 인생 좀 망친다고 해서 네가
신경 쓸 일은 없겠구나?"

"그러기만 해. 가만히 안 둘 거…… 악."

흥분한 수연의 목소리가 커지자 머리채를 잡고 있던 필녀
의 손이 뒤통수를 후려쳤다.

"어디서 소리 지르고 난리야? 똑똑히 들어. 얌전히 있다가
이번에 시키는 일만 잘해 주면 그 형사 놈한테도, 너한테도
아무 일 없을 거야. 알았니?"

정혁의 인생을 망치겠단 소리는 그저 협박이 아닐 것이다.
필녀는 아들인 기원을 위해서라면 뭐든 할 사람이었다. 그럴
만한 능력을 가지고 있었고, 그로 인해 다른 사람이 불행해
진다 해도 눈 하나 깜짝하지 않을 비열함과 냉정함까지 고루
갖추고 있었다.

수연은 그런 필녀를 매서운 눈길로 노려보는 것 외에 할
수 있는 게 없는 스스로가 답답했다. 윤기가 도는 짙은 입술
끝을 흉하게 끌어 올려 보인 필녀는 용건이 끝난 듯 입구를
향해 몸을 돌렸다.

책상 앞에 앉아 두꺼운 파일을 뒤지고 있는 정혁의 얼굴
이 며칠 새 몰라보게 까칠했다. 며칠 동안 밤샘을 해도 깔끔
함을 유지하던 모습은 사라진 지 오래였다. 턱은 거뭇거뭇한
수염으로 뒤덮여 있었고, 머리는 들쑥날쑥 까치집을 짓고 있

었으며 뺨은 홀쭉했다.

"뭐야? 어쩌다가?"

장 형사가 수화기에 대고 신경질적으로 소리를 질러 댔다.

"태랑이, 너 이 자식 졸았던 거 아니야?"

서기원을 감시하도록 한 태랑의 이름이 흘러나오자 날 선 정혁의 시선이 장 형사에게로 향했다. 휴대폰 스피커를 막은 채 장 형사가 정혁에게 보고했다.

"서기원을 놓쳤답니다."

정혁의 미간이 일그러졌다.

"그걸 말이라고 해? 이틀 동안 꼼짝도 안 했으니까 오늘 움직일 확률이 제일 높을 거란 생각은 안 해 봤나?"

장 형사가 다시 소리를 높여 태랑을 나무랐다. 미간을 구긴 정혁은 고민에 빠진 듯 검지로 책상을 톡톡 쳤다.

"반장님, 어쩌죠? 집 안에 얌전히 박혀 있는 줄 알았는데 없답니다. 아무래도 변장을 하고 다시 나간 것 같다고. 김필 녀 집으로 가 보라고 할까요?"

생각에 잠긴 정혁은 계속 검지만 까딱거릴 뿐이었다.

"반장님, 제가 직접 가서 살펴보고 오겠습니다. 그동안 숙 직실에서라도 잠깐 눈 좀 붙이세요. 수연 씨 찾기도 전에 반 장님 장례부터 치르게 생겼습니다. 어떻게 이틀 넘게 꼬박 잠도 안 자고……."

결정을 내린 건지 정혁이 자리에서 벌떡 일어났다.

"잘 생각하셨습니다. 한숨 주무시고, 씻으면서 면도도 하 시고, 식사도 좀 하시고요. 그래야 정신이 맑아져서 일도 잘

풀린다니까요. 한 시간 뒤에 드실 수 있게 국밥이라도 배달…… 반장님?"

숙직실 방향이 아닌 출입구로 향하는 정혁을 보고 장 형사는 인상부터 구겼다.

"장 형사, 지금까지 수집해 놓은 증거들 토대로 영장 좀 신청해 줘."

"네, 알겠습니다. 근데 어딜 가시려고요?"

"양평."

"네? 그 별장인지 뭔지가 있는 데요? 저도 같이……."

"됐어. 몰래 잠입할 거니까 혼자 움직이는 게 나아. 도착하면 연락할 테니까 장 형사는 영장 발부받아서 와."

"그러니까 영장 받아서 같이 가자고요. 지금 그 상태로 누굴 구하러 갑니까? 반장님, 반장님!"

잠을 안 잔 게 아니라 못 잔 거였다. 수연을 찾기 전까진 잠을 잘 수도, 음식을 먹을 수도 없었다. 김필녀와 서기원의 소유로 된 주택, 빌라, 원룸 건물까지 다 살폈지만 헛수고였다. 기원은 아무 일도 없는 것처럼 퇴근한 뒤 그의 오피스텔에서 꼼짝하지 않았다.

동민에게 연락해서 알아낸 바에 의하면 기원은 대한그룹 비리를 수사 중이었다. 유정이 조사해서 만들어 놓은 파일을 보니 수연과 함께 움직이지 않은 3년간 기원의 사건 실적은 초라하기 그지없었다. 동민의 막내딸은 그럴듯한 외모와 화술로 어찌어찌 구워삶았는지 모르겠지만, 동민의 환심까지 사기는 역부족이었을 것이다. 그는 수연의 도움을 받아 대한

그룹 사건을 해결하려는 것이 분명했다.

김필녀의 별장, 정확히 말하자면 PN캐피탈 부사장의 별장을 알아낸 것은 한 시간 전쯤이었다. 필녀를 감시한 결과, 그녀는 부사장 전명수와 내연 관계로, 현재는 동거 중인 것으로 확인됐다. PN캐피탈과는 전혀 인연이 없던 전명수가 갑작스레 부사장 자리에 오른 것은 4년 전의 일이었다. 양평 별장은 그즈음 그의 명의를 빌려 사들인 것으로 추측됐다. 수연을 숨길 만한 곳은 이제 그곳뿐이었다. 여태껏 얌전히 몸 사리고 있었던 기원이 움직였다면 다른 곳으로 이동할 심산인 게 분명했다. 정혁의 마음이 급해졌다.

제대로 씻지 못해 몸에서 냄새가 나는 것 같았다. 필녀가 다녀간 뒤로 얼마나 흘렀는지 알 수가 없었다. 굶어 죽기라도 할까 봐 겁나는지 앙칼지게 생긴 여자가 간단한 끼니를 가지고 와 그녀가 다 먹도록 감시하고 있다가 비운 그릇을 가지고 나가곤 했다.

수연이 갇힌 방에 있는 건 1인용 침대와 옷장이 다였다. 창문도, 시계도 없었다. 묶였던 손발은 풀려났지만 밖엔 지키는 사람들이 있었고, 전등을 빼 버린 건지 불은 켜지지 않았다. 여자가 끼니를 가져올 때 들고 오는 손전등 빛 말고는 항상 어둠에 싸여 있었다. 화장실 가는 것과 깁스를 한 팔이 근질거리는 것 외에는 크게 불편한 건 없었지만, 어두운 곳에서 아무것도 하지 않고 시간을 보내는 것은 숨이 막히도록 답답한 일이었다.

엄청난 생각들이 밀물처럼 몰려왔다가 썰물처럼 빠져나가기를 반복했다. 생각 중 대부분은 정혁에 관한 것이었다. 생각의 수렁에 빠진 마음은 지옥이었다. 정혁이 어쩌고 있을지 걱정돼 미칠 지경이었다. 그녀가 납치된 건 알고 있는지 궁금했다. 아니, 무엇보다 보고 싶었다.

어떻게든 이곳에서 나가야 하는데 방법을 찾을 수가 없었다. 하루라도 빨리 기원이 원하는 것을 찾아 주고 여기서 나가고 싶다는 생각을 하기에 이르렀지만, 필녀는 그 후로 다시 나타나지 않았고 이 방을 드나드는 누구도 그녀와 말을 섞지 않았다.

갑자기 문밖에서 말소리가 들려왔다. 밥을 먹은 지 얼마 되지 않았으니 뭔가 변화가 있는 것이 분명했다. 발소리를 죽인 채 수연이 문가로 다가가 귀를 기울였다. 기원의 목소리가 들렸다.

자물쇠 열리는 소리에 몇 발짝 물러났다. 빛이 한꺼번에 쏟아져 들어왔다. 어둠에 익숙해진 눈은 희미한 빛도 감당하기 쉽지 않았다. 한껏 눈을 찡그린 채 문 앞을 막아선 사람을 보기 위해 애썼다.

"오랜만이야."

누가 모자 사이 아니랄까 봐 첫마디마저 같았다.

"어우, 냄새. 꼴이 말이 아니네. 좀 씻지."

누구 때문에 이 모양인데, 냄새난다고 탓을 하는지 기가 막혔다. 기원이 손짓을 하자 시커먼 옷을 입은 남자와 여자가 수연의 양팔을 거머쥐었다. 기원과 말을 나눠 볼 새도 없이 수연은 질질 끌려가 욕실로 밀어 넣어졌다. 욕실을 빠져 나가려고 문고리를 잡아 비틀었다가 놓아 버렸다. 널찍한 욕조에 김이 모락모락 나는 물이 잔뜩 받아져 있었다. 분명 향기로울 것 같은 바디 클렌저와 샴푸가 수연을 유혹하고 있었다.

이곳을 도망치더라도 이 꼴로 정혁을 만날 수는 없었다. 욕조에 들어가 앉을 만큼 여유롭지는 않아 머리를 감고 간단하게 샤워만 하는데도 깁스를 한 팔 때문에 시간이 꽤 오래 지체됐다.

한 손으로 어설프게 머리를 털다가 갑자기 왈칵 눈시울이 붉어졌다. 머리를 닦아 주다 말고 수건을 푹 뒤집어씌우던 정혁이 떠올랐다. 욕실 거울 속에 핏기 없이 핼쑥한 여자가 눈과 코가 붉어진 채 울 것 같은 얼굴을 하고 있었다.

며칠이 지났는지 모를 잠깐의 이별조차 견디기 힘든데, 만약 그와 영영 헤어지게 된다면, 과연 자신이 견뎌 낼 수 있을까 하는 생각에 울음이 왈칵왈칵 치밀어 올라왔다.

"지금이 울고 있을 때야? 정신 바짝 차려도 될까 말까 한 순간에 이러면 안 되지."

"여전히 혼자 중얼거리기나 하고, 너는 어째 변함이 없어."

스르륵 열린 욕실 문 앞에 기원이 서 있었다.

"뭐예요? 나가세요."

거울에 비친 기원을 본 수연이 소스라치게 놀라며 수건으로 얼른 몸을 가렸다.

"입을 옷 가져왔는데 필요 없나 봐?"

"거, 거기다 두고 가세요."

"누구한테 명령이야? 건방지게."

들고 있던 옷을 바닥에 툭 던지듯이 내려놓은 기원이 수건을 생명줄인 양 붙잡고 있는 수연을 머리부터 발끝까지 비릿한 시선으로 훑어 내렸다.

"그거 알아? 그래도 명색이 2년을 한집에 살았던 부분데, 네 벗은 모습 보는 건 이게 처음이지 아마."

수연은 온몸에 소름이 돋았다. 예의라곤 눈곱만큼도 지킬 의사가 없는 기원은 욕실 문 앞에서 비켜나기는커녕 팔짱까지 끼고 문턱에 기대 본격적으로 감상할 자세를 취했다. 수연은 두려움과 분노가 동시에 솟구쳤다. 욕실 바닥 구석에 벗어 둔 옷은 다시 입기엔 너무 후줄근한 데다 그의 앞에서 옷을 입을 마음은 추호도 없었다. 열린 욕실 문을 닫아 버리면 끝날 일이었지만 애초에 안쪽에서 잠그지 못하게 설계된 것 같았다.

비릿한 웃음을 머금고 있는 기원의 의도는 정확히 파악할 수 없었지만, 만일의 경우를 대비해 무기가 될 만한 무어라도 찾아봐야 했다. 하지만 욕실 안은 그녀가 갇혀 있었던 방만큼이나 물건이 없었다. 좀 전에 그녀가 사용했던 바디 클렌저와 샴푸, 타월이 전부였다. 수연의 시선이 잠시 샤워기에 머물렀다. 하지만 생각보다 줄이 짧아 씻을 때 불편했던 기억이 떠올라 이내 마음을 접었다.

하는 수 없이 깁스를 하지 않은 팔을 뒤로 돌려 세면대 위를 더듬었다. 잡히는 거라곤 역시 좀 전에 사용한 치약과 칫솔뿐이었다. 수연은 한 손으로 칫솔을 만지작거리며 다시 샤워기로 시선을 던졌다.

"내가 어렸을 때 말이야."

복잡한 머릿속을 뚫고 갑작스레 들려온 기원의 목소리에 수연이 흠칫 몸을 떨었다. 그녀의 반응을 즐기는 듯 기원의 비릿한 미소는 더욱 짙어졌다.

"가지고 놀다 싫증 난 변신 로봇 장난감을 같은 반 아이한테 준 적이 있어. 하도 갖고 싶어 하기에 적선하듯 던져 줬지. 근데 이 녀석이 그 장난감을 세상에서 제일 값진 물건 취급하며 너무 재밌게 갖고 놀더란 말이지. 그걸 본 내가 어떻게 했을 것 같아?"

수연은 칫솔과 샤워기 사이에서 고민하느라 기원의 뜬금없는 장난감 얘기에 대답해 줄 정신이 없었다.

"다시 빼앗아서 부숴 버렸어. 왜 그랬을까?"

왜 저런 걸 묻는 걸까? 못돼 먹은 서기원의 속내를 그녀가 어찌 알겠는가.

"집중 좀 해. 나 혼자 말하는 것 같잖아. 상황 파악이 그렇게 안 돼? 지금은 내 기분을 최대한 맞춰 주는 게 좋을 거란 판단도 안 서나?"

"왜 그랬는데요?"

짜증스럽게 미간을 구긴 수연이 툭 뱉어 내듯 말을 건넸다.

"그냥 싫더라고. 그땐 너무 어려서 왜 싫은 건지 이유를 몰랐었는데, 이제야 알았지 뭐야. 한 번 내 소유였던 건 끝까지 내 물건이거든. 다른 놈의 손 타는 게 싫었던 거야. 게다가 원래 내 물건이었던 걸 가지고 나보다 더 즐거워하고 좋아하는 꼴은 정말 못 봐 주겠더라고."

기대섰던 몸을 바로 세운 기원이 한 발을 성큼 욕실로 들였다. 흠칫 놀란 수연이 짧은 비명과 함께 얼결에 칫솔을 집어 들었다. 기원이 웃는 건지 모를 애매모호한 표정으로 칫솔을 툭 쳤다.

"다, 다가오지 마요."

"칫솔로 대체 뭘 하자고?"

"이, 잊었어요? 나한테 무슨 짓이라도 하면 능력이…… 아악!"

칫솔을 들고 있는 그녀의 손목을 기원이 우악스레 움켜쥐고 끌어당겼다.

"뭘 기대하는 건지는 모르겠지만, 이미 버린 장난감을 다시 가지고 노는 일은 없어. 다른 놈도 가지고 놀지 못하게 망가뜨리면 모를까."

"미친놈."

수연은 계속 입속을 맴돌던 말을 기어코 밖으로 내뱉고 말았다. 그녀의 손목을 움켜쥔 기원의 손에 억센 힘이 가해졌다.

"윽."

"말을 가려 해야지. 너도 알다시피 난 참을성이 별로 없거든. 그래도 참 다행이지? 네 그 알량한 능력 때문에 지금 당장은 망가뜨릴 생각이 없거든. 단지……."

차가우면서 끈끈한 기원의 손이 수연의 맨 어깨를 더듬었다. 수연은 순간 소름이 끼쳐 어깨를 비틀어 기원의 손을 피했다.

"내가 버린 장난감이 어떻기에 그놈이 그렇게 죽고 못 살겠는 얼굴을 하는지 알아보고 싶어서 말이야."

"무슨 짓이든 하기만 해. 절대로 네가 찾는 건 얻을 수 없을 거야."

수연의 목소리는 심하게 떨리고 있었지만 제법 강단 있는 말투였다.

"허, 많이 변했네. 군소리 없이 시키는 대로 하던 그 은수연이 아니야. 하하, 이거 내가 버린 장난감이 맞는지 헷갈리는걸."

"알았으면 이 손 놓고 꺼져."

이 가는 소리가 들렸다. 겁먹은 게 분명한 여린 산짐승의 눈을 하고도 한 치의 물러섬 없이 그를 직시하고 있는 수연의 눈을 기원이 번들거리는 눈빛으로 쏘아봤다. 그녀를 으적으적 씹어 뭉개고 싶은 욕망이 들끓는 눈이었다.

"저, 영감님."

숨 막히는 침묵을 깨고 조심스러운 목소리가 끼어들었다.

"방해하지 말라고 했던 거 잊었어?"

기원이 버럭 소리를 질렀다. 수연은 움찔 놀라며 눈을 질끈 감았다.

"죄송합니다. 작업실 쪽에 문제가 좀 생겨서……."

머뭇거리며 건넨 말에 기원의 고개가 휙 돌아갔다. 검은 옷의 남자를 매섭게 노려보던 기원이 수연의 손목을 팽개치듯 놓고 욕실을 나갔다. 아무 지시도 없이 그가 욕실을 벗어나자 수연을 어찌해야 할지 갈팡질팡하던 검은 옷의 남자는 수건으로 몸을 가린 채 넋을 놓은 것 같은 그녀를 힐끔 바라본 뒤 급히 발걸음을 옮겼다.

거친 숨을 한꺼번에 뱉어 낸 수연이 그 자리에 무너지듯 주저앉았다. 온몸이 사정없이 떨리고 있었다. 울음이 새어 나올 것 같아 떨리는 손으로 입을 우악스럽게 틀어막았다. 기원이 다시 오기 전에 빨리 이곳을 벗어나야 하는데, 하다못해 옷이라도 갖춰 입고 무기가 될 만한 것도 찾아봐야 하는데, 도무지 손에 힘이 들어가지 않았다. 아무리 진정하려 애써도 떨림은 멈출 생각을 하지 않았다.

무릎걸음으로 바닥을 기어 간신히 욕실 문턱에 놓여 있는 옷가지에 떨리는 손을 뻗었다. 그런데 누가 밀기라도 한 듯 옷이 그녀의 무릎 위로 툭 떨어졌다. 그러더니 슬그머니 욕실 문이 닫혔다.

닫힌 욕실 문을 희끄무레한 안개 같은 것이 뒤덮고 있었다. 놀란 눈으로 지켜보고 있던 수연의 눈시울이 다른 이유로 붉어졌다. 울음을 터뜨릴 것 같던 입이 어설픈 미소를 만들어 내고 있었다.

"흑, 담아. 너 맞지?"

대답이라도 하듯 안개가 살짝 일렁였다. 수연의 눈에 고였던 눈물이 후두둑 볼을 타고 흘렀다. 담에게 웃음을 보여 주고 싶은 마음에 새어 나오려는 울음을 참느라 수연의 입에선 괴상한 소리가 흘러나왔다.

"끅, 보고…… 보고 싶었어. 우리 담이…… 누나가 너무 보고 싶어서, 끅."

결국 말을 끝맺지 못하고 얼굴을 손으로 가렸다. 오열을 삼키느라 어깨가 좀 전보다 더 떨려 왔다. 잠시 후 따뜻한 기운이 그녀의 몸을 감싸는가 싶더니, 머리칼을 들추고 팔꿈치를 툭툭 쳐올렸다. 이러고 있을 시간이 없다고 재촉하는 것 같았다. 수연은 눈물 젖은 얼굴로 미소를 지어 보이며 고개를 힘차게 끄덕였다.

손은 여전히 떨리고 있었지만, 이젠 두렵지 않았다. 여러 번 헛손질을 해 가며 옷을 입은 수연은 주변을 두리번거리다가 샤워기를 집어 들었다. 역시 칫솔보다는 샤워기 쪽이 훨씬 나을 것 같다는 판단에서였다. 샤워기를 무릎 사이에 낀 수연이 한 손으로 헤드를 힘껏 비틀었다. 생각보다 잘 돌아가지 않아 짜증이 왈칵 밀려왔다.

무릎 사이에 낀 샤워기를 깁스한 손으로 잡아 봤지만, 힘이 들어가지 않았다. 답답한 마음에 입술을 질끈 깨무는데, 따뜻한 기운이 그녀의 양손을 감쌌다. 뿌연 안개를 향해 미소를 지어 보인 수연이 다시 한번 힘껏 샤워기 헤드를 돌렸다.

드디어 샤워기가 돌아가는 게 느껴졌다. 한 번 움직이기 시작한 헤드는 쉽게 본체와 분리됐다.

"됐다. 고마워, 담아. 이제 길 좀 안내해 줄래?"

그럴 리가 없었지만 마치 그녀의 말을 알아듣는 것처럼 욕실 문이 스르르 열렸고 담의 영혼이 복도 오른쪽을 향해 나아갔다. 샤워기 헤드를 손에 움켜쥔 수연이 그 뒤를 따랐다. 군데군데 설치된 등이 어둠침침한 복도를 비추고 있었다. 사람들은 모두 문제가 생겼다는 작업실로 간 건지 다행히 그녀가 갇혀 있던 방 앞을 지나 위로 향하는 계단까지 가는 동안 그 누구와도 마주치지 않았다.

좁은 계단 끝에 출입문이 있었다. 수연은 지나온 복도를 한 번 뒤돌아보고 계단에 발을 올려놓았다. 앞에서 길잡이를 하던 담이 춤을 추듯 일렁거리다가 그녀의 다리를 툭 쳤다.

왜 그러는지 몰라 미간을 찌푸리는 수연을 두고 담이 문을 통과해 사라졌다. 아마도 잠시 기다리라는 신호인 듯싶었다. 담이 다시 나타나기까지 수연은 샤워기 헤드를 꼭 움켜쥔 채 불안한 눈으로 복도 끝을 살폈다.

잠시의 시간이 흐른 뒤 삐거덕거리는 소리를 내며 문이 열렸다. 놀란 수연이 계단 옆 벽에 몸을 숨긴 채 고개만 내밀어 위를 살폈다.

"휴우."

담의 영혼인 게 분명한 희뿌연 안개가 신이 난 듯 아래위로 일렁였다. 상황에 맞지 않게 수연의 입가에 배시시 웃음이 맺혔다. 감정 표현에 서툴렀던 담은 고양이를 보면 좋아서 폴짝폴짝 뛰곤 했는데 마치 지금도 그런 감정을 느끼는 것 같았다. 담의 마음을 알 길 없는 고양이들은 놀라서 달아나기 일쑤였지만, 아이의 얼굴은 주변을 다 밝힐 듯 환해지곤 했다.

항상 담을 돌봐 줘야 하는 존재로 여겼었는데, 이제 와 생각하니 담 또한 여러 가지 방법으로 그녀를 보살피고 있었다는 걸 깨달았다. 거기까지 생각이 이르자 담이 더 그리워졌다. 희뿌연 안개가 아닌 쓰다듬고 보듬어 줄 수 있는 실체를 가진 담이 그리워 눈시울이 또 시큰했다.

그녀가 움직이지 않자 담은 한층 더 격하게 오르내리고 있었다. 감상에 빠져 있을 때가 아니라고 야단이라도 치는 것 같았다.

"알았어. 정신 차릴 테니까 화내지 마."

빠르게 계단을 올랐다. 그녀가 갇혀 있던 곳은 넓은 저택의 지하였다. 문을 나서자 바로 오른편으로 창이 보였다. 늦은 시간인지 밖은 어둠에 싸여 있었지만, 오래간만에 보는 바깥 풍경이라 반가웠다. 마주한 벽에는 그녀에게도 익숙한 클림트의 그림 한 점이 걸려 있었다. 아마도 고상해 보이고 싶어 늘 안달하는 필녀의 취향인 듯싶었다. 사람을 가두는 용도로 사용하는 지하실 문 앞에 걸어 놓기엔 어울리지 않는 그림이었다. 실소를 머금은 채 고개를 돌린 수연은 복도의 반대편 끝을 살폈다.

반대편 복도와 만나는 중앙엔 탁 트인 넓은 공간이 자리하고 있었다. 아마도 거실이나 중앙 홀로 사용되는 공간인 것 같았다. 초조한 듯 연신 샤워기 헤드를 힐끔 바라보던 수연은 담의 뒤를 따라 다시 걸음을 옮겼다.

한 발짝쯤 앞서가던 희뿌연 안개가 갑자기 멈췄다. 긴장한 수연이 벽에 몸을 밀착시키고 고개를 살짝 내밀어 살피다가 급한 숨을 삼키며 손으로 입을 막았다.

수연이 갇혀 있던 문 앞을 지켰던 남자 중 한 명이 그녀가 있는 곳으로 다가오고 있었다. 숨 쉬기가 버거울 만큼 심장이 쿵쾅거렸다. 샤워기 헤드를 움켜쥔 손에 진득하니 땀이 배어 나왔다. 그녀의 옆에서 떠나지 않는 담의 영혼을 향해 도와 달라고 간절히 빌었다.

발자국 소리는 점점 선명하게 그녀의 귓가를 울렸다. 수연은 버겁게 뱉어 내고 있던 숨마저 일순 멈췄다. 검은 구두 코가 불쑥 눈앞에 나타났다. 입술을 질끈 깨문 수연이 샤워기 헤드를 높이 들어 방어 자세를 취했다. 남자가 코너를 돌아 수연을 발견하자마자 담의 영혼이 그의 앞으로 불쑥 다가들었다. 그를 막을 수는 없었지만, 잠깐 시야를 가리는 데는 충분했던 듯 남자는 손을 휘저으며 허둥댔다. 수연은 소리를 지르며 샤워기 헤드로 남자의 머리를 내리쳤다.

"아악, 악, 꺄악!"

대체 누가 때리고 누가 맞는 건지 모를 정도로 수연은 소리를 질러 댔다. 처음 한 방을 정통으로 맞고 비틀댔던 남자는 무차별적으로 휘둘러 대는 샤워기를 이리저리 막아 내다가 낚아채는 데 성공했다.

"아악, 엄마야!"

샤워기를 빼앗기자마자 자지러질 듯 소리를 지른 수연은 남자를 몸으로 밀쳐 냈다. 남자는 살짝 비틀거리다 말았지만, 시간을 벌어 준 담이 덕에 그의 옆을 지나쳐 널찍한 거실을 가로질러 입구라고 생각되는 곳으로 달아날 수 있었다. 하지만 육중한 문을 코앞에 둔 지점에서 단단한 팔이 그녀의 허리를 붙잡더니 비명이 터져 나오려는 그녀의 입을 커다란 손으로 막아 버렸다.

힘차게 두근대는 단단한 가슴이 그녀의 등에 찰싹 밀착됐다. 이성을 잃기 직전인 수연은 허리에 감긴 손을 떼어 내려 애쓰며 발을 바둥거렸다. 막힌 입에선 끊임없이 억눌린 소리가 새어 나왔다. 수연을 낚아챈 사람은 필요 이상 그녀를 품으로 당겨 안고 있었다.

"쉿!"

12장

퇴근 시간을 지났음에도 거리엔 차들이 넘쳐나 마음 급한 정혁의 속을 태웠다. 별장이 위치한 곳은 양평 시내에서 벗어난 한적한 곳이었다. 드문드문 있던 주택들마저 거의 사라진 1차선 도로로 접어들었을 때, 구급차 한 대가 사이렌 소리를 죽인 채 그의 차를 지나쳐 앞서갔다. 좀 이상하다 여기긴 했지만, 수연에 대한 걱정으로 이내 관심에서 밀어냈던 구급차를 다시 마주한 건 전명수의 명의로 된 별장 옆 창고 건물 앞에서였다. 조용히 잠입하기 위해 별장을 목전에 둔 숲 근처에 차를 세워 놓고 움직인 정혁은 어둠에 몸을 숨기고 한성병원 로고가 찍힌 구급차와 창고 건물을 유심히 살폈다.

불현듯 유정이 만든 파일에 꾹 눌러쓴 듯 찍혀 있던 물음표가 떠올랐다. PN캐피탈이 자행하고 있는 불법 채권 추심에 관해 조사하려 했었나 본데, 아마도 유정의 힘으론 역부족이었던 것 같았다. 게다가 최근 신장 이식 최다 달성이라는 쾌거를 이루며 장기 이식 분야에서 새롭게 입지를 굳혔다고 소문이 자자한 한성병원의 구급차가 이 야심한 시각에 김필녀 소유나 다름없는 별장 앞에 멈춰 있었다. 사이렌을 작동하지 않은 거로 봐서 응급 환자가 발생했다고 볼 수도 없었다.

미간을 일그러뜨린 정혁이 희미한 불빛이 새어 나오는 별장과 그 앞에 주차된 고급 승용차를 유심히 살피다가 창고를 향해 재빠르게 이동했다. 총을 빼 들고 창고 입구 벽에 붙어 섰을 때, 입이 틀어 막힌 듯한 사내의 억눌린 비명이 들렸다. 정혁은 소리를 죽여 조심스럽게 문고리를 비틀어 문을 열었다. 재빠르게 안쪽을 살핀 정혁은 조용히 문을 닫은 뒤 창고 뒤쪽, 어둠이 짙게 깔린 곳으로 몸을 숨겼다.

시린 조명이 밝혀진 창고 안엔 철제 침대와 수술 도구를 놓아둔 탁자가 있었고 짙은 알코올 냄새로 가득했다. 재갈을 물리고 손발이 묶인 채 바닥에 꿇어앉아 있는 남자 한 명과 가운을 입은 남자 두 명에, 어딜 봐도 싸움 꽤나 할 법한 덩치 좋은 남자 네 명이 넓은 창고 안에 흩어져 있었다.

불법적인 의료 행위가 벌어지고 있는 모양새였다. 잠시 고민에 빠져 있던 정혁은 휴대폰을 꺼내 들었다. 남자들을 제압하는 건 일도 아니었지만, 별장에 갇혀 있을지도 모를 수연이 위험해지는 상황을 만들고 싶지 않았다. 그의 기억이 맞다면 별장 앞에 주차된 고급 승용차는 기원의 것이 분명했다. 게다가 서기원은 모친의 일을 살피기 위해 주말도 아닌

평일 밤에 서울을 벗어나 이곳까지 올 위인이 못됐다. 그렇다면 서기원이 여기에 있는 이유는 하나였다.

정혁은 확신할 수 있었다. 저 별장 어딘가에 수연이 있었다.

칼날 같은 시선으로 별장과 창고를 번갈아 살핀 정혁이 휴대폰을 귀에 가져다 댔다. 그의 전화를 기다리고 있었던 듯, 한 번의 신호가 울리자마자 바로 장 형사의 우렁찬 음성이 들려왔다.

—반장님, 지금 영장 발부받아서 가는 중입니다. 혼자 움직이지 말고…….

"장 형사, 상황이 좀 복잡하게 됐어. 여기 도착하려면 얼마나 걸리지?"

—글쎄요. 한 30분쯤 걸리지 않을까 싶습니다.

"너무 늦어. 여기 관할 지구대에 불법 장기 매매 알선 사건으로 협조 요청 좀 해야겠어."

—네? 그게 무슨…….

"자세히 설명할 시간 없어. 주소 먼저 알려 주고 구급차가 주차된 곳으로 가라고 해. 인원은 되도록 많으면 좋고, 5분 안에 출동해 주면 더 좋고. 서기원이 직접 나설 수도 있으니까 미리 알려 주고, 최대한 시간 좀 끌어 달라고 요청해."

장 형사는 상황의 급박함을 알아챘는지 더 이상의 질문은 하지 않았다.

잠시 후 예상보다 빨리 경찰들이 도착했고 창고 앞에서 실랑이가 벌어졌다. 정혁의 예상대로 곧이어 서기원이 별장에서 불려 나와 창고로 향하는 모습을 볼 수 있었다.

이젠 움직일 시간이었다. 정혁이 발소리를 최대한 죽이고 별장 현관 앞에 거의 다다랐을 즈음 검은 옷을 입은 장신의 남자가 별장을 향해 달려왔다. 혹시나 시선을 끌게 될까 걱정된 정혁이 재빨리 계단 아래로 몸을 숨겼다.

남자가 문 안으로 사라진 뒤 잠시의 간격을 두고 정혁이 그림자처럼 별장 안으로 숨어들었다. 안으로 들어서자마자 비명 소리에 놀란 것도 잠시, 헐렁한 셔츠에 커 보이는 청바지를 입고 한쪽 팔엔 깁스를 한 채 뒤를 끊임없이 힐끔거리며 맨발로 달려오는 수연을 재빨리 낚아챘다.

숨이 멎을 만큼 벅차올랐다. 수연이 비명을 지르고 힘껏 달릴 수 있을 정도로 건강한 것에 뚜렷한 대상도 정하지 못하고 속으로 연신 감사의 말을 쏟아 냈다. 맞춤인 양 딱 들어맞는 몸이, 손바닥에 전해지는 따뜻한 숨결이 어느 하나 감사하지 않은 게 없었다.

힘차게 바둥대던 수연은 정혁의 쉿, 한마디에 동작을 멈췄다. 이내 정혁을 알아챈 그녀가 참아 왔던 울음을 토해 냈다.

정혁이 담의 영혼에게서 벗어나 수연을 쫓아온 남자를 처리하기 위해 입에서 손을 떼어 내자 울음소리는 더욱 커졌다. 그녀를 달래는 걸 잠시 미룬 정혁이 몸을 틀어 수연을 최대한 감싸며 주먹을 뻗어 오는 남자를 오른발로 힘껏 걷어찼다.

허리춤에서 수갑을 꺼낸 정혁이 순식간에 나동그라져 신음을 흘리고 있는 남자를 끌어다 2층으로 올라가는 계단 난간에 잡아맸다.

"은수연 뭐해? 얼른 이리 오지 않고."

오라고 말해 놓고는 정혁이 먼저 성큼성큼 그녀에게로 다가갔다. 수연은 눈물범벅을 한 채 그의 품으로 뛰어들었다. 그녀의 울음은 곧 정혁의 가슴으로 스며들었다. 따뜻하고 듬직한 손이 그녀의 머리를 다정하게 쓰다듬었다.

"더 빨리 찾지 못해서 미안해."

그의 품 안에 갇힌 수연이 고개를 좌우로 저어 댔다.

"씩씩하게 버텨 줘서 너무 기특하다, 은수연."

깁스를 하지 않은 손이 그의 허리로 억세게 감겨들었다.

"이 말 다시는 못 하게 될까 봐 얼마나 겁났는지……. 사랑해요, 아저씨."

정혁이 다시는 놓지 않을 것처럼 수연을 으스러지게 안았다. 두려움이라곤 몰랐던 그가 살면서 이렇게 겁났던 적이 없었다고 외치는 듯했다.

"우리 수연이 얼굴 좀 보자."

팔을 조금 헐겁게 푼 정혁이 수연의 얼굴을 손으로 감싸 그를 보게 했다. 촉촉하게 젖은 수연의 볼을 부드럽게 쓸어내리는 정혁의 입가에 미소가 맺혔다.

"이렇게 못생겼었구나."

울음을 그쳐 가던 수연이 입을 삐죽거렸다. 정혁은 심술을 부리듯 그의 가슴을 통통 치는 수연을 다시 품 안에 가득 품었다가 놓아줬다.

"우선 여기서 나가자."

그녀에게 안성맞춤인 손이 손가락 사이사이를 파고들어 깍지를 껴 왔다. 다시는 놓칠 수 없다는 듯 강하게 얽혀 들었다.

수연을 이끌며 현관으로 향하던 정혁이 갑자기 걸음을 멈췄다. 이유를 몰라 짙은 눈으로 멀뚱멀뚱 바라보는 수연을 정혁이 번쩍 안아 들었다.

"왜요?"

"맨발이잖아."

"그래도 이러고 어떻게 가요? 서기원이라도 다시 나타나면……."

"훨훨 날아다닐 수도 있으니까 걱정 마. 널 안고 있는데 못 할 게 없지."

하지만 말이 씨가 된다고 현관문 앞에 도착한 순간, 갑작스레 문이 벌컥 열리고 기원이 모습을 드러냈다.

"어딜 가시려고?"

뒤로 몇 발짝 물러난 정혁이 어쩔 수 없이 수연을 바닥에 내려놓고 제 등 뒤로 숨겼다.

"이걸 어쩌나? 기어코 여기까지 와 버렸으니, 순순히 보내주긴 어렵지 않겠어?"

비릿한 웃음을 머금은 기원의 뒤로 한 덩치 하는 남자들이 담을 쌓듯 둘러섰다.

"경찰들 출동시킨 것도 네 짓이지?"

"그러게. 시간 좀 오래 끌라고 했는데 설마 쟤들이 어떻게 한 건 아니지? 그럼 죄목이 더 늘어날 텐데 말이야."

"흠, 형사라는 작자가 그렇게 상황 파악이 안 돼서 쓰겠어?"

입꼬리를 끌어 올린 기원이 뒤에 포진한 덩치들을 소개라도 하듯 쭉 훑었다.

"보여? 내 죄목이 뭔지 짚어 줄 시간이 있을지 모르겠군."

기원이 옆으로 슬쩍 비켜서더니 덩치들에게 고갯짓을 했다. 덩치들이 우르르 안쪽으로 몰려듦과 동시에 정혁이 총을 꺼내 들었다. 각자 무기 하나씩 들고 전투력을 불태우던 덩치들이 잠시 멈칫했다.

"뭣들 하는 거야? 몇 명이나 되는데 저놈 하나를 처리 못 해?"

"하지만 총……."

"이것들이 진짜!"

"너희 마음 알아."

덩치들을 전면에 내세우고 안전한 구석으로 물러난 채 얼굴을 붉히며 악을 써 대는 기원의 말을 조용하지만 강단 있는 정혁의 음성이 툭 자르고 들어왔다.

"벌어먹고 살기 참 힘들어, 그렇지? 검사인지, 양아치인지 구분도 안 되는 놈이 제 새끼라면 껌뻑 죽는 어미 힘만 믿고 별 더러운 짓은 다 시키면서 사람대접도 제대로 안 해 주지. 안 그래?"

"입 닥쳐, 이 새끼야. 빨리 안 움직이고 뭐 해? 전부 다 죽고 싶어?"

기원이 정혁의 말을 끊고 악을 쓰고 있었지만 덩치들의 표정은 동요하고 있음을 여실히 보여 주고 있었다.

"곧 우리 팀이 영장 가지고 이리로 들이닥칠 거야. 증거는 널렸고, 납치 감금에, 장기 이식에 관한 법률 위반까지 현행 범으로 체포되겠지. 근데 서기원, 저 자식은 빠져나가는 덴 도사야. 그만한 능력도 있고. 그럼 그 죄를 고스란히 뒤집어 쓰는 건 너희들이 될 거야. 이해돼?"

인상을 한껏 찌푸리고 있는 기원에게로 향했던 덩치들의 시선이 다시 정혁에게로 옮겨졌다.

"지금 바로 무기 버리고 협조하면 너희는 그냥 서기원하고 김필녀가 시켜서 어쩔 수 없이 나쁜 짓을 한 걸로 해 줄 수 있단 소리야. 하지만 협조를 안 하겠다면 그 반대 상황이 될 수밖에 없겠지."

"너 이 자식, 내가 누구까지 움직일 수 있는지 보여 줘? 너희들 모조리 다 없애도 난 무사할 수 있다는 거 몰라?"

궁지에 몰린 기원의 난데없는 자기 과시가 시작됐다. 덩치들이 기원의 힘을 모를 리가 없었다. 정혁의 말에 90% 이상 협조하는 방향으로 넘어왔던 그들의 마음은 기원이 움직일 수 있는 누군가를 생각하며 흔들리고 있는 것 같았다.

"누구, 이재성 의원? 그 양반 구속 영장도 같이 신청했지, 아마."

정혁은 그의 옷자락을 꼭 움켜쥔 채 등 뒤에 얌전히 붙어 서 있는 수연의 머리꼭지를 힐끔 쳐다봤다. 그녀를 곁에 두 고 총질까지 하는 일은 없었으면 했다.

속으로 생각보다 늦는 애꿎은 장 형사를 원망하며 눈치만 살피고 있는 덩치들을 예리한 시선으로 훑고 있을 때, 정혁의 타박을 듣기라도 한 것처럼 요란한 사이렌 소리가 가까워지고 있었다. 그의 입꼬리가 슬쩍 올라갔다.

"이제 시간이 얼마 없을 것 같은데?"

정혁의 나직하고도 느긋한 한마디에 덩치들은 듣기 거북한 욕설을 중얼거리며 순차적으로 무기를 버리고 양손을 들었다.

"잘들 생각했어. 자, 이제 신속한 처리를 위해서 입구 쪽에서 좀 물러나 주실까?"

정혁이 총을 든 손을 까딱거리자 덩치들이 입구에서 어슬렁어슬렁 물러났다.

"지금 뭐 하는 짓들이야?"

기원이 가만있을 리가 없었다. 얼굴을 붉히고 목에 핏대를 세운 기원이 소리를 버럭 지르며 그들을 향해 성큼 발을 뗐다.

"이렇게 하고도 대한민국에서 발 딛고 살 수 있을 것 같아? 감히 내가 아닌 저 형사 놈 말을 듣겠다고? PN캐피탈 김필녀 대표가 어떤 사람인지 너희들이 더 잘 알……."

"서기원, 또 엄마한테 이르게? 아우, 나잇값 좀 해라. 내가 다 창피하다."

"너 이 새끼, 죽고 싶어? 입 못 닫쳐?"

장난을 치듯 느물거리며 말을 끊는 정혁을 향해 기원이 악을 써 댔다. 정혁은 아무렇지 않은 듯 어깨를 으쓱해 보였다.

"아니, 난 그저 네가 좀 딱해서 몇 마디 보탠 거지. 아까도 말했다시피 내가 좀 유능한 형사라 김필녀 대표도 이미 연행되고 있을 거거든. 지금 말 잘 들으면 좀 이따 모자가 상봉할 수 있도록 배려를 해 줄 수도 있는데 말이야."

"뭐야? 너, 너 이 새끼……"

기원의 악다구니가 끝나기도 전, 총을 꺼낸 채 경계 태세를 갖춘 정혁의 팀원들이 별장 안으로 일사불란하게 들어섰다.

"반장님, 괜찮으십니까?"

제일 먼저 뛰어든 장 형사가 정혁의 안부부터 물었다.

"보면 몰라? 여기 싹 다 연행해. 아, 창고 쪽은 살펴봤나?"

"네. 한성병원 구급차 지구대에서 잡아 놨다고 최종 보고 받았습니다. 피해자는 넓적다리에 상처 빼곤 멀쩡하답니다. 아마 응급 환자라고 둘러대느라 칼로 그었나 보더라고요."

"다행이군."

"반장님, 괜찮으신 거죠?"

뒤늦게 뛰어 들어온 태랑이 명랑하게 안부를 묻고는 정혁의 뒤에서 빠끔 고개를 내미는 수연을 보며 환하게 웃어 보였다.

"안녕하십니까? 우리 반장님 신부님."

"네? 어, 안녕하세요."

얼굴을 붉힌 수연이 쭈뼛쭈뼛 인사를 건넸다. 덩치들을 수습하던 팀원들의 시선이 모두 그녀에게로 향했다. 수연은 어쩔 줄 몰라 하며 다시 정혁의 뒤로 숨어들었다.

"인마, 반장님 신부님이 뭐냐? 얼른 일이나 해. 저기도 한

놈 있네."

"윽, 아파요! 장 형사님. 그냥 말로 할 걸 왜 꼭 때리고 그러실까?"

장 형사에게 뒤통수를 한 대 얻어맞은 태랑이 2층으로 향하는 계단 난간에 묶여 있는 남자에게로 다가가며 투덜댔다.

"넌 왜 꼭 때리고 싶게 만드는 걸까?"

"풋!"

정혁의 뒤에서 상큼한 웃음소리가 터져 나왔다. 듣고 싶어 그리도 애가 닳았었는데, 혹시나 잃게 될까 봐 잠도 못 잤었는데, 새삼 느껴지는 소중함에 다시 한번 눈으로 확인하고 싶어 그녀의 손을 잡아 앞으로 당겼다.

저만치 구석으로 몸을 피했던 서기원이 소리를 지르며 거세게 반항하고 있었지만, 그건 이미 정혁의 관심 밖이었다. 재빠르게 움직이는 팀원들을 쓱 훑어본 뒤 정혁은 총을 거둬들였다.

그를 바라보고 있던 수연의 시선이 소음을 만들어 내고 있는 기원에게로 향했다.

"차정혁, 내가 널 가만히 둘 것 같아? 감히 날 건드려? 이거 놔. 못 놔?"

"저놈 참 시끄럽지?"

정혁은 아직 물기가 남아 흐트러져 있는 수연의 앞머리를 부드럽게 쓸며 속삭였다. 다시 그에게로 시선을 돌린 수연이 수줍게 미소 지었다. 마음을 빼앗기기에 충분한 아름다움을 가진 미소였다.

그 미소에 사로잡힌 정혁은 주변 상황을 미처 보지 못했다. 기원이 수갑을 채우려던 김 형사의 팔을 물어뜯고 쏜살같이 미끄러져 덩치 중 한 명이 떨어뜨린 잭나이프를 손에 넣고 정혁과 수연을 향해 달려왔다.

"차정혁, 이 자식! 손 못 떼? 그년은 내 장난감이야. 네놈한테 넘겨줄 생각 없다고."

기원의 고함에 정혁이 이상한 낌새를 느꼈을 때는 시퍼런 칼날이 이미 그의 등 뒤로 바짝 다가온 뒤였다.

"안 돼!"

정혁과 마주하고 서 있던 수연이 달려드는 기원을 먼저 발견하고 소리를 질렀다. 기원의 영혼은 숨이 막힐 정도로 음습한 기운을 뿜어내고 있었다. 이성을 상실한 듯 번뜩이는 눈을 한 기원의 손에 있는 날카로운 칼날이 정혁을 향해 날아오고 있었다. 생각 같은 걸 할 여유 따윈 없었다. 머리가 제대로 인식하기도 전에 그녀의 몸이 먼저 움직였다.

정혁의 뒤로 움직이며 밀치듯 감싸는 순간 등 뒤에서 따뜻한 기운과 찌릿한 통증이 동시에 느껴졌다. 담이 그녀를 감싸고 있다는 걸 느낄 수 있었다. 하지만 영혼인 담에게 칼날을 막아 낼 능력 같은 건 없었다. 기분 나쁘게 섬뜩한 기운을 남기며 칼날은 곧 그녀의 등허리에서 빠져나갔다.

경악에 찬 얼굴로 주저앉으려는 그녀를 껴안는 정혁이 보였다. 칼날이 빠져나간 자리가 화끈거렸다. 뻐근한 통증이 숨을 턱 막히게 하는데도 수연은 웃음이 나왔다. 정혁이 무사했다. 그거면 됐다.

하지만 정혁은 그렇지 않은가 보다. 순식간에 험악한 표정으로 변한 그가 수연을 바닥에 조심스럽게 앉힌 뒤, 제 손으로 직접 사람을 찌른 것에 놀라 얼이 빠져 있는 기원을 향해 주먹을 날렸다. 휘청하며 뒤로 물러났던 기원이 칼을 아무렇게나 휘둘러 댔다.

"주, 죽여 버리기 전에 저리 비켜. 그러니까 왜 남의 장난감에 손을 대?"

장 형사가 저만치서 총을 겨누고 있었다. 정혁이 손을 들어 만류했다.

저런 놈을 그냥 체포하려고? 이런 순간에도 모범적이어야 돼?

미간을 일그러뜨린 장 형사가 이런 착각에 빠져 있을 즈음, 군더더기 없이 현란한 정혁의 몸놀림이 시작됐다.

기원이 무차별적으로 휘두른 칼날이 정혁의 손등에 날카로운 상처를 내는데도 그는 신경조차 쓰지 않았다. 기원은 곧 정혁의 발에 손목을 걷어차여 칼을 놓치고 말았다. 칼까지 놓친 기원은 그야말로 곧 울 것 같은 표정을 짓고 있었다. 하지만 정혁에게 더 이상 자비란 건 남아 있지 않았다.

가차 없는 주먹이 기원에게로 날아들었다. 어찌나 야멸치게 내질렀는지 고개가 꺾이듯 돌아간 기원의 입가에서 핏물이 튀었다. 신음을 토해 내며 비틀거리는 기원의 멱살을 움켜쥔 정혁이 잠시의 간극도 주지 않고 또다시 주먹을 내질렀다. 반격할 만한 여력도 없을 만큼 빈틈없는 가격이 계속 이어졌다.

"반장님."

저러다 진짜 사람 하나 죽이지 않을까 걱정된 장 형사가 정혁을 불렀지만 소용없었다.

"반장님, 이제 그만하세요. 이러다 일내겠습니다."

말리려고 다가선 장 형사를 정혁이 툭 밀어냈다. 그는 방해하지 말라는 강한 의지를 내비치고 있었다. 기원의 얼굴은 이미 피투성이였다. 이젠 정말 말려야 하는데, 저렇게 이성을 잃은 모습은 처음이라 어찌해야 할지 난감하기 짝이 없었다.

"아저씨."

한숨처럼 새어 나온 가는 음성에 그렇게 말려도 듣지 않던 정혁의 동작이 우뚝 멈췄다.

"아저씨……."

한 팔로 몸을 지탱하고 앉은 수연은 숨을 쌕쌕 몰아쉬며 다시 한번 정혁을 불렀다. 기원을 팽개치듯 놓은 정혁이 재빨리 수연에게로 다가가 그녀를 감싸 안았다.

"어, 그래. 수연아."

"이제 그만 가면 안 돼요? 나 아파요."

"그래. 가야지. 119는, 구급차 불렀어?"

"네? 부, 불러야죠."

"지금 부르면 어떡하자는 거야? 이것들이 어디다 정신을 빼놓고……."

정신을 빼놓게 만든 장본인인 정혁의 타박에 장 형사와 태랑은 어이가 없어 입을 벌린 채 말이 없었다. 이 모든 사태의

원흉인 기원을 놓쳐 버린 김 형사는 죽을죄를 지은 것처럼 고개만 푹 숙이고 있었다.

그러거나 말거나 정혁의 관심은 오직 수연에게로 집중된 상태였다. 찔린 자리에서 번져 나온 피가 그녀의 옷을 붉게 물들이고 있는 걸 본 정혁의 인상이 확 구겨졌다. 그는 조심스럽게 수연을 안아 들었다.

"겁도 없이 어딜 끼어들어? 네가 내 경호원이라도 돼?"

"아저씨가 다칠까 봐⋯⋯."

"은수연, 넌 내가 우스워? 그까짓 것도 처리 못 할 위인으로⋯⋯."

"윽."

슬쩍 꾸며 낸 수연의 신음에 정혁의 잔소리가 뚝 끊기고, 얼굴은 금세 사색이 됐다.

"많이 아파? 들것 같은 게 나으려나? 장 형사, 들것⋯⋯."

말이 끝나기도 전에 수연은 깁스를 한 팔을 어정쩡하게 정혁의 어깨 위로 척 걸쳤다. 멀쩡한 나머지 한 팔은 그의 목으로 착 감았다. 상처 부위가 욱신거리긴 했지만, 못 참을 정도는 아니었다. 자꾸 잠이 올 것같이 머릿속이 멍하고 핑핑 돌았지만 마음만은 봄날이었다.

"들것은 싫어요. 아저씨랑 같이 있을래요."

눈을 지그시 감고 얼굴을 묻으며 속삭인 수연의 말에 정혁은 부드럽게 미소부터 지었다.

"그래, 그러자. 쭉 같이 있자. 장 형사, 저 쓰레기 수거하고 여기 뒷수습 좀 해."

"네, 반장님."

구급차가 오자 인근 병원으로 옮겨진 수연은 간단한 치료를 받은 뒤 곧바로 큰 병원으로 옮겨져 입원을 했다. 몇 가지 검사 끝에 장기 손상은 없다는 확답을 받고 나서야 정혁은 한시름 놓을 수 있었다. 상처 부위를 꿰맨 수연이 수혈을 받는 동안 정혁은 그녀의 곁에서 상처 난 손을 치료받았다.

장 형사가 보고를 위해 병원을 찾았을 때는 정혁도, 수연도 깊은 잠에 빠져 있었다. 일에 있어선 깐깐하기 그지없는 제 상사의 성격을 알기에 흔들어 깨우려던 장 형사는 주삿바늘이 꽂힌 희고 가는 손을 꼭 잡은, 덕지덕지 반창고가 붙은 손을 발견하고는 그대로 입원실을 벗어났다.

사랑스러운 연인의 고단한 잠을 방해하고 싶지 않았다. 다크서클이 내려앉은 눈, 삐죽삐죽 지저분하게 수염이 덥힌 얼굴을 하고도 세상 행복한 미소를 머금고 있는 정혁에게서 꿀 같은 단잠을 빼앗고 싶지 않았다.

급할 건 없었다. 잡아들인 나쁜 놈들로 유치장은 넘쳐 났고, 증거 확보에도 아무 문제없었다. 며칠 동안 지옥을 헤맸을 연인에게 달콤한 하룻밤을 선사하는 것도 괜찮지 싶었다.

✳   ✳   ✳

부스스 눈을 뜬 수연이 꽃 같은 미소를 지었다. 익숙한 온기가 그녀의 손을 매만지고 있었다.

"잘 잤어?"

"네."

홀쭉하게 마른 수연의 뺨이 안쓰러운 듯 정혁이 부드럽게 얼굴을 쓸었다.

"면도했네요. 훨씬 보기 좋아요."

정혁은 매끈해진 턱을 문지르며 입꼬리를 끌어 올렸다.

"그래? 다행이네. 그럼……."

무름하게 휘었던 정혁의 눈에 이채가 돌았다. 순식간에 짙어진 눈망울이 그녀의 눈과 코를 지나 메마른 듯 보이는 입술에 머물렀다.

"키스해도 될까?"

"여기서요? 병원인데?"

"여기서. 지금 바로."

자리에서 일어난 정혁이 허리를 굽혀 수연을 지그시 바라봤다. 그녀의 짙은 동공이 빛을 발하는가 싶더니 곧 눈꺼풀 아래로 숨어들었다. 정혁의 뜨거운 숨결이 그녀의 얼굴 위로 흩뿌려졌다.

기대감으로 가슴이 터질 듯 두근거렸다. 떨어져 있던 시간만큼 더 농익어 서로를 향한 마음은 전에 비할 바 없이 애틋했다. 어제까지의 험난한 상황을 말해 주듯 맞닿은 입술은 조금 거칠었다. 하지만 서로 닿는 것만으로도 황홀한 둘에게 거친 촉감 같은 건 문제도 아니었다.

회진을 들어온 담당의는 몸속에 이물질도 없고 가벼운 창상이라 크게 걱정할 건 없지만, 단지 헤모글로빈 수치가 좀 낮으니 오후쯤 퇴원하는 게 좋겠다는 말을 했다.

"근데 여자였나 봐요?"

"네?"

"칼에 찔렸다고 들었는데, 찌른 사람이 여자였습니까?"

"아닙니다. 성인 남자였습니다."

"그래요? 그런 것치곤 상처가……."

말끝을 얼버무린 담당의가 고개를 갸웃거리며 병실을 벗어나려하자 정혁이 그를 불러 세웠다.

"잠깐만요, 선생님. 혹시 뭐 잘못된 거라도 있습니까?"

"아닙니다. 칼이 조금만 더 깊이 들어갔어도 큰일 날 뻔했는데, 상처가 그리 깊지 않아 천만다행입니다. 그래서 상대적으로 힘이 약한 여자가 찔렀겠거니 생각했습니다. 운이 좋았습니다. 그럼, 몸조리 잘 하세요."

"네, 감사합니다."

담당의가 나간 뒤 돌아선 정혁은 수연의 눈시울이 붉어진 것을 보고 놀라 다가왔다.

"왜? 어디 아파? 선생님 다시 불러올까?"

고개부터 저은 수연이 울음을 참으려는 듯 입술을 물었다. 정혁이 다정하게 그녀의 어깨를 감싸 안았다.

"거기에 담이 왔었어요."

수연은 울먹임이 섞인 목소리로 담이 도와준 얘기를 띄엄띄엄 털어놨다. 정혁은 침대에 걸터앉은 채 그녀를 품에 안고 귀 기울여 듣기만 했다.

"착한 처남이네."

얘기를 듣고 난 정혁의 반응이었다. 수연은 순간 울컥해 위태롭게 걸려 있던 눈물을 결국 흘리고 말았다. 자신의 말을 가감 없이 믿어 주는 것에서 그치지 않고, 그녀가 유일하게 온전한 가족이라고 여기는 담을 처남으로 인정해 준 것에 감격하지 않을 수 없었다.

"울라고 한 소리 아닌데?"

"흑, 울고 싶어서 우는 거 아닌데요. 우리 담이 들으면 얼마나 좋아할까 하는 마음에 너무 기쁘면서도 이렇게 좋은 매형이 생긴 것도 모를까 봐 슬퍼져서요. 칼에 찔리는 바람에 정신없어서 작별 인사도 제대로 못 했는데, 다시는 찾아오지 않으면 어쩌죠?"

정혁이 수연의 머리를 다정하게 쓸었다.

"은수연, 똑똑한 줄 알았는데 바보였구나."

"네? 갑자기 무슨……."

그의 품에 얼굴을 묻고 있던 수연이 어리둥절한 표정으로 고개를 들었다.

"네가 처음 담이 얘기했을 때 생각 안 나? 항상 네 곁에 있다고 했잖아. 아니야?"

"흑, 그러게요. 나 바본가 봐요."

정혁의 물음에 수연은 거의 멈춰 가던 울음을 다시 터뜨리고 말았다.

"알았으면 이제 그만 뚝 해. 처남이 바보 누나라고 놀리게 생겼네."

아무리 울지 않으려 입술을 앙다물어 봐도 그녀를 달래는 정혁의 손길이 너무 다정해 자꾸 눈시울이 뜨거워졌다.

별로 챙길 것도 없는 짐을 다시 확인하던 수연의 입가에 미소가 슬며시 맺혔다. 꼬박 하루를 병원에서 보낸 수연은 퇴원 수속을 마치고 잠시 서에 다녀오겠다고 나간 정혁을 기다리고 있었다.

안 울겠다고 하면서도 눈물을 멈추지 못하는 자신을 달래느라 쩔쩔매던 정혁의 얼굴이 떠올라 웃음 짓던 수연은 또다시 눈시울이 시큰해지는 걸 느꼈다.

"담아, 누나 진짜 울보 다 됐나 봐. 받아 주는 사람이 있으니까 그런가? 진짜 울보라고 놀림받겠네."

순간 봄바람이라도 스친 듯 수연의 머리가 나풀거렸다. 창은 다 닫힌 상태라 바람이 들어올 만한 데는 어디에도 없다. 수연의 동공이 일렁이기 시작했다.

"누나 놀리는 거니?"

따뜻한 기운이 목 뒤를 스치고 장난을 치듯 머리칼을 날렸다.

"흑. 담이 너, 누나 자꾸 놀리면 못 써."

노크 소리가 들리고 문이 열렸다. 문을 등지고 돌아서 있던 수연은 조금의 의심도 없이 정혁이라 생각했다. 담을 소개하고 싶은 마음에 살짝 들뜨기까지 했다.

"아저씨, 담이요……."

뜻밖의 인물이 병실 문 앞에 서 있었다.

"담이? 아직도 과거에 살고 있나? 그 새끼가 여기 있기라도 해?"

"여긴 어떻게 알고……. 당신이 여기 무슨 일이죠?"

시창이 어깨를 으쓱했다.

"너 한 건 크게 터뜨렸더라? 서기원, 그 새끼 꼴이 아주 우습게 됐어. 크크."

"그걸 당신이 어떻게 알았죠?"

"형사 양반 품 안에 안겨 세상이 어떻게 돌아가는지도 모르지? 밖은 아주 난리야. 스타 검사에다 대부업체 큰손 복부인, 현직 국회의원, 한성병원장까지 줄줄이 사탕으로 끌려 들어가는 바람에 TV만 틀면 온통 그 얘기야. 하긴 사랑 놀음에 빠져 TV 볼 시간도 없었겠지."

"설마 그 얘기 해 주러 여기 온 건 아닐 거고, 어머니한테 무슨 일이라도 생겼나요?"

생각지도 못한 인물을 발견했을 때의 당혹감은 어느 정도 사라진 상태였다. 이제는 그보다 시창이 왜 그녀를 찾아왔는지가 더 궁금했다. 그녀가 세상 소식 모를 게 걱정돼서 알려 주려고 온 건 아닐 테니까.

"생겼으면 좋겠는데, 마음 같지 않네."

수연의 미간이 확 일그러졌다. 아무리 인연을 끊기로 마음을 먹었대도 선화가 어머니인 건 변할 수 없는 사실이라 그녀의 죽음을 기다리는 것 같은 시창의 말에 혐오감이 일었다.

"그보다 형사 양반이 곤란하게 된 건 알아? 아들이고, 어미고, 국회의원이고 할 것 없이 모르는 일이라고 딱 잡아떼나 봐. 널 납치했던 것까지 모두. 전…… 뭐라던가, 그 사람이 혼자 저지른 일이라고 하는 것 같던데. 이대로라면 곧 풀려나지 않을까 싶어. 하여튼 있는 것들은 그래서 싫다니까. 죄를 인정하는 법이 없거든."

시창이 전하는 말을 믿을 수가 없었다. 기원과 필녀의 인간성이야 익히 알던 바였지만, 그들의 뻔한 거짓말이 통한다는 사실에 기가 찰 정도였다. 머릿속이 복잡해진 수연이 잠깐 경계를 늦춘 사이 시창은 어느새 문 앞에서 병실 한복판까지 이동해 있었다.

"그래서 말인데……."

가까이에서 들린 시창의 목소리에 흠칫 놀란 수연이 침대에 기댈 듯 뒤로 물러섰다.

"하고 싶은 말이 대체 뭐예요?"

경계심을 담아 앙칼지게 묻는 수연이 마음에 안 드는지 시창이 입술 끝을 비틀어 올렸다.

"하여튼 계집애, 제 엄마를 닮아서 어지간히 쌀쌀맞아. 뭐 별건 아니고……."

드르륵, 하는 요란한 소리를 내며 문이 열렸다. 득달같이 달려들어 온 정혁이 그대로 시창의 팔을 뒤로 꺾어 간이침대에 처박아 버렸다. 갑작스러운 전개에 수연도 놀랐지만, 지레 겁먹은 시창은 비명에 가까운 소리를 지르다가 숫제 끙끙 앓았다.

"자, 잠깐. 아아, 아파."

"병원에선 정숙. 아무리 알려 줘도 모르네. 멍청해서 그런 가? 수연이 옆에 다시 얼씬거리면 죽을 각오하라던 말도 다 잊었나?"

"아아, 이거 좀 놓고 얘기합시다. 심, 심부름 왔어요. 선화 심부름으로 왔다니까요."

"심부름?"

의문이 담긴 정혁의 눈이 별반 다르지 않은 수연의 눈과 마주쳤다. 영문을 묻는 것 같았지만, 그녀 역시 아는 바가 없었다.

"지, 진짜야. 못 믿겠으면 선화한테 전화해 보던가요."

잠시의 고민을 끝낸 정혁이 시창의 팔을 놓아주었다. 그는 억울한 듯 정혁을 흘겨보며 잡혔던 팔을 돌렸다.

"이럴까 봐 내가 심부름 같은 거 안 한다고 했는데, 제기 랄."

"잡소린 집어치우고 용건만 간단히. 뭡니까?"

정혁의 말에 입을 삐죽거린 시창이 병실에 들어올 때부터 들고 있었던 제법 묵직해 보이는 서류 봉투를 쑥 내밀었다.

"이거 갖다 주랍니다. 일 처리하는 데 필요할 거라고."

정혁이 봉투를 받아 열어 보는 사이 시창은 더러운 기분을 털어 내듯 옷을 툭툭 치더니 입구 쪽으로 성큼성큼 걸어가 문을 열려다가 멈춰 섰다.

"진짜 얼마 안 남은 것 같더라. 얼굴이나 한번 비춰라. 보고 싶어 하는 눈치였다."

주어가 몽땅 생략된 말이었지만, 누구를 지칭하는 것인지 모를 리가 없었다. 수연은 문을 나서는 시창의 등이 선화라도 되는 것처럼 노려보았다.

인연을 끊자고 말한 사람이 누군데, 이제 와 아픈 부모를 한 번도 들여다보지 않는 나쁜 딸 취급인가 싶어 화가 울컥 치밀어 올랐다. 돈벌이에 눈이 멀어 딸자식 팔아넘기고, 젊은 사내한테 미쳐서 그녀의 상처 같은 건 나 몰라라 한 사람이 이제 와서 무슨 염치로.

수연은 샐쭉하니 일그러진 얼굴을 정혁에게 보이고 싶지 않아 이미 끝낸 침대 정리를 다시 시작했다. 손에는 화가 묻어 베개를 놓는 손도, 시트를 펴는 손짓도 거칠기만 했다.

태어난 게 그녀의 잘못도 아닌데, 버림받은 게 그녀 때문도 아닌데. 시종일관 매정하게 굴었으면 잘 살기나 할 것이지 어쩌다 저런 남자를 만나고, 어쩌다 그런 병에 걸려 비참하게 마지막을 맞이하게 됐는지까지 생각이 미치자 치솟았던 화는 뾰족뾰족한 가시가 되어 그녀를 마구 찔러 댔다.

이를 악문 수연은 주름 하나 없이 펴진 시트를 계속해서 매만지고 있었다. 그녀의 마음도 이 시트처럼 몇 번만 매만져 구김 하나 없이 말끔히 펴지면 얼마나 좋을까 하는 생각을 했다.

수습되지 않는 모난 마음을 정혁에게 들킬까 봐 겁이 나 이젠 더 이상 할 것도 없는데 돌아보지 못하고 있었다. 등 뒤로 집요한 그의 시선이 느껴졌다. 무슨 말을 꺼내야 할지 두서없이 생각들이 뒤엉켰다.

"아버지는."

수연이 조심스럽게 꺼내 놓은 첫마디에 정혁은 아무 말이 없었다. 편안하게 느껴지는 침묵에 힘을 얻어 수연은 말을 이어 나갔다.

"어머니가 임신한 걸 알고도 매정하게 떠났다고 하더라고요. 집안의 반대와 어머니의 닦달에 힘들다는 게 이유였대요. 어머니는 내가 말수가 적다고 싫어했어요. 도무지 속을 알 수 없는 깊은 눈빛도 마음에 안 든댔어요. 웃을 땐 아주 치를 떨었어요. 아버지를 닮아서, 버리고 떠난 사람 생각나게 한다고 끔찍해했어요."

수연의 떨리는 손이 매끈하게 자리 잡은 시트를 꽉 움켜쥐어 구기고 있었다.

"어머니만 보면 다정하게 말을 건넸어요. 말 없는 거 싫다니까. 눈빛이 마음에 안 든다기에 똑바로 쳐다보지도 않았어요. 웃음도 버렸어요. 그렇게 하면 조금은 좋아해 주시지 않을까 싶어서……."

수연의 어깨가 잘게 떨리고 있었다. 억눌린 훌쩍임이 찔끔찔끔 새어 나왔다.

"내 잘못도 아닌 일이 나 때문인 것만 같은 나날들이었는데, 이제 와서 죽음을 목전에 둔 순간이 돼서야……."

말을 끝맺지 못할 정도로 흐느끼기 시작한 수연의 어깨너머로부터 뻗어 온 팔이 그녀를 따뜻하게 품었다. 머리 위로 내려앉는 입맞춤은 다정하기 그지없었다.

"나 어머니 안 만나러 갈 거예요."

"그래. 그렇게 해."

수연의 말이라면 뭐든 다 옳다고 할 것처럼 정혁이 잠시의 틈도 없이 맞장구를 쳤다.

"인연 끊자고 한 건 어머니니까 죄책감 같은 것도 안 가질 거예요."

"그래. 그럴 필요 없어."

"나 못됐죠?"

죄책감 같은 건 가지지 않겠다고 하면서도 수연은 이미 스스로를 자책하고 있었다.

"아니. 그런 상황에서도 사랑스럽게 잘 자라 줘서 너무 기특하고 예뻐. 그동안 못 받은 사랑, 내가 몇 배로 쏟아 줄게. 그러니까 이제 그만 아파해."

"흐흑, 아무래도 바보는 아저씬가 봐요. 이런 내가 뭐가 좋다고……."

"말수 적은 것도, 눈빛 깊은 것도, 웃는 모습도 좋아. 뜬금없이 같이 자면 안 돼요? 같은 말할 때면 아주 죽음이야. 이보다 더 안성맞춤으로 좋은 여잔 세상 어디에도 없어."

그의 팔 안에서 몸을 틀어 마주 선 수연이 단단한 가슴에 얼굴을 묻고 어리광 부리듯 비비며 말했다.

"나도요."

✳   ✳   ✳

"정말 저 자식 한 대 쥐어 패 버렸으면 속이 시원하겠네."

쾅, 하는 요란한 소리를 내며 조사실 문을 닫고 나온 김 형사의 입에서 거친 투덜거림이 새어 나왔다.

"지가 무슨 이 마당에도 검사야? 감시 카메라 부숴 버리고 그냥 다리몽둥이를 확 꺾어 버릴까?"

"그럴래? 망은 내가 볼게."

김 형사보다 앞서 조사를 하고 나온 장 형사가 그와 별반 다르지 않은 마음으로 맞장구를 쳤다. 자리에서 일어난 정혁이 위로하듯 김 형사와 장 형사의 어깨를 툭툭 치고 조사실로 향했다.

"들어가시게요? 괜히 헛수고만 할 걸 식사나 하고 시작하시죠. 안 그래도 기운 빠지는데 속까지 비어 있으면 더 힘드실 걸요?"

"밥들 시켜. 먹으면서 반전 드라마 한 편 시청해."

"반전 드라마요? 반장님, 뭐 따로 건지신 거라도 있습니까? 혹시 수연 씨 보고 싶은 마음에 정신 줄 놓으신…… 아니죠. 물론 아니겠죠. 대체 뭘 건지신 겁니까?"

"아니긴 왜 아니야. 놓기 일보 직전이야. 그러니까 빨리 담판을 지어야지. 뭘 건졌는지는 직접 봐. 스포일러 하면 재미없잖아. 사이다 큰 사발로 들이킬 준비하고."

여유롭게 윙크까지 선보이고 조사실로 향하는 정혁에 반해 팀원들의 표정은 그리 밝지 않았다. 그의 능력을 믿지 못해서가 아니라, 협조 의사가 없는 기득권층 심문의 어려움을 몸소 체험한 그들이라 제아무리 정혁이라 해도 뾰족한 수가 없으리라는 생각에서였다.

그래도 혹시나 하는 마음에 모두의 시선은 조사실로 들어서는 정혁을 비추고 있는 모니터로 향했다. 기원은 여전히 다리를 꼰 채 의자에 느긋하게 기대앉아 있었다.

"언제까지 잡아 둘 거야?"

묵비권을 행사하며 입을 꼭 다물고 있던 기원은 정혁이 들어서자마자 퉁명스레 내뱉었다.

"조사 끝날 때까지."

"흥, 조사할 시간 없을 텐데. 내가 너 과잉 방위로 기소할 거거든. 이거 보여? 무식한 게 힘만 세서 감히 누굴 건드려? 이래 놓고도 네가 무사할 것 같아?"

"기소를 하든지, 말든지 그건 네가 알아서 하시고요. 우선은 조사부터 착실히 좀 받읍시다."

정혁이 기원과 마주 앉아 파일을 펼쳐 보였다.

"자, 이제 본격적으로 시작해 봅시다."

"시작하긴 뭘 시작해? 네가 내 털끝 하나라도 건드릴 수 있을 것 같아?"

"그럴까?"

"계집 때문에 인생 망치는 건 내가 아니라 네가 될 거야. 솔직히 말해 봐. 너도 아는 거지?"

비밀을 나누려는 듯 정혁 쪽으로 몸을 기울인 기원이 목소리를 낮춰 속삭였다. 짜증이 이는 듯 정혁의 눈썹이 잔뜩 일그러졌다.

"그 계집애 능력. 그래서 그렇게 난리를 쳤던 거지? 그래, 이해해. 제대로 말만 들어준다면 여러모로 써먹을 데가 많지. 게다가 비주얼까지 끝내주니 더할 나위 없지, 안 그래?"

"무슨 개소린지 모르겠군."

표정이야 어떻건 정혁에게서 흘러나온 말은 꽤나 무미건조하게 들렸다.

"이거 왜 이래? 왜 모르는 척이야?"

"엉뚱한 소리는 집어치워. 설마 정신 분열증 어쩌고 하면서 빠져나가려는 수법은 아니지?"

기원은 의도적으로 수연에 관한 일을 들먹이고 있었다. 어떤 의도건 수연을 위험에 노출시킬 수는 없었다.

"뭐, 숨기고 싶다면 그렇게 해. 이쯤에서 협상을 좀 해 볼까? 은수연한테서 손 뗄게. 대신 납치, 감금, 불법 장기 매매는 모두 전명수가 한 거로 가자."

협상이라는 말이 나온 뒤부터는 기원의 목소리는 더욱더 작아져 귀를 바짝 기울이지 않으면 들리지 않을 정도였다. 아무래도 감시 카메라를 의식한 행동인 것 같았다.

"너희들이 확보한 증거를 그쪽으로 꾸미는 건 일도 아니야. 근데 그러려면 시간도 오래 걸리고 번거롭기도 해서 말이야. 어쨌든 나도, 어머니도, 이재성이도 모두 빠져나가는 건 기정사실이라는 소리지. 그렇게 되면 넌 무사하지 못해. 적절한 선에서 물러설 줄 아는 것도 미덕이지. 안 그래?"

"그렇게 잘 아는 놈이 적절한 선에서 물러났어야지."

"뭐? 야, 차정혁. 이게 나도 살고, 너도 살 수 있는 마지막 기회……."

"착각도 참 요란하게 하네. 마지막 기회가 맞을 것 같긴 한데, 아마도 그게 널 위한 기회는 아닐 거야. 자, 이제 조작할 수 있는 증거 말고 다른 증거에 대해 심도 깊은 대화를 나눠 볼까?"

파일을 뒤적거려 서류 한 장을 집어 든 정혁이 기원이 볼 수 있게 똑바로 펼쳐 들었다.

"이거 보여?"

기원의 인상이 확 일그러졌다.

"이게 뭐야? 이런 게 어디서 난 거야?"

신경질적으로 말을 내뱉은 기원이 손을 쑥 뻗어 왔다. 정혁은 재빨리 기원의 손을 피했다.

"어, 아직 하나하나 짚어 주는 순서도 안 끝났는데 증거 인멸은 안 되지. 어디서부터 시작할까? 2000년 3월, 네 그 잘난 모친이 부동산 사기로 선량한 사람들 등쳐 먹은 것부터 얘기할까?"

"그, 그게 나랑 무슨 상관이야? 난 모르는 일이야."

"이런 불효자를 봤나. 그렇게 몇십 번 브로커들 통해서 등쳐 먹은 돈으로 PN캐피탈 설립하고 어마어마한 사채 이자와 불법 장기 매매로 벌어들인 돈은 네놈을 검사 만드는 자금으로 쓰였는데도 아무 상관 없는 일이란 말이지?"

"만들긴 뭘 만들어? 내 힘으로 이 자리에 오른 거야. 말도 안 되는 소리 지껄이지 마."

"그럴까? 정말 말도 안 되는 소리라고 생각해?"

정혁이 상의 주머니에서 MP3 플레이어를 꺼내 작동시켰다. 치직거리는 소음에 이어 귀에 익은 목소리가 흘러나와 좁은 조사실 안을 가득 채웠다.

—약속은 언제로 잡았어? 출제 의원 양반이 직접 나오겠대?

—그쪽에서 연락 준다고 했어. 감시가 심한가 봐. 직접 나오는 건 힘들고 숙소 청소하는 아줌마를 하나 매수했어.

—그래? 그럼 그 아줌마도 좀 집어 줘야 돼?

—돈 깎을 생각하지 마. 힘들게 엮은 줄인 거 알지?

—아, 알지. 알다마다. 깎는 거 그런 거 안 해. 난 사과도 안 깎고 그냥 먹잖아. 하하하.

뜬금없고도 요란스러운 웃음소리가 만들어 낸 어색한 침묵이 잠시 이어진 뒤 민망한 듯 헛기침 소리가 들렸다.

—나 그렇게 쫀잔한 사람 아닌 거 자기가 더 잘 알잖아. 우리 기원이 검사 만드는 일인데 내가 그깟 돈을 아끼겠어? 그러려고 별의별 지저분한 짓 다 해 가며 돈 모은 건데, 뭐.

—거기서 연락 오면 돈은 계좌로 바로 입금해. 청소 아줌마는 내가 따로 알려 줄게.

—근데 내가 자기를 못 믿어서가 아니라 너무 불안해서 그러는 건데 말이야. 설마 사기 치는 거 아니지? 그 양반 사법 고시 출제 의원 확실한 거지? 돈만 꼴깍하고 튀거나 그러면 나도 가만히⋯⋯.

—못 믿겠으면 안 하면 그만이야. 난 아쉬울 거 없어. 없었던 일로 해. 네 아들놈은 그냥 시험 보라고 하면 되지 뭐.

—아유, 또 왜 이럴까. 그냥 노파심에 한 소리지. 미안해.

―팩해서 하는 소리 아니야. 나도 이런 일 별로 내키지 않았는데, 안 하겠다면 더 좋아. 너랑 네 아들놈만 똥줄 타겠네. 그 실력으로 검사 질 하겠다는 아들놈이나, 시켜 주겠다고 난리 치는 애미나…… 쯧쯧쯧. 지금이라도 늦지 않았어. 아들놈 마음 하나 못 돌려놔? 그 녀석은 나랏일 할 팔자가 아니라니까.

제 아들 흉본다고 필녀가 앙칼지게 소리를 질러 대기 시작하는 부분에서 정혁이 플레이어를 중지시켰다. 음성 파일을 듣는 동안 점점 얼굴이 굳어졌던 기원은 정혁을 죽일 듯 노려보고 있었다.

"조작이야. 이런 조잡한……."

"이건 네가 사법 고시를 봤던 2010년 당시 출제 의원 명단이야. 이건 김필녀 명의로 된 계좌에서 이체된 내역. 이래도 조잡해? 이렇게 나올까 봐 하나 더 준비한 게 있는데, 그때 청소를 맡았던 용역 업체를 수소문해서 내가 아주 어렵게 청소 아줌마 명단까지 빼냈지 뭐야. 이 정도면 너무 완벽하지 않아?"

번들거리는 기원의 눈이 정혁이 들고 있는 서류 위를 바쁘게 오갔다. 그러다가 한순간 몸을 날려 책상 위에 놓여 있던 플레이어를 집어 벽을 향해 던져 버렸다. 기계는 요란한 소리를 내며 파편이 되어 흩어졌다.

제풀에 흥분해 씩씩거리던 기원이 이번엔 서류로 손을 뻗으려 하자 정혁이 재빠른 동작으로 서류를 파일 속에 갈무리해 집어 들었다.

"이런 거로 날 끌어내릴 수 있을 것 같아? 그런 서류쯤 조작처럼 꾸미는 건 일도 아니야."

"그래? 서류는 조작으로 꾸민다고 치고, 음성 파일은 어쩔 거야?"

"그거야 방금……."

깨진 조각들을 쫓던 기원의 시선이 여유로운 미소를 짓고 있는 정혁의 얼굴로 향했다. 혹시, 하는 표정으로 갸웃해졌던 기원의 얼굴이 이내 처참하게 일그러졌다.

"영화 같은 데서 못 봤어? 하긴 복사본인데도 음질이 꽤 괜찮아. 장 형사, 녹화 잘했어? 조작처럼 꾸미는 건 일도 아니야. 이 부분이 하이라이트니까 잘 살리고."

감시 카메라를 향해 손을 흔들며 장난스럽게 말을 뱉어 낸 정혁이 윙크까지 해 보였지만, 다른 때 같았으면 큰소리로 맞장구를 쳤을 장 형사의 소리는 들려오지 않았다. 지금 조사실 밖에서 엄청난 상황이 벌어졌다는 사실을 알 리 없는 정혁은 힘없이 의자에 털썩 주저앉는 기원을 일별한 뒤 조사실을 벗어났다.

"다들 뭐냐? 아무리 감동 먹었어도 그렇지, 일어서 있기까지……."

조사실 복도를 따라 걷는 정혁의 눈에 팀원들이 일렬횡대로 서 있는 모습이 들어왔다. 장난스럽게 너스레를 떨던 그가 이내 무슨 일인지 알만 하다는 얼굴을 하고 걸음을 옮겼다.

"시간 맞춰서 잘 오셨네요, 아저씨."

경찰청장과 검찰총장이 나란히 서서 모니터 화면을 보고 있는 기상천외한 상황에서도 정혁은 얼굴색 하나 변하지 않고 인사를 건넸다.

"이런 엄청난 걸 보여 줄 거였으면 살짝 언질이라도 했어야지."

현수가 정혁을 나무라듯 한마디 했다. 딱 봐도 김동민 검찰총장은 충격이 큰 것 같았다.

"죄송합니다."

"흠, 아니다. 네가 죄송할 게 뭐 있어. 아무래도 내가 딸자식을 잘못 키웠지 싶다. 그렇게 사람 보는 눈이 없어서야."

"서기원이 너무 간교한 겁니다. 너무 상심하지 마십시오."

"그래, 고맙다."

모니터 앞에 선 채 대화를 이어 가던 그들은 소란스러워진 조사실 쪽으로 시선을 돌렸다. 세상 다 산 듯 축 늘어져 있던 기원이 수갑이 채워진 채 끌려 나오며 마지막 발악을 하듯 정혁을 불러 대고 있었다.

"차정혁! 내가 이대로 끝날 것 같아? 우리 어머니가 어떤 사람인데 이대로 그냥 거꾸러지게 두겠어? 풀려나기만 해. 차정혁, 넌 내 손에⋯⋯!"

악을 쓰듯 질러 대던 소리도, 바둥거리며 나대던 몸도 일시에 정지해 버렸다. 동민의 매서운 눈길과 마주친 기원은 영혼이라도 빠져나간 듯 멍한 표정을 지어 보였고, 동민은 그런 그의 모습을 외면했다.

"초, 총장님, 이건 모함입니다. 모두 저놈이 꾸민 거란 말입니다."

"뭣들 하나? 얼른 치워 버리지 않고."

동민의 말이 끝나기가 무섭게 기원은 처참하게 끌려 나갔다. 그에겐 절대로 어울리지 않을 모함이라는 말만이 되돌려 받지 못한 메아리처럼 복도에 울려 퍼지고 있었다.

13장

　바람에 흔들리는 나무 덕에 햇볕은 불규칙적으로 들락날락하고 있었다. 서쪽으로 꽤 많이 기운 해는 잠시 후면 붉은 빛을 띨 것 같았다.

　수연은 반팔 셔츠 밑으로 하얗게 드러난 팔을 물끄러미 바라보고 있었다. 오랫동안 깁스를 하고 있던 팔은 자유롭게 움직일 수 있게 된 후에도 제 팔 같지 않아 낯설었다.

　지나치게 하얀 것도 그렇고, 더 튀어나와 보이는 관절도 그렇고, 송송 돋아난 솜털도 그랬다. 걱정되는 건 아니었지만 혹시나 뼈가 잘못 붙은 건 아닐까 싶어서 팔꿈치부터 손목까지 꾹꾹 찌르듯 만져 봤다.

　깁스를 풀고 등에 난 상처를 치료한 뒤에 요양 병원으로 향한 것은 실수였다. 요 며칠 넋 놓고 있을 때가 잦았다. 병원에서 나와 돌아갈 버스를 기다리는 동안에도 잠시 넋을 놓앉았다. 그러다 버스를 잘못 탔고, 하필이면 그 버스가 요양병원으로 향하는 통에 그냥 앉아 있었던 것뿐이었다.

서기원과 그 일행은 검찰에 송치되었다. 죄목은 사건을 파고들수록 더해졌고 증거는 명백했다. 게다가 검찰총장이 직접 나서서 엄중한 처벌을 입에 올려 실형을 선고받을 확률이 높다는 말을 정혁으로부터 전해 들었다.

사회 기득권층의 비리라는 점과 폐지 논란이 한창인 사법 고시 문제 유출 혐의가 주목받으면서 기원의 사건은 연일 언론 매체를 떠들썩하게 달구고 있었다. 심지어 SNS에서는 '검사직 비싸게 삽니다' 라는 우스갯소리가 유행처럼 퍼지는 웃지 못할 상황이 벌어지기도 했다.

기원이 부정적인 면으로 또 한 번 스타가 된 데 반해, 정혁 또한 다른 이유로 유명 인사가 되었다. 영화에서나 봄 직한 출중한 외모의 형사가 시종일관 경직된 표정으로 사건 개요 발표를 마친 뒤, '존잘 형사' 라는 검색어로 실시간 순위에 오르는 일이 벌어졌다.

신기해하며 난리법석인 팀원들에게 정혁은 '세상이 미쳐 돌아간다' 는 세상 시크한 소감을 전하는 것으로 더 이상의 언급을 피했다.

하지만 수연의 일상은 이 모든 상황에서 한 발짝 물러난 채였다. 정혁이 사건과 관련해서 의도적으로 차단시키기도 했지만, 그녀 또한 이 이상 관심을 두고 싶지 않았던 이유로 그로부터 전해 듣는 짧막한 결과가 수연이 아는 전부였다.

과거의 흔적들은 서서히 지워지고 행복한 미래만이 남은

것 같았다. 하지만 수연은 시시때때로 멍해졌다가 지나치게 밝아지기도 했다. 아직 끝내지 못한 일이 남은 듯 찜찜했고, 알 수 없는 힘에 빨려 드는 듯 발밑이 움푹 꺼지는 것 같은 착각에 빠지곤 했다.

"여기 오고 싶어서 그랬던 거야?"

고개 숙인 수연의 입에서 한숨처럼 작은 속삭임이 흘러 나왔다. 만나지 않겠다고 정혁에게 장담하듯 뱉어 놓고 결국 이렇게 오고야 말았다. 어머니를 코앞에 두고도 망설임은 더 짙어져 긴 시간을 벤치에 앉아 산책하는 사람들을 보며 소진해 버렸다.

그러고도 아직 결정을 내리지 못한 채 애꿎은 바닥만 구두코로 툭툭 차 대고 있었다. 이젠 정말 일어나야겠다고 마음을 굳혔을 무렵, 커다란 구두가 그녀 앞에 멈춰 섰다. 오늘 아침 허둥지둥 현관문을 나섰다가 다시 되돌아와 그녀를 설레게 했던 구두였다.

뜻밖의 장소에서 마주한 구두 주인에게 알은체도 못 하고 머뭇거리고 있자니, 기다란 다리가 굽혀지고 매일 봐도 그저 좋은 얼굴이 그녀의 앞에 자리했다.

"방울을 달아 놓던지 해야지, 원. 여기 와 있는 줄도 모르고 은수연 수배령 내릴 뻔했잖아. 전화는 또 왜 안 받아?"

미소를 머금은 얼굴이 빛에 반사되어 눈이 부실 지경이었다. 수연은 멍하니 보고 있다가 허둥지둥 가방을 뒤졌다.

"그게 병원에서 진동으로 해 놓고……. 근데 여기 있는 건 어떻게 알았어요?"

정혁은 대답도 없이 수연의 옆에 자리를 잡고 앉아 뽀얗게 여려 보이는 팔을 어루만졌다.

"깁스 풀었네."

"내 팔이 아닌 것 같아요. 여기가 더 튀어나와 보이지 않아요?"

아까부터 신경 쓰였던 관절을 어리광 부리듯 톡톡 쳤다.

"그러게. 이거 엉뚱하게 붙어 버린 거 아니야? 그러면 다시 부러뜨렸다가 맞춰야 해서 엄청 아플 텐데, 우리 수연이 큰일 났다."

"장난치지 마요."

"장난치는 거 아닌데. 우리 팀 태랑이 알지? 걔 손목뼈 맞추느라 접골할 때가 생각나네. 뼈끼리 부딪치는 소리가 으드득, 으드득 나면서 녀석이 숨이 꼴딱 넘어갈 것처럼 소리를 질러 대는데……."

"으, 안 들을래. 하나도 안 들려."

눈을 찡그리며 어깨를 움츠린 수연이 양손으로 귀를 막았다. 정혁의 얼굴은 어느새 장난기로 가득했다.

"잘 아는 접골원 소개시켜 줘?"

"아, 진짜. 봐요. 멀쩡하잖아. 얼마나 잘 움직이는데. 선생님도 잘 붙었다고 했단 말이에요."

팔을 굽혔다 폈다 열심인 수연이 귀여워 정혁은 참고 있던 웃음을 기어코 내뱉고 말았다.

"하하, 그러게. 너무 잘 붙어서 팔이 더 예뻐진 것도 같네. 우리 수연인 어쩌면 뼈까지 이렇게 예쁜가 몰라."

장난스럽게 어깨를 감싸 안는 정혁을 수연이 밉지 않게 흘겼다.

"나 놀려 먹는 게 그렇게 재밌어요?"

"몰랐어?"

"흥!"

불퉁하니 입을 삐죽이던 수연의 얼굴에도 곧 웃음이 자리했다.

"이제 기분 좀 나아졌어?"

"내 기분은 내내 괜찮았는데요? 아저씨가 접골 얘기하기 전까진."

"그래? 그럼 다행이고."

수연의 머리를 다정하게 쓰다듬은 정혁이 자리에서 벌떡 일어났다.

"그럼 이제 들어가 볼까?"

대수롭잖게 내뱉은 말에 수연의 눈은 지진이 일어난 듯 일렁였다.

"그러려고 온 거 아니에요. 실수였어요. 어쩌다 보니 실수로 버스를 잘못 타서……."

"그래, 알아. 그래도 여기까지 왔는데 그냥 가긴 그렇잖아."

잡으면 용기가 샘솟고 안심이 되는 손이 그녀를 향해 내밀어졌다. 수연은 울 것 같은 눈으로 애써 웃어 보이며 온기 가득한 그의 손을 잡았다.

"아저씨 때문에 어쩔 수 없이 가는 거예요."

수연은 몇 시간의 망설임을 뒤로하고 그가 이끄는 대로 일어나 과거를 향해 한 발 내디뎠다.

병색이 한층 더 짙어진 선화는 일어나 앉는 것조차 힘겨워했다. 그럼에도 목소리는 기이할 정도로 쩌렁쩌렁했고, 다감함 없는 성격도 여전했다.

"네가 여긴 왜 와?"

그 한마디를 끝으로 모녀는 남보다도 못한 거리감으로 침묵을 지켰다. 수없이 많은 질문들이 마음속을 맴돌고 있었지만 수연은 그 어느 것도 쉽게 꺼내 놓지 못하고 있었다. 평생 상처가 될 말을 돌려받을까 봐, 그래서 마지막 가는 길조차 원망만 하게 될까 봐 겁나서 입을 꾹 다문 채 나뭇등걸같이 변해 버린 선화의 손만 물끄러미 보았다.

선화는 수연을 외면한 채 회한이 깃든 눈으로 붉게 떨어지는 해만 바라보고 있었다.

숨 막히는 침묵을 이어 가고 있는 수연의 어깨 위로 묵직한 손이 내려앉았다. 고개를 들고 위를 올려다보니 정혁이 말없이 온화한 미소를 지어 보였다.

잘 자라 줘서 기특하다고, 몇 배로 사랑해 줄 테니까 아파하지 말라던 정혁의 말이 가슴을 쿵쿵 울렸다. 너만 바라보고 사랑하는 내가 있으니, 괜찮다고 말하는 눈이 그녀를 향해 미소 짓고 있었다.

마주 미소를 지어 보인 수연이 제법 홀가분해진 마음으로 선화를 바라봤다.

"저는 이제 괜찮아요. 그러니까 어머니도 괜찮으면 좋겠어요."

순간 선화의 손이 움찔했다. 주름지고 꺼칠한 입술이 옥물려졌다.

"이만 갈게요."

자리에서 일어난 수연은 그대로 버티고 선 정혁을 지나쳐 문으로 향했다.

"떠날까 봐……."

선화의 입에서 갈라진 한마디가 툭 튀어나왔다. 문을 열려던 수연이 우뚝 멈춰 섰다.

"너마저 떠날까 봐 겁나서 그랬다. 마음 한 조각도 절대 나누어 주면 안 됐어. 어차피 너도 떠날 사람이었으니까. 끊임없이 널 미워해야만 했다. 그래야 내가 살 수 있을 것 같았으니까."

꾹꾹 씹어뱉듯 쏟아 내는 말은 절규에 가까웠다. 선화가 울고 있었다. 눈물을 가지고 있기는 할까 의심스러울 만큼 냉정했던 그녀가 크게 소리도 내지 못하고 흐느끼고 있었다. 울음을 참느라 어깨를 떨던 수연이 고개만 돌려 눈물범벅이 된 선화를 바라봤다.

"마음 한 조각, 그걸 주셨어야죠. 그랬으면 어머니를 떠나지도 않았겠죠. 그랬으면 어머니도 원망 속에 파묻힌 채 일생을 허비하지는 않았을 텐데요. 나머지 생은 부디 편안하시길 빌게요."

떨리는 목소리로 마지막 인사를 건넨 수연은 단호한 몸짓으로 병실을 나섰다. 말없이 서 있던 정혁은 티슈 몇 장을 뽑아 울음을 삼키려 애쓰고 있는 선화에게 건넸다.

"따라가 봐."

"기다릴 겁니다."

"사랑스러운 아이야."

"알고 있습니다."

하나 마나 한 얘기를 건네고, 하나 마나 한 대답이 이어졌다.

"잘 부탁하네."

"네."

"자네도 다시는 오지 말게."

정혁은 고개를 숙이는 것으로 인사를 대신하고 병실을 나섰다. 내일이 됐건, 모레가 됐건 수연이 다시 오고 싶어 한다면 다시 동행할 것이므로 그렇게 하겠다고 답을 할 수가 없었다.

병실 밖으로 나온 정혁은 벽에 기대어 선 채 가녀린 어깨를 떨고 있는 수연을 품에 안았다. 오로지 그것만이 제 일인 듯 흘깃거리는 주변 시선은 안중에도 없었다.

❉   ❉   ❉

녹음이 짙어지고 더위는 나날이 강도를 더해 가고 있었다. 택시에서 내린 수연은 강렬하게 내리쬐는 햇볕을 손으로 가리며 빛을 반사하고 있는 화려한 건물을 올려다봤다. 복장을 다시 점검하는 그녀의 얼굴에 긴장감이 가득했다.

정은의 도움까지 받아 가며 골라 입은 옷은 남의 것을 걸친 듯 어색했다. 좋은 분들이니까 긴장할 필요 없다던 그녀의 말은 전혀 도움이 안 되고 있었다. 수연의 손은 땀이 흐를 정도로 더운 날씨임에도 불구하고 차디찼다. 윤재의 돌잔치에 참석하지 못했던 수연이 정혁의 부모님께 처음으로 인사를 드리는 날이었다.

시간을 확인한 수연이 크게 심호흡을 하고 발을 내디뎠다. 약속 시간은 아직 10분이나 남아 있었지만, 먼저 자리를 잡고 마음의 준비를 끝내고 싶었다. 허둥대는 모습으로 점수를 깎이고 싶지는 않았다.

5층 레스토랑 입구에서 다시 한번 매무새를 점검한 뒤 안으로 들어섰다. 정중하게 그녀를 맞이하는 종업원에게 예약이 되어 있음을 알린 순간, 수연의 눈에 낯익은 얼굴이 들어왔다.

예정보다 일찍 도착한 윤 여사는 긴장감을 털어 버리려는 듯 시원한 커피를 한 모금 삼킨 뒤 고급스럽게 꾸며진 레스토랑 안을 쭉 훑어보다가 맞은편에 앉은 젊은 남녀에게로 시선을 던졌다.

아직 붐비기엔 좀 이른 시간이라 남녀의 대화가 여과 없이 전달되고 있었다. 한눈에 봐도 사랑하는 사이거나 부부인 것 같았다.

윤 여사는 자신도 모르는 사이 물끄러미 쳐다보고 있다가 문득 너무 무례한 것 같아 무의미한 바깥 풍경으로 애써 시선을 돌렸다.

그런데 입구에서부터 그들을 죽일 듯이 노려보며 다가온 여자가 다짜고짜 애교 많은 부인의 따귀를 올려붙였다. 날카로운 비명이 레스토랑 안을 울렸다. 윤 여사의 시선이 다시 그쪽으로 고정됐다.

"여, 여보!"

당황한 남자가 여보라고 부른 여자는 애교 많은 부인이 아니었다.

"끔찍해. 그렇게 부르지도 마. 어떻게 이럴 수가 있어? 우리 지은이 보기 창피하지도 않아?"

"조만간 말하고 조용히 정리하고 싶었는데, 미행까지 할 줄은 몰랐네. 이왕 이렇게 된 거 우리 이혼하자."

"뭐? 지은이는? 지은이 생각은 안 해?"

"지은이한테 미안하긴 한데 재희랑 나, 서로 사랑해. 지은이 일은 당신이 원하는 대로 해 줄게. 시끄러운 일 만들지 말고 조용히 마무리 짓자."

"하, 너 미쳤니? 지금 이 일을 누가 자초했는데?"

아침 드라마도 잘 안 보던 윤 여사는 그들의 얘기에 정신없이 빠져들고 있었다.

"재희가 임신했어. 책임지고 싶어."

놀란 눈으로 뻔뻔스러운 두 남녀를 번갈아 바라보던 여자가 어깨를 축 늘어뜨린 채 자리를 뜨려는 듯 힘겹게 발걸음을 뗐다.

그러다가 무엇에 걸리기라도 했는지 넘어질 듯 비틀거리다가 와인 잔을 툭 치는 바람에 시뻘건 액체가 남자를 덮쳤다.

자리에서 벌떡 일어난 남자가 옷을 물들인 와인을 툭툭 털어 내며 화를 냈다.

"뭐 하는 짓이야? 꼭 이렇게까지 교양 없이 굴어야겠어?"

"내가 그런 거 아니……."

"네가 아니면 와인 잔이 혼자서 살아 움직이기라도 했다는 거야?"

적반하장도 유분수지, 한계를 넘었다. 윤 여사는 더 이상 보고 있을 수만은 없다는 생각에 벌떡 몸을 일으켰다.

"실례 좀 할게요."

윤 여사가 다가가 말을 걸자 남자가 눈을 부라리며 쳐다봤다. 그 와중에도 제일 약자인 척 고개를 숙이고 조용히 앉아 있는 재희의 입꼬리는 고소한 듯 비틀려 올라가 있었다.

"내가 참견할 일은 아닌 것 같은데 보고 있자니까 속이 터져서요. 지금 이 상황에서 제일 교양 없는 건 아마도 당신 쪽인 것 같군요. 그리고 재희 씨라고 했죠?"

고개를 든 재희가 의문이 담긴 시선으로 멀뚱멀뚱 윤 여사를 쳐다봤다.

"남의 남편 훔쳤으면 심보라도 곱게 써야지 왜 가려는 사람 발을 걸고 그래요?"

"어머, 이 아줌마 생사람 잡는 거 봐. 아줌마, 혹시 언니가 고용한 사람이에요? 오빠, 어떻게 좀 해 봐. 따귀 맞은 것도 억울해 죽겠는데, 누명까지 쓰게 생겼잖아. 내가 발 거는 거 봤어요?"

"네, 봤어요."

갑자기 툭 끼어든 목소리에 모두의 시선이 그리로 향했다. 수연은 윤 여사가 알은체를 할 듯 입을 벙긋대는 걸 살짝 고 개를 저어 만류했다.

"제가 저 자리에서 쭉 봤었는데요, 이 여자분이 발을 쭉 내밀더라고요. 안 다치셨어요? 넘어져서 탁자 모서리에 부딪 치기라도 했어 봐요. 정말 큰일 날 뻔했다니까요."

"한재희, 너 이런 애일 줄은 몰랐다. 이 인간 마누라 자리 가 그렇게 탐났니? 이렇게 비열한 짓까지 해 가면서 갖고 싶 은 그런 자리야? 참 딱하다."

윤 여사 옆에 선 여자가 마음의 안정을 되찾은 듯 차분한 목소리로 재희를 나무랐다.

궁지에 몰렸다고 느낀 재희가 갑자기 배를 움켜쥐고 신음 을 토해 낸 건 의혹이 가득한 남자의 눈이 그녀에게로 막 향 했을 때였다.

"으, 오빠. 나 배 아파. 의사 선생님이 초기니까 조심하라 고 했는데, 우리 아기 잘못되면 어떡해."

"재희야, 많이 아파? 벼, 병원 갈까? 내가 조용하게 마무 리 짓자고 했지! 꼭 일을 이렇게 만들어야겠어? 당신들 뭐 야? 이 여자한테 얼마 받았어? 우리 애 잘못되면 어떻게 책 임질 거야?"

여자의 엄살에 사색이 된 남자가 수연과 윤 여사를 향해 마구 소리를 질러 댔다.

"그보다 병원을 먼저 가 보는 게…… 이봐요, 아가씨. 많이 아파요?"

아기라는 말에 걱정이 된 윤 여사가 재희의 어깨에 손을 올리려 하자 득달같이 달려든 남자가 손목을 낚아챘다.

"왜 이래요? 이거 놓고 얘기하세요."

놀란 수연이 남자와 윤 여사 사이로 끼어들어 손목에 감긴 우악스러운 손을 떼어 내기 위해 안간힘을 썼다.

"또 무슨 일이야?"

언젠가 겪은 적 있었던 장면이 그대로 반복되고 있었다.

"어머, 여보. 이제 와요?"

현수는 또 대책 없이 발동한 윤 여사의 오지랖이 마음에 안 드는 듯 눈썹을 꿈틀했지만 점잖게 남자부터 나무라고 봤다.

"젊은이, 그 손목은 좀 놓는 게 좋겠군."

묵직하게 전달되는 카리스마에 남자는 슬그머니 윤 여사의 손목을 놓았다. 현수가 날카로운 시선으로 윤 여사를 일별한 뒤 수연에게로 시선을 보냈다.

"또 보는군요, 수연 씨."

"네, 안녕하세요."

"그러게. 수연 씨, 반가워요. 이렇게 또 보네."

이제야 인사할 기회를 잡은 윤 여사가 반가움에 수연의 손을 덥석 잡았다.

"저도 반갑습니다."

"어, 이거 봐라. 한패 맞네!"

"오빠, 내가 뭐라 그랬어. 언니가 나 괴롭히려고 고용한 사람들이라니까. 흑, 우리 아기 잘못되면……."

배를 움켜쥔 재희가 울음을 섞어 극적인 효과를 더하고 있었다. 남자는 곧 현수에게로 덤벼들 태세였다.

"임신 안 하셨는데요? 병원 같이 가셨었나요? 초음파 사진 확인하셨어요?"

"이 여자가 진짜. 당신이 내가 임신을 했는지, 안 했는지 어떻게 알아? 어떻게 알고 마음대로 지껄이는 거야?"

삿대질을 하며 일어선 여자가 수연을 한 대 칠 기세로 덤볐다.

"수연아."

가늠하기 힘든 복잡한 표정을 한 정혁이 성큼성큼 다가오자 수연의 얼굴이 밝아졌다.

"어머나, 뭐야? 여보, 이 상황 이해돼요? 수연 씨, 혹시 저번에 만난다는 애인이 이 녀석이었던 거야?"

미소가 만개한 윤 여사가 손가락으로 정혁을 콕 집으며 묻는 말에 수연은 얼떨떨하니 고개를 끄덕였다.

"어쩜 이런 일이 다 있네. 그래서 꿈은 이루어진다고 하나 봐, 호호호."

"여보, 그 말은 이럴 때 쓰는 말이 아닌 것 같은데?"

"아유, 아무려면 어때요. 우리 이럴 게 아니라 앉아서 천천히……."

수연을 잡아끌던 윤 여사가 어정쩡한 표정의 세 남녀를

돌아보고는 다시금 상황을 인식한 듯 어설픈 미소를 지어 보였다.

"아, 우리 지금 사랑과 전쟁 찍는 중이었지?"

"풋."

윤 여사의 중얼거림에 수연이 그만 웃음을 참지 못하고 소리를 내고 말았다.

방금 나타나 혼자만 심각한 정혁은 윤 여사의 '사랑과 전쟁'이라는 말과 세 남녀의 대치 상태 등으로 대강의 상황 파악을 끝낸 뒤 정리를 위해 나섰다.

"거기 아가씬지 아줌만지 모르겠지만, 암튼 그 손부터 내려놓는 게 좋겠군요?"

"그건 내가 이미 한 번 써먹었다."

"도움 주실 거 아니면 오지랖이 태평양이신 윤 여사님 모시고 먼저 자리에 가 계시는 게 좋을 것 같은데요?"

한쪽 눈썹을 꿈틀해 보인 현수가 이내 어깨를 으쓱한 뒤 윤 여사의 손을 잡았다.

"여보, 들었지? 이 녀석이 처리한다니까 우린 그만 자리로 가자고."

"그럴까요? 수연 씨도 얼른……."

"잠깐만요. 이 여잔 안 되죠. 지금 이 여자 때문에 내 입장이 얼마나 난처하게 됐는데."

"어허, 손은 얌전히. 말로만 합시다."

수연을 잡아채려는 재희의 손을 정혁이 또 막고 나섰다. 얕은 한숨을 뱉은 수연이 현수 내외를 향해 먼저 가 계시라는 말을 전하고 정혁의 옆으로 붙어 섰다.

정혁이 불륜 남녀의 항의를 묵살하고, 네 살배기 딸아이와 함께해야 할 미래에 대한 막막함에 울음을 터뜨린 여자에게 변호사 명함을 건네며 상황을 정리하는 데는 단 몇 분이면 충분했다.

정혁의 서슬에 말도 제대로 못 하고 있던 재희가 수연을 날카롭게 흘겨봤다.

"그 변호사 명함, 나도 줘요. 저 여자 명예 훼손으로 고소할 거야. 대체 날 언제 봤다고 임신 안 했다는 말을 해서 사람 꼴을 우습게 만들고, 도저히 못 참아."

정혁이 정말이냐고 묻듯 수연을 바라보자 그녀는 고개를 끄덕여 긍정을 표했다.

"그래요? 그럼 한 가지 방법뿐이네요. 지금 바로 병원 갑시다. 제가 잘 아는 산부인과 전문의가 있는데, 잠깐만요. 바로 진료 받을 수 있게 전화 먼저 하고요."

정혁이 휴대폰을 꺼내 연락처를 찾아 통화 버튼을 누르려 했다.

"자, 잠깐만요. 내가 다니는 병원이 있단 말이에요."

"그럼 그 병원으로 갑시다. 병원이 어딥니까?"

"내, 내가 왜 그래야 하는데요? 오빠 뭐라고 좀 해 봐. 지금은 병원 가기 싫단 말이야."

투정을 부리는 재희를 물끄러미 바라보는 남자의 눈엔 의혹이 가득했다.

"명예 훼손이니, 뭐니 하면서 고소한다고 하지만 않으면 병원은 안 가는 쪽으로 고려해 볼 수도 있는데요."

살벌한 재희의 눈빛이 잠시 정혁에게로 향했다. 하지만 수연 외엔 눈싸움에서 져 본 적이 없는 정혁의 날카로운 눈빛에 금세 수그러든 재희가 고개를 돌리고 의자에 털썩 주저앉는 것으로 승부는 끝이 났다.

수연의 어깨를 감싼 정혁이 그녀의 귓가에 작게 속삭였다.

"저 여자 임신 안 한 건 또 어떻게 안 거야?"

"그냥 보여요."

"그런 것도 보여?"

"몰랐어요? 난 아저씨가 생각하는 것보다 더 뛰어난 사람이라니까요."

"그건 잘 몰라도 은수연이 특별히 사랑스러운 건 알지."

정혁의 속삭임에 수연은 배시시 미소를 지었다. 저만치 앉아서 이쪽을 바라보고 있던 현수가 기다림에 지쳤는지 나직하게 둘을 재촉했다.

"뭘 하든 그만 이쪽으로 와라. 밥 좀 먹자. 배고프다."

"네, 갑니다."

여유롭게 답하는 정혁과 달리 수연은 잠시 잊고 있던 게 떠오른 듯 흠칫했다가 눈에 띄게 긴장하는 눈치였다.

"혹시나 해서 묻는 건데요, 저분들 아저씨 부모님 되시는 건 아니죠?"

"내 기억엔 저분들이 부모님 맞는 것 같은데."

"아, 진짜 그걸 왜 이제 얘기해요. 어서 가요, 아저씨."

자그맣게 속삭이며 그보다 앞서 성큼 발을 떼는 수연은 그가 알던 순둥이 은수연이 아니었다.

식사 분위기는 나쁘지 않았다. 하지만 수연은 버럭 소리라도 지르고 싶은 심정을 꾹꾹 억누르고 있었다.

"제가 알아서 먹을게요."

정혁의 귀에 대고 최대한 작게 속삭여 봤지만 그래, 라는 간단한 대답에 이어 또다시 큼직하게 조각난 고기가 그녀의 접시로 넘어왔다.

평상시에도 안 그런 척하면서 살뜰하게 챙기긴 했지만, 오늘 같은 날은 좀 참아 줬으면 싶은데 정혁은 눈치도 없이 자꾸 이것저것 챙겨 주고 있었다.

결국 입가엔 미소를 장착하고 눈가엔 짙은 주름을 만든 수연이 정혁을 향해 고개를 돌렸다. 제발 그만 좀 하라는 강한 의지를 담아 봤지만 먹히기는커녕 되돌아온 것은 입술 끝을 스치는 다정한 손길뿐이었다.

자리도 잊고 놀란 숨을 뱉었다. 허겁지겁 입을 가리고 붉어진 얼굴로 돌아본 자리엔 시종일관 무뚝뚝한 표정으로 윤 여사의 흘러내린 옆머리를 정돈해 주는 현수가 있었다.

순간 수연의 눈길이 바쁘게 현수와 정혁 사이를 오갔다. 집안 내력인 게 분명했다.

아무리 그래도 눈 깜빡이는 것조차 조심스러운 상견례 자리에서, 더구나 수연은 동석한 부모도 없는 입장이라 더 조심스러울 수밖에 없는 처지라 눈치 없이 다정한 정혁이 절대로 고맙지 않았다.

그의 부모님을 만나 뵙기로 약속한 날부터 예상 질문을 짜고 가장 적당한 답변을 찾느라 고심을 거듭했다. 그녀의 처지를 절대로 거짓으로 꾸며 내고 싶지는 않았지만, 그렇다고 해서 '이 결혼 반대다'라는 결론을 끌어낼 만한 답변으로 정혁을 곤란하게 하고 싶지도 않았다.

하지만 예상부터 어긋난 우연한 만남들에 이어 식사가 중반을 넘어가도록 일상적인 가벼운 대화만 오가자 수연은 더 긴장할 수밖에 없었다. 마치 폭풍 전야에 내던져진 듯한 초조함에 입에 넣은 고기는 흡사 고무를 씹는 것 같은 느낌인데, 하나라도 더 거둬 먹이려 살뜰하게 구는 정혁 때문에 더 난감했다.

"사실 만나 뵙기로 약속을 잡은 뒤로 줄곧 뭘 물어보실지 생각했어요. 그래서 예상 질문에 맞는 적절한 답도 열심히 뽑아 봤어요."

"그런 것도 했어? 그러느라 요 며칠 표정이……."

"아저씨, 좀."

수연이 인상을 쓰며 작게 속삭이자 정혁은 어깨를 으쓱해 보였다.

"우선 부모님 얘기부터 하자면요, 아버지는 원래부터 안 계셨고 어머니는 지금 많이 편찮으셔요. 어쩌다 보니 이리저리 치여 살긴 했지만, 지금은 나름대로 극복하고 열심히 살아가려고 노력 중이에요. 여기까지가 제가 준비한 답이었어요."

현수와 윤 여사는 별 반응이 없었다. 처연한 표정으로 미소 짓던 수연이 정혁에게 잡힌 손을 꼼지락거려 깍지를 꼈다.

"거짓말은 아니지만, 미화되고 축소됐죠. 그렇게 해서라도 아저씨와 함께하고 싶었거든요. 근데 그건 속이는 거나 다름없겠죠?"

말을 꺼내기가 쉽지 않은 듯 수연은 입술을 베물었다. 정혁은 깍지 낀 손을 제 허벅지로 가져가 다독이듯 툭툭 쳤다. 말하기 힘들면 하지 않아도 된다는 신호인 걸 알았지만, 그럴 수는 없었다.

자신을 드러내 보이는 건 최소한의 양심이었으며, 본인이 말하기까지 기다려 주는 아량을 베풀고 계신 그의 부모님에 대한 배려였다.

"어머니는 무속인이세요."

눈시울은 붉어지고 손에는 식은땀이 배어나고 있었지만, 수연의 목소리는 제법 차분했다. 그녀가 떠안고 살았을 아픔이나 외로움 같은 감정의 군더더기는 배제한 채 솔직하고도 모자람 없는 설명이 조곤조곤 이어졌다.

현수와 윤 여사는 하기 힘든 말을 꺼내는 그녀를 배려하듯 되묻거나 질문하는 일 없이 조용히 들어 주었다. 5분 남짓한 시간, 영혼을 보는 특별한 능력이 있다는 것을 제외하고 자기소개를 마친 수연은 마라톤을 끝낸 선수마냥 기진맥진해졌다. 울 것 같은 눈으로 정혁을 바라보자 그는 온화한 미소로 그녀를 안심시키고 있었다.

"그래서."

묵직한 침묵을 깨고 현수가 입을 열었다. 수연이 경직된 표정으로 현수를 바라봤다.

"혁이, 이 녀석하고 헤어질 생각인 건가?"

헤어질 생각이냐고 묻는 말인데도 헤어지라고 하는 것만 같아 수연은 가슴이 덜컥 내려앉았다.

"아니요. 그럴 생각은 없습니다."

수연의 대답은 즉각적이고도 단호했다.

"아저씨는 제게 빛과 같은 존재예요. 아저씨를 만나기 전까지 마음의 문을 닫고 살면 크게 기쁠 일도, 크게 슬플 일도 없을 거라고 생각했어요. 실제로도 그랬고요. 근데 아저씨는 모든 걸 순식간에 바꿔 놓았어요. 안 되는 거 알면서 욕심이 생겼죠. 하지만 아무리 그렇다 해도 두 분께서 마음 상하는 건 또 싫을 것 같아요."

현수와 윤 여사를 번갈아 바라보는 눈망울엔 눈물이 가득 고여 맑게 반짝이고 있었다.

"침 떨어지겠다, 이놈아."

숙연한 분위기를 뚫고 현수의 입에서 튀어나온 말이었다. 고인 눈물을 흘리지 않으려 애쓰던 수연의 눈이 순간 동그래졌다. 무슨 말인지 영문을 몰라 어리둥절해 하며 현수와 윤 여사의 시선이 머물러 있는 쪽으로 고개를 돌리자 정혁이 턱을 괸 채 그녀를 바라보고 있다가 흠칫, 자세를 바로잡고 있었다.

수연은 정말 울고 싶은 심정이었다. 안 그래도 마음에 드는 구석이라곤 하나 없는 며느릿감일 텐데, 잘난 아들마저 바보로 만들어 버린 여자를 어느 부모라고 좋다 하겠는가. 차라리 상견례 자리에 혼자 가겠다고 할 걸 그랬나, 후회가 밀려왔다. 정혁은 모두의 시선이 자신에게 쏠리자 민망한 듯 헛기침을 해 댔다.

정혁에게 도움을 받을 수는 없을 것 같았다. 심란한 마음을 빠르게 추스른 수연은 최후 변론이라도 준비한 듯 비장한 표정을 지었다.

"아부처럼 들리시겠지만 정말 착하고 예쁜 며느리가 되도록 노력할게요. 제 욕심을 허락해 주시면 안 될까요?"

간절한 바람이 담긴 애절한 목소리는 식사 자리를 숙연하게 만들고 있었다. 숙연한 침묵을 깨고 난데없이 경쾌한 손뼉 소리가 들려왔다.

"어머! 여보, 제 욕심을 허락해 주시면 안 될까요? 이 말 너무 낭만적인 것 같지 않아요?"

난데없는 소리의 주인공은 윤 여사였다.

"우리 수연이가 예고도 없이 가슴 떨리고 당황스러운 말 하는 데는 일가견이 있죠."

수연은 윤 여사의 예상치 못한 반응에 어찌해야 될까 난감하기만 한데, 정혁은 전혀 도움 안 되는 엉뚱한 소리만 해 대고 있었다.

"내 아들이지만 저렇게까지 팔불출일 줄은 몰랐군."

현수가 고개를 내저으며 하는 말에 정혁은 멋쩍은 듯 웃으며 뒤통수를 긁적이는 게 다였다.

"아, 아저씨 원래는 안 이래요. 오늘은 아마 제가 긴장할까 봐……."

"수연아."

수연의 말을 끊고 윤 여사가 다정한 음성으로 그녀를 불렀다. 무슨 말을 듣게 될지 몰라 겁이 난 수연은 덜컥 소리가 나는 것 같은 가슴에 손을 올려 꾹 누르며 대답도 못 하고 윤 여사를 바라봤다.

"나이가 어떻게 되니?"

"네?"

"처음엔 미처 물어볼 생각을 못 했지 뭐니. 좀 전 얘기에도 나이에 관한 건 없었고."

"아, 스물다섯 살이에요."

"어리네. 그죠, 여보?"

"그런가?"

수연의 미간에 깊게 주름이 졌다. 그녀가 무속인의 딸인 것보다, 결혼과 이혼의 경험이 있다는 사실보다 어리다는 게 더 문제가 되는 것 같은 이 상황을 이해할 수가 없었다.

"정혁이 녀석에 비하면 애기죠. 정은이보다 네 살이나 어린데. 그보다 난 아저씨라고 부르는 게 좀 그런 것 같아서 고쳐 줄까 했더니 아저씨가 맞는 것 같기도 하고, 그렇다고 계속 그 호칭으로 부르라고 하기는 좀……."

"아니요. 고칠게요. 고치려던 참이었어요. 뭐라고 부르면 좋을지 아직 결정하지 못해서……."

"그래? 여보나 자기는 아직 좀 이를 거고……."

윤 여사의 말에 수연은 눈이 튀어나올 듯 동그래졌다. 정혁은 술이라도 한잔 마신 듯 귓불이며 뒷덜미가 붉어졌다. 입술을 끌어 올리는 모양새로 봐서 그는 그 호칭들이 마음에 드는 눈치였다.

"아무래도 결혼 전까진 정혁 씨나 오빠 정도가 어떨까 싶은데, 네 생각은 어떠니?"

놀란 수연의 입이 점점 벌어지고 있었다. 귀가 잘못된 건가 하는 의심이 밀려올 정도였다.

"어, 저 그러니까…… 겨, 결혼해요?"

"욕심을 허락해 달란 말이 결혼을 허락해 달라는 말 아니었니? 내가 잘못 이해한 거야?"

"아니요. 그냥 너무 믿기지가 않아서……."

정혁이 말없이 식탁 아래서 손을 감싸 쥐었다. 가벼웠다가, 든든했다가 종잡기 힘든 애인이 아닐 수 없었다.

"수연아."

현수가 묵직하면서도 온화한 음성으로 그녀를 불렀다.

"네."

"우리 집안에선 정직을 가장 큰 미덕으로 친단다. 그런 점에서 넌 더할 나위 없이 훌륭한 며느릿감인 셈이지. 그리고 말이다. 비밀을 하나 알려 주자면 이 집 남자들이 뭔가에 꽂히기도 쉽지 않지만, 한 번 꽂혔다 하면 그걸로 끝이란다. 말려도 듣질 않지."

말을 끝낸 현수는 미소를 머금은 채 그를 바라보고 있는 윤 여사의 손에 자신의 손을 겹쳐 토닥였다. 말하지 않아도 현수가 꽂힌 대상이 누구인지 알 수 있었다.

수연은 눈물이 날 것만 같았다. 눈앞의 소중한, 소중해질 이들과 가족이란 울타리로 섞일 수 있다는 사실이 너무나 감사하게 느껴졌다.

이런 풍요로움을 가져다준 정혁이 너무나 고마웠다. 아무것도 아닌 자신을 무엇과도 다른 특별한 존재로 만들어 주는 그를 사랑하지 않을 수 없었다. 수연 역시 정혁에게 제대로 꽂힌 셈이다.

14장

"반장님 신부님!"

수연이 경찰서 정문을 지나치자마자 여전히 그녀를 괴상한 호칭으로 부르는 태랑이 쏜살같이 다가왔다.

"안녕하세요, 반장님 신부님. 저 기억하시죠?"

"네, 안녕하세요. 이태랑 형사님이시죠?"

"하하, 기억하시네요. 하긴 제가 한 번 보면 쉽게 잊히는 그런 스타일은 아니죠. 키 크지, 어깨 떡 벌어졌지, 얼굴은 조각이지. 형사가 이렇게 잘생기기도 쉽지 않은데 말이죠. 아, 물론 간혹가다 우리 반장님 같은 인물도 있기는 하지만 말입니다."

수연은 빙그레 웃어 보이며 얼굴을 붉혔다. 별 얘기 아닌데도 정혁에 관한 거라면 그저 좋아 웃음부터 머금고 봤다.

"이거 받아 오라고 한 거죠?"

갈아입을 옷가지와 먹을거리가 든 쇼핑백을 태랑에게 내밀었다. 정혁은 이틀 동안 집에 들어가지 못한 상태였다.

"아, 아닙니다. 오늘 제 역할은 길 안냅니다. 그건 반장님께 직접 전해 드려야 할 것 같습니다."

"길 안내요?"

"네, 이쪽입니다."

태랑이 가리키는 방향으로 시선을 보냈던 수연이 미간을 살짝 구겼다.

"아저씨가 정문까지만 가져다 달라고 했는데요. 무슨 말씀이신지……."

현수와 윤 여사 앞에선 잘만 불렀던 오빠란 소리는 다시 아저씨로 바뀌어 있었다.

오빠란 소리에 헤벌쭉해지는 정혁 때문에 그의 앞에선 억지로라도 부르려 노력하는 중이었지만, 습관은 생각만큼 쉽게 바뀌지 않았다.

"그러니까요. 정문까지만 딱 오시면 그다음부터는 제 소관이라 이겁니다."

"네?"

태랑은 되묻는 수연을 민원실 입구가 보이는 곳을 지나쳐 건물 좌측에 위치한 출입구 쪽으로 안내하고 있었다.

"반장님, 본청 들어가시는 건 아시죠?"

"네."

"워낙 여러모로 출중하신 분이라 현장이 좋다고 자청하지 않았으면 가셨어도 벌써 가셨겠죠. 그 덕에 저희는 참 좋았었는데, 좀 많이 섭섭하긴 하네요."

"아저씨도 많이 섭섭해하시더라고요. 겉으로 표현을 잘 안 해서 그렇지, 정 많은 사람이거든요."

"알죠. 속정 깊으신 거. 로맨틱에는 소질 없으신 것도. 그래서 저희가 나서서 준비했지 뭡니까. 짜잔!"

쇼 MC로 분한 것 같은 태랑이 입으로 극적인 음향 효과를 선보이며 현란한 제스처로 출입구 위쪽 벽면을 가리켰다. 때맞춰 커다란 현수막이 벽면 절반 이상을 덮으며 쫙 펼쳐졌다. 멍하니 바라보고 있던 수연의 표정이 이상야릇하게 일그러졌다.

힘줄이 불거진 팔로 섹시미를 더하고 있는 정혁이 현수막 한 부분을 채우고 있었다. 아마도 사격 연습하는 모습인 것 같았다. 거기까지는 그의 타고난 비주얼 덕에 경찰 홍보 포스터를 보고 있는 듯 괜찮았다.

하지만 정혁의 옆으로 모락모락 피어오르고 있는 핑크빛 하트는 그렇다 쳐도 현수막의 대미를 장식한 문구에는 도저히 웃음을 참을 수가 없었다. 일그러져있던 수연의 입술 새로 풋, 하는 웃음소리가 새어 나왔다.

은수연, 널 체포한다. 나와 결혼해 줘야겠어.

뿌듯한 표정으로 건물 옥상을 향해 오케이 사인을 보내고 있는 태랑 때문에 수연은 크게 웃지도 못하고 입을 막을 수밖에 없었다.

그걸 감동에 겨워 울음을 참는 것으로 착각한 태랑이 마냥 뿌듯한 표정으로 막 입구 쪽에 나타난 정혁을 향해 손을 흔들었다.

"수연아."

"아저…… 풋, 하하하!"

휘황찬란한 현수막에서 정혁에게로 시선을 돌린 수연이 결국 참고 있던 웃음을 터뜨리고 말았다. 뒤통수를 긁적이며 뜬금없이 들린 꽃다발을 생소한 물건 바라보듯 힐끔거리는 모양새가 누군가 강제로 시켜서 들고 나왔다고 광고를 하는 것만 같아 웃지 않을 수가 없었다.

"내 꼴이 좀 우습지?"

정혁은 어깨를 으쓱하며 꽃다발과 현수막을 번갈아 바라봤다.

"하하, 아니요. 뭘 해도 멋있긴 한데, 너무 등 떠밀린 것 같은 표시가 확 나서 그만……. 그리고 그 꽃, 꼭 쓰레기 버리러 가는 것같이 보이거든요."

수연의 말에 정혁도 피식 웃었다.

"이왕 등 떠밀린 거 받아 줄래?"

"네, 준비하느라 고생하셨을 테니까."

좀 더 감동적이고 로맨틱한 장면을 기대했던 태랑은 멋없이 꽃다발을 주고받는 남녀를 보고는 미간을 짙게 구겼다.

"이게 아닌데……."

정혁의 날카로운 시선을 받은 태랑이 말끝을 얼버무렸다. 수연에게 꽃을 전달한 정혁은 다짜고짜 휴대폰을 꺼내 전화를 걸었다.

"장 형사, 다들 데리고 집합."

우렁찬 대답 소리가 휴대폰 밖까지 울려 퍼졌다. 잠시 후, 장 형사를 필두로 우르르 몰려온 형사들이 태랑의 옆에 열중쉬어 자세를 하고 섰다. 팔짱을 낀 정혁이 그들 앞에 버티고 서 물었다.

"누구 아이디어야?"

"네, 접니다."

태랑이 잽싸게 대답을 하자 정혁의 날카로운 시선이 그리로 향했다.

"처음 아이디어를 낸 건 태랑이었지만, 저희 모두 찬성했습니다. 쑥스러운 마음이야 이해하지만, 프러포즈는 제대로 하시는 게 좋습니다. 안 그러면 두고두고 바가지 긁히거든요."

후배를 위한답시고 비장하게 끼어든 장 형사가 양손을 올려 할퀴는 시늉을 하며 눈까지 찡긋해 보였다.

"내가 프러포즈 안 했다고 누가 그래?"

"그야 반장님 성격상 당연히……. 했습니까, 프러포즈?"

장 형사가 정혁의 뒤에서 미소를 머금고 있는 수연에게 물었다.

"네, 벌써 오래전에……."

장 형사를 비롯한 형사들 모두 멋없기로 소문난 정혁이 벌써 오래전에 프러포즈를 했다는 사실을 믿을 수가 없다는 듯이 굳어 있었다.

그들을 바라보는 정혁의 입꼬리가 사악하게 비틀려 올라갔다.

"저 사진 누가 골랐나?"

"제, 제가 골랐습니다. 반장님."

김 형사가 쭈뼛쭈뼛 손을 들었다. 김 형사를 향해 어슬렁어슬렁 다가간 정혁이 무심하게 그의 배를 쿡 찔렀다. 움찔 놀랐던 김 형사가 윽, 소리를 내며 자세를 다시 바로잡았다.

"난 오른쪽보다 왼쪽이 더 잘생긴 거 몰랐나?"

"네? 아, 알죠. 왼쪽이 훨씬 잘생겨서 눈이 부실 정도라는 거 물론 알죠."

"아, 그래? 알면서도 오른쪽에서 찍은 사진을 올렸다 이거지?"

"저 그게…… 죄송합니다."

"저 문구는 누구 아이디어지?"

형사들은 정혁의 눈치를 보며 서로 툭툭 쳐 댔다. 그러다 결국 울상이 된 태랑이 손을 들었다.

"이 꽃은 누가 골랐냐?"

"장 형사님이……."

"야, 이태랑. 꽃 사자고 한 건 너였잖아. 그리고 김 형사, 이왕 하는 거 꽃다발로 하자고 한 건 너였거든."

"저 꽃으로 고른 건 장 형사님이었습니다."

"그래, 장 형사. 네가 제일 신나서……."

"다들 조용히 못 해?"

정혁의 낮게 깔리는 음성에 서로 떠넘기기 바쁘던 형사들

412

이 부동자세를 취했다.

"저 꽃 하난 마음에 들었는데 서로 안 했다고 하는군."

"아, 그게 반장님…….""

"그러니까요. 제가 샀다니까요!"

"제가 꽃이 있어야 된다고 했던 거 다들 기억하시죠?"

"배 안 고프세요? 이제 그만들 하시고 도시락 싸 온 거 같이 드실래요?"

수연의 한마디에 소란스러움이 일시에 잦아들었다.

"힘든데 도시락까지 쌌어?"

정혁이 여태껏 수연의 손에 들려 있던 쇼핑백을 그제야 눈치채고 받아 들었다.

"많으니까 다 같이 드세요. 꽃다발도, 현수막도 너무 감사해요. 아저씨가 해 준 프러포즈도 좋았지만, 형사님들이 준비해 주신 프러포즈도 너무 마음에 들어요. 정말 감사합니다."

"은수연, 왜 다시 아저씨야?"

"습관이 돼서 그만……. 음식 식으면 맛없을 텐데. 어디서 먹으면 되죠?"

수연이 생글 웃으며 하는 말에 형사들이 앞다투어 대답하며 그녀를 둘러싸고 휴게실로 향했다.

넉넉하게 싼 도시락은 순식간에 바닥이 났다. 맛나다고 다들 칭찬을 아끼지 않는 음식을 앞에 놓고도 정혁은 오로지 수연에게만 집중하느라 그쪽은 안중에도 없었다.

젓가락만 오른손에 든 채 수연의 손을 만지거나, 머리칼을 만지며 왼손만 바쁘게 움직이던 정혁은 경찰서 정문을 나설 때까지 그녀의 손을 놓지 않았다. 군더더기 없는 빠른 동작으로 수연의 입술을 몰래 훔치고 나서야 손을 놓아주었다.

그러고도 한참 동안 정혁이 정문 앞을 떠나지 않아서 수연은 몇 번을 돌아보고 또 돌아봐야 했다. 웃음이 비어져 나왔다.

저녁엔 만날 수 있다는 걸 알면서도 잠깐을 헤어지기 싫어 서로 바라보며 손을 흔들고 또 흔들고.

"수연 씨."

미소를 머금고 걸음을 떼던 수연을 익숙한 목소리가 불러 세웠다. 멈춰 선 수연이 뒤를 돌아보자 유정이 저만치서 걸어오고 있었다.

잔 속에 담긴 얼음이 녹으면서 달그락 소리를 냈다. 급한 용무라도 있는 것처럼 수연을 불러 근처 커피숍으로 데려갔으면서 유정은 앉은 지 10분이 지나도록 아무 말이 없었다. 수연은 그녀의 말문이 트이길 기다리는 중이었다. 커피 잔에 꽂힌 빨대를 빙빙 돌리며 유정은 복잡한 표정을 짓고 있었다.

"나만큼 차 선배를 잘 아는 사람은 없을 거라고 자신했어요."

유정이 오랫동안 정혁을 마음에 담고 있었음이 느껴지는 말이었다.

하지만 오랜 기간 봐 왔다고 해서 가장 잘 아는 것은 아니다. 누군가를 잘 아는 것은 결코 기간에 비례하지 않는다. 서로에 대한 공감이 있어야 가능한 일일 것이다.

그 진리를 깨닫기라도 한 것인지 유정의 입가에 자조적인 미소가 설핏 스치고 지나갔다.

"근데 좀 전에 본 차 선배는 내가 알던 사람이 아닌 것 같더라고요."

수연의 얼굴에 좀 전이라면 대체 언제를 말하는 걸까 하는 의문이 떠올랐다.

"아, 프러포즈할 때요. 일부러 보려고 한 건 아닌데."

좀 요란스럽긴 했지.

"죄송해요."

"수연 씨가 한 것도 아니면서 죄송할 건 없죠. 그저 좀 차선배가……."

"바보 같아 보였죠?"

"흠, 맞아요. 한참을 멍했죠. 저 사람이 진짜 내가 알던 그사람이 맞나. 일밖에 모르고 무뚝뚝했던 차정혁은 혹시 내가만들어 낸 허상이 아니었을까."

"그 모습도 아저씨가 맞아요."

"네, 알아요. 수연 씨가 없는 곳에선 다시 예전의 그 차정혁으로 돌아가니까. 그래서……."

중간에 말을 끊은 유정이 어깨를 들썩이며 한숨을 뱉었다.

"화가 나더라고요. 나는 그 오랜 시간 대체 뭘 했던 걸까. 차정혁 한 사람만 바라보고 달려온 내 인생은 대체 어떻게되는 걸까."

유정은 목이 타는지 잔에서 빨대를 빼내고 커피를 쭉 들이켰다.

"결혼 날짜는 잡은 건가요?"

"아니요, 아직."

"그럼 나한테도 아직 기회는 있는 거네요?"

수연의 미간이 구겨졌다. 자신에게 오해를 불러일으키고 정혁으로부터 거리를 두게끔 한 일에 대한 사과까진 기대하지도 않았다.

서운하고 울적한 마음을 토로하면 넓은 아량을 발휘해 잘 받아 줘야지, 탐탁지 않은 듯 축하 인사를 건네도 고맙게 받아 줘야지, 먹었던 마음이 민망할 정도였다. 어쩌자고 다시 기회 운운하는 걸까?

"그렇게 보이나요?"

"네?"

"결혼 같은 형식에 얽매이지 않아 마음이 작은 변수에도 흔들릴 것같이 보이냐고요."

이번엔 유정의 미간이 구겨졌다. 수연은 그녀를 작은 변수라고 말하고 있었다.

"변수가 뭐냐에 따라서 달라지지 않을까요?"

"유정 씨 사랑은 그래요? 엄청난 변수가 나타나면 쉽게 변하기도 하는, 그런 사랑인가요? 그렇지 않아서 지금 힘든 거 아닌가요?"

유정은 말할 듯 입을 뻐끔거리다가 목이 타는지 얼마 남지 않은 커피를 마저 들이켰다.

"미안하지만 아저씨랑 저, 유정 씨가 생각하는 것보다 더 단단하게 맺어져 있어서 지금도, 미래에도 바라는 기회 같은 건 절대로 없을 거예요."

유정에게 되도록 상처 되는 말을 하고 싶지 않았다. 사랑이 죄는 아니니까. 하지만 그녀에겐 수연의 존재 자체가 상처라는 생각이 들었다.

"저는 그만 일어나는 게 좋을 것 같군요."

더 이상 유정과 마주 앉아 있고 싶지 않았다. 수연은 짐을 챙겨 자리에서 일어났다.

"서기원이 당신을 만나고 싶어 한대요."

수연은 일어난 자세 그대로 멈칫 굳었다. 기원에 대한 감정이 남아 있어서가 아니라 유정에게서 들으리라고 생각도 못 한 이름이라 약간 당황했다.

"세상에 비밀은 없죠. 어쩌다 보니 서기원과 수연 씨의 관계를 알게 됐어요."

"비밀로 할 생각 같은 건 아예 없었는데요. 그리고 이젠 서기원과 아무 관계도 아니에요."

"정은 씨 남편, 강현우 알죠? 서기원 사건, 현우 선배가 맡은 건 알아요? 서기원이 당신을 만나게 해 주면 수사에 협조한다고 했대요. 많이 곤란한가 보더라고요. 현우 선배랑도 아무 관계 아닌가요?"

서기원과 그녀 사이엔 그 어떤 것도 남은 게 없었다. 그녀를 왜 만나고자 하는지 알 수가 없었다.

"믿을 수가 없군요. 아저씨는 아무 말도……."

"현우 선배가 여러 번 얘기했다고 알고 있어요. 차 선배는 여러 번 거절했고요."

우연히 현우와 정혁이 얘기하는 걸 듣게 되었다. 정혁이 조사해서 넘긴 증거가 너무나 확고했기 때문에 유정이 말한 것처럼 현우가 그렇게 곤란한 상황은 아닌 듯했다. 유정도 듣고 별스럽지 않게 넘겼던 얘기가 다시 떠오른 건 좀 전 프러포즈 장면을 목격한 뒤였다.

"저한테 왜 그 얘길 하는 거죠?"

"변수를 제공하는 거예요. 선선히 물러나기엔 내 청춘이 너무 아깝단 생각이 들어서요. 너무 긴 세월 동안 차 선배만 바라봐서 솔직히 지금 난 길을 잃었거든요. 근데 두 사람은 너무 행복해 보여서 배가 좀 아픈데, 이 정도 심술은 봐줘야 하는 거 아닌가요?"

의자에 기대 팔짱을 끼고 턱을 치켜든 유정은 당당함을 흉내 내고 있었지만 초라해 보였다.

"아까도 말했지만 변수는 제구실을 못할 거예요. 혹시 무언가를 기대하다가 실망할까 봐 미리 알려 드리는 거예요. 심술은 잘 받아 줄 테니까 유정 씨는 제 길을 찾았으면 좋겠군요. 그럼 이만."

고개를 까딱해 보인 수연이 몇 발짝 걸음을 옮기다 못다 한 말이 생각난 듯 멈춰 섰다.

"아, 다시는 만나지 않았으면 좋겠어요. 유정 씨가 생각하는 것만큼 제가 그렇게 착하지 않아서요. 심술을 받아 주는 건 이번이 끝이에요."

✽　　　　　✽　　　　　✽

　　집 안 구석구석 맛있는 음식 냄새가 진동을 하고 있었다. 앞치마까지 두르고 찌개 간을 보던 수연이 싱크대 수납장에 얼굴을 비쳐 봤다.

　　올려 묶느라 몇 가닥 빠진 머리카락이 가는 목을 더욱 돋보이게 하고 있었다. 요리하느라 발그레해진 볼은 수연의 눈에도 생기가 넘쳐 보였다.

　　시간은 어느새 7시를 넘어서고 있었다. 현관 쪽을 힐끔 쳐다본 수연은 앞치마보다 짧은 길이의 스커트가 마음에 걸려 슬쩍 미간을 일그러뜨렸다.

　　"너무 노골적인가? 갈아입는 게 나으려나?"

　　고개를 갸웃거리다가 앞치마를 벗어 두고 방으로 향하려는데 비밀번호를 누르는 소리가 들려왔다. 함박웃음을 머금은 수연이 냉큼 현관으로 달렸다. 문이 반도 채 열리지 않았는데 그녀의 가슴은 터질 듯 두근대고 있었다.

　　곧 활짝 열린 현관문 너머 오매불망 기다리던 정혁이 모습을 드러내자 그녀는 달려가던 속도를 줄이지도 않고 그대로 몸을 날렸다. 정혁은 '어어' 하면서도 수연을 덥석 안아 드는데 성공했다.

　　"다치면 어쩌려고 갑자기 달려들어?"

　　"보고 싶었단 말이에요."

　　정혁의 입가에 미소가 한가득 올라앉았다. 경찰서에서 헤어진 지 겨우 다섯 시간 남짓, 그런데도 그의 목에 얼굴을 묻고 앙탈을 떠는 그녀가 정혁도 못 견디게 보고 싶었다.

정혁은 수연을 그대로 안은 채 신발을 벗고 거실로 이동했다.

"보고 싶었다면서. 얼굴 좀 보자."

그때까지도 그의 목에 매달려 있던 수연이 살포시 고개를 들고 새카만 눈을 그와 마주했다. 거실 중앙쯤에 수연을 내려놓은 정혁이 하나하나 새기듯 머리부터 훑어 내리다가 멈칫하며 한쪽 눈썹을 꿈틀했다.

"속옷보다 못한 이 옷은 대체 뭐야?"

입새로 웃음을 뱉어 낸 수연이 춤을 추듯 한 바퀴 돌더니 다시 그를 마주하고 섰다.

"예전에 누군가 했던 말 생각 안 나요? 내가 속옷 바람으로 거실을 활보해도 상관없다고 한 것 같은데, 꺄악!"

정혁이 수연을 날렵하게 낚아채 옴짝달싹 못 하게 안았다.

"그러니까. 속옷 바람이었으면 괜찮았을 텐데, 이건 분명 속옷보다 못한 옷이잖아."

완벽하게 밀착된 정혁의 몸은 노골적으로 욕망을 표출해 내고 있었다. 그는 금세라도 그녀의 입술을 덮칠 듯 얼굴을 가까이했다.

"머리도 묶었네."

"예뻐 보이고 싶어서. 이상해요?"

"응, 이상해. 아주 미치겠어."

정혁이 탐스럽게 빛나는 수연의 입술을 그대로 머금어 버

420

렸다. 정혁의 손은 속옷보다 못한 스커트 밑으로 능숙하게 파고드는 중이었다.

음식 냄새보다 더 진하고 달콤한 수연의 향기가 그의 코끝을 사정없이 자극하고 있었다.

수연의 입속으로 무람없이 침범해 들어간 건 정혁이었으나, 숨 쉬는 법을 몰라 쌕쌕대던 옛일은 없었던 듯 그녀는 말캉하게 말려들었다가 약 올리듯 도망가며 능숙하게 그를 애태우고 있었다.

"으읍, 잠깐. 잠깐만요."

둘 다 전력 질주를 끝낸 듯 숨을 몰아쉬었다.

"왜?"

"밥부터 먹고요. 맛난 거……."

수연의 말이 끝나기도 전에 정혁이 그녀를 안아 들었다. 쪽 소리를 내며 그녀에게 입맞춤했다.

"더 급한 것부터."

말하는 시간도 아까운 듯 빠르게 내뱉은 정혁이 하얗게 드러난 목에 짙게 입을 맞추며 방으로 향했다. 수연도 더 이상 그를 말릴 생각이 없었다. 서로에게 취한 남녀에게 밥은 이미 뒷전이었다.

혼자 감상하긴 아까운 근육을 자랑하며 늦은 저녁 설거지를 하고 있는 정혁의 옆에서 수연은 과일을 깎아 접시에 담았다. 정혁은 트레이닝 바지만 걸친 채였고 수연은 커다란 그의 반팔 셔츠만 입고 있었다.

각자의 일을 하는 중간중간 둘은 약속이나 한 것처럼 시시때때로 입을 맞췄다.

"오빠."

"음?"

"윤재 아버님이 서기원 사건 맡았다면서요?"

설거지를 거의 끝낸 정혁이 행주를 빨다 말고 싱크대에 기대 수연을 바라봤다.

"오늘 경찰서 갔을 때 우연히 들었어요."

"누가 쓸데없이 입을 놀린 거야?"

말없이 미소를 지어 보인 수연이 씨를 걷어 낸 참외 한 조각을 그의 입으로 쏙 집어넣었다.

"오빠, 내가⋯⋯."

"안 돼."

"들어 보지도 않고 그래요?"

"서기원 만나겠다고 하려는 거잖아. 현우, 능력 있는 녀석이야. 그놈 진술 없이도 승산 있으니까 굳이 네가 도울 필요 없어."

"알죠. 윤재 아버님 능력 있는 거."

정혁에게로 바짝 다가선 수연이 탄탄한 그의 가슴에 손을 올리고 나른하게 쓸어내렸다.

"뭐 하는 거야?"

"뭐가요?"

수연은 능청스레 대꾸하며 거세게 오르내리기 시작한 그의 가슴에 입을 맞췄다. 정혁의 입에서 신음 같은 한숨이 새어 나왔다.

"이런다고 으, 달라지는 건 없어."

"그래요?"

정혁의 가슴 위에서 입술을 움직이며 웅얼거린 수연이 이번엔 의도적으로 가슴을 밀착시켰다. 거기에서 그치지 않고 그의 발등을 밟고 올라서서 팔로 목을 감아 빈틈을 없앴다.

"은수연, 너 지금 실수하는 거야."

"그런가요?"

한쪽 입꼬리를 끌어 올리는 사악한 미소를 지어 보인 수연이 그의 입술을 머금었다. 나른하게 겹쳐졌다가, 부드럽게 핥았다가 깊게 엉겨드는 키스는 정혁의 온 마음을 순식간에 앗아 가고 있었다.

참기 힘든 욕망의 열기에 휩싸인 정혁이 다음 진도를 위해 그녀를 막 안아 들려고 할 때였다. 그의 품에서 미꾸라지처럼 빠져나간 수연이 엉덩이를 살랑거리며 거실로 향했다.

"아, 피곤해. 과일은 아저씨 혼자 드세요. 난 이만 자러 갈래요."

한껏 욕망에 부푼 정혁의 얼굴이 순식간에 일그러졌다.

"지금 뭐하자는 거야?"

"잘 거라니까요."

고개만 살짝 돌린 채 대답을 한 수연은 기지개를 켜듯 양팔을 들어 올려 의도적으로 팬티에 감싸인 볼록한 엉덩이를 노출시켰다.

"알았어. 뭐든 허락해 줄 테니까 그만하고 이리 와."

정혁이 말을 끝내기도 전에 수연이 냉큼 그의 품으로 뛰어들었다.

"약속했어요?"

"휴, 그래."

"고마워요."

"여우가 따로 없군. 혼난 뒤에도 고마워하는지 보자고."

말을 마친 정혁이 좀 전에 하다만 키스를 다시 시작했다. 아무래도 길고 뜨거운 밤이 될 것 같았다.

❋　　　　❋　　　　❋

투명한 창 너머로 기원의 옆모습이 보였다. 사전에 얘길 듣지 못했다면 알아볼 수 없을 정도로 낯선 모습이었다.

"수연 씨, 내키지 않으면 만나지 않아도 상관없습니다."

"아니요. 만나야 할 것 같아요."

현우의 조심스러운 만류에 수연은 고개부터 저었다. 그녀 옆에 붙어선 정혁은 못마땅한 표정을 지은 채 그녀를 쳐다보려고도 하지 않았다. 날이 선 정혁의 옆모습을 물끄러미 바라보던 수연이 그의 손에 자신의 손을 쏙 끼워 넣었다.

제 손에 비해 턱없이 작은 손이 손가락 사이사이로 얽혀들었다. 그제야 취조실 안의 기원만 죽일 듯 바라보고 있던 정혁의 시선이 수연에게로 옮겨 왔다.

"걱정 안 해도 돼요."

수연은 즐거운 일을 앞두기라도 한 것처럼 맞잡은 손을 살랑 흔들며 웃어 보였다.

"웃지 마. 보기 싫어."

다정하게 볼을 쓰는 손길이며 사랑스러운 듯 바라보는 눈빛은 보기 싫다는 말이 거짓임을 여실히 보여 주고 있었다.

"빨리 끝내고 나올게요."

"여기서 꼼짝 않고 기다릴 거니까 조금이라도 낌새가 이상하면 손짓만 해."

"네. 그럴게요."

"5분. 더는 안 돼. 알았지?"

"네. 오래 안 있어요."

굳은 표정을 한 그녀가 문을 열자 퀭하고 날카로운 눈이 취조실 안으로 들어서는 수연을 주시했다.

홀쭉하게 살이 내린 볼, 거뭇거뭇하니 지저분하게 뒤덮인 수염, 붉게 충혈되어 번들거리는 눈. 예전 기원의 모습과는 상당히 거리가 멀었다.

수연은 맞은편 의자에 앉으며 취조실 밖으로 슬쩍 시선을 보냈다. 정혁은 팔짱을 낀 채 작은 것 하나도 놓치지 않으려는 듯 눈빛을 세우고 있었다.

"저치는 여전히 오버가 심하군."

기원이 비웃듯 입꼬리를 끌어 올리며 내뱉은 첫마디였다. 역시 친절하게 인사말부터 건넬 위인이 아니었다.

"날 왜 만나고 싶다고 한 거죠?"

수연도 인사말 따윈 생각도 하지 않고 본론으로 들어갔다. 정혁의 당부가 아니라도 그녀 역시 기원과 5분 이상 마주하고 싶지 않았다.

"저치가 너한테 마음이 있다던가? 설마 결혼이라도 하재?"

수연의 미간이 절로 일그러졌다.

"그 말 그대로 믿는 건 아니지? 솔직히 말해 봐. 저치도 네 능력을 아는 거잖아. 그게 아니라면 너한테 관심을 둘 리가 없지. 안 그래?"

사람이 변함없는 거 하난 인정해 줘야 할 것 같았다.

"딱 5분만 줄 거예요. 정말 그런 쓸데없는 말들로 시간을 낭비하고 싶은가요?"

"쓸데없는 말? 저놈이나 나나 다를 게 뭐가 있는데? 네 능력을 알고 이용하려는 건 똑같아. 안 그래? 뭐든 해 줄게. 네가 원하는 거 뭐든 다 해 준다고. 그러니까 납치됐던 게 아니라고 해. 나 좀 여기서 제발 꺼내 달란 말이야."

점점 격앙된 목소리로 말을 내뱉던 기원이 그들 사이에 가로놓인 탁자로 몸을 불쑥 기울였다. 수연이 움찔 뒤로 피하며 무심코 창 쪽을 쳐다보았다. 취조실 안을 지켜보던 정혁은 누군가 말리지 않으면 금세라도 뛰어들 태세였다. 마치 그의 모습이 보이는 것처럼 수연은 정혁을 안심시키려는 듯 미소를 살짝 머금고 고개를 저었다.

"정말 하고 싶은 말이 그거예요?"

수연의 목소리는 기원과 달리 차분하게 가라앉아 있었다.

"그, 그래. 그거 아니면 너 따위 만날 이유가 없지."

"그렇군요. 하아, 난 거짓말 못 해요. 납치됐던 게 아니라고는 못 해 줄 것 같아요. 그거 말고도 다른 죄목이 많은 것 같던데요. 용건 끝난 것 같으니까 이만 갈게요."

수연은 일말의 여지도 남기지 않으려는 듯 단호하게 몸을 일으켰다.

"자, 잠깐!"

"5분 다 됐어요."

건조한 투로 말을 뱉어 낸 수연이 문고리에 손을 얹었다.

"도, 도와줘."

가늘게 떨리는 음성은 직접 듣지 않았다면 기원에게서 나온 목소리라고 믿기 힘들 만큼 연약하고 애처로운 소리였다.

"제발 도와줘."

한숨을 내쉰 수연이 몸을 돌려 기원을 바라봤다. 번들거리는 눈은 그녀에게 시선을 맞추지 못하고 저쯤 허공을 힐끔거리고 있었다.

"당신이 지은 죄 때문에 공포를 느끼는 거예요."

"너도 보이지? 여기 들어올 때부터 본 거지?"

수연은 취조실로 들어서기 전부터 담의 기운을 느끼고 있었다. 반가움에 울컥하려던 마음을 애써 추스른 건 기원이 불안한 눈길로 담을 쫓고 있었기 때문이었다. 왜 담의 영혼이 그의 눈에 보이는 건지는 알 수 없었지만, 기원의 시선도 정확이 그쪽을 향해 있었다.

거만하게 꾸며진 태도, 비웃듯 올라간 입꼬리, 비아냥거리는 말투에도 불구하고 기원의 불안감은 그대로 느껴졌다. 눈속엔 공포가 잔뜩 담겨 있었고, 탁자 아래 숨겨진 발은 끊임없이 떨리고 있었다.

하지만 기원이 보고 있는 담은 아무래도 수연의 눈에 보이는 것과는 다른 것 같았다. 살아 있었을 때의 기운을 그대로 간직한 뿌연 안개 같은 형체를 보며 저렇게 공포에 떨지는 않을 테니까 말이다.

"정신을 집중해서 설득할 방법을 찾아봐. 네 말이라면 철석같이 듣던 녀석이었잖아. 저거 때문에 잠을 잘 수가 없어. 내가 불태워 죽였어? 너도 알잖아. 단순한 사고였다고. 왜 저런 형상을 하고 나타나 사람을 못살게 구냐고. 왜 그러는지 물어보기라도 해 봐. 원하는 게 있으면 다 들어준다고 해. 제발 저 끔찍한 형상 좀 치워 달란 말이야, 흑."

점점 흥분하며 말을 쏟아 내던 기원은 양손으로 머리를 감싸며 흐느끼기 시작했다. 기원이 보는 것은 뿌연 안개 같은 형상이 아닌 게 분명했다.

"미안해요. 내가 해 줄 수 있는 건 없어요."

기원은 나름의 죗값을 치르는 중이었다. 수연이 해 줄 수 있는 건 아무것도 없었다.

"너도 겪어 봤으면 알 거 아니야. 불에 타서 일그러진 흉측한 얼굴을 시시때때로 들이대며 귓속이 쟁쟁거릴 정도로 나 때문에 죽었다고 원망의 말을 쏟아 내. 먹을 수도 없고, 잘 수도 없어. 네가 진심을 다해 말린다면 들어줄 거야. 제발 부탁이야, 수연아."

수연은 장난스럽게 부유하고 있는 뿌연 형체를 바라봤다. 생전에 담이 그랬듯 맑고 담백한 기운을 가지고 있었다.

428

담의 영혼이 왜 기원의 곁에 머물고 있는지 정확한 이유는 알 수 없었지만, 못된 마음을 먹고 남을 괴롭히는 아이가 아니었다. 지금 기원에게 일어나고 있는 믿지 못할 현상은 아마도……

"당신은 진심을 다해 잘못을 빈 적 있나요?"

한때는 마음에 드는 여자 하나쯤 홀리는 건 일도 아니었던 기원의 얼굴이 보기 흉하게 일그러졌다.

"그 녀석을 내가 죽인 것처럼 말하지 마. 그건 사고였다고."

"사고였건, 사고를 가장한 살인이었건 중요치 않아요. 지금 보고 있는 건 당신 마음속 깊이 자리한 죄책감이 만들어 낸 환상이라고 생각해 본 적 없나요?"

"잘못한 게 없는데 무슨 죄책감이야? 쓸데없는 소리 지껄이지 말고 뭐든 해 보란 말이야."

고개를 설레설레 내저은 수연이 문을 향해 돌아서다 할 말이 남은 듯 고개만 돌려 기원을 바라봤다.

"내가 보는 담은 그저 안개 같은 형상이에요. 맑고 온화한 느낌이죠. 당신이 보고 듣는 것들은 모두 마음에서 기인한 것들이에요. 욕심과 거짓으로 똘똘 뭉친 추하고 보잘것없는 당신 내면이 만들어 내는 환상이라고요. 끔찍한 악몽에서 벗어나고 싶다면 단 한 번이라도 진심을 다해 잘못을 뉘우치고 용서를 빌어 봐요."

수연은 더 이상 돌아보지 않았다. 이제 그녀에게 주어진 삶을 즐길 시간이었다.

"딱 5분이랬는데, 대체 몇 분이나 지난 거야?"

옆에서 가자미눈을 하고 있는 현우는 안중에도 없는 듯 정혁은 퉁명스러운 말투와는 어울리지 않게 수연의 양손을 모아 쥐고 다정하게 비벼 댔다.

"지금 질투하는 거죠?"

"하, 설마. 내가 제일 못하는 게 질투야."

"그래? 아까 저놈 손목 똑 부러뜨린다고 했던 사람이 누구였더라?"

현우의 느물거리는 말에 정혁이 인상을 확 그었다.

"강현우, 네 손목부터 똑 부러뜨릴까?"

"왜 흥분은 하고 그래? 그 누구가 너라고는 안 했는데."

"너 안 되겠다. 부러뜨리기 전에 한 대 맞고 시작하자."

현우와 정혁의 실랑이가 잠시 이어졌다. 얼른 정혁에게로 다가선 수연이 환하게 웃는 얼굴로 그의 팔을 그러쥐었다.

"하하, 두 분 언제까지 싸우실 거예요? 저 배고파요. 우리 점심 안 먹어요?"

"어, 벌써 시간이 이렇게 됐네. 뭐 먹을까요? 수연 씨가 먹고 싶은 걸로 먹어요."

취조실 복도가 끝나는 지점에 이른 수연이 교도관의 감시를 받으며 반대 방향으로 터덜터덜 걸어가고 있는 기원을 바라봤다. 자신의 죄를 고스란히 짊어진 듯 기원의 등은 꾸부정했다.

수연은 정혁만 들을 수 있게 조용히 속삭였다.

"담이가 있었어요."

정혁의 손이 수연의 머리를 다정하게 쓰다듬었다.

"처남이 열심이네."

"그 아이가 하는 거라기보단 서기원이 스스로 만들어 낸 환상인 것 같아요."

"그래? 그래도 일말의 죄책감은 있었나 보군."

"둘이 뭘 그렇게 속닥거려? 수연 씨, 가족끼리 비밀 만들고 그러면 못씁니다."

뒤따라오다 끼어드는 현우의 말을 들은 수연이 멈칫 굳어져 그를 바라봤다.

"왜요? 내가 뭐 잘못 말했습니까?"

"아, 아니요. 가족끼리라고 해서⋯⋯."

"맞는 소린데 왜?"

정혁이 당연한 소리라는 듯 수연의 말을 막고 나섰다.

"그러니까. 우리 곧 가족이 될 거잖아요. 식은 언제 올릴 거야?"

"되도록 빨리. 그렇지? 수연아."

프러포즈도 받고, 상견례도 하고 할 건 다 한 뒤라 새삼스러울 것도 없었다. 그런데도 가족이라는 소리에 수연의 눈이 잠깐 사이 맑게 부풀었다. 진정한 의미의 가족이라곤 담이 전부였는데, 드디어 진짜 가족을 갖게 됐다는 생각에 가슴이 뭉클했다.

"네, 그래요. 되도록 빨리."

가족이 되고 싶어요.

"되도록 빨리라. 아무래도 윤재 녀석 화동시키기는 그른 것 같군. 차정은 여사 실망이 크겠는걸."

심각하게 턱을 문지르는 현우를 보며 정혁도 수연도 함박
웃음을 머금었다.

에필로그

그리 크진 않았지만 정갈하게 꾸며진 정원이었다. 차현수 청장의 깔끔한 성격을 반영한 듯 정원에는 잡풀 하나 없었 다.

나무 하나도 꼭 있어야 할 자리에 위치한 것 같은 각 잡힌 공간과는 어울리지 않는 흔들 그네가 정원 한 귀퉁이를 차지 한 아름드리나무에 매달려 서쪽으로 기울기 시작하는 햇볕 을 받고 있었다.

묘하게 잘 어울리는 풍경은 마치 현수와 윤 여사를 보는 것 같았다. 정갈함에 풍요로움이 곁들여진 공간은 그 자체만 으로도 흐뭇했다.

깨끗하게 씻은 쌈 채소를 들고나오던 수연이 정겨운 풍경 에 잠시 발걸음을 멈췄다.

나무 그늘 아래 자리한 탁자에는 맛깔스러운 음식들이 놓여 있었고, 바비큐 그릴 앞에선 셔츠를 걷어붙인 현우가 고기를 굽느라 열심이었다. 현수와 윤 여사, 정은은 막 한 발짝씩 걸음마를 떼기 시작한 윤재를 보며 환하게 웃고 있었다.

수연은 한 번도 경험해 보지 못한 풍경에 눈물이 날 것만 같았다. 바라만 보고 있는데도 행복이 물씬 풍겼다.

"수연아, 어서 이리 오렴. 고기 다 식는다."

"네, 어머님."

마침 윤 여사가 부르는 소리에 수연은 빠르게 걸음을 옮겼다.

"그나저나 정훈이 얘는 왜 아직도 안 와. 여보, 전화 좀 해 봐요."

"전화는 무슨. 알아서 오겠지."

"재촉해야지, 안 그러면 날 샌다니까요. 세상 변호사가 저 혼자뿐이야. 일에만 파묻혀서는 다른 건 관심도 없지. 정은아, 전에 네 친구 소개시켜 준다더니 어떻게 됐는지 아니?"

"아유, 말도 마세요. 앉아서 10분 동안 통화만 쉴 새 없이 하더니, '어디까지 얘기했죠?' 라고 물어보더래. 그때까지 둘이 한 얘기라곤 안녕하세요, 뿐이었는데. 지혜, 그 계집애한테 욕을 바가지로 얻어먹었다니까요. 잘못하다 절교할 뻔했어. 난 이제 작은오빠한테 절대로 소개 같은 거 안 하려고."

신경질적으로 고기를 씹어 대는 정은을 본 윤 여사의 얼굴에 수심이 가득했다. 윤 여사의 마음을 모를 리 없는 현수가 따뜻하게 손을 겹쳐 다독이기부터 했다.

"다 큰 녀석들 걱정은 그만하고 당신이나 챙겨. 덤으로 나도 좀 챙기고."

"어머, 우리 아빠 또 질투하시네."

"아버지가 또 누구를 질투하시는데?"

중저음의 듣기 좋은 목소리가 갑자기 툭 불거졌다. 대문을 열고 들어서는 남자는 정혁과 많이 닮아 있었지만, 분위기는 완전히 달랐다. 무름한 눈꼬리며 연한 갈색 머리가 정혁의 얼굴 위에 부드러움을 덧씌운 것 같은 이미지라고 하면딱 맞을 것 같았다.

"형님, 오랜만이네. 어? 이분이……."

"안녕하세요. 은수연이라고…… 어머."

자리에서 일어나 얌전히 고개부터 숙이는 수연의 손을 정훈이 덥석 끌어다 잡고 경쾌하게 흔들었다. 무게부터 잡고보는 정혁과는 완전 딴판이었다.

"반갑습니다, 형수님. 이제야 보네요. 형이 순진한 애기를하나 낚아챘다기에 설마 했는데, 하하. 진짜였네요."

"누가 그런 쓸데없는 소릴 해?"

정혁이 인상부터 구기며 정훈의 손을 수연으로부터 강제로 떼어 냈다.

"꼬맹……."

"꼬기, 작은오빠 꼬기 먹자. 울 작은오빠 못 본 사이 얼굴이 반쪽 됐네. 자, 오빠."

아마도 쓸데없는 소리를 한 건 정은인 것 같았다. 제 입으로 들어가려던 쌈을 얼른 정훈의 입에 들이대며 열심히 눈을찡긋거리고 있었다.

"꼬맹이, 너 손은 씻었⋯⋯."

"그럼. 좀 전에 윤재 귀저기 갈아 주고 바로 싼 따끈따끈한 쌈이니까 맛나게 드셔."

"야!"

버럭 소리 지르는 정훈의 입으로 커다란 쌈을 쏙 집어넣은 정은은 강제로 입을 막기까지 했다. 입이 막힌 정훈이 정은의 볼을 쭉 잡아 늘였다. 두 살 터울인 정훈과 정은은 아옹다옹한 현실 남매의 모습을 그대로 보여 주고 있었다.

"아, 작은오빠. 이거 못 놔?"

"처남, 손 떼라. 혼난다."

현우가 잘 익은 고기를 들고 탁자로 다가오며 정훈에게 경고를 날렸다. 하지만 늘 있었던 일인 양 현수와 윤 여사는 그러든가 말든가 윤재와 놀기 바빴고, 정혁의 관심은 오로지 수연뿐인 듯 옆에서 살뜰히 챙기기 바빴다.

"그만 쳐다봐, 이 녀석아. 그렇게 부러우면 너도 얼른 결혼할 여자 데리고 와."

윤 여사의 타박에 정훈은 어깨를 으쓱해 보였다.

"부럽긴 누가?"

"하, 감정에 솔직할 줄 알아야지."

정혁이 피식 웃으며 혼자 중얼거린 말에 수연이 피, 하며 바람 빠지는 소리를 냈다.

"왜?"

"갑자기 누가 생각나서요."

"누구? 어떤 놈."

"제가 거실을 속옷 바람으로 활보하고 다녀도 전혀 상관없다고 한 어떤 놈이요."

"어떤 놈?"

"어머, 그게 오빠였어요? 왜 발끈하실까?"

시치미를 뚝 떼는 그녀의 표정은 아주 예술이었다. 그맘때 수연이라면 상상도 못 했을 표정에 정혁은 별안간 가슴이 뭉클해졌다.

말수 적고 간혹 나이와 어울리지 않는 진중함을 보여 주던 수연은 어느새 제 감정 표현에 솔직한 사랑스러운 여자가 되어 있었다. 생각도 못 한 이끌림에 당황했던 일들이 까마득한 옛일인 것만 같았다.

정혁은 탁자 아래서 느슨하게 잡힌 수연의 손에 깍지를 끼며 은근한 목소리로 물었다.

"그땐 은수연도 솔직한 편이 아니었던 것 같은데. 말해 봐. 내가 언제부터 좋았던 거야?"

"어머, 나 거짓말 못 하는 거 몰라요?"

"거짓말은 못 해도 비밀은 잘 만들지. 언제야? 혹시 차 사고 났을 때부터 첫눈에 반했던 거 아니야?"

"에이, 설마요. 아저씨가 막 좋다고 밀어붙여서 어쩔 수 없이……."

"어쩔 수 없이? 그리고 왜 또 아저씨야?"

장난인 줄 알면서도 정혁의 미간이 확 구겨졌다.

"어이, 거기 두 사람. 그쪽만 딴 세상 같은 거 알아? 윤재 생각해서 전체 관람가로 해 달라고요."

정은이 밉지 않게 눈을 흘기며 투덜댔다.

"그래서 전체 관람가로 얘기만 하고 있잖아."

정혁이 견고한 뻔뻔스러움을 유지했다.

"겉보기만 전체 관람가면 뭐해. 눈빛이 아주 막 이글이글 하잖아. 우리 수연이 잘못하다 녹아 버리겠네."

"그럼 건전한 가족 모임을 위해서 우리 먼저 일어날까?"

엉거주춤 일어서려는 정혁을 수연이 말리고 나섰다.

"언니, 우리 이글이글 안 해요. 그냥 진짜 얘기만 한 거예요."

"그냥 얘기만 하는데도 그런 분위기가 나오는 거면 둘만 있을 땐 아주……"

정훈이 고기를 우물거리며 툭 끼어들었다.

"차정훈, 부러우면 너도 빨리 애인 데려와."

정훈에게 한마디를 툭 던진 정혁의 입가엔 웃음이 내려앉았고, 수연의 얼굴엔 홍조가 올라앉았다.

고소한 냄새와 화사한 웃음이 가득한 정원에 저녁놀과 어우러진 그들의 모습은 눈이 부시도록 아름다운 색을 발하고 있었다.

수연만이 볼 수 있지만 누구라도 느낄 수 있는 아름다움. 모두의 영혼이 뜨겁게 공감하고 있었다.

"오빠, 그때요."

"그때?"

"속옷 바람 얘기했을 때요. 다른 건 몰라도 그거 하나는 진실이었네요."

438

"그거?"
"세상에서 제일 안전한 곳으로 가는 거라고 한 말이요."
그때 정혁의 마음이야 어떠했건, 수연에겐 그의 곁이 세상에서 제일 안전하고 행복한 곳이었다.

❈ ❈ ❈

벚꽃이 날리고 있었다. 비처럼 내린 꽃잎은 동그란 바가지 머리 위로 소복이 내려앉았다.

"꺄악, 담아!"

꽃잎을 따라 시선을 옮기던 수연이 반가운 얼굴을 발견하고 소리를 지른 뒤 그를 담뿍 끌어안았다.

"어떻게 된 거야? 네가 어떻게 여기 있어? 그런데 여긴 어디지?"

담을 이리저리 살피다가 주변을 둘러보던 수연이 눈물이 그렁그렁한 눈으로 웃음을 지었다. 담도 그녀를 보며 환하게 웃고 있었다.

"이거 꿈이구나?"

담은 한 번도 저렇게 웃은 적이 없었다. 입술을 어설프게 끌어 올려 전혀 웃는 것 같지 않은 얼굴로 웃곤 하던 그가 꽃처럼 환하게 웃고 있었다.

기와집 대문 앞에 있었던 벚나무, 계절이 지난 지 한참인데도 불구하고 흐드러지게 핀 벚꽃, 맑고 환하게 웃는 담. 현실일 수가 없었다.

수연의 눈에 차 있던 물기가 결국 뺨을 타고 흘렀다.

"울지 마, 누나."

담이 그녀를 끌어안았다.

"멀리 가려는 거지? 그런 거지?"
"아니, 나 갈 데도 없는데."

생긋 웃는 얼굴은 생전 보지 못한 장난꾸러기 같은 모습이었다.

"그래, 아무 데도 가지 마. 너무 행복할 때마다 네가 생각나서, 자꾸 네가 보고 싶어서……."

말끝에 울먹임이 새어 나오자 담이 그녀의 머리와 어깨를 토닥였다. 꿈속이라 그런 건지, 아니면 그사이 몸도 마음도 많이 자란 건지 담은 제법 어른스럽게 그녀를 달랬다.

"누나 때문에 나도 행복해. 그리고 늘 보고 있어. 그러니까 울지 마."

수연이 열심히 고개를 끄덕이며 웃음을 머금었다. 마주 웃어 보이던 담이 갑작스럽게 벌떡 일어났다. 그녀는 우뚝 솟은 담을 보기 위해 고개를 한껏 젖혀야만 했다.

벚꽃이 그녀의 얼굴 위로 떨어지며 담의 모습을 가렸다. 핑크빛으로 가려진 시야 사이로 그의 얼굴이 점점 흐릿해지고 있었다.

이별의 순간이 왔음을 느낄 수 있었다. 예감한 이별이라 해도 슬픈 건 매한가지여서 급하게 눈물이 차올랐다.

담을 부르기 위해 입을 벙긋거려 봤지만, 소리가 밖으로 나오지 않았다. 흐릿해지는 그를 잡기 위해 손을 뻗으려 했으나 마음대로 움직여지지 않았다. 울음을 삼키는 꺽꺽거리는 소리만 연신 밖으로 새어 나왔다.

"수연아, 수연아?"

다정한 목소리, 따뜻한 품. 정혁이었다. 수연의 의식은 벚나무 그늘을 벗어나 급하게 끌어 올려졌다.

의식이 돌아왔음에도 슬픔은 그대로 남아 수연은 한동안 흐느꼈다. 그녀를 보듬어 안은 커다란 손이 다정하게 등을 다독였다.

"나쁜 꿈꿨어?"

그의 가슴에 얼굴을 비벼 대듯 고개를 저었다.

"처남을 봤나 보네."

수연의 일이라면 모르는 게 없는 남편 정혁은 그녀의 꿈까지 콕 집어내고 있었다.

"오랜만에 그리운 사람을 만났는데 웃어 줬어야지. 우는 모습만 보여 준 거야?"

"그러게요. 나 왜 이렇게 바보 같죠?"

"이런 바보가 난 왜 이렇게 좋은 거지."

"쳇."

입을 삐죽거리며 정혁의 품을 벗어난 수연이 눈물을 닦으며 몸을 일으켰다.

"아직 일어나기엔 좀 이른데."

"화장실 가려고요."

"같이 가 줄까?"

장난스럽게 웃으며 묻는 정혁의 말에 눈을 흘긴 수연이 그의 가슴을 톡 치고 일어나 화장실로 향했다. 정혁은 잔 근육이 고루 잡힌 단단한 팔을 나른하게 뻗으며 기지개를 켰다.

수연과 결혼한 지 두 달, 함께 살기 시작한 지는 겨우 여섯 달. 순식간에 지나가 버린 순간들이었다. 그럼에도 전혀 아쉽지 않은 건 앞으로 더 긴 세월 그녀와 함께할 수 있다는 사실 때문이었다.

몸을 반 바퀴 굴린 정혁이 수연의 베개에 코를 묻고 그녀의 향을 깊이 들이마셨다.

"아!"

화장실 쪽에서 들려온 얕은 비명에 놀란 정혁이 재빠르게 일어나 날듯이 달려 문을 벌컥 열었다. 거울을 보고 있던 수연이 멍한 얼굴로 그를 돌아봤다.

"뭐야? 왜 그래?"

"아저씨."

근래 들어 전혀 들을 수 없었던 호칭이 그녀의 입에서 작게 흘러나왔다.

"어디 아픈 거야?"

금세 걱정스러운 표정으로 변한 정혁이 화장실 안으로 성큼 들어섰다.

"아니요. 아픈 건 아닌데……."

"그럼 왜? 또 뭐가 찾아온 거야?"

"네. 찾아온 거긴 한데, 그게……."

작게 흘러나온 수연의 말에 정혁은 그녀를 안아 주려는 듯 양팔을 벌리며 간격을 좁혔다. 수연은 그가 좁힌 만큼 뒤로 물러나다가 세면대에 부딪쳐 멈춰 섰다.

"왜 그래, 수연아. 안아 줄게. 이리 와."

분명 슬픈 표정은 아닌데, 수연은 울음을 참으려는 듯 입을 가렸다.

"오빠, 있잖아요……."

입을 가리고 웅얼거리는 수연의 말을 제대로 알아듣지 못한 정혁이 미간을 짙게 구겼다.

"은수연, 지금 뭐라고 했어?"

수연의 눈이 짙게 일렁였다. 입에서 손을 떼어 낸 그녀가 그의 품으로 폭 뛰어들었다.

"이제 곧 아빠가 될 거라고요. 나 임신했어요."

정혁이 움찔 굳어지는 걸 느낄 수 있었다. 숨 쉬는 것조차 잊었는지 그의 가슴은 쿵쿵거리기만 할 뿐, 오르내리지 않고 있었다. 걱정이 된 수연은 품에 묻었던 얼굴을 들어 그를 바라봤다.

"정말이야?"

낮게 가라앉은 목소리로 간신히 한마디를 내뱉은 정혁의 눈도 수연과 닮은꼴로 깊이 있게 일렁였다. 그녀는 눈물을 그렁그렁 매단 채 미소 띤 얼굴을 위아래로 끄덕였다.

"믿기지 않죠? 하지만 지금 여기……."

매끈하고 하얀 그녀의 손이 납작한 아랫배에 놓였다.

"아니, 믿어. 하아, 수연아……."

정혁이 수연을 강하게 당겨 안았다.

"사랑해, 수연아."

더 이상 행복할 수는 없을 거라고 생각했는데, 수연이 깜짝 선물을 안겨 준 셈이었다.

"나도 사랑해요. 그리고 고마워요."

그가 할 소릴 먼저 하고 있는 그녀를 안아 들어 한 바퀴를 돌았다.

"아악! 오빠, 어지러워요."

"아, 미안."

그녀를 내려놓은 정혁이 흐트러진 머리를 정리해 주는 척 부드럽게 볼을 쓸더니 그대로 입술을 겹쳤다.

아직 단잠에 빠져 있어야 할 새벽녘, 낭만적인 것과는 거

리가 먼 화장실 안. 하지만 어떤 것도 그들의 사랑엔 문제가
되지 않았다.

늘 그렇듯 사랑은 충만했다.

—fin

작가 후기

사계절을 〈영혼 공감〉과 함께 보냈습니다.

솔직하게 밝히자면 이 글은 연속적으로 일어나는 미스터리한 살인 사건을 다룬 본격 스릴러 서스펜스가 될 뻔했습니다. 그래서 전체적인 글 분위기도 봄보다는 가을에 가까운 한 톤 다운된 느낌이죠.

제 속에 숨어 있던, 어두운 밤에 혼자 이불 뒤집어쓰고 공포 영화를 즐기는 기질이 툭 튀어나왔던 거죠. 그 기질을 고이 갈무리해 꾹꾹 밀어 넣고, 아름다운 사랑 이야기로 엮어내기까지 엄청난 진통을 겪었답니다. 여러모로 애정 가는 작품이 아닐 수 없습니다. 상상력이 많이 부족한 제게 봄꽃처럼 살랑 다가와 준 수연이란 매력적인 인물에 감사할 따름입니다.

사실, 후기를 쓰고 있는 지금 이 순간에도 제가 쓴 글이 책이라는 뚜렷한 형체를 갖추고 세상에 나온다는 일이 믿기지가 않습니다.

글을 쓰고 싶다는 욕망 하나로 설레는 마음을 안고 처음 웹상에 글을 올렸을 때는 상상도 못 했던 일이죠. 제대로 글 쓰는 법을 배워 본 적도 없고, 상상력도 터무니없이 부족한 제게 참 기적과도 같은 일입니다.

현실에 젖어 살다 보면 가슴 설레는 일이 드물어집니다. 현실은 항상 녹록치가 않죠.

그러다 어느 날 문득 올려다본 하늘에 가슴이 '쿵' 할 때가 있습니다. 코발트 빛 짙은 하늘에 새털구름 하나가 몽실 떠 있습니다. 순식간에 어딘가로 떠나고 싶다는 생각을 하게 되죠.

생각을 했다고 해서 막상 떠날 수 있는 상황은 아님에도 불구하고, 알 수 없는 설렘으로 가슴이 두근거립니다. 제 글이 그랬으면 하는 바람입니다. 가슴이 따뜻해지는 설렘을 안겨 드릴 수 있었으면 하는 바람입니다.

〈영혼 공감〉을 책으로 만날 수 있는 꿈같은 일에 도움을 주신 봄 미디어와, 관심과 격려로 힘을 주신 독자님들께 감사의 인사를 전합니다. 또, 제가 글을 쓸 수 있게 물심양면 도움을 주고 있는 남편(제 글의 남자 주인공 롤모델이 자신일 거라는 착각의 늪에 빠져 있답니다.)과 아이들에게도 감사 인사를 전합니다.

—가을의 문턱에서,

이정.